Au secours d'un bébé

Troublante collaboration

CINDI MYERS

Au secours d'un bébé

Traduction française de
HERVÉ PERNETTE

BLACK ROSE

HARLEQUIN

Collection : BLACK ROSE

Titre original :
UNDERCOVER HUSBAND

Ce roman a déjà été publié en 2018

HARPERCOLLINS FRANCE
83-85, boulevard Vincent-Auriol, 75646 PARIS CEDEX 13
Service Lectrices — Tél. : 01 45 82 47 47 - www.harlequin.fr
ISBN 978-2-2804-9380-2 — ISSN 1950-2753

Composé et édité par HarperCollins France.
Imprimé en juin 2023 par CPI Black Print (Barcelone)
en utilisant 100% d'électricité renouvelable.
Dépôt légal : juillet 2023.

MIXTE
Papier issu de sources responsables
FSC® C159065

Pour limiter l'empreinte environnementale de ses livres, HarperCollins France s'engage à n'utiliser que du papier fabriqué à partir de bois provenant de forêts gérées durablement et de manière responsable.

1

— On m'a dit que vous pourriez m'aider.

Plus que les mots, c'est la voix douce et distinguée qui retint l'attention de l'agent spécial Walt Riley. La brigade des Rangers de Black Canyon, au beau milieu du parc national de Gunnison, ne recevait pas beaucoup de visites et encore moins de la part de femmes aussi belles. Élancée, ses cheveux blonds remontés en chignon, elle s'exprimait avec assurance, comme si elle avait l'habitude d'être écoutée lorsqu'elle prenait la parole. Tout chez elle, de ses lunettes de soleil de marque à ses talons hauts, en passant par les petits diamants à ses oreilles, respirait le chic et semblait décalé dans ce coin rural du Colorado où hommes et femmes confondus portaient plus volontiers jean et bottes.

Walt se leva.

— Que pouvons-nous faire pour vous ?

Il ne put s'empêcher d'espérer que ce n'était pas une simple touriste qui avait besoin d'une autorisation pour camper et qu'il devrait rediriger vers un autre service.

Elle ouvrit le porte-documents en cuir qu'elle tenait et en sortit des papiers qu'elle lui tendit.

— Qu'est-ce que c'est ? demanda-t-il.

— Une décision de justice qui m'accorde la garde de ma nièce, Joy Dietrich.

Elle ôta ses lunettes de soleil, dévoilant des yeux bleus magnifiques. Qu'ils soient légèrement gonflés n'y changeait rien. Walt devina qu'elle faisait de son mieux pour garder une contenance mais que, peu avant d'entrer dans le bureau, elle avait pleuré.

— J'ai besoin de votre aide pour la sortir des griffes des gens qui l'ont enlevée, ajouta-t-elle.

Ce n'était effectivement pas une affaire d'autorisation de camping. Il tira une chaise devant son bureau.

— Je vous en prie, asseyez-vous, mademoiselle… ?

— Dietrich. Hannah Dietrich.

Elle s'assit et croisa les jambes. Malgré la sobriété de sa tenue, pantalon gris et veste assortie, il lui trouvait une allure sexy. Mais il avait toujours eu un faible pour les blondes aux yeux bleus…

— Attendez un instant, mademoiselle Dietrich. Je vais chercher mon supérieur pour que vous puissiez tout nous expliquer.

Il traversa rapidement le couloir et, par la porte ouverte, passa la tête dans le bureau du commandant Graham Ellison. L'agent du FBI interrompit sa conversation avec Marco Cruz, qui appartenait, lui, à la DEA. Toutes les agences de maintien de l'ordre étaient rassemblées sous le même toit dans cette partie du Colorado pour lutter plus efficacement contre la criminalité. Quand, récemment, un poste s'était libéré chez les Rangers, Walt avait sauté sur l'opportunité d'intégrer ce corps, ce qui lui permettrait de traiter des dossiers importants. Comme une affaire d'enlèvement d'enfant, par exemple.

— Un problème, Walt ? lui demanda Graham.

— Il y a dans mon bureau une dénommée Hannah Dietrich. Elle a besoin de nous pour retrouver sa nièce qui a été enlevée. Je me suis dit que ça vous intéresserait de l'entendre.

— Qui a enlevé sa nièce, selon elle ? intervint Marco.

Marco était un enquêteur chevronné, réputé pour garder son sang-froid en toutes circonstances. Walt n'avait pas encore eu l'opportunité de travailler avec lui, mais ses collègues ne tarissaient pas d'éloges à son sujet.

— Je ne le lui ai pas encore demandé.

— Bien, alors allons l'écouter, reprit Graham qui se leva et partit sans attendre en direction du bureau de Walt.

— Mademoiselle Dietrich, voici le commandant Ellison et l'agent Cruz, annonça Walt quand ils entrèrent dans la pièce.

— Bonjour, dit-elle poliment. J'espère que vous pourrez m'aider.

— Et si vous commenciez par tout nous expliquer ? fit Graham qui tira une seconde chaise pour s'asseoir face à elle.

Marco s'appuya dos au mur derrière lui tandis que Walt s'installait sur un coin du bureau.

— Vous avez dit à mon collègue que votre nièce a été enlevée, c'est bien ça ?

— D'une certaine façon.

— C'est-à-dire ?

Marco croisa les bras et attendit qu'elle reprenne la parole.

— Pour que vous compreniez bien, je dois tout vous expliquer dans l'ordre.

Elle posa les mains sur ses cuisses et prit une grande inspiration.

— J'ai, ou plutôt j'avais, une sœur. Emily. Elle avait six ans de moins que moi et, même si nous étions proches, nous avions des tempéraments très différents. Emily a toujours été impulsive et imprévisible.

Walt se fit la réflexion que, en effet, Hannah Dietrich ne semblait pas impulsive. Même si, selon toute vraisemblance, elle était en détresse, elle donnait l'impression d'exercer un contrôle strict sur ses émotions.

— Il y a un peu plus d'un an, Emily a rencontré un homme, Raynor Gilbert, continua Hannah. Il était moniteur dans un club de sport de Denver qu'elle fréquentait. Ils ont eu une liaison et, quelques mois après, Emily a appris qu'elle était enceinte. Ils projetaient de se marier mais, hélas ! Raynor a trouvé la mort dans un accident de la route.

Hannah marqua une pause, inspira de nouveau, puis reprit :

— Ma sœur était effondrée, et le chagrin l'a rendue encore plus instable. Je lui ai proposé de venir vivre quelque temps avec moi, mais elle a refusé. Elle a dit vouloir mener une vie nouvelle avec la petite fille qu'elle attendait. Elle a assisté au rassemblement d'une communauté qui s'est nommé « la Famille ». Leur leader est Daniel Metwater, un homme très charismatique.

— Oui, nous savons qui est Metwater, intervint Graham dont l'expression s'était assombrie.

Metwater et sa « famille » avaient obtenu l'autorisation de s'installer dans une zone qui jouxtait le parc national et qui faisait partie de la juridiction des Rangers. Récemment, Metwater avait été soupçonné puis blanchi dans une affaire de meurtre, mais ses disciples et lui étaient toujours dans le collimateur des forces de l'ordre.

— Alors vous savez certainement qu'il est constamment à la recherche de nouvelles recrues auxquelles il promet une vie paisible en harmonie avec la nature, poursuivit Hannah. Ma sœur qui, selon moi, cherchait un prétexte pour échapper à sa vie et oublier son chagrin a été sensible à son message.

— Et quand la petite Joy est-elle née ? demanda Walt.

Elle tourna les yeux vers lui et parut touchée qu'il se soit rappelé le prénom de sa nièce.

— Il y a un peu plus de trois mois. Emily m'a envoyé une lettre pour m'annoncer la nouvelle, ainsi qu'une photo. Elle m'écrivait que le bébé était en bonne santé, mais je connaissais suffisamment bien ma sœur pour lire entre les lignes. J'ai senti qu'elle n'était pas heureuse. Elle disait aussi avoir passé des moments difficiles, sans entrer dans les détails, et qu'elle espérait venir me voir. Elle ignorait cependant si le prophète, c'est ainsi que ses disciples appellent Metwater, l'y autoriserait. J'avais envie d'aller la chercher sans attendre. Malheureusement, sa lettre ne précisait pas où elle se trouvait exactement. Elle terminait en me disant que la Famille allait prochainement se déplacer et qu'elle m'écrirait de nouveau quand ils seraient installés.

— Communiquait-elle habituellement avec vous par courrier ou plutôt par téléphone et e-mails ? lui demanda Walt.

— Apparemment, les membres de la Famille doivent renoncer à l'utilisation des téléphones portables et des ordinateurs pour être admis dans la communauté, expliqua Hannah. Ma sœur m'avait avertie qu'elle ne communiquerait plus que par lettres avec moi.

— Vous en êtes-vous inquiétée ? voulut savoir Graham.

— Oui, bien sûr. J'avais répondu sans attendre à sa première lettre pour tenter de la convaincre que rejoindre un groupe qui cherchait à couper ses membres de leurs amis et de leur famille était dangereux, mais cette lettre m'est revenue avec la mention « destinataire inconnu ». Plusieurs mois ont passé avant que je reçoive d'autres nouvelles d'Emily. C'était la lettre dans laquelle elle m'annonçait la naissance de Joy.

Elle rouvrit son porte-documents et y prit une enveloppe.

— Deux semaines seulement après ce courrier, j'ai reçu ceci.

Elle tendit l'enveloppe à Walt qui s'en saisit et en sortit deux feuillets.

— « J'ai très peur, je ne pense pas que quiconque puisse m'aider », lut-il à voix haute. « S'il m'arrive malheur, promets-moi de prendre soin de Joy. »

Il dévisagea Hannah.

— Qu'avez-vous fait à la réception de cette lettre ?

— J'ai voulu à tout prix la retrouver. J'ai engagé un détective privé qui a réussi à localiser Metwater et ses disciples. Mais quand il est allé leur parler, on lui a répondu qu'il n'y avait personne parmi eux qui correspondait à la description de ma sœur et qu'ils ne savaient rien. Mais regardez le second feuillet, s'il vous plaît.

Walt tendit la première feuille à Graham et parcourut la seconde.

— Est-ce un testament ?

— Oui. Un testament qui me nomme comme tutrice de Joy si Emily venait à disparaître. Grâce à ce document, j'ai pu faire en sorte qu'une décision de justice soit prononcée pour m'octroyer officiellement la garde de ma nièce.

— Mais, sans preuve de la mort de votre sœur, comment vous y êtes-vous prise ? lui demanda Graham.

— Si, justement, j'en avais la preuve.

Elle sortit une nouvelle enveloppe qu'elle tendit au commandant.

— Voici une copie du certificat de décès de ma sœur, ainsi qu'une copie de l'acte de naissance de ma nièce.

Graham lut les documents.

— Il semblerait que votre sœur soit morte à Denver d'insuffisance respiratoire.

Il fronça les sourcils.

— Votre sœur avait des problèmes respiratoires ?

— Eh bien, elle souffrait d'asthme depuis la petite enfance. Mais elle avait un traitement adapté et n'avait jamais été hospitalisée à cause de sa maladie.

— Et avez-vous la moindre idée de ce dont elle avait peur ? fit Walt. A-t-elle laissé entendre que Metwater ou quelqu'un d'autre la menaçait ?

Hannah secoua la tête.

— Non, elle n'en a rien fait. Mais, encore une fois, je connaissais ma sœur. Emily avait beau être instable, elle n'était pas du genre à paniquer sans raison. Il est clair qu'elle avait très peur, et je suis convaincue que cela avait un rapport avec Metwater et ses principes.

Walt relut le testament. Il examina les signatures au bas du document.

— Apparemment, votre sœur a rédigé ce testament en présence de deux témoins : Anna Ingels et Marsha Caldwell.

— Marsha Caldwell était infirmière à l'hôpital où

Joy est née, expliqua Hannah. Elle a démissionné, car son mari a été muté à l'étranger pour son travail ; je n'ai donc pas pu lui parler. Et, jusqu'à maintenant, je n'ai pas réussi à déterminer qui était Anna Ingels.

— Il se peut que ce soit une disciple de Metwater, suggéra Walt.

— Sauf que, au sein de la communauté, la plupart d'entre eux ne sont pas connus sous leur véritable nom, intervint Marco. Ce qui rend leur identification plus compliquée.

— Mais pas impossible, reprit Graham. Selon l'acte de naissance, votre nièce est née à Denver. Avez-vous parlé à quelqu'un à l'hôpital ?

— Non. On a refusé de me donner des informations, et le détective que j'ai engagé n'a pas eu davantage de succès.

Hannah changea de position.

— Lorsque je me suis rendue au bureau du shérif du comté, on m'a expliqué que l'endroit où Metwater et ses disciples se sont maintenant installés dépend de votre juridiction. Je vous demande donc de m'accompagner là-bas pour que je puisse récupérer Joy.

— Vous n'avez pas tenté de prendre contact avec la communauté de votre propre chef, n'est-ce pas ? demanda Graham.

Elle fit non de la tête.

— Le détective privé qui travaillait pour moi leur a rendu visite. Tout le monde lui a répondu qu'ils ne connaissaient pas Emily et ne savaient rien de l'existence de Joy. Il m'a également appris que les conditions de vie dans le camp étaient rudimentaires et que, selon lui, ce n'était pas un endroit pour élever un enfant en bas âge. Alors je refuse de perdre du temps, et je considère que ce serait mieux si je me présentais là-bas avec le renfort des autorités. Je sais que ce Metwater prône la non-violence, mais ma sœur craignait vraiment pour sa vie. Pour quelle autre raison aurait-elle rédigé un testament à son âge, sinon ?

— Vous savez, il y a des gens prévoyants, lui fit remarquer Marco. Que votre sœur vous ait nommée comme tutrice était peut-être seulement une mesure de prudence.

— Non, je vous assure que ce n'était pas du tout dans la nature de ma sœur de se montrer prudente, répliqua Hannah.

Contrairement à elle, songea Walt. Il était bien placé pour savoir que deux frères ou deux sœurs pouvaient avoir des personnalités opposées.

— Puis-je voir l'acte de naissance ? demanda-t-il.

Graham le lui tendit puis se tourna vers Hannah.

— Avez-vous une photo de votre nièce ?

— Seulement celle que ma sœur avait jointe à son courrier pour m'annoncer sa naissance.

Elle sortit la photo de son porte-documents et la passa à Graham. Celui-ci la contempla, puis la montra à Marco puis à Walt.

Il regarda minutieusement le petit visage fripé du bébé coiffé d'un bonnet trop grand.

— J'ai peur que la photo ne nous soit pas d'une grande aide pour l'identifier. Votre nièce a maintenant trois mois, et les bébés changent vite.

— Ça ne nous empêche pas d'aller voir Metwater et de lui demander de nous remettre l'enfant, dit Graham. Mais s'il affirme ignorer de qui nous parlons, ça risque de se compliquer.

— Il est impossible de dissimuler un bébé de la vue

de tous dans un campement pendant très longtemps, intervint Hannah. Il y a forcément quelqu'un parmi ses disciples qui connaît son existence.

— Et qu'est-ce qui vous fait croire que votre nièce est toujours là-bas ? lui demanda Marco. Après la mort de votre sœur, il se pourrait qu'elle ait été remise aux services de la petite enfance à Denver, par exemple.

— Non, j'ai vérifié. Il n'y a aucune trace d'une petite fille enregistrée dans leurs services à l'époque de la mort de ma sœur. Je suis sûre qu'elle est toujours avec Metwater et ses disciples.

— Qu'est-ce qui vous rend si sûre de ça ? insista Walt.

Hannah prit une expression résolue.

— Lisez de nouveau l'acte de naissance.

Walt s'exécuta et fronça les sourcils.

— Qu'est-ce qu'il y a ? lui demanda Marco.

Walt leva la tête et fixa Hannah.

— L'acte dit que le père de l'enfant est Daniel Metwater.

Hannah s'efforça de ne pas tressaillir à ces mots.

— C'est un mensonge. Emily était enceinte bien avant d'avoir rencontré Daniel Metwater. Et je sais qu'elle avait une relation avec Raynor Gilbert. J'ai des photos où on les voit ensemble, et j'ai parlé à des gens qui fréquentaient le club de sport où ils se sont rencontrés. Tous ont confirmé qu'ils filaient le parfait amour.

Ces conversations avaient été très pénibles. Entendre que sa sœur avait trouvé l'amour, qu'elle était heureuse à la perspective d'élever son bébé avec l'homme qu'elle aimait, mais que son bonheur avait été brisé quand Raynor était mort dans cet accident lui avait fait mal.

— Raynor Gilbert était le père de Joy. Je n'ai aucun doute à ce sujet. Un simple test ADN le prouvera.

— Et le tribunal vous a accordé la garde de votre nièce sans la moindre preuve formelle ? releva Graham.

— À titre temporaire. Pour obtenir définitivement sa garde, je dois justement fournir les résultats d'un test ADN. Et j'y arriverai, commandant. Daniel Metwater n'est pas le père de Joy. Son véritable père est mort.

— Bien. Donnez-nous un peu de temps pour mener notre enquête, répondit Graham. Mais même si nous fouillons le camp et si nous constatons qu'une petite fille qui pourrait avoir l'âge de votre nièce s'y trouve, il suffirait que Metwater ou ses disciples affirment que ce n'est pas l'enfant de votre sœur pour que nous ne puissions rien faire. Si une autre femme déclare que c'est sa fille, vous devrez peut-être retourner au tribunal pour demander qu'on procède à un test ADN avant que l'on puisse effectivement agir.

Hannah se leva si brusquement que sa chaise se renversa.

— Écoutez, si vous refusez de m'aider, j'irai chercher la petite moi-même, dit-elle d'une voix tendue, comme si elle n'arrivait plus à contrôler ses émotions.

— Et comment comptez-vous vous y prendre ? lui demanda Walt.

— Je ferai croire à Metwater et ses disciples que je souhaite les rejoindre. Une fois que je serai parmi eux, je retrouverai Joy et je m'enfuirai avec elle.

Elle se redressa, prête à affronter leurs protestations. Le commandant et l'agent Cruz étaient de toute évidence sur le point de tenter de la dissuader d'agir seule. L'agent Riley, lui, paraissait un peu plus ouvert.

— On dirait que vous avez déjà envisagé la possibilité

de mettre ce plan à exécution, lui fit remarquer ce dernier.

— Pour sauver ma nièce, je suis prête à tout. Mais j'espérais sincèrement obtenir l'appui des autorités. Hélas ! Je commence à croire que je ne peux compter que sur moi-même. Alors j'irai dans ce campement et je ramènerai Joy. Et je vous mets au défi de m'en empêcher.

2

Pour installer leur campement, Daniel Metwater et ses disciples avaient choisi un endroit largement à l'écart du chemin boueux qui traversait la forêt. Après une heure de route sur des sentiers qui n'étaient pas empruntés tous les jours, Walt et Marco terminèrent à pied. Ils franchirent un pont de bois de fortune qui enjambait un ruisseau à sec et se retrouvèrent peu après face à une arche de rondins qui proclamait qu'ils s'apprêtaient à pénétrer dans une zone où régnait la paix.

— Il semblerait qu'ils aient décidé de s'installer pour un bon moment, remarqua Walt.

— Oui, ils sont mieux ici qu'à l'endroit où ils étaient avant, répondit Marco. Tu n'es jamais allé à leur ancien campement, n'est-ce pas ?

Walt fit non de la tête. Quand Metwater avait été soupçonné de meurtre, plusieurs membres de l'équipe s'étaient rendus au campement pour l'interroger, mais pas lui.

— Avant, ils étaient du côté du canyon de Dead Horse, reprit Marco. Il n'y avait pas d'eau à proximité, peu d'arbres, et un sentier de randonnée très fréquenté passait tout près.

Il fit un geste de la main.

— Ici, au moins, ils sont à l'abri des curieux ; il y a de l'eau et du bois à profusion.

— Mais leur autorisation de camper expire dans quelques semaines…

— Oui, mais le parc est vaste, ils n'auront pas de mal à trouver de la place ailleurs, dit Marco. Et Metwater doit avoir de l'influence sur les gens qui accordent les autorisations, car on dirait vraiment que ça leur fait plaisir de les lui octroyer.

Un jeune homme barbu, pieds nus et seulement vêtu d'un short kaki, s'avança vers eux.

— Bonjour, messieurs, lança-t-il d'un air méfiant. Vous êtes de la police ? Il y a un problème ?

— Nous sommes ici pour parler à M. Metwater, répondit Marco.

— Je vais voir si le Prophète a un moment à vous accorder, fit le jeune homme.

— Je ne doute pas qu'il comprendra que c'est dans son intérêt de nous recevoir, répliqua Marco.

Sans attendre, il passa devant le jeune type et se dirigea vers le campement.

Celui-ci était installé dans une clairière, à une centaine de mètres du ruisseau. C'était une succession disparate de tentes, de caravanes et d'abris de fortune. Au fond se trouvait un gros camping-car avec des panneaux solaires sur le toit.

— C'est le camping-car de Metwater, précisa Marco.

Walt suivit son collègue et observa les hommes et les femmes, ainsi que les enfants, qui sortaient des tentes, attirés par leur arrivée. Plusieurs femmes avaient un bébé dans les bras. La plupart des hommes étaient jeunes, portaient la barbe et les chevaux longs, et tous les regardaient avec au minimum de la méfiance quand ce n'était pas de l'hostilité.

Marco frappa à la porte du camping-car. Après

quelques secondes, la porte s'ouvrit, et une belle blonde, apparemment enceinte, vint leur ouvrir.

— Bonjour, mademoiselle Matheson, la salua Marco. Nous aimerions parler à M. Metwater.

Elle fronça les sourcils, les regarda tour à tour, puis ouvrit plus grand.

— Je me demande pourquoi vous ne pouvez pas le laisser tranquille, dit-elle.

S'il n'avait encore jamais rencontré Andi Matheson, Walt avait entendu parler d'elle. Son ancien amant n'était autre que l'homme retrouvé mort à proximité du campement de la Famille, et son père, qui était sénateur, était impliqué dans le meurtre. C'était la plus connue des disciples de Metwater et, selon toute vraisemblance, une des plus proches de lui.

— Nous devons lui poser quelques questions, répondit calmement Marco avant de faire un pas en avant pour entrer dans le camping-car.

Walt le suivit et salua au passage la jeune femme d'un hochement de tête. Elle l'ignora et se tourna vers l'homme qui sortit du fond du camping-car.

Daniel Metwater avait indéniablement une présence qui attirait l'attention quand il apparaissait. Pour quelqu'un qui se faisait appeler le Prophète, ce n'était pas inutile, songea Walt. La trentaine, environ un mètre quatre-vingts, il avait les cheveux sombres et ébouriffés, un regard noir perçant et le teint pâle. Il était vêtu d'un pantalon en lin et d'une chemise blanche en coton déboutonnée pour mettre en valeur ses abdos musclés. Il aurait aussi bien pu être chanteur pop. Il les accueillit d'un salut de la tête.

— Que me vaut le plaisir de votre visite, messieurs ?

— Nous cherchons une enfant, annonça Marco sans attendre. Une petite fille d'environ trois mois.

— Ah oui ? Et vous croyez qu'elle serait venue traîner par ici ? répondit Metwater avec ironie.

— Sa mère était une de vos disciples. Emily Dietrich.

Metwater parut réfléchir, mais Walt aurait parié que ce n'était qu'une façade.

— Ce nom ne me dit rien du tout, déclara-t-il enfin.

Walt se tourna vers Andi.

— Connaissez-vous Emily ? lui demanda-t-il.

Elle secoua la tête.

— Et Anna Ingels ? reprit-il.

Elle sembla prise de court et s'empressa de détourner le regard.

— Personne parmi nous ne répond à ce nom non plus, dit Metwater.

— C'est à Mlle Matheson que je posais la question, insista Walt. Connaissez-vous Anna Ingels ?

— Non, répondit Andi.

— Asteria, tu peux nous laisser, maintenant, intervint Metwater.

Andi Matheson, dont le nom au sein de la Famille était apparemment Asteria, baissa la tête et sortit. Metwater leur fit face.

— Quel rapport y a-t-il entre vos questions et la disparition de cette enfant ?

— Hannah Dietrich, la tante de la petite que nous recherchons, est venue nous voir. Elle pense que sa nièce est ici, parmi vous, expliqua Marco. Elle a obtenu la garde légale de la petite et aimerait être en mesure de la récupérer.

— Eh bien, si elle pense que la petite est ici, c'est qu'elle est mal informée.

— Dans ce cas, vous n'aurez aucune objection à ce qu'on fouille le campement, dit Walt.

— Il y a parmi nous un certain nombre d'enfants, admit Metwater, mais pas la petite que vous cherchez. Je ne peux vous autoriser à débarquer ici et à déranger mes disciples. Si vous voulez fouiller le campement, il vous faudra un mandat.

— L'acte de naissance de l'enfant que nous recherchons dit que vous êtes son père, déclara Marco.

Metwater sourit.

— Qu'une femme fasse porter mon nom sur un acte de naissance ne signifie pas qu'elle dise vrai.

— Êtes-vous le père de certains des enfants qui vivent ici ? voulut savoir Walt.

— Je suis le père de tous mes disciples.

— Est-ce ainsi qu'ils vous voient ?

— Ma relation à mes disciples est d'ordre spirituel, affirma Metwater. Maintenant, je vous prie de m'excuser, mais je dois mettre un terme à notre entretien. Je vous souhaite de retrouver cette enfant, où qu'elle soit.

Walt croisa le regard de Marco qui lui indiqua la porte d'un signe de tête.

— Tu crois vraiment que les relations entre les disciples de Metwater et lui sont seulement d'ordre spirituel ? lui demanda Walt lorsqu'ils furent sortis.

— Non, j'en doute. Tout comme je doute que parmi ses disciples aucun n'ait de casier judiciaire ou de choses à cacher.

— Oui, cette communauté est l'endroit idéal pour quelqu'un qui aurait besoin de se faire oublier, remarqua Walt.

— Ouais. Et je ne crois pas un traître mot de ce que nous a raconté Metwater.

Alors que Marco marchait résolument, Walt lui posa la main sur l'épaule pour le retenir.

— Avant de partir, nous devrions essayer de parler à ce groupe, là-bas.

Il désigna discrètement quelques femmes rassemblées derrière des tentes. L'une d'elles allumait un feu, d'autres avaient des enfants dans les bras.

— Bonne idée, fit Marco.

Elles les regardèrent approcher avec méfiance. Walt s'adressa à une jeune femme rousse qui tenait un bébé.

— Bonjour, dit-il. Comment s'appelle votre bébé ?

— Adore, répondit-elle en le serrant contre elle.

— Ma nièce doit avoir son âge, enchaîna Walt. Elle a trois mois à peu près, non ?

— *Il* a cinq mois, répliqua sèchement la femme avant de tourner les talons.

Les autres l'imitèrent et regagnèrent leurs tentes. Walt et Marco se retrouvèrent seuls.

— Je crois que c'est raté…, marmonna Marco.

— Au moins, nous aurons essayé. Et maintenant ?

— On s'en va.

Sans attendre, Marco se remit en marche, et tous deux rebroussèrent chemin vers l'endroit où ils avaient laissé leur voiture. Ils ne croisèrent personne, tout était silencieux.

— Tu n'as pas l'impression qu'on nous observe ? demanda Walt.

— Ce n'est pas une impression. On nous surveille bel et bien. Metwater s'arrange toujours pour qu'un ou deux de ses hommes gardent l'entrée du campement.

— Une attitude plutôt paranoïaque, pour une communauté qui prône l'amour et la paix. Que craignent-ils exactement ?

Ils atteignirent le parking où était garé leur véhicule. Walt s'immobilisa.

— C'est quoi ça, sur le pare-brise ?

— On dirait un mot glissé sous l'essuie-glace.

Marco sortit son téléphone et prit une photo. Puis ils approchèrent prudemment et contournèrent le véhicule. Pendant que Walt baissait les yeux à la recherche d'empreintes de pas, et constatait vite que le sol était trop sec pour qu'il y en ait, Marco prit délicatement le mot par un coin. Il le déplia, le lut puis le tendit à Walt. L'écriture ressemblait à celle d'un enfant :

Ici, on s'occupe très bien de tous les enfants et on les aime. Il n'y a aucune raison de s'inquiéter. Ne venez pas nous causer d'ennuis. Vous ne savez même pas ce que vous faites.

Walt se tourna vers Marco.

— Qu'en penses-tu ?

— Je me demande si la personne qui a écrit ce billet a également laissé ça.

Il désigna la poignée de la portière avant de la voiture, sous laquelle avait été glissé un petit bonnet rose pour bébé.

— Je suis sûre que c'est le bonnet que porte Joy sur la photo qu'Emily m'a envoyée ! s'exclama Hannah qui en avait les larmes aux yeux. La personne qui l'a laissé sur votre voiture voulait nous faire savoir que ma nièce est là et qu'elle va bien.

Elle leva la tête pour croiser le regard de Walt Riley avec l'espoir d'y lire qu'il pensait comme elle.

— Nous ignorons pour quelle raison ce bonnet a été laissé sur la voiture, dit-il d'une voix douce. Mais je reconnais qu'il ressemble en tout point à celui que porte votre nièce sur la photo que vous nous avez montrée.

— Que comptez-vous faire, maintenant ?

Elle observa tour à tour les trois hommes face à elle.

Quand Walt Riley l'avait appelée pour lui demander de passer au bureau dès qu'elle le pourrait, elle était venue sans attendre.

— Nous allons tenter d'obtenir un mandat pour fouiller le campement, répondit le commandant. Nous avons également contacté les services de protection de la petite enfance pour savoir si des signalements en rapport avec le campement leur ont été adressés.

C'était tout ? En venant voir les Rangers pour solliciter leur aide, elle avait espéré aller sans attendre au campement avec eux et revenir avec Joy. Au lieu de cela, ils avaient insisté pour y aller sans elle, mais elle s'était accrochée à l'espoir de les voir revenir avec Joy. Hélas ! ils s'étaient contentés de poser des questions comme si, pour eux, faire des démarches et remplir de la paperasse était plus important que retrouver sa nièce.

— Et, en attendant, que suis-je censée faire ? Me ronger les sangs ?

— Je suis désolé, mais vous n'avez aucun moyen d'action, reprit Walt. Vous précipiter seule au campement ne ferait que mettre Metwater et ses disciples sur la défensive. Ils risqueraient même de disparaître une fois de plus.

— S'ils s'en allaient, vous pourriez les arrêter.

— Pour quel motif ? fit le commandant. Nous n'avons aucune preuve qu'ils ont commis un délit.

— Ils retiennent une enfant qui n'a rien à faire avec eux ! Une enfant innocente.

— Écoutez… Quand bien même votre nièce serait parmi eux, nous n'avons pas la preuve qu'ils lui ont causé le moindre préjudice. Lors de notre visite, rien n'indiquait que les enfants présents étaient maltraités. Mais cela devra être confirmé par les services sociaux.

— Vous avez raison, admit Hannah avec fatalisme.

Elle poussa un soupir d'exaspération.

— Vous aurez compris que la patience n'est pas mon fort.

Encore moins quand il s'agissait d'un bébé qui était la seule famille qui lui restait.

— Retournez à votre hôtel, reprit calmement le commandant. Nous vous contacterons dès que nous aurons avancé.

Le commandant ainsi que l'agent Cruz quittèrent le bureau peu après, et elle se retrouva seule avec Walt Riley.

— Je vous raccompagne à votre voiture, proposa-t-il.

— Vous n'étiez pas obligé de me raccompagner, vous savez, dit-elle quand ils furent hors des locaux.

Elle écarta une mèche de cheveux de ses yeux pour l'observer.

— J'avais envie de parler encore un peu avec vous, répondit-il. Mais pas à l'intérieur. Ce n'est pas facile de s'exprimer librement, quand on se retrouve face à trois flics.

— Alors qu'avec un seul ça l'est ?

— Essayez de me considérer comme un type qui cherche à vous aider.

— D'accord.

Elle croisa les bras.

— Que souhaitez-vous savoir ?

— J'essaye de déterminer quel intérêt Daniel Metwater peut avoir à se faire passer pour le père de votre nièce. Comprendre les motivations des gens est souvent utile pour élucider une affaire.

— À vrai dire, je crois que vous en savez davantage sur son compte que moi. Cela fait quoi, un mois qu'il réside dans le coin, maintenant, non ?

— À peu près, oui. Croyez-vous que votre sœur

pourrait l'avoir déclaré comme père de sa fille sans qu'il en sache rien ?

— Pourquoi aurait-elle agi ainsi ?

— Eh bien, selon vous, elle faisait partie de ses disciples. Et lui, il prétend être leur père spirituel. Peut-être était-ce une façon pour votre sœur de le reconnaître comme tel…

Hannah resta songeuse quelques instants.

— Honnêtement, j'ignore ce que ma sœur avait dans la tête. J'avais beau l'aimer très fort, je ne la comprenais pas toujours. Elle menait une existence très différente de la mienne.

— Où vivez-vous ? Je ne vous ai même pas posé la question.

— À Dallas. Je suis chimiste.

La surprise qu'il ne put dissimuler la fit presque éclater de rire.

— J'espère que vous ne jouez pas au poker, agent Riley.

— J'avoue, je suis étonné. C'est la première fois que je rencontre une femme chimiste. À bien y réfléchir, je n'ai même jamais rencontré de chimiste du tout, homme ou femme.

Le sourire espiègle et charmeur qu'il affichait lui fit battre le cœur un peu plus fort.

— Eh bien, mon métier ne me met pas souvent en contact avec des représentants des forces de l'ordre, dit-elle. Donc, nous sommes à égalité.

Impulsivement, elle tendit la main pour la lui poser sur le bras.

— Promettez-moi de m'appeler dès que vous aurez du nouveau. À n'importe quelle heure, même en pleine nuit.

Il posa la main sur la sienne. La chaleur qu'il lui transmit se diffusa dans tout son corps et la réconforta.

— Je vous le jure. Et tâchez de ne pas trop vous

inquiéter. Vous n'en avez peut-être pas l'impression, mais je vous assure que nous faisons le maximum.

— Je vous crois.

Elle retira sa main et fit mine de remettre son sac sur son épaule.

— Vous savez, d'habitude, c'est moi qui dirige tout. Alors il ne m'est pas facile de m'en remettre à quelqu'un d'autre.

— Je comprends. Si le moindre élément qui pourrait nous aider à avancer vous revient, n'hésitez pas à nous rappeler.

— Entendu.

Ils se dirent au revoir ; elle monta en voiture et démarra. Pour la première fois depuis son arrivée dans le Colorado, elle n'était plus obnubilée par Joy et Emily, et rongée par l'inquiétude. Le souvenir de la main de l'agent Riley sur la sienne persistait. Un lien s'était tissé entre eux, et il ne lui arrivait pas fréquemment d'éprouver cette sensation. Jusque-là, elle pensait être la seule à pouvoir sauver sa nièce. Peut-être s'était-elle trompée, finalement.

Le lendemain, Walt passa tous ses moments libres à s'occuper de l'affaire de Hannah Dietrich. Il était par nature un travailleur acharné mais, en plus, son expression pleine d'attentes le hantait. Le jour suivant, les Rangers se réunirent pour présenter leur rapport d'activité. Il attendit que ses collègues aient terminé, puis se leva pour prendre la parole.

Après un bref récapitulatif de la visite de Hannah Dietrich puis de celle qu'il avait effectuée avec Marco au campement de Metwater, il consulta ses notes et déclara :

— J'ai examiné les documents fournis par Mlle Dietrich Dietrich. Nous n'avons pas pu relever d'empreintes utiles sur l'acte de naissance ni sur la lettre que lui a envoyée sa sœur. Il n'y avait rien non plus sur le mot laissé sur la voiture ni sur le bonnet. J'ai appelé l'hôpital de Denver, où est née la petite, et on m'a affirmé que ce bonnet ne venait pas de chez eux. Le personnel pense que la maman l'avait apporté. En outre, le secret médical leur interdit d'en révéler davantage sur leurs patients. Nous tentons de retrouver Marsha Caldwell, l'infirmière qui figure en tant que témoin sur le testament d'Emily Dietrich. D'après nos informations, elle résiderait désormais à Amsterdam où son mari a été muté. Elle n'a toutefois pas encore été officiellement localisée. En ce qui concerne Anna Ingels, le second témoin, c'est l'impasse.

— Moi j'ai parlé à mon contact au sein des services de la petite enfance, intervint Carmen, une de ses collègues. Mais sans résultat. À l'arrivée de Metwater et de ses disciples dans le parc national, un travailleur social a été envoyé pour visiter le campement, mais il n'a pas constaté d'infractions. Selon lui, on s'occupait bien des enfants.

— Et, évidemment, il n'y avait pas de petite fille livrée à elle-même, je suppose, intervint Ethan Reynolds, une récente recrue du bureau des Rangers.

— Il y a quelques minutes à peine, le juge nous a notifié son refus de nous accorder un mandat pour fouiller le camp, annonça à son tour Graham.

Walt reçut cette nouvelle comme un coup à l'estomac.

— Pour quel motif ? demanda-t-il.

— À ses yeux, nous n'avons pas fourni suffisamment d'éléments pour justifier cette perquisition. Pour lui, le fait que les Rangers gardent Metwater sous surveillance confine au harcèlement.

— Mais, cette fois, nous n'y sommes pour rien ! C'est Mlle Dietrich qui est venue nous trouver. C'est elle qui a porté des accusations contre Metwater. Nous avons seulement fait notre boulot.

— Et nous n'avons rien trouvé, rétorqua Graham.

Il fixa Walt droit dans les yeux.

— Tant que Metwater et ses disciples nieront savoir quoi que ce soit sur ce bébé, nous serons pieds et poings liés. Nous ne pouvons donc plus rien faire.

3

Cette déclaration fut accueillie par des protestations.

— Nous devons retourner voir le juge et insister, dit un agent.

— Moi, je peux retourner m'entretenir avec les services de protection de la petite enfance pour leur demander de refaire une inspection, renchérit Carmen.

— Ils ne vont pas passer leur temps à inspecter le campement. Et tant qu'ils ne seront pas de notre côté, nous n'arriverons à rien, reprit un autre agent, plus fataliste.

Walt éleva la voix pour se faire entendre par-dessus le brouhaha.

— Nous pouvons encore agir, même sans mandat, lança-t-il.

Le silence se fit, et tous se tournèrent vers lui.

— Qu'as-tu en tête ? demanda Marco.

— Je pense que nous devrions suivre le plan suggéré par Hannah Dietrich et infiltrer la communauté.

— Tu veux dire envoyer quelqu'un là-bas sous couverture pour qu'il détermine si la petite y est ou pas ? intervint Carmen.

— Et également tenter de comprendre ce qui est arrivé à la maman du bébé. Selon Hannah Dietrich, sa sœur craignait pour sa vie. Il reste beaucoup de zones d'ombre à éclaircir.

— Ce n'est pas une mauvaise idée, remarqua Graham. D'ailleurs, j'ai déjà envisagé d'infiltrer cette communauté, ne serait-ce que pour en apprendre davantage sur Metwater.

— Attention, ça pourrait se retourner contre nous, les mit en garde Simon Woolridge, un autre agent. Si Metwater découvre la manœuvre, il pourrait convoquer la presse et déclarer que nous le harcelons.

— Non. Si nous nous y prenons bien, il n'y verra que du feu, assura Walt avec conviction.

— Tu comptes te porter volontaire pour cette mission ? demanda Graham.

Walt redressa les épaules.

— Oui, je pourrais le faire. J'ai déjà travaillé sous couverture.

— On te reconnaîtrait, lui fit remarquer Marco. On t'a vu au campement avec moi.

— Je peux me teindre les cheveux, me laisser pousser la barbe et changer de look. Ainsi, ils ne reconnaîtront pas le policer qu'ils n'ont vu qu'une seule fois.

— Et comment t'y prendras-tu pour identifier la petite ? voulut savoir Carmen.

— Je pourrais me faire accompagner par Hannah Dietrich et prétendre qu'elle est ma sœur.

— Non, ça ne marchera pas, objecta Simon. Vous ne vous ressemblez pas du tout.

— Fais-la plutôt passer pour ta femme, lui conseilla Randall, un autre Ranger. Les couples rejoignent habituellement la communauté de Metwater ensemble.

— Si Hannah est d'accord, je suis prêt à me lancer.

— Tu as entendu ce qu'elle a dit, reprit Marco. Elle est prête à tout pour retrouver sa nièce.

— Parle-lui, dit Graham. Mais il est de ton devoir

de l'avertir des risques. Et si, une fois sur place, tu sens que vous êtes en danger, tu ne devras pas jouer les héros.

— Bien, monsieur.

Il n'avait pas envie de jouer les héros. Il voulait seulement que Hannah et sa nièce soient enfin réunies.

Cela faisait un bon moment que Hannah ne suivait plus vraiment l'intrigue du film qu'elle avait commencé à regarder dans sa chambre d'hôtel une heure plus tôt, mais elle avait laissé la télévision allumée. Son regard se porta vers le paquet de couches-culottes posé dans un coin, et elle eut un pincement au cœur. Avait-elle réellement cru que, la veille, on lui rapporterait Joy et qu'elle pourrait rentrer à Dallas avec elle ? Désormais, elle était coincée dans cet hôtel sinistre, sans savoir quand, ni même si elle verrait un jour sa nièce.

De petits coups frappés à la porte la firent sursauter. Elle saisit la télécommande, arrêta la télévision puis alla à la porte. Par l'œilleton, elle vit qu'il s'agissait de l'agent Riley. Les mains tremblantes, elle s'empressa d'ouvrir.

— Y a-t-il du nouveau ? lui demanda-t-elle aussitôt.

— Bonsoir, mademoiselle Dietrich. Puis-je entrer ? J'ai besoin de vous parler.

— D'accord.

Quand il passa près d'elle, elle perçut l'odeur de son after-shave. Elle ne put l'identifier mais le trouva très masculin et sensuel.

Il traversa la chambre et s'installa sur la seule chaise disponible. Nerveuse, elle s'assit au bord du lit.

— Avez-vous obtenu un mandat pour fouiller le campement ?

— Non. Selon le juge, nous ne disposons pas d'éléments suffisamment solides pour justifier une perquisition.

Metwater s'est déjà plaint que nous le harcelions, et le tribunal prend cette accusation au sérieux.

— Et les services de la petite enfance ? Ils n'ont pas appuyé votre demande ?

Il secoua la tête.

— Selon eux, il n'y a pas de problèmes particuliers dans le campement. Ils n'ont aucune raison d'appuyer notre requête.

Hannah eut soudain la sensation d'avoir une enclume sur les épaules.

— Que vais-je faire, maintenant ? demanda-t-elle sans chercher à cacher son accablement.

— Nous avons un plan.

— Lequel ?

— En fait, c'est plutôt votre plan. Nous envisageons d'envoyer deux personnes qui prétendront être mari et femme se présenter à la communauté en affirmant vouloir la rejoindre. Cela nous donnera l'opportunité de déterminer s'il y a parmi eux une enfant qui pourrait être votre nièce. Nous espérons également éclaircir les circonstances de la mort de votre sœur.

— Je veux y aller.

— Attention, nous ne parlons pas de leur rendre une petite visite discrète ! Pour gagner leur confiance et glaner des infos valables, cela peut prendre du temps.

— J'ai pris plusieurs semaines de congé de mon travail ; j'ai du temps devant moi.

— Et si vous débordez de votre congé, comment va réagir votre employeur ?

— Je travaille depuis longtemps au même endroit et je suis compétente. S'il le faut, je peux négocier une absence plus longue que prévu. Encore une fois, pour le moment, ma priorité, c'est Joy. Je veux le faire, agent Riley. Je veux vous aider à retrouver ma nièce.

— Si vous y tenez réellement, vous devrez accepter de suivre les ordres d'un agent qui se fera passer pour votre mari. Vous ne devrez prendre aucune initiative sans l'en avertir préalablement, et vous devrez vous plier à ses décisions.

Elle se raidit.

— Je n'ai pas l'habitude de laisser les autres décider pour moi.

— Je crois l'avoir compris. Mais, dans ce cas précis, ce sera vital. En tant que membres des forces de l'ordre, nous sommes formés pour rassembler des éléments qui confondront un suspect devant un tribunal. Si Daniel Metwater et ses disciples ont kidnappé votre nièce ou ont une quelconque implication dans la mort de votre sœur, nous voulons être certains de pouvoir bâtir un dossier d'accusation solide qui débouchera sur une condamnation.

Ses arguments étaient sensés, et elle avait toujours su suivre les règles quand elles étaient claires.

— Entendu. Votre raisonnement est logique, et je le respecte en tout point. Qui sera l'agent assigné à cette mission ?

— Ce sera moi.

Elle ne répondit pas et prit le temps d'assimiler cette info. Apprendre qu'elle ferait équipe avec un agent qui n'était pas un parfait inconnu pour elle était un soulagement. En même temps, devoir prétendre être la femme d'un homme qui ne la laissait pas indifférente l'inquiétait. Elle n'aurait pas le droit de se laisser distraire par son attirance pour lui ; elle ne devrait penser qu'à Joy. De toute façon, elle n'avait pas le choix. Elle n'allait tout de même pas refuser de travailler avec lui simplement parce que l'idée de devoir éventuellement dormir à côté de lui la troublait ! Ils étaient adultes et sauraient contrôler leurs pulsions. Et puis, après tout, il n'avait jamais montré qu'elle l'attirait.

— Très bien, dit-elle finalement. Alors comment procédons-nous ?

— Et si nous commencions par aller dîner ?

La suggestion la prit de court.

— Vous me demandez de sortir avec vous ?

— Si nous devons nous faire passer pour mari et femme, il faut que nous apprenions à mieux nous connaître et à nous habituer à être ensemble.

Une fois encore, il avait raison.

— Bien sûr.

Il se leva et lui tendit la main pour l'aider à se lever à son tour.

— Appelez-moi Walt.

— Entendu, Walt, répondit-elle en acceptant son aide.

L'appeler par son prénom lui fut facile, presque naturel.

— Et vous, appelez-moi Hannah.

— D'accord. C'est un joli prénom.

— Oui, je l'aime bien. Je ne comprends pas pourquoi les disciples de Metwater se sentent obligés de prendre un nouveau nom.

— Je suppose que c'est pour symboliser l'abandon de leur ancienne vie et le début d'une nouvelle. Et c'est pratique aussi pour ceux qui ne souhaitent pas être retrouvés, parce qu'ils ont commis un délit, par exemple.

Il ouvrit la porte pendant qu'elle prenait son sac, l'invita à sortir, puis referma derrière eux.

— Votre sœur a-t-elle changé de nom quand elle a rejoint la communauté ?

— Je n'en sais rien, elle n'y a jamais fait allusion.

Vous savez, je m'en veux de ne pas en savoir davantage sur la vie qu'elle a menée au cours des derniers mois de son existence. Il y a encore un an, je vous aurais affirmé sans hésiter que je la connaissais bien. Maintenant, je découvre des aspects qui me la font paraître comme une étrangère. C'est terriblement déprimant, surtout quand il s'agit de sa propre sœur.

— Oui, quand un parent proche se conduit de manière inattendue, ça nous touche davantage. On le vit comme une sorte de trahison.

— En effet…

Ils sortirent de l'hôtel et rejoignirent le parking. Il lui ouvrit la portière côté passager de sa voiture, attendit qu'elle soit installée et la referma doucement.

Elle fut troublée, car il se montrait plein d'égards, et elle y était sensible. Jusque-là, elle ne s'était pas rendu compte à quel point la disparition de sa sœur l'avait rendue vulnérable.

Son travail lui avait fait vivre de pires moments, songea Walt. Dîner en compagnie d'une jolie femme n'était pas désagréable. Le fait que plusieurs hommes aient tourné la tête vers elle lors de leur entrée dans le restaurant ne lui avait d'ailleurs pas échappé.

— Parlez-moi de vous, dit-il lorsqu'ils eurent passé commande. Depuis combien de temps vivez-vous à Dallas ?

— Dix ans. J'y ai décroché un emploi à ma sortie de l'université de Houston.

— Et vous êtes certainement brillante dans ce que vous faites. Je suis loin de vous égaler.

Elle but une gorgée de son thé glacé et lui adressa un regard timide.

— Ça, c'est vous qui le dites.

— Oh si ! croyez-moi, c'est la vérité. Moi, je suis modestement diplômé de l'université du Nouveau-Mexique, et je n'étais pas parmi les meilleurs de la promo. Et même si je suis conscient qu'il y a des métiers moins glamour que celui de flic, passer ses journées à faire respecter l'ordre dans la campagne du Colorado, c'est tout de même loin de l'univers des grandes entreprises dans lequel vous évoluez.

— Pourtant, je n'ai pas l'impression que vous exercez un métier ennuyeux.

— Ennuyeux, non. Mais parfois, c'est vraiment pénible. Heureusement, la plupart du temps c'est stimulant.

— Et qu'est-ce qui vous a attiré dans ce boulot ?

Elle s'appuya contre le dossier de sa chaise et parut se détendre.

— Eh bien… J'aime l'indépendance qu'il procure, et j'aime résoudre des énigmes. Et même si ça peut vous sembler pompeux, j'apprécie de contribuer à lutter contre les injustices du monde. Arrêter un meurtrier ou un trafiquant, ça fait du bien.

Il la fixa et ajouta :

— Ou encore un ravisseur d'enfant.

Elle joua nerveusement avec ses couverts.

— Vous croyez que ça va marcher ? Que la communauté va nous accepter ?

— Disons que je n'ai pas trouvé de meilleure solution. À mon avis, vous saurez soutirer des informations aux femmes, notamment à celles qui ont des enfants. Moi, je m'occuperai avant tout des hommes. Il est possible que nous retrouvions Anna Ingels, la femme qui a servi de témoin à votre sœur lors de la rédaction de son testament. Et si votre nièce est bien là-bas, quelqu'un est forcément au courant et finira par lâcher une info, volontairement ou non.

Le serveur apporta leurs plats. Ils commencèrent à manger en silence, puis Hannah demanda :

— Avez-vous déjà fait cela avant ?

— Du travail d'infiltration, vous voulez dire ? Oui, ça m'est arrivé. Dans le passé, je me suis notamment fait passer pour un drogué pour démanteler un réseau.

— Et vous avez déjà prétendu être marié à quelqu'un d'autre ?

— Non, ça c'est nouveau. Est-ce que ça vous fait peur ?

— Un peu. Pas à vous ? Enfin, vous comprenez, je n'ai jamais été mariée, alors…

— Moi non plus.

Il posa sa fourchette.

— Et avez-vous un fiancé, un petit ami ? Une liaison avec un spécialiste des arts martiaux maladivement jaloux ? Je préfère poser la question avant que nous soyons vraiment lancés dans cette histoire.

Elle sourit.

— Non, rien de tout cela. Et vous ?

— Je n'ai personne non plus dans ma vie.

Elle parut étonnée.

— Vraiment ? J'aurais parié le contraire.

— Ah bon ?

— Oui, car vous êtes bel homme, et sympathique. Je me disais que vous ne deviez pas avoir de difficultés à décrocher un rendez-vous galant.

— Oh ! vous savez, l'essentiel n'est pas là, dit-il avant de prendre une nouvelle bouchée dans son assiette. Et puis, je suis dans le secteur depuis peu, ajouta-t-il après l'avoir mangée. J'ai été muté le mois dernier seulement.

— Et ?

— Et quoi ?

— Je sens que vous ne me dites pas tout.

Était-ce si facile de lire en lui ? Il songea d'abord à lui mentir, mais ne vit finalement pas de raison de le faire.

— La dernière femme avec laquelle je suis sorti est maintenant mariée à mon frère cadet.

— Aïe !

— Ouais. Disons que mon frère est quelqu'un de charmant qui n'a pas facilement mauvaise conscience.

Il lui était encore difficile d'en parler, et c'est à son frère qu'il en voulait le plus. En outre, qu'il n'ait rien vu venir lui avait fait perdre confiance en lui.

— Je comprends mieux pourquoi vous disiez savoir ce que provoquait le fait de voir un parent proche agir de façon inattendue.

— Oui, nous avons déjà un point commun.

— J'imagine que les repas de famille sont parfois tendus.

— Un peu, mais nous sommes quatre enfants, deux filles et deux garçons. Pour le bien de tous, j'ai souhaité le meilleur aux mariés, et je garde mes distances.

— Pour ma part, je n'avais qu'Emily. Je n'ai pas d'autres frères et sœurs. Après ma naissance, ma mère a eu du mal à être de nouveau enceinte. Je me rappelle encore à quel point j'étais heureuse quand ma sœur est née. J'avais vraiment envie de m'occuper d'elle. Quand nos parents sont décédés ensemble dans un accident de la route, ma sœur et moi nous étions inséparables, jusqu'à ce que je parte travailler à Dallas. Et même après, nous sommes toujours restées très liées, bien que nous menions des vies différentes. J'en veux énormément à Daniel Metwater d'avoir brisé le lien entre nous. Après avoir rejoint sa communauté, Emily ne m'a pour ainsi dire plus donné de nouvelles. Comment peut-on encourager quelqu'un à rompre avec sa famille ?

— Nous n'avons pas réussi à apprendre grand-chose

sur lui. En gros, nous savons que c'est quelqu'un de très charismatique qui offre à ceux qui veulent le rejoindre une vie différente de celle qu'ils mènent. Et certains trouvent ça tentant.

Il eut envie de lui prendre la main pour la réconforter mais se retint.

— Je pense qu'un expert pourrait mieux que moi vous expliquer les phénomènes à l'œuvre.

— Metwater appelle ses disciples sa famille. Comme si sa communauté pouvait se substituer à une véritable famille.

— Peut-être que cette mission d'infiltration vous permettra d'obtenir des réponses aux questions que vous vous posez, dit-il avant de piquer de nouveau dans son assiette.

Ils se remirent à manger en silence, mais avant d'avoir fini Hannah posa sa fourchette et repoussa son assiette.

— J'ai réfléchi, dit-elle. Vous m'avez demandé ce que, selon moi, Metwater avait à gagner à garder Joy et à prétendre être son père.

— Et vous avez une idée ?

— Eh bien… C'est une possibilité. Notre mère avait légué à Emily une somme qu'elle devait toucher par versements annuels jusqu'à ses trente ans, c'est-à-dire normalement pendant encore deux ans. Ensuite, elle aurait pu demander à percevoir le reste de son héritage, la plus grosse partie. Et il a été stipulé dès le départ que cette somme reviendrait automatiquement à tout enfant qu'elle aurait si elle venait à décéder et servirait notamment à payer les frais du quotidien et de scolarité.

Walt réfléchit quelques instants à cette hypothèse, mais resta dubitatif.

— Metwater est réputé pour avoir de l'argent… Il est lui-même un héritier.

— Oui, c'est ce que j'ai appris quand j'ai fait des recherches sur lui. C'est seulement une piste possible, je vous l'ai dit.

— Cependant, avoir de l'argent ne signifie pas qu'on ne cherche pas à en avoir davantage. D'autant que nous ignorons quelle est précisément sa situation financière actuelle. Peut-être a-t-il fait de mauvais placements, ou alors jouer les prophètes en pleine nature revient plus cher qu'il le croyait.

— Je ne cesse de repenser à la dernière lettre d'Emily, reprit Hannah. Elle semblait tellement effrayée ! Je me suis demandé si la communauté ne la retenait pas prisonnière.

— Selon le certificat de décès, elle a succombé à des complications respiratoires.

— Je sais. Elle est décédée dans le service des urgences. Quelqu'un, on ne sait pas qui, l'avait déposée devant la porte. Bien sûr, il y a des gens qui meurent de complications liées à l'asthme, mais je me demande si on ne l'a pas empêchée de se soigner pour provoquer la crise qui lui a été fatale.

— Si c'est le cas, il sera difficile de prouver qu'il y a eu homicide volontaire.

— Je sais…

Elle déposa sa serviette sur la table, à côté de son assiette.

— Et, de toute façon, ça ne me ramènera pas Emily. L'objectif premier doit vraiment être de retrouver Joy pour lui offrir tout le soin qu'elle mérite.

Walt lut un éclat nouveau dans son regard. Il émanait d'elle tellement de tendresse qu'il en fut ému.

— Vous l'aimez déjà, pas vrai ?

— Oui, répondit-elle avec un sourire. Je n'ai jamais

été ardemment animée d'un désir d'enfants, mais cette petite que je n'ai encore jamais vue, je l'aime. J'en suis la première surprise.

— Si elle est au campement de Metwater, nous la trouverons, assura-t-il.

Alors qu'il ne s'y attendait pas, elle tendit le bras et lui prit la main.

— Je vous fais confiance. Et puisque je dois prétendre avoir un mari, je suis heureuse que ce soit vous.

Il lui serra brièvement la main puis retira la sienne avant d'être tenté de l'embrasser. Décidément, cette mission allait être intéressante… et dangereuse, à bien des égards.

4

Deux jours plus tard, Hannah observait son reflet dans le miroir de sa chambre d'hôtel. Elle regrettait de ne pas avoir été plus assidue aux cours de théâtre au lycée, car elle aurait peut-être pu y puiser quelques idées utiles. Pour tout conseil, Walt lui avait seulement dit de s'en tenir le plus possible à la vérité et de mentir seulement quand c'était absolument nécessaire. Elle allait se rendre au campement sous l'identité de Hannah Morgan — le nom de jeune fille de sa mère —, ancienne employée d'une grande entreprise en quête d'une vie plus authentique.

Pour s'habiller, elle avait suivi les consignes de Walt et portait une jupe large, un haut sans manches et des sandales robustes. Elle ne s'était pas maquillée et avait laissé ses cheveux libres, complétant son look avec des bracelets et des boucles d'oreilles argentées. Cela changeait radicalement de son allure d'ordinaire beaucoup plus stricte, mais il fallait bien qu'elle entre dans son personnage.

Quelqu'un frappa à sa porte, la tirant de ses pensées. Elle regarda par l'œilleton, mais ne reconnut pas l'homme qui se tenait dans le couloir. Comme il changeait de position, elle distingua plus nettement son visage et poussa une petite exclamation de surprise. Elle ouvrit la porte.

— Je ne vous ai pas reconnu immédiatement, dit-elle en détaillant Walt.

— Puisque nous sommes censés être mariés, nous devrions nous tutoyer…

Il avait laissé pousser sa barbe et teint en blond ses cheveux coiffés à la diable, ce qui lui donnait un air terriblement sexy. Il était vêtu d'un jean délavé troué au genou, de chaussures de marche et d'un T-shirt vert olive moulant qui mettait en valeur ses biceps et ses pectoraux. Il avait même un tatouage tribal sur le bras droit. Son allure était différente mais toujours aussi séduisante.

— Qu'en penses-tu ? demanda-t-il en écartant les bras. Tu crois qu'ils devineront que je suis flic ?

Elle secoua la tête.

— Ça m'étonnerait.

— Tu es parfaite, lui dit-il. Je n'imaginais pas que tu avais les cheveux aussi longs.

Touchée, elle écarta une mèche de ses yeux.

— J'ai l'habitude de les attacher, sinon ils me gênent quand je travaille.

— Tu es prête ? Marco m'a appelé pour me prévenir que c'était le moment de se rendre au lavomatique.

Passant nerveusement les mains sur sa jupe, elle prit une grande inspiration.

— Oui, je suis prête.

Elle alla chercher le sac à dos dans lequel elle avait rangé quelques affaires puis le suivit jusqu'au parking. Cette fois, il n'était pas en voiture mais à moto. Un gros engin rutilant qui devait faire un bruit d'enfer.

— On y va avec ça ? s'exclama-t-elle.

Il tapota la selle en cuir.

— Je me suis dit qu'une Harley collerait mieux avec l'image que nous souhaitons donner. Dans les sacoches, j'ai rangé une petite tente et d'autres affaires nécessaires. Tiens, mets ça, ajouta-t-il en lui tendant un casque.

Elle obtempéra, surprise de trouver le casque plus lourd qu'elle s'y attendait.

— Cette moto appartient aux Rangers ? reprit-elle en s'efforçant de boucler la jugulaire.

— Non, elle est à moi.

Comme elle n'y arrivait pas, il se chargea de la boucler pour elle. Sentir ses doigts sur son menton la fit tressaillir, mais il ne parut pas s'en rendre compte. Il s'installa sur la moto et se retourna pour la regarder.

— Allez, monte derrière moi et pose les pieds sur les repose-pieds.

Maladroitement, elle s'installa à son tour.

— Je ne suis jamais montée sur une moto, avoua-t-elle.

— N'aie pas peur. Accroche-toi fermement, et tout ira bien.

Quand il mit le contact, elle sursauta et ressentit les vibrations du moteur dans tout son corps. Puis la moto démarra tout à coup. Elle resserra de toutes ses forces les bras autour de Walt, les seins pressés contre son dos. Sa large stature la protégeait du vent et après quelques minutes, rassurée par sa présence, elle parvint à se détendre.

Elle se concentra sur ce qui les attendait. Apparemment, une fois par semaine, plusieurs femmes de la communauté de Metwater venaient en ville pour laver du linge. Le plan consistait à les rencontrer, à engager la conversation avec elles et à parler de la Famille. Ils exprimeraient leur désir de rejoindre la communauté et demanderaient à être présentés à Metwater. Walt lui avait appris que, selon d'anciens disciples, c'était souvent ainsi que de nouveaux membres étaient recrutés. Metwater se vantait d'ailleurs sur son blog de n'avoir pas à faire de prosélytisme. Selon lui, les gens étaient sensibles à son message et venaient à lui de leur plein gré.

La laverie fréquentée par les femmes se trouvait tout au bout d'une galerie marchande située non loin du campus universitaire. Elles étaient trois et, bien qu'elles soient peu ou prou du même âge que les étudiants venus faire leur lessive, il était impossible de ne pas les repérer. Elles avaient le teint hâlé, portaient de longues jupes et des hauts sans manches élimés. L'une d'elles, qui avait les cheveux nattés, tenait un bébé. Hannah ne put s'empêcher de l'observer de près.

— Vous avez un bien beau bébé, lança-t-elle, sans tenir compte du fait qu'ils avaient convenu de laisser Walt prendre l'initiative de les aborder.

— Merci, répondit la femme en l'observant d'un air méfiant.

— Il a quel âge ? Ou peut-être est-ce une fille ?

— Il a presque sept mois.

Réalisant qu'elle avait regardé le bébé de manière trop insistante, Hannah sourit.

— Je m'appelle Hannah, dit-elle. Et voici Walt, mon mari. Une amie nous a dit qu'elle vous voyait de temps en temps laver votre linge ici. Alors nous sommes venus dans l'espoir de vous rencontrer.

— Nous lisons le blog du Prophète, expliqua Walt. Nous sommes très sensibles à sa parole, et nous nous demandions comment rejoindre votre communauté.

La femme à l'enfant jeta un coup d'œil en direction de ses deux compagnes, occupées à mettre du linge dans une machine.

— Vous devriez vous adresser à Starfall, fit-elle. Starfall, Viens par ici ! Ces personnes aimeraient te dire un mot.

La dénommée Starfall, une brune aux cheveux bouclés et à l'air revêche, s'approcha et les dévisagea sans bienveillance.

— Qu'est-ce que vous voulez ? leur demanda-t-elle.

— Nous voudrions savoir comment nous y prendre pour rejoindre votre communauté, répondit Walt qui prit la main de Hannah. Nous lisons régulièrement le blog du Prophète, et nous sommes très touchés par ce qu'il écrit.

— Vraiment ?

Starfall fixa Hannah, comme si c'était elle qui s'était exprimée et non Walt.

Hannah déglutit et chercha à se remémorer un passage du blog de Metwater, qu'elle avait consulté plusieurs fois depuis que sa sœur lui avait fait part de son désir de rejoindre la Famille.

— Nous en avons assez du matérialisme et du mercantilisme, commença-t-elle. Nous souhaitons aider le Prophète à faire grandir sa communauté et à répandre ses idées, revenir à un rapport sain à la nature et travailler au bien de tous.

— Il ne s'agit pas de venir camper quelques semaines en pleine nature, vous savez. Vous devez être d'accord pour mettre vos ressources à la disposition des autres. Et vous devrez travailler. Au sein de la Famille, tout le monde travaille.

— Ça ne nous fait pas peur, dit Walt. Et nous n'attendons pas du Prophète qu'il nous accueille sans rien demander en échange. Nous avons de l'argent.

Comme si elle cherchait à entrer dans leur tête, Starfall continua à les fixer intensément. Hannah commença à se sentir nerveuse et se rapprocha de Walt.

— Pouvez-vous vous arranger pour nous faire rencontrer le Prophète ? demanda-t-elle.

L'expression de Starfall resta dure mais elle acquiesça.

— Quand nous serons prêtes à repartir, vous n'aurez qu'à nous suivre.

— Puis-je vous aider ? Voulez-vous que je tienne votre bébé pendant que vous terminez ? proposa Hannah à la jeune femme au bébé.

Celle-ci serra plus fort son enfant contre elle.

— Non, il est plus rassuré quand il est dans mes bras.

— Attendez-nous là-bas, reprit Starfall en indiquant un banc à l'entrée de la laverie.

— Viens, chérie, fit Walt avant de prendre la main de Hannah pour la tirer vers le banc. Tu dois te maîtriser ! lui murmura-t-il quand ils furent à distance des trois femmes. Elle se méfie, elle va finir par penser que tu veux lui voler son bébé.

— Je voulais seulement m'assurer que c'était un garçon. Tu ne le trouves pas chétif pour un enfant de sept mois ?

— Je ne saurais dire. Je ne m'y connais pas suffisamment en bébés.

Elle se laissa tomber sur le banc.

— Moi non plus. Avant de venir ici, j'ai lu tout ce que je pouvais sur le sujet, mais il y a tellement d'informations à absorber…

— N'aie crainte, la rassura-t-il. La plupart des parents ont peur de mal faire quand ils ont un enfant, mais la majorité s'en sort très bien. Je suis sûr que tu sauras t'y prendre avec ta nièce.

Elle observa le trio de femmes qui pliait le linge.

— Starfall. À ton avis, d'où vient ce nom ?

— Je ne sais pas comment les disciples de Metwater se voient attribuer un nouveau nom. Peut-être qu'il les rebaptise lui-même.

— Si ma sœur a elle aussi pris un nouveau nom, cela

explique peut-être pourquoi tout le monde a déclaré ne jamais avoir entendu parler d'une dénommée Emily.

— Possible. Nous tâcherons d'en avoir la certitude.

Walt lui tenait la main et, à sa grande surprise, elle trouva cela presque naturel. Mais, s'il était son mari, c'était normal qu'il agisse ainsi, non ? Elle était toutefois troublée d'être parvenue à le tutoyer aussi facilement, de se faire aussi aisément à son rôle. Quoi qu'il en soit, elle ne devait pas perdre de vue le véritable objectif de leur mission : retrouver sa nièce.

Elle retira sa main.

— Je suppose que Metwater va chercher à savoir pourquoi nous voulons rejoindre sa communauté. Nous devrions préparer une liste d'arguments. Il ne va pas nous autoriser à rester seulement parce que nous représentons des bras supplémentaires.

— D'après nos observations, il y a davantage d'hommes que de femmes qui quittent le groupe, répliqua Walt. Ce qui signifie qu'il est toujours à la recherche de muscles.

Elle posa les yeux sur son torse vigoureux et ses biceps. En termes de muscles, il était bien pourvu.

— Il semblerait que Metwater ne manque pas de jeunes femmes parmi ses disciples. Il faut que je trouve un élément qui me distingue des autres et qui le convaincra de me garder. Mon compte en banque, peut-être ?

— C'est un argument mais, à mon avis, tu n'auras pas à y recourir.

— Je crois quand même qu'il faut que j'aie quelque chose en réserve. Je pourrais prétendre avoir été enseignante et dire que je pourrais me charger de l'éducation des enfants. Ce serait aussi un bon moyen de me rapprocher des mamans.

— Possible, mais la plupart des enfants sont encore

trop jeunes pour avoir besoin d'apprendre. Moi je suis persuadé que Metwater tiendra à te garder parce que tu es son genre.

— Son genre ?

— Tu es superbe.

Elle le regarda, le rouge aux joues. Dire qu'on ne lui avait jamais fait ce compliment aurait été exagéré, mais l'entendre de sa bouche la toucha. Elle jeta un nouveau coup d'œil en direction des trois femmes qui étaient plutôt jeunes, élancées et jolies.

— Tu veux dire que Metwater cherche avant tout à être entouré de belles jeunes femmes ?

— Eh bien, d'après ce que j'ai entendu, la communauté n'en manque pas. La première fois que les Rangers se sont rendus au campement pour savoir combien de personnes composaient grosso modo la communauté et quel était leur profil, il est ressorti qu'il n'y avait a priori pas une seule femme de plus de quarante ans. Et deux tiers de ses disciples sont des femmes. De préférence jolies.

Il haussa les épaules.

— Tu devrais te fondre dans le groupe sans problème.

C'était certainement un compliment, mais cela la mit mal à l'aise.

— Qu'on me trouve jolie ou pas, je n'aime pas l'idée d'être jugée sur mon apparence. Depuis le début de ma carrière au sein de la communauté scientifique, c'est un aspect contre lequel j'ai toujours dû me battre. L'idée qu'une jolie blonde est forcément stupide est solidement ancrée dans l'esprit de beaucoup d'hommes.

— Je te jure que je ne te crois pas stupide. Loin de là. Je te fais seulement part de ce qui a été observé autour de Metwater. Ce n'est que si tu es pleinement consciente du contexte dans lequel tu vas évoluer que tu pourras atteindre ton objectif.

— Es-tu en train de me dire que s'il me prend pour une blonde écervelée, il sera moins à même de me soupçonner d'avoir une idée derrière la tête ?

— C'est une façon de voir les choses…

Elle croisa les bras. Jouer de ses charmes et se faire passer pour une idiote allait à l'encontre de tous ses principes. Cependant, si cela pouvait l'aider à retrouver Joy…

— Je sors prendre l'air.

Walt regarda Hannah s'éloigner. Elle passa à proximité des trois femmes de la communauté, leur adressa un signe de tête, mais ne s'arrêta pas pour leur parler. Il se cala aussi confortablement qu'il le put sur le banc et fit bientôt mine de somnoler. En réalité, il gardait les trois disciples de Metwater à l'œil. De toute évidence, ses commentaires sur sa beauté avaient irrité Hannah. Il n'avait pourtant rien fait d'autre que dire la vérité et la préparer au contexte de la famille.

Évidemment, il n'avait pas l'intention de laisser Daniel Metwater s'intéresser de trop près à elle. Il était d'ailleurs heureux qu'il ait été décidé qu'ils se feraient passer pour mari et femme et non pour frère et sœur. Certes, il n'était pas du tout certain que savoir une femme mariée puisse dissuader Metwater de chercher à la séduire, mais cela calmerait peut-être quelque peu ses ardeurs. Il comptait tout faire pour que Hannah et lui restent le moins longtemps possible au campement. Avec un peu de chance, ils retrouveraient rapidement la petite Joy et n'auraient plus qu'à filer en douce.

— Si vous voulez nous suivre, c'est maintenant, nous sommes prêtes à partir.

Starfall passa près de lui, un gros sac plein de linge propre dans les bras. Il se leva et la rattrapa.

— Laissez-moi vous aider.

Il prit le paquet de linge et la suivit jusqu'à un vieux coupé cabossé.

Hannah les rejoignit.

— Puis-je vous aider pour autre chose ?

— Non, répliqua Starfall qui récupéra son sac de linge puis, sans attendre, monta en voiture, ainsi que ses deux compagnes. Débrouillez-vous pour suivre la cadence, les avertit-elle.

Quand Hannah et Walt rejoignirent la moto, le coupé sortait déjà du parking.

— J'ai comme l'impression qu'elle préférerait nous semer, commenta Hannah tout en mettant son casque.

— Ça n'arrivera pas, répliqua Walt. De toute façon, je sais où est le campement.

Elle monta derrière lui, et il mit le contact.

— Je te préviens, nous allons passer sur des chemins poussiéreux. Je n'y peux rien.

— N'aie crainte, je ne suis pas une petite chose fragile qui craint de se salir, répondit-elle.

À sa voix, il sentit qu'elle était plus déterminée que jamais. Quand elle s'était présentée au bureau des Rangers, il avait constaté qu'elle avait du tempérament et savait maîtriser ses émotions. Il avait envie de la protéger, mais elle était tout à fait capable de prendre soin d'elle toute seule, et ne manquerait pas une occasion de le lui rappeler.

Starfall se moquait des limitations de vitesse et roula à plus de quatre-vingts kilomètres à l'heure jusqu'à l'entrée du parc. Ce ne fut que quand l'asphalte céda la place à un chemin de terre qu'elle ralentit.

Le paysage ne ressemblait guère à l'idée que les gens

se faisaient du Colorado. Certes, au loin, la crête des montagnes se détachait sur le ciel turquoise mais, autour d'eux, ce n'étaient que vastes étendues désertiques où poussaient des buissons d'armoise parmi des rochers gros comme des voitures. Malgré l'aridité apparente des sols, une faune composée de lézards colorés, de lapins, d'ours bruns et de cerfs peuplait les lieux. Des sources souterraines formaient çà et là des oasis luxuriantes et, plus loin, le fleuve Gunnison avait creusé le canyon qui avait donné son nom au parc. C'était l'un des plus beaux endroits des États-Unis.

Il dut ralentir pour éviter des nids-de-poule et des rochers. Il n'avait plus besoin de suivre de près le coupé, car le nuage de poussière qu'il soulevait révélait pendant de longues minutes le passage d'un véhicule.

Quand ils arrivèrent sur le petit parking, les trois femmes sortaient déjà les sacs de linge du coffre de la voiture. Elles partirent sans rien dire en direction du petit pont de bois, en laissant deux sacs derrière elles. Hannah et lui les ramassèrent et les suivirent.

Le campement était tel que Walt l'avait découvert quelques jours plus tôt. Des gens bavardaient devant les tentes et les caravanes, d'autres s'affairaient autour de tables de pique-nique sous un grand abri au toit de branchages entrelacés. À l'ombre, trois hommes jouaient aux cartes tandis que des enfants s'amusaient avec des brindilles au bord du cours d'eau.

— Il y a du monde, murmura Hannah.

— Environ trente personnes, selon nos calculs, lui apprit Walt à voix basse.

Un homme vint à la rencontre de Starfall et lui prit son sac de linge des bras.

— C'est qui, eux ? fit-il en les désignant d'un mouvement du menton.

— Ils veulent rejoindre la Famille, répondit-elle.

L'homme, qui devait avoir une petite trentaine d'années, avait de longs cheveux blonds attachés en queue-de-cheval. Il avait le nez busqué, une cicatrice au menton et la carrure d'un gladiateur. Il les détailla de la tête aux pieds puis lança :

— C'est au Prophète de décider.

Starfall et lui s'éloignèrent. Hannah et Walt se retrouvèrent seuls à l'entrée du campement. Hannah se rapprocha de Walt qui lui passa un bras autour des épaules.

— Que faisons-nous ? lui demanda-t-elle.

— Allons parler au Prophète.

— Où est-il ?

— À ton avis ?

Elle observa l'ensemble du campement, passant en revue les tentes et les caravanes. Au fond, elle repéra un gros camping-car luxueux avec des panneaux solaires sur le toit.

— Je dirais qu'il vit dans le camping-car au fond.

— Bravo !

Il la prit par la main.

— Viens. Allons voir si le Prophète daigne nous recevoir.

Tandis qu'ils traversaient le campement, tout le monde les dévisagea avec méfiance, sans leur adresser la parole. Walt songea qu'accueillir les nouveaux venus à bras ouverts ne faisait pas partie des usages de la communauté. Était-ce parce qu'ils attendaient de connaître la décision de Metwater, ou parce que le Prophète avait instillé la méfiance et la suspicion à ses disciples ?

Walt frappa à la porte du camping-car. Après quelques secondes, elle s'ouvrit sur Andi Matheson, ou plutôt

Asteria, comme elle se faisait appeler ici. Parmi les disciples, c'était elle qui avait eu le plus affaire aux Rangers, mais elle n'eut aucune réaction qui aurait pu faire penser qu'elle l'avait reconnu.

— Oui ?

— Nous aimerions parler au Prophète. Nous — ma femme et moi, précisa-t-il en désignant Hannah — sommes de grands admirateurs, et nous voudrions rejoindre le groupe.

Elle acquiesça, comme si la démarche était courante, et ouvrit plus grand.

— Entrez.

L'intérieur du camping-car était plongé dans une semi-obscurité, et il y faisait frais. Un canapé en cuir et plusieurs fauteuils meublaient l'espace. Andi leur fit signe de s'asseoir et disparut par une petite porte au fond.

Walt s'assit sur le canapé, et Hannah prit place à côté de lui. Sa tension était palpable, aussi lui prit-il la main pour la rassurer.

— Tout va bien se passer.

Elle acquiesça.

— C'est Andi Matheson qui nous a ouvert, reprit-il à voix basse.

— Ce nom m'est familier... Il me semble l'avoir lu dans la presse. C'est la fille d'une personnalité publique, non ?

— Oui, son père est le sénateur Pete Matheson. Il est aujourd'hui incarcéré pour le meurtre d'un agent du FBI.

— Elle est enceinte. Est-ce Metwater, le père ?

— Non. Le père, c'est l'homme que son père à elle a tué.

Hannah secoua la tête, l'air désolée.

— Ça a dû être affreux pour elle.

— Oui, mais tout indique qu'avec Metwater elle a bien remonté la pente.

Walt n'avait pas mis sa montre, et il n'y avait aucune pendule en vue. L'attente commençait à lui sembler longue… Il estima qu'une dizaine de minutes s'étaient écoulées depuis qu'on les avait fait entrer.

— Pourquoi est-ce si long ? demanda Hannah comme si elle avait lu ses pensées.

À ce moment-là, Andi réapparut.

— Le Prophète va vous recevoir, annonça-t-elle.

Elle s'adressa à Hannah.

— Il souhaite vous voir en premier. Seule.

5

— Je ne crois pas que…, commença Walt, mais Hannah l'interrompit :

— Ça ne me dérange pas de lui parler seule à seul ; le rencontrer est un privilège.

Andi se tourna vers Walt.

— Vous pouvez attendre dehors. Quand votre tour viendra, je vous appellerai.

Walt s'adressa à Hannah :

— Ça va aller, ma chérie ?

— Oui, bien sûr.

Comme Andi était là et qu'il y avait du monde dehors, elle ne risquait rien. Et, de toute façon, elle savait tenir à distance les hommes trop entreprenants.

Walt sortit. Andi mit un chapeau et sortit à son tour.

— Où allez-vous ? lui demanda Hannah.

— Le Prophète veut être seul avec vous, dit-elle avant de claquer la porte derrière elle.

Hannah croisa les bras et alla jusqu'à la petite fenêtre, mais les stores l'empêchaient de voir distinctement à l'extérieur. Elle prit une grande inspiration pour se calmer. Elle ne devait pas avoir peur de Metwater. Walt était tout près, et il se précipiterait à son secours si nécessaire. Il fallait qu'elle reste lucide et parvienne à soutirer autant d'informations que possible à celui qui se faisait appeler le Prophète.

— Je vous en prie, asseyez-vous.

Elle se retourna pour faire face à l'homme qui s'était adressé à elle. Metwater, puisque ce devait être lui, portait seulement un pantalon en lin. Il ressemblait à Hugh Hefner sur de vieilles photos, songea-t-elle, et cette pensée lui causa un rire intérieur.

— J'aimerais bien savoir ce qui est aussi amusant, reprit Metwater qui, pieds nus, s'avança vers elle avec une démarche de panthère. La lumière diffuse mettait en valeur ses abdominaux et les muscles de ses bras. Ses cheveux bruns bouclés encadraient son visage, qui rappelait le *David* de Michel-Ange.

Tandis qu'il approchait, elle perdit toute velléité de rire. Il s'immobilisa à quelques centimètres d'elle et riva sur elle ses yeux sombres. Il avait envahi son espace intime ; elle ne pouvait plus détacher le regard du sien, semblable à celui d'un prédateur.

— Qu'est-ce qui vous amuse ? insista-t-il d'une voix grave et séduisante.

— J'ai tendance à sourire quand je suis nerveuse, dit-elle pour se justifier. Je ne pensais pas vous rencontrer en personne un jour.

Ce n'était pas totalement faux. À aucun moment elle n'avait eu l'intention de rencontrer l'homme qu'elle jugeait responsable de la mort de sa sœur. Même s'il ne l'avait pas tuée, elle avait la conviction que si Emily n'avait pas rejoint la Famille, elle serait encore de ce monde.

— Vous n'avez rien à craindre de moi, assura Metwater qui la prit par la main et l'invita à s'asseoir sur le canapé.

Elle le laissa faire. Il était du genre à ensorceler les femmes, alors mieux valait qu'il la croie sous le charme.

Elle commençait à comprendre comment sa sœur, déjà fragile, en deuil de l'homme qu'elle aimait, avait pu se laisser prendre dans ses filets.

Dégageant doucement sa main, elle s'assit bien droite, en espérant que sa posture l'inciterait à ne pas aller trop vite en besogne. Metwater sourit et se pencha vers elle.

— Expliquez-moi pourquoi vous souhaitez rejoindre ma famille.

« Sa » famille. Pas « notre famille » ou « la famille », mais une entité qui, à l'entendre, lui appartenait.

— Mon mari et moi, nous sommes en quête d'une vie tournée vers l'essentiel. Vers ce qui compte vraiment.

Elle avait quasiment cité mot pour mot un passage de son blog.

— Et pourquoi ne pas faire comme d'autres, bâtir votre propre maison où bon vous semble, ou alors tout vendre et prendre la route ? Vous pourriez partir travailler pour une organisation caritative à l'autre bout du monde, ou rejoindre un ordre religieux, par exemple. Pourquoi venir à moi ?

— Nous croyons à une forme de spiritualité, mais pas à une religion en particulier. Et nous aimerions travailler ensemble avec des gens qui pensent comme nous, sous l'égide d'une personnalité qui nous inspire.

— Vous savez, nous n'avons pas beaucoup de couples mariés parmi nous. Pour tout dire, ce n'est pas quelque chose que nous encourageons.

— Et pourquoi ?

— Eh bien, je considère le mariage comme une institution désuète. C'est aussi une distraction. Car comment promettre une entière loyauté à l'ensemble de la Famille si on l'a déjà promise à une seule et unique personne ?

Quelqu'un de détaché des liens du mariage est plus à même de suivre les élans de son cœur, et de lui seul.

— Alors vous exigez de vos disciples qu'ils soient célibataires ?

— Pas du tout. Disons que je considère seulement que c'est préférable.

Elle s'écarta légèrement de lui, tout en prenant soin de ne pas lui donner l'impression de le repousser.

— Comment avez-vous eu connaissance de mon existence ? demanda-t-il.

Walt lui avait suggéré de raconter qu'elle avait découvert son blog sur Internet et que, depuis, tous deux le lisaient régulièrement et avaient rassemblé le maximum d'informations sur sa communauté. Mais elle ne voulait pas rater l'occasion de tenter d'en apprendre davantage sur ses liens avec sa sœur.

— Une amie m'a parlé de vous, dit-elle. Ensuite, elle est venue vous rejoindre. J'espère d'ailleurs qu'elle est encore ici. J'adorerais la revoir.

— Comment s'appelle votre amie ?

— Emily Dietrich.

L'expression de Metwater ne changea pas, mais un furtif éclat passa dans son regard.

— Votre amie vous a fait part de son intention de rejoindre la Famille ?

— Oui, elle y était décidée. Elle a assisté à un rassemblement où vous avez pris la parole, et elle a été convaincue que ce que vous prôniez rejoignait ses aspirations, pour son bébé et pour elle. Elle est là ? Je pourrai la voir ?

Il lui prit de nouveau la main.

— Quand avez-vous parlé à votre amie pour la dernière fois ?

— Il y a environ six mois.

« Nous devons nous en tenir au maximum à la vérité », lui avait dit et répété Walt.

— Eh bien, il faut croire que, finalement, votre amie a changé d'avis, dit Metwater, car personne répondant à ce nom n'est venu me voir.

Il semblait sincère, mais elle était certaine d'avoir saisi une brève altération dans son regard quand elle avait prononcé le nom de sa sœur.

— C'est bizarre…, fit-elle. Qu'a-t-elle bien pu devenir ?

— Le fait que votre amie ne fasse pas partie de la communauté, est-il de nature à vous faire changer d'avis sur votre souhait de nous rejoindre ?

— Non, bien sûr que non. Je vous ai parlé d'elle parce que vous m'avez demandé comment je connaissais votre existence. La revoir m'aurait fait plaisir, mais ce n'est pas la raison principale qui nous a poussés à venir ici. C'est avant tout parce que nous nous reconnaissons dans votre approche du monde et que nous souhaitons mener une vie en phase avec nos idéaux.

— Savez-vous ce que devenir membre d'une famille implique ?

— Eh bien, je suppose que…

Elle hésita. Elle chercha à se remémorer ce qu'il disait dans ses écrits, mais rien de précis ne lui revint.

— Les membres d'une même famille sont solidaires. Il faut tenter de vivre en harmonie, d'agir d'une façon qui profite à tout le monde, pas seulement à soi-même.

— C'est vrai, acquiesça-t-il. En tant que membre de ma famille, j'attends de vous que l'intérêt commun passe avant tout. Nous nous plaçons volontairement à l'écart du monde extérieur pour rendre notre union plus forte. Je ne vous interdirai jamais de rester en contact avec vos amis et votre famille mais, en général, nos membres, à mesure qu'ils s'impliquent dans le quotidien de la communauté, perdent tout intérêt à communiquer avec des personnes qui ne partagent pas leurs aspirations profondes.

Elle chercha à prendre un air songeur.

— Oui, je comprends, dit-elle.

Il lui passa le pouce sur les doigts.

— Vous dites être mariée. Mais où est votre alliance ?

Elle baissa les yeux sur ses mains. Walt et elle avaient répété leurs rôles, mais n'avaient pas pensé à ce détail.

— Nous ne sommes pas très attachés aux conventions. Nous n'avons pas besoin d'une bague pour prouver notre amour réciproque.

Il garda le silence quelques secondes puis lâcha sa main et s'adossa aux coussins du canapé. Son expression changea radicalement. Le séducteur disparut, laissant place à un homme d'affaires.

— Quelles ressources apportez-vous au groupe ? Pour le bien de tous, chacun doit verser une contribution.

— Nous avons de l'argent. Nous disposons d'économies et du produit de la vente de certains biens dont nous nous sommes débarrassés avant de venir ici. J'aime également beaucoup travailler auprès des enfants. Je pourrais contribuer à éduquer les plus grands, et aider à prendre soin des plus petits.

— Et votre mari ? Que fait-il ?

Lors de la préparation de leur mission, ils avaient anticipé cette question.

— Il est charpentier. Il est très doué de ses mains.

— Vraiment ?

Metwater avait dit cela d'un ton sarcastique.

— Vous devrez vous arranger pour tout ce qui concerne les vêtements et l'endroit où vous vivrez. Et, avant que vous soyez déclarés aptes à faire entièrement partie de notre communauté, vous devrez étudier.

— Étudier quoi ?

— Tout ce que je jugerai nécessaire.

Il lui posa la main sur l'épaule, un geste plein de possessivité qui lui donna envie de fuir.

— Je me chargerai personnellement de vous enseigner ce dont vous aurez besoin pour devenir une bonne disciple.

— Walt et moi, nous avons très envie d'apprendre.

— Il est important que vous gardiez votre individualité, même si vous êtes mariés. Je considère que votre mari et vous êtes deux candidats distincts qui souhaitent rejoindre le groupe. Tout le monde ne remplit pas les critères pour être accepté au sein de la Famille. Si c'est votre cas, ce sera d'ailleurs le résultat de votre éducation.

— Vous arrive-t-il de vous séparer de certains membres ? demanda-t-elle. Je veux dire… Que se passe-t-il si quelqu'un commet un acte qui peut remettre en cause l'harmonie du groupe ?

Était-ce ce qui était arrivé à Emily ? Était-ce pour cette raison qu'elle avait eu aussi peur ?

— Lorsqu'il le faut, il y a des sanctions. Notre justice n'est pas celle des hommes. Nous répondons à une force supérieure.

— Qu'est-ce que ça signifie ?

Cela donnait à penser qu'il se considérait au-dessus des lois, libre d'agir à sa guise. Pas étonnant qu'Emily ait eu peur.

— Vous l'apprendrez au cours de votre formation.

Il se leva et lui offrit sa main.

— Venez. Il est temps de vous présenter à vos futurs frères et sœurs.

— Et Walt ?

— Ne vous inquiétez pas. Je veillerai à ce qu'on s'occupe de lui.

Cette perspective n'avait rien de rassurant. Metwater avait clairement laissé entendre qu'il faisait peu de cas du mariage et qu'elle l'intéressait davantage que Walt. Elle n'aimait pas la façon dont il lui tenait la main. Faisant de son mieux pour se contenir, elle lui sourit.

— Je suis heureuse que vous m'offriez la chance de vous rejoindre. Jamais je n'aurais espéré avoir le privilège d'apprendre directement de vous.

Il lui entoura les épaules du bras.

— Vous et moi, nous allons devenir de grands amis. J'en ai la conviction.

Walt n'eut pas à attendre longtemps pour obtenir confirmation de ce que ses collègues lui avaient dit au sujet de la Famille et de Daniel Metwater. Le Prophète s'était entouré de jeunes gens, en majorité des jeunes femmes, belles de préférence. Hannah se fondrait sans problème dans ce tableau. Cette pensée l'irrita. Il songea que si elle avait été un policier chevronné et non une civile, il ne s'inquiéterait pas autant de la savoir seule avec l'autoproclamé Prophète. Plus vite ils apprendraient ce qui était arrivé à sa sœur et à sa nièce, plus vite ils pourraient mettre les voiles.

Alors qu'il se tenait près du camping-car, en plein soleil, il avait conscience d'être observé par les membres de la communauté. Il essuya du revers de la main la sueur qui perlait à son front et se dirigea vers des hommes qui jouaient aux cartes à l'ombre d'un arbre. À son approche, ils levèrent la tête et le dévisagèrent.

— Salut, lança-t-il, je m'appelle Walt. Ma femme et moi, nous espérons rejoindre la Famille.

Le type qui les avait accueillis, Marco et lui, quand ils étaient venus au campement quelques jours plus tôt, le détailla de la tête aux pieds. Il ne parut pas le reconnaître.

— Je t'ai vu arriver. Pas mal, la moto.

— Pas mal aussi, sa femme, ajouta un type blond qui posa ses cartes sur la couverture autour de laquelle ils étaient assis. Le Prophète sera content.

Deux des autres eurent un petit rire entendu. Walt les ignora.

— Heureux de faire votre connaissance.

Il tendit la main au type blond, qui l'accepta.

— Je m'appelle Jobie. Et lui, c'est Emerson.

Il désigna l'homme assis à côté de lui, qui portait un panama et des lunettes, puis le barbu musclé en face de lui.

— Et lui, c'est Kiram.

Walt les salua tour à tour. Emerson lui serra la main, mais le dénommé Kiram se contenta de lui retourner un regard froid.

— Le campement est vraiment sympa ! dit Walt. C'est un bel endroit, vous avez le temps de jouer aux cartes, personne ne vous dérange.

— Assieds-toi, répondit Kiram en indiquant une place libre en face de lui.

— Merci.

Walt s'assit et croisa les jambes.

— Depuis combien de temps suivez-vous le Prophète ?

— Un bout de temps.

— Kiram fait partie de la Famille quasiment depuis le début, précisa Jobie. Tu aurais une clope ?

— Désolé, je ne fume pas, fit Walt.

— Fumer dans l'enceinte du campement est interdit, intervint Kiram.

Jobie lui lança un regard agacé.

— Je n'ai pas dit que je la fumerais ici.

— J'imagine qu'il y a pas mal de règles à suivre, reprit Walt. J'ai lu sur son blog que le Prophète n'autorisait pas non plus le port d'armes.

Il n'avait pas respecté cette interdiction. Le revolver qu'il portait dissimulé dans un étui à sa cheville était une protection dont il avait refusé de se passer, car il ignorait à quels dangers Hannah et lui risquaient d'être exposés.

— Il y a des règles, oui, confirma Kiram. Et ce serait bizarre pour un groupe qui prône la paix de laisser circuler des armes en son sein.

— Oui, je comprends.

— C'est ta femme ou toi qui a eu l'idée de rejoindre le groupe ? lui demanda Emerson.

— Nous avons pris la décision ensemble.

— Moi, c'est ma copine qui m'a entraîné ici, expliqua Emerson. On s'est dit que ça pourrait être sympa de vivre avec des gens qui pensaient comme nous, en communion avec la nature.

— Et vous êtes contents ?

Emerson jeta un regard à Kiram, qui l'observait attentivement, avant de répondre.

— Assez. De toute façon, la vie parfaite, ça n'existe pas. Mais ma copine se plaît bien ici.

Jobie se pencha vers Walt.

— Ce que tu dois savoir, c'est qu'ici ce sont les femmes qui comptent avant tout. Enfin, c'est le Prophète qui dirige tout, mais ce sont les femmes qui l'intéressent le plus.

— Vous voulez dire qu'elles font ce qu'elles veulent ?

— Non, il y a des limites qu'elles ne doivent pas dépasser, répondit Jobie. Si l'une ou l'autre fait quelque chose qui déplaît au Prophète, il les chasse. Ça n'arrive pas souvent, mais…

Il laissa sa phrase en suspens et ramassa ses cartes.

Le ton de Jobie avait mis Walt mal à l'aise.

— Il y a une fille que j'ai connue au lycée qui, à un moment, parlait de rejoindre la Famille. Je me demande si, finalement, elle l'a fait. Elle s'appelle Emily Dietrich.

— Beaucoup de gens changent de nom à leur arrivée ici, tu sais, reprit Jobie. Et, en général, on ne les connaît que sous ce nouveau nom.

— C'est une fille blonde aux yeux bleus. Très jolie.

Cette description pouvait tout aussi bien s'appliquer à Hannah. Sa sœur et elle avaient beaucoup de traits en commun.

Jobie et Emerson échangèrent un regard.

— C'est la fille qui est restée là un moment au printemps dernier ? se demanda Jobie à voix haute.

— Non, ce n'est pas elle, intervint Kiram qui n'avait pas levé les yeux de ses cartes, mais ne perdait néanmoins pas une miette de la conversation.

Jobie haussa les épaules.

— Dans ce cas, non, je ne vois pas qui ça pourrait être. Possible qu'elle ait changé d'avis et ne nous ait finalement pas rejoints. Sinon, je m'en souviendrais. Nous ne sommes quand même pas si nombreux.

— Et cette fille qui était là au printemps, elle est où maintenant ? insista Walt, s'adressant directement à Kiram.

Celui-ci se leva.

— Si tu veux t'intégrer à notre groupe, tu ferais bien de commencer par apprendre à ne pas poser trop de questions.

Il s'éloigna. Walt se tourna vers les deux autres joueurs de cartes.

— C'est quoi, son problème ?

— Il a marqué un point, rétorqua Emerson. Ici, s'entêter

à poser des questions, c'est le meilleur moyen de s'attirer des ennuis.

— Quel genre d'ennuis ? voulut savoir Walt.

Ses deux interlocuteurs échangèrent un nouveau regard.

— Le Prophète prend des sanctions contre ceux qui ne suivent pas les règles du groupe.

— Mais encore ? persista Walt.

— Écoute, tiens ta langue et tu n'auras pas à t'en soucier.

Jobie désigna le camping-car de Metwater de la tête.

— Voilà ta femme.

Hannah était en train de sortir du camping-car en compagnie de Metwater, qui avait un bras posé sur ses épaules. Elle souriait, mais Walt sentit que ce n'était qu'une façade.

— Écoutez-moi, vous tous ! lança Metwater. J'ai une annonce à vous faire.

Tout le monde se tut, interrompit ses activités et se rapprocha du camping-car. Même les enfants cessèrent de jouer et rejoignirent leurs mères respectives. C'était comme si tous les disciples avaient subi un lavage de cerveau et voyaient réellement Metwater comme un prophète. Walt se leva et se faufila entre les membres du groupe pour se rapprocher de Hannah. Celle-ci croisa son regard. Metwater, pour sa part, l'ignora.

— J'aimerais vous présenter une nouvelle candidate qui souhaite intégrer la Famille, reprit-il d'une voix grave et solennelle qui portait loin.

Il se tourna vers Hannah et lui sourit.

— Nous l'appellerons Serenity.

— Oh !

Hannah perdit son sourire.

— Je préfère garder mon véritable nom, dit-elle.

— Serenity te convient mieux, insista Metwater qui se tourna de nouveau vers ses disciples.

— Dites tous bonjour à Serenity.

— Bonjour, Serenity, lança tout le monde en chœur.

Hannah prit une expression contrariée mais ne dit rien. Walt s'avança vers elle. Il se posta entre Metwater et Hannah à qui il passa le bras autour des épaules.

— Voici Walt, annonça Metwater. Il est venu à nous avec Serenity.

— Hannah est ma femme, précisa Walt.

À ce moment-là, le type blond qui avait accueilli Starfall à leur arrivée se fraya un passage entre les disciples.

— Les flics sont de retour, dit-il.

En même temps que Metwater, Walt tourna la tête en direction de l'entrée du campement. Michael Dance et Lance Carpenter, deux membres des Rangers, venaient vers eux. Mais que faisaient-ils là ? se demanda-t-il.

Les deux agents s'arrêtèrent et observèrent le groupe rassemblé. Prenant Hannah par la main, Walt fit quelques pas pour se fondre parmi les disciples. Ses collègues sauraient sans doute éviter de faire voler en éclats sa couverture, mais mieux valait ne pas prendre de risques.

— On vient de nous faire part de la disparition depuis deux jours d'une jeune femme de Montrose, commença Michael Dance d'une voix forte pour que tous l'entendent. Selon un témoin, elle a fait du stop tout près d'ici, alors nous nous demandons si par hasard vous ne l'auriez pas vue.

Il consulta son téléphone.

— D'après la description qu'on nous a transmise, elle mesure environ un mètre soixante-cinq, elle a la peau claire, les yeux bruns et des cheveux noirs coupés court. Elle s'appelle Lucia Raton.

— Nous ne savons rien de cette fille disparue, répondit

Metwater. Pourquoi pensez-vous que nous pourrions l'avoir vue ?

— Elle pourrait être partie de chez elle dans l'intention de rejoindre votre groupe, expliqua Lance Carpenter. Ou alors, elle pourrait s'être perdue et avoir sollicité votre aide.

— Ces deux personnes sont les seules à avoir rejoint notre groupe récemment, reprit Metwater. Et, comme vous pouvez le constater, elles ne correspondent pas à la description de la fille que vous recherchez.

Metwater les pointait du doigt, Hannah et lui. Tous les regards étaient rivés sur eux.

Carpenter fronça les sourcils.

— Walt, qu'est-ce que tu fais là ?

6

Hannah se raidit. La situation était critique. Walt était lui aussi tendu, mais il devait garder son sang-froid et éviter le fiasco. Il toisa Carpenter avec dédain.

— Ah ! j'y suis ! Ce sont les deux qui m'ont collé une contredanse avant-hier, lança-t-il.

Hannah trouva son expression très convaincante, bien qu'il soit certainement très contrarié de voir ses collègues sur le point de faire sauter sa couverture.

Le plus grand des deux Rangers donna un coup de coude à son collègue.

— On aurait dû se douter que ce type allait rejoindre cette bande, dit-il.

L'expression du second Ranger changea. Hannah devina qu'il venait de comprendre ce qui se passait. Il s'avança et vint se poster devant Walt.

— Tu ne saurais pas ce qui est arrivé à cette fille, par hasard ? lui demanda-t-il. Tu pourrais l'avoir prise sur ta moto, par exemple.

— Il n'y a qu'une seule femme qui monte sur ma moto.

Walt tira Hannah contre lui.

— Vous vous souvenez de ma femme, monsieur l'agent, non ?

Cette fois, Carpenter ne montra aucune surprise à entendre Walt déclarer être marié.

— Oui, oui, bien sûr que je me souviens d'elle.

Il leva son portable, sur lequel était affichée la photo de la fille disparue.

— Alors, vous deux, avez-vous vu cette fille ?

Hannah fit non de la tête.

— Pourquoi faut-il toujours que vous partiez du principe que chaque fois qu'il se passe quelque chose nous y sommes mêlés ? intervint Metwater. Nous sommes des gens pacifiques, et rien n'est jamais venu prouver le contraire. Pourtant, vous continuez de nous harceler.

— Dans le cas présent, il se trouve que les parents de Lucia Raton ont découvert l'adresse de votre blog parmi les favoris dans l'ordinateur de leur fille.

— Ce qui ne fait pas de moi un coupable, répliqua Metwater.

— Non, en effet, reconnut Dance. Mais, dans un tel cas de figure, c'est notre devoir d'explorer toutes les pistes. Nous interrogeons beaucoup de gens, vous en faites partie, c'est tout.

— Donc, vous ne savez rien sur Lucia Raton ? insista Carpenter. Vous ne l'avez jamais vue ?

— Non, jamais, rétorqua Metwater qui écarta les bras. Regardez autour de vous, le campement n'est pas si vaste. Personne ne peut s'y introduire à mon insu.

— Est-il fréquent que des gens viennent vous voir pour demander à rejoindre votre groupe ?

— Cela arrive de temps en temps. Le message que je porte touche beaucoup de monde. Et certains souhaitent contribuer à l'œuvre que je bâtis ici.

— Que bâtissez-vous exactement ? voulut savoir Carpenter qui observa les tentes et les caravanes d'un air dubitatif.

— Une communauté de paix et d'entraide.

Les disciples étaient-ils tous aussi pacifiques que le prétendait Metwater ? se demanda Hannah. Certes, il avait une indéniable emprise sur eux. Mais quels moyens utilisait-il pour cela ? Recourait-il à l'intimidation, voire à la violence ? Était-ce pour cette raison qu'Emily avait eu si peur ? Qu'elle était morte ?

— Si vous remarquez quoi que ce soit qui pourrait nous aider à retrouver cette fille, prévenez-nous, dit Dance. Sa famille est très inquiète.

Metwater inclina la tête, tel un souverain qui daigne s'adresser à l'un de ses sujets. Sur ce, les deux Rangers tournèrent les talons et s'en allèrent. Walt prit la main de Hannah.

— Viens, fit-il, cherchons un endroit où monter notre tente.

Walt n'avait pas fait un pas qu'une main s'abattit sur son épaule.

— J'aimerais avoir quelques explications ! lança Metwater d'une voix menaçante.

Walt décida de jouer les idiots.

— À propos de quoi ?

— Ce policier vous a reconnu. Il vous a appelé par votre nom.

— Il voulait me faire savoir qu'il m'avait dans le collimateur. Quand il m'a donné une contravention, l'autre jour, il a fait pareil. C'est courant chez les flics d'agir ainsi, vous devez le savoir.

Metwater plissa les yeux.

— Je croyais que les Rangers avaient mieux à faire que dresser des contraventions pour excès de vitesse.

— J'imagine qu'il avait envie de marquer son territoire. Il fait pareil avec vous, d'ailleurs.

Metwater acquiesça, mais son regard indiquait qu'il restait sceptique.

— Demain, vous pourrez commencer votre entraînement, dit-il.

— Notre entraînement ? répéta Hannah, qui ne sembla pas ravie par cette perspective.

— Je démarrerai votre instruction pour que vous puissiez devenir membres à part entière de la Famille.

— Entendu.

Walt fit de son mieux pour dissimuler son irritation. Son objectif était de retrouver la nièce de Hannah et de filer au plus vite. Pour le moment, il n'avait aucune preuve que Metwater enfreignait la loi, mais ce type lui avait été antipathique dès le premier regard.

— Il va être l'heure de manger, ajouta Metwater en prenant la main de Hannah. Nous allons partager un repas autour du feu. Ce sera l'occasion pour vous de commencer à vous familiariser avec nos usages.

Walt posa la main sur le bras libre de Hannah. En plus de mener l'enquête pour découvrir si sa nièce se trouvait ou non dans le campement, il allait devoir veiller de très près sur sa prétendue épouse.

Il était plus de 22 heures quand Hannah et Walt purent enfin prendre congé du reste du groupe. En guise de dîner, ils avaient eu droit à un ragoût de bonne qualité et à du pain complet. Ensuite, tout le monde s'était rassemblé autour du feu pour assister à ce que Metwater avait appelé une « danse spirituelle ». Cela avait consisté en une chorégraphie improvisée pour le bon plaisir du Prophète par deux jeunes femmes légèrement vêtues. Pendant toute la soirée, Metwater était resté tout près de Hannah.

— Si tu le souhaites, tu peux passer la nuit dans mon camping-car, proposa-t-il. Tu y seras beaucoup plus à l'aise.

Walt faillit lui rappeler que Hannah était sa femme et que sa place était à côté de lui, mais elle intervint la première :

— C'est très généreux de votre part, mais je serai très bien sous la tente avec Walt.

Elle prit la main de Walt et tous deux s'éloignèrent.

— Il ne manque pas d'air ! fulmina Walt. Te faire une telle proposition devant moi…

— Il me proposait seulement de passer la nuit dans son camping-car, pas dans son lit. Et ne te montre pas trop possessif, je peux me défendre toute seule.

— Désolé.

Il se tança intérieurement. Si elle n'était pas intervenue avant lui, il aurait répondu vertement à Metwater et serait en effet passé pour un mari jaloux. Il allait devoir veiller à ne pas perdre son sang-froid.

— Il faut dire que ce type me hérisse au plus haut point.

— Il le sait et l'utilise à son avantage.

Ils sortirent la tente et deux sacs de couchage des sacoches de la moto.

— Nous devrions nous installer à l'écart pour éviter qu'on surprenne nos conversations.

— Tu crois que Metwater a des soupçons ?

— Je pense qu'il se fait fort de soupçonner tout le monde. Je ne suis pas un expert, mais je me suis documenté. En général, celui qui est à la tête d'une communauté comme celle-ci a quelques hommes de main dont la mission consiste à lui rapporter tous les faits et gestes des disciples. En d'autres termes, ils sont chargés de faire respecter les règles édictées par le leader et de veiller à ce que tout le monde s'y plie.

— Et qui sont les hommes de main de Metwater ?

— J'ai discuté avec quelques types et, parmi eux, il y en a un qui a le profil. Un grand costaud qui répond au nom de Kiram. J'ai appris qu'il suivait Metwater quasiment depuis le début, et les autres semblent le craindre. Je pense qu'il n'est pas seul ; il doit y en avoir un ou deux de plus.

— Que se passe-t-il si un disciple enfreint les règles ?

— Je n'en sais rien, mais je compte bien le découvrir.

Ils étaient au fond du campement, le plus loin possible du camping-car de Metwater. Walt alluma sa lampe de poche et la braqua sur un grand genévrier.

— Que dirais-tu de planter la tente sous cet arbre ? C'est assez à l'écart et, en plus, dans la journée, nous aurons de l'ombre.

— Oui, bonne idée.

Hannah ouvrit la housse de la tente et commença à la déplier.

— Pourquoi ce Ranger t'a-t-il appelé par ton nom ? Il a failli tout faire capoter.

— Lance Carpenter a repris le travail tout récemment, et Michael Dance était en mission à l'autre bout de l'État. À mon avis, quand ils ont reçu l'appel qui leur signalait la disparition de cette fille, ils ont décidé spontanément de passer au campement sans en aviser le quartier général. Ce qui fait que personne ne les a avertis de ma présence. Finalement, ça s'est plutôt bien terminé. Je crois que Metwater a gobé mon histoire de contravention.

— Selon toi, en quoi va consister notre « entraînement » ?

— Pas la moindre idée… J'espère que nous serons en mesure de filer d'ici rapidement.

Il commença à planter les piquets.

— Que s'est-il passé dans le camping-car cet après-midi ?

Hannah fit la moue.

— Il m'a demandé comment nous avions entendu parler de lui et pourquoi nous souhaitions le rejoindre. Rien de très surprenant, en somme.

— T'a-t-il fait des avances ?

Elle éclata de rire.

— Qu'y a-t-il de si drôle ?

— Je ne m'attendais pas à cette question, c'est tout.

— Et donc, la réponse est oui ou non ? Parce qu'il avait l'air sous le charme.

— Non, il ne m'a pas fait d'avances. Pas précisément, en tout cas.

— Mais encore ?

Elle haussa les épaules.

— Il recherchait ma proximité. Il m'a posé le bras sur les épaules et a dit que, selon lui, le mariage était une institution obsolète.

— En gros, il aimerait bien se débarrasser de moi et te garder comme disciple.

— Tu es jaloux ou quoi ?

Cette fois, elle ne riait plus et cherchait à croiser son regard. Il se sentit gêné.

— Je ne suis pas jaloux, affirma-t-il. Mais je n'ai absolument pas confiance en Metwater. J'ai pu constater qu'il avait beaucoup de jolies femmes autour de lui, et je suis persuadé qu'il aimerait en avoir une de plus.

— Ça ne risque pas d'arriver. J'ai toujours été insensible aux hommes qui se croient irrésistibles.

Quel genre d'homme peut bien l'attirer ? se demanda-t-il. Mais il écarta cette pensée ; il fallait éviter les distractions.

— Moi, je ne le crois pas quand il prétend offrir à ses disciples une vie paisible et harmonieuse, reprit-il. Ce n'est pas l'impression que j'ai eue quand j'ai parlé avec les types que je mentionnais tout à l'heure.

— Qu'as-tu appris ?

— Oh ! rien de précis ! Ils m'ont juste laissé entendre que ceux qui ne suivaient pas les règles de Metwater, ou encore ceux qui posaient trop de questions, le regrettaient.

— Metwater m'a aussi parlé de punitions, renchérit Hannah. Selon lui, ils suivent leurs propres règles et obéissent à des forces supérieures. Pour moi, ça signifie qu'il se considère au-dessus des lois. Quelles pourraient être ces punitions, à ton avis ?

— Personne n'a voulu me le dire. Et, quand j'ai insisté, les types ont changé de sujet. En revanche, quand j'ai fait allusion à Emily, j'ai eu l'impression qu'au moins deux d'entre eux savaient de qui je parlais.

— Tu les as interrogés sur Emily ?

Elle se redressa.

— Que leur as-tu demandé ? Qu'ont-ils répondu ?

— L'un d'eux a dit que sa description correspondait à celle d'une fille qui était là au printemps. Est-ce plausible ?

— Oui. C'est à cette période qu'elle est partie rejoindre Metwater. La première lettre qu'elle m'a envoyée est arrivée en mai.

Elle se baissa et se remit à assembler les tubes métalliques pour dresser la tente.

— Moi j'ai demandé à Metwater s'il connaissait Emily. J'ai dit que c'était une amie, bien sûr, pas ma sœur.

— Et ?

— Il a affirmé ne jamais avoir entendu parler d'elle, mais je suis sûre qu'il mentait.

— J'essayerai d'en apprendre plus, mais nous devons nous montrer prudents.

Il emboîta les deux derniers tubes et, ensemble, ils dressèrent la tente.

— Tu devras essayer de gagner la confiance des femmes pour apprendre si ta nièce est ici. Mais garde à l'esprit qu'il se peut qu'elle ne soit pas là.

— Bien sûr. Mais mon instinct me dit qu'elle est ici.

Il s'assura que tous les cordons étaient bien tendus.

— Voilà, dit-il. Tu peux t'installer à l'intérieur et te préparer à te coucher. J'arrive dans une minute.

— D'accord.

Elle se faufila dans la tente et descendit la fermeture Éclair derrière elle.

Pour lui laisser du temps, il prit le maillet et donna quelques coups sur les piquets, les enfonçant plus que nécessaire, mais s'occuper ainsi lui permettait de se calmer. Il fallait qu'il reprenne le contrôle de ses émotions avant d'entrer dans la tente pour passer la nuit à côté de Hannah. Il avait cru que prétendre être son mari serait sans conséquence. Or, voir Metwater lui tourner autour avait réveillé des instincts qu'il avait refoulés au plus profond de lui : une envie de la protéger, de la possessivité. Il en était le premier surpris et avait du mal à gérer cela.

Et voilà qu'il allait devoir dormir tout près d'elle sous une tente exiguë… Il n'avait pas le droit de se comporter comme n'importe quel homme qui tomberait sous le charme d'une femme belle, intelligente et sympathique. Il était flic, et seul son bon sens devait le guider.

Hannah se glissa dans son sac de couchage et attendit que Walt entre à son tour. Elle s'était déshabillée dans le sac et regrettait d'avoir pris des sous-vêtements aussi légers. Quand elle avait rassemblé ses affaires, elle n'avait pas pensé qu'elle allait passer ses nuits avec Walt dans une minuscule tente avec seulement quelques centimètres pour les séparer. Elle s'était imaginé qu'ils dormiraient dans un chalet ou une caravane…

La fermeture Éclair s'ouvrit, et Walt se glissa à l'intérieur, lampe de poche en main.

— Bien installée ? lui demanda-t-il.

— Pas trop mal, prétendit-elle.

Jamais elle n'avait dormi à même le sol, très dur.

Il déplia le second sac de couchage et ôta ses chaussures. Puis il enleva sa chemise. Elle ferma les yeux, mais elle avait eu le temps de voir son torse à la fois fin et musclé, et cela lui avait immédiatement causé un frisson d'excitation.

Enfin, il éteignit sa lampe de poche, et la nuit les enveloppa. Walt n'était plus qu'une vague silhouette, mais elle entendait sa respiration et sentait même son parfum. Elle était très consciente de sa présence, peut-être même plus que si elle l'avait touché. Comme elle sentait son pouls s'emballer, elle lui tourna le dos et s'efforça de penser à autre chose pendant qu'il finissait de se déshabiller.

— Au moins, nous n'avons pas à nous inquiéter d'avoir froid la nuit, dit-il.

— Non. C'est la première fois que je fais du camping.

— Vraiment ?

— Eh oui ! Je suis citadine jusqu'au bout des ongles.

— Le camping, ça peut être sympa. J'ai dormi sous une tente dans des endroits magnifiques partout dans le pays.

— Quand on est seul, je suppose que ce doit être différent. Mais là, avec tous ces gens autour, c'est particulier.

— Le camping, c'est à deux que c'est le mieux. Quand on est avec la bonne personne.

— Tu es allé camper avec ton ex-petite amie ?

— Une fois, oui, mais elle n'a pas du tout aimé.

Peut-être que ça aurait dû me faire comprendre que ça ne marcherait pas entre nous.

— La vie à deux, c'est compliqué. On ne sait pas toujours à qui faire confiance.

— Parfois, le plus dur, c'est de se faire confiance à soi-même.

— Que veux-tu dire ?

Elle se retourna pour être face à lui dans l'obscurité.

— Que par moments mon instinct me disait que ce n'était pas ça, entre ma copine et moi, mais je ne l'écoutais pas. C'était une erreur.

— Douter de soi, ça arrive à tout le monde.

En termes de relations, elle n'avait pas de conseils à donner. Elle n'avait pas réussi à maintenir le lien avec un homme, pas même avec sa propre sœur…

— Jusque-là, tu t'en sors très bien, reprit Walt. Continue comme ça, et je suis sûr que, très vite, nous pourrons nous en aller.

Il roula à son tour sur le côté.

— Bonne nuit.

— Bonne nuit, répondit-elle.

Bien sûr, elle était là avec Walt pour retrouver sa nièce. Mais quand cette affaire serait terminée, il lui manquerait. Elle n'arrivait pas à chasser de son esprit l'idée que, dans une autre vie, ils auraient réellement pu être ensemble, faire du camping, et dormir l'un près de l'autre parce qu'ils en auraient eu envie, et non parce que les circonstances les poussaient à se faire passer pour un couple.

— Serenity !

Hannah et Walt étaient en train de plier leurs sacs de couchage le matin suivant quand ils virent une femme s'avancer vers eux. Elle était blonde, avec un teint très pâle et des yeux clairs.

— Je m'appelle Phœnix, se présenta-t-elle. Je suis venue te chercher pour que tu viennes nous aider à préparer le petit déjeuner.

— Appelez-moi Hannah, je préfère.

Elle se leva et épousseta sa jupe en ajoutant :

— Je vous aiderai avec plaisir.

Phœnix se tourna vers Walt.

— Toi, tu peux aider à chercher du bois. Comme nous sommes là depuis un moment, il faut aller plus loin pour en trouver, maintenant.

— Avec plaisir, dit-il. J'y vais sans attendre.

— Si vous voulez être admis parmi nous, vous devrez nous aider dans toutes les tâches quotidiennes.

Phœnix prit Hannah par la main et la tira derrière elle. Surprise, Hannah faillit trébucher et dut presque courir pour suivre la cadence.

— Phœnix a raison. Votre devoir est de travailler pour le bien de la Famille.

Faisant volte-face, Walt découvrit Kiram debout derrière la tente, un long couteau de chasse à la main. Depuis combien de temps était-il caché là, à les épier et à écouter leur conversation ? Walt s'efforça de rester calme.

— Je croyais que les armes n'étaient pas admises dans le campement, remarqua-t-il.

— C'est seulement un couteau de cérémonie, expliqua Kiram. Et il m'arrive de m'en servir pour chasser.

Il contourna la tente et vint se poster devant Walt qu'il dévisagea. Il n'aurait eu qu'un geste à faire pour le transpercer de sa lame.

— Pourquoi avez-vous décidé de vous installer ici, à l'écart des autres ?

Walt se baissa et ramassa le maillet qu'il avait utilisé pour enfoncer les piquets de tente. Même si elle n'était que de fortune, il se sentait mieux avec une arme pour se défendre, au cas où…

— Nous sommes mariés depuis peu, répondit-il. Nous tenons à notre intimité.

— Ici, l'intimité, ça n'existe pas. Il y a toujours quelqu'un pour te voir, t'écouter. D'ici peu, tous connaîtront vos moindres secrets.

Comprenant qu'il s'agissait d'une menace à peine déguisée, Walt soutint le regard froid de Kiram.

— Et toi, c'est quoi, ton secret ? Pourquoi te promènes-tu dans les bois avec un couteau comme celui-ci ?

— Je t'ai déjà dit de ne pas poser trop de questions, rétorqua Kiram en glissant son couteau dans le fourreau qu'il portait à la hanche.

— Oui, tu me l'as dit. Mais tu ne m'as pas expliqué pourquoi. Poser des questions, c'est parfois une bonne façon de s'informer, non ?

— Il y a ceux qui suivent les consignes et ceux qui s'entêtent à poser des questions. Ceux de la seconde catégorie finissent par le regretter.

— Je pensais que c'était au Prophète de fixer les règles, pas à toi.

— Le Prophète décide, confirma Kiram. Et je fais en sorte que sa volonté soit respectée.

Il tourna les talons, fit quelques pas, puis s'arrêta et se retourna.

— Tu ne m'as pas demandé ce que je chassais.

— C'est ton problème, non ? Pourquoi devrais-je m'en préoccuper ?

Kiram sourit.

— Je chasse les rats. C'est mon boulot d'éviter leur prolifération.

Il repartit.

La main serrée sur le manche de son maillet, Walt le regarda s'éloigner.

7

Hannah laissa Phœnix la conduire jusqu'au centre du campement où les autres femmes s'affairaient déjà autour de deux tables de pique-nique installées sous un abri au toit fait de branchages entrecroisés. Une table servait à la préparation du petit déjeuner tandis que deux gros réchauds à gaz étaient posés sur l'autre.

— Voici Serenity, annonça Phœnix à l'intention des autres femmes.

Elle lui tendit un couteau éplucheur.

— Tu peux commencer par éplucher les pommes de terre, poursuivit-elle en désignant un sac de toile posé au bout de la table.

— Appelez-moi Hannah, dit-elle.

— Le Prophète l'a rebaptisée Serenity, précisa Phœnix qui se mit à remuer du porridge en train de cuire.

— S'il t'a déjà rebaptisée, c'est que le Prophète doit t'apprécier, commenta Starfall qui désigna les autres femmes qui travaillaient avec elle. Voici Asteria et Sarah.

— Je suis très heureuse d'être des vôtres, répondit Hannah. Je suis flattée que le Prophète m'ait donné un nom, mais je ne m'en sens pas digne. Je me sens juste Hannah.

— Peu m'importe de savoir quel est le nom qui te convient le mieux tant que tu épluches ces pommes de terre, intervint Phœnix. Nous devons les faire rissoler avec les oignons.

Hannah se mit au travail.

— Tout le monde prend toujours ses repas ensemble ?

— En principe, oui. C'est plus simple, et ça contribue à créer des liens.

— Nous nous relayons pour préparer les repas et garder les enfants. Plus nous sommes nombreuses, plus les choses avancent rapidement, dit Asteria.

— J'adore les enfants ! s'exclama Hannah. Il y en a combien, ici ?

— Eh bien, Gloria a un fils de cinq ans, Starfall a un garçon qui a sept mois, Solitude a elle aussi un garçon de sept ans, Zoe a des jumelles de six ans, et Phœnix a une fille de quatorze ans et une de quelques mois.

— Quand nous avons vu qu'il y avait des enfants, mon mari et moi, nous avons compris que nous avions bien fait de venir ici, commenta Hannah.

Le mot « mari » ne lui était pas naturel mais, même si elle n'avait jamais été une bonne menteuse, le prononcer en pensant à Walt lui était relativement facile.

— Ton mari est très bel homme, remarqua Sarah.

— Oh ! merci ! répondit Hannah qui n'était pas certaine de la façon dont elle devait prendre ce compliment. C'est un homme bien, ajouta-t-elle.

— Peut-être sera-t-il un des rares à rester ici durablement, reprit Sarah.

— Que veux-tu dire ?

— Beaucoup d'hommes ont du mal à se faire à la vie au sein de la Famille, expliqua Asteria. Il y en a quelques-uns qui sont là depuis un moment, mais la plupart s'en vont après quelques mois ou quelques semaines parce que la vie ici ne correspond pas à leurs attentes.

— Notre mode de vie n'est pas adapté à tout le monde, renchérit Phœnix. Mais le Prophète a le pouvoir de transformer une existence. J'en suis la preuve.

— Maman, il me faut un biberon pour Vicky.

Une ado vêtue d'un short et d'un T-shirt, un bébé dans les bras, s'avançait vers elles. Le bébé, vêtu d'une grenouillère rose, produisait de petits borborygmes joyeux.

— Une minute, fit Phœnix qui continuait de s'activer sur le porridge.

— Elle est très agitée. Je crois qu'elle a faim, dit l'ado.

— D'accord.

Phœnix posa sa cuiller et se dirigea vers les glacières disposées au fond de l'abri.

Hannah contourna la table pour s'approcher de la jeune fille.

— Bonjour, je suis Hannah. Je suis nouvelle.

— Moi, c'est Sophie. Et elle, c'est Vicky, répondit l'ado qui leva les bras pour présenter le bébé qu'elle tenait. Enfin, son vrai nom, c'est Victory, mais à part le Prophète personne ne l'appelle ainsi.

— Quel âge a-t-elle ?

Hannah fut immédiatement attirée par la petite qui agitait bras et jambes.

— Bientôt quatre mois. Vous voulez la tenir ?

Avant même qu'elle ait le temps de répondre, l'ado lui posa le bébé dans les bras. Elle la tint délicatement contre elle. Vicky se calma et la fixa de ses grands yeux bleus.

Elle avait les yeux d'Emily ! Frappée par cette évidence, Hannah passa le doigt sur sa petite fossette au menton. Elle avait quasiment la même…

— Elle se sent bien dans tes bras, remarqua Phœnix. Elle n'est pas toujours aussi calme avec ceux qu'elle ne connaît pas.

Quand Phœnix tendit les bras pour reprendre la petite, Hannah eut envie de la serrer plus fort et de s'enfuir en courant.

Mais le bon sens et les nombreux sermons de Walt et de son patron, qui lui avaient maintes fois rappelé que, dans le cas où ils découvraient un bébé correspondant à la description de sa nièce, il leur faudrait des preuves que c'était bien elle, la poussèrent à laisser faire Phœnix.

— Tu ne lui donnes pas le sein ? lui demanda-t-elle.

Phœnix baissa les yeux.

— Je ne peux pas. Je suis tombée malade après sa naissance, et je n'ai plus de lait.

— Désolée, dit Hannah. Je n'aurais pas dû poser cette question. Mais, en ce moment, je suis très curieuse de tout ce qui tourne autour des bébés.

Phœnix reprit une expression plus douce.

— Je comprends. Moi, je ne pensais pas avoir un autre enfant. Pourtant, elle est là. Cette petite est une bénédiction.

Hannah se retint de poser les questions qui lui brûlaient les lèvres. Qui était le père ? Quand était-elle née, et où ? Phœnix connaissait-elle une fille qui s'appelait Emily ?

Elle garda le silence et se remit à éplucher les pommes de terre. Il fallait qu'elle trouve le moyen de prouver que Vicky n'était pas l'enfant de Phœnix. Peut-être avait-elle accepté de devenir sa maman de substitution parce que personne d'autre n'était disponible au moment de la mort d'Emily… Si c'était le cas, elle lui en était reconnaissante. Cependant, si son hypothèse était la bonne, pourquoi Phœnix faisait-elle passer Vicky pour sa fille ? En outre, Metwater savait certainement qui était la véritable mère de Vicky. Alors pourquoi avoir nié que Joy était au campement ?

— Vous avez entendu ce que les flics ont dit sur cette

fille disparue ? intervint Sarah qui posa une pastèque sur la table pour la découper en tranches.

— Elle n'aurait jamais dû quitter le campement, répondit Asteria. Ici, elle aurait été en sécurité.

Hannah faillit en lâcher son éplucheur.

— Tu veux dire que la fille qu'ils recherchent est bien venue ici ?

— Elle est restée moins de vingt-quatre heures, dit Starfall. Comme elle était mineure, le Prophète lui a dit qu'elle ne pouvait pas rester, alors elle est partie.

— Pourquoi personne n'en a parlé aux Rangers ? voulut savoir Hannah.

— Si tu veux rester ici, commence par apprendre que nous ne parlons pas aux flics, déclara Starfall. C'est une des règles du Prophète.

— Mais si ça peut les aider à retrouver cette fille, pourquoi ne rien dire ? Ses parents doivent être morts d'inquiétude !

— Qu'elle soit venue ici ne leur permettra pas de la retrouver ; ça ne ferait que braquer inutilement les projecteurs sur nous. Elle n'est plus là, et personne dans la Famille n'est responsable de sa disparition. Alors, au lieu de nous harceler, les flics feraient mieux de chercher ailleurs.

— Ne t'avise pas d'en parler à quiconque, renchérit Phœnix. Cela ne ferait que nous attirer des ennuis. Et ça te serait préjudiciable alors que tu viens d'arriver.

Comment quelqu'un de raisonnable pourrait-il souhaiter intégrer un groupe qui refuse volontairement de donner des informations à la police ? pensa Hannah. Toutefois, elle acquiesça et reprit sa tâche. Ce soir, elle aurait beaucoup à apprendre à Walt. Car elle était également certaine d'avoir identifié sa nièce. Il ne lui restait plus qu'à en obtenir la preuve.

Walt partit en compagnie de Jobie et d'un autre type qui dit s'appeler Slate pour chercher du bois. Apparemment, Jobie et Slate n'avaient jamais été scouts, car ils ignoraient complètement quel type de bois était bon pour faire du feu.

— Ça m'étonnerait que ça brûle bien, dit Walt à Slate qui s'attaquait à un tronc d'arbre pourri à grands coups de hache.

— Ouais, c'est vrai, reconnut ce dernier.

— Vous faites ça tous les jours ?

— Quasiment, répondit Jobie. On n'arrête pas de répéter au Prophète que ça irait beaucoup plus vite avec une tronçonneuse, mais il prétend que le bruit attirerait les curieux.

— Ouais, déjà que les flics sont sans cesse après nous, renchérit Slate.

— Et pourquoi, à votre avis ?

— Parce qu'on ne suit pas les règles édictées par la société. À leurs yeux, ça suffit à nous rendre suspects.

— Nous, on ne dérange personne, alors on aimerait bien que la réciproque s'applique, ajouta Jobie.

Il finit de couper une branche et alla la poser avec satisfaction sur le tas de bois déjà constitué.

— Avons-nous besoin d'autant de bois ? s'étonna Walt. La cuisine se fait exclusivement au feu de bois ?

— Non, nous nous servons surtout des réchauds à gaz, répondit Jobie. Mais tous les soirs, à la tombée de la nuit, nous allumons un feu de camp. Parfois, certains chantent ou dansent, comme hier soir. D'autres fois, le Prophète a un message à nous transmettre, ou bien il y a une cérémonie.

— C'est-à-dire ?

— Oh ! eh bien, quand de nouveaux membres nous rejoignent, il y a une sorte de cérémonie d'admission. Ou alors, si le Prophète a eu une vision, nous devons accomplir un rituel.

— Réciter des prières ?

— Non, pas exactement. Un soir, par exemple, chacun a dû apporter un objet à jeter au feu. C'était symbolique, pour montrer qu'on se débarrassait de notre vie d'avant.

— Le Prophète insiste beaucoup sur la nécessité de se débarrasser de sa vie d'avant, renchérit Jobie. Les erreurs qu'on a pu commettre dans le passé ne doivent pas nous empêcher d'aller vers une nouvelle phase de notre existence.

— Ouais, et c'est pour ça que faire partie de la Famille, c'est génial. Personne ne te juge sur ce que tu as pu faire avant. Tu repars de zéro.

Walt avait lu ce que Metwater disait à propos d'un nouveau départ et s'était demandé si son but n'était pas d'attirer à lui des gens qui cherchaient un moyen d'échapper à la justice.

Évidemment, ce n'était pas le moment de faire part de son scepticisme quant au message du Prophète…

— Maintenant, je comprends mieux les besoins en bois.

— Les Rangers pensent que nous avons décidé de déplacer notre campement parce que notre permis avait expiré. En fait, c'était avant tout parce que nous manquions de bois.

Walt se joignit à leurs éclats de rire, et tous trois repartirent. Walt estima qu'ils se trouvaient à environ sept cents mètres du campement, dans une zone du parc naturel où il ne s'était jamais rendu. Dans ce secteur, comme il n'y avait pas de route ni même de véritable chemin, les visiteurs étaient forcément peu nombreux.

— Ça vous arrive de vous retrouver nez à nez avec des animaux sauvages, par ici ? Avec des ours, par exemple ?

— De temps en temps on voit des coyotes, répondit Jobie. Et beaucoup de lapins.

— Il arrive qu'on tombe sur des trucs bizarres, renchérit Slate. Une épave de voiture criblée de balles, un squelette d'animal. Un cheval, sans doute.

— Une fois, on a même trouvé un canapé, posé là, au milieu de nulle part. On l'a tiré jusqu'au campement. C'est Kiram qui l'a récupéré.

Walt écarta quelques branches devant lui et déboucha dans une petite clairière. Ce qu'il y découvrit n'était pas commun non plus. Il s'immobilisa. Quand ses deux compagnons l'eurent rejoint, il pointa du doigt la terre qui de toute évidence avait été fraîchement remuée, et une croix en bois bricolée à la hâte plantée dans le sol.

— C'est une tombe ?

8

— Le Prophète ne va pas aimer ça, remarqua Jobie qui secoua la tête, les yeux fixés sur la tombe au milieu de la clairière.

Walt observa les environs. Il ne repéra pas d'empreintes de pas et n'aurait pas su dire si la tombe datait de quelques jours ou quelques semaines. L'herbe n'avait pas poussé sur le monticule de terre, et la croix de bois ne semblait pas abîmée.

— Nous devons prévenir les Rangers, dit-il.

— Par ici, les portables ne passent pas. Ce qui fait que personne n'en a, répliqua Jobie.

— Il faut avertir le Prophète, intervint Slate. C'est à lui de décider quoi faire.

Walt s'apprêtait à répondre que la tombe était sur un lieu public et que, par conséquent, Metwater n'avait pas autorité pour décider s'il fallait ou non alerter les Rangers, mais il comprit que ce serait peine perdue.

— Venez, fit-il. Retournons au campement.

Ils se chargèrent d'autant de bois qu'ils le purent et se mirent en route.

Kiram vint à leur rencontre dès qu'il les aperçut.

— Pourquoi avez-vous mis aussi longtemps ? leur demanda-t-il.

— Nous devons parler au Prophète, lança Slate.

— Il n'aime pas être dérangé avant le dîner, rétorqua Kiram.

— Quand il saura de quoi il est question, il nous écoutera, intervint Jobie.

— C'est-à-dire ?

— Nous en référerons directement au Prophète, répondit Walt.

Il passa sans un regard à côté de Kiram, posa son chargement de bois, et se dirigea à grands pas vers le camping-car de Metwater. Jobie et Slate se hâtèrent de l'imiter. Kiram les suivit, ulcéré.

Metwater ouvrit la porte avant même que Walt ait frappé.

— Un problème ? fit-il en observant tour à tour les quatre hommes face à lui.

Jobie, Slate et Kiram se tournèrent vers Walt pour qu'il prenne la parole.

— Pendant que nous ramassions du bois, nous avons découvert une tombe, dit-il. Une tombe apparemment creusée de fraîche date.

— La tombe de qui ? demanda Metwater.

— Ce n'était pas indiqué, répondit Jobie, comme si la question n'avait rien d'incongru.

— Nous devons prévenir les Rangers. Ils seront en mesure de déterminer qui est enterré là-bas.

— C'est peut-être la fille que les flics recherchent, suggéra Jobie.

— Si c'est le cas, je suis sûr que la police le découvrira bien assez tôt, répliqua Metwater. Nous ne devrions pas nous en mêler.

— Trop tard. Nous sommes déjà impliqués, intervint Walt. C'est nous qui avons découvert cette tombe ; nous devons en aviser les autorités.

Metwater lui posa la main sur l'épaule et le fixa avec

l'expression d'un père qui s'adresserait à un enfant déraisonnable.

— Tu ne fais plus partie du monde extérieur, dit-il. Nous, la Famille, nous ne sommes pas concernés par ses désordres. C'est l'affaire des autres, pas la nôtre.

— On ne peut pas fuir ses responsabilités de cette façon, insista Walt.

— Pourtant, en venant vivre ici, en pleine nature, c'est ce que nous faisons.

— Une nature protégée grâce à l'argent des contribuables. Mais ça, ça ne vous dérange pas, au contraire.

Metwater secoua la tête.

— Il te reste un long chemin spirituel à parcourir avant d'atteindre la compréhension nécessaire pour devenir un véritable membre de la Famille ! Ta femme est bien plus en phase que toi avec notre philosophie.

— Et il vous a suffi de discuter vingt minutes avec elle pour arriver à cette conclusion ?

— Les femmes sont beaucoup plus intuitives que la plupart des hommes. C'est une des raisons qui font qu'elles sont aussi réceptives à mon message.

Et, bien sûr, se balader toute la journée torse nu pour montrer tes muscles, les cheveux au vent, ça ne compte pas, songea Walt avec ironie.

— Vous n'avez pas le droit de passer la découverte de cette tombe sous silence.

— C'est néanmoins ce que nous ferons. Cependant, je te promets de méditer sur la question. Et si je reçois une consigne différente, j'agirai en conséquence. Allez, viens, nous allons avoir un dîner spécial pour vous accueillir, Serenity et toi, parmi nous.

— Elle s'appelle Hannah, grommela Walt en se résignant à contrecœur à le suivre.

Il n'avait pas le choix. Les autres se rangeaient à la décision de leur leader.

— Tous deux, reprit Metwater, vous entamez une nouvelle vie. Serenity, c'est un nom qui lui va bien. En la voyant, j'ai immédiatement senti qu'elle était en quête de paix.

Hannah était surtout en quête de sa nièce mais, d'une certaine façon, Metwater n'était pas loin d'avoir vu juste. Retrouver la petite l'aiderait sans doute à recouvrer une forme de paix intérieure, à atténuer le chagrin de la perte de sa sœur. Et il voulait l'aider à atteindre ce but.

Pour y parvenir, il lui fallait trouver le juste équilibre : ne rien faire qui puisse irriter Metwater au point de le pousser à les chasser, sans pour autant oublier qu'il était un représentant de la loi.

Ils se dirigèrent vers l'abri qui servait de cuisine, où la plupart des disciples étaient déjà rassemblés pour être servis. Jobie et Slate firent la queue, Kiram resta à proximité de Metwater. Était-il son garde du corps ? Attendait-il des consignes ?

Quand il se rendit compte que Walt l'observait, il lui retourna un regard qui n'était pas franchement celui d'un homme pacifique. Comme Walt s'éloignait pour rejoindre Hannah qu'il venait de repérer, Kiram l'attrapa par le bras pour le retenir.

— Ne te mets pas en tête d'aller voir discrètement les flics, lui dit-il à voix basse. Sinon, tu le regretteras.

— J'en tremble de peur !

— Tu devrais, oui.

Kiram le lâcha après l'avoir poussé sèchement.

— D'autant que tu ne serais pas le seul à en subir les conséquences, ajouta-t-il en désignant Hannah d'un mouvement de la tête.

Cette fois, Walt ne le prit pas à la légère.

— Qu'est-ce qui ne va pas ? demanda Hannah quand elle parvint enfin à adresser la parole à Walt sans qu'il y ait des oreilles indiscrètes autour d'eux.

Ils avaient passé la soirée entourés des autres membres de la Famille, qui n'avaient cessé de leur poser des questions. Et Metwater leur avait délivré un message. Hannah devait admettre que c'était un bon orateur, mais elle était trop préoccupée par tout ce qu'elle avait appris dans la journée et l'expression grave de Walt pour avoir été sensible à ses propos.

— Je dois trouver un moyen de quitter le campement cette nuit sans que personne s'en aperçoive, dit-il.

À l'idée de se retrouver seule pendant quelques heures, elle sentit la panique la gagner.

— Pourquoi ?

Walt regarda autour de lui.

— Ne restons pas ici pour discuter.

Il se dirigea vers leur tente et ouvrit la fermeture Éclair.

— Entre. Et prends garde à ne pas parler trop fort.

Elle obtempéra et s'assit sur son sac de couchage. Il la suivit et referma derrière lui.

— Pourquoi dois-tu partir ? murmura-t-elle.

— Cet après-midi, quand nous étions dans la forêt pour ramasser du bois, nous avons découvert une tombe.

— Une tombe ? Tu veux dire que quelqu'un est enterré dans la forêt ?

La surprise lui avait fait élever la voix.

— Ne parle pas trop fort !

Elle s'excusa.

— Alors tu es en train de me dire que vous avez découvert que quelqu'un est enterré en pleine nature ?

— J'ignore ce qu'il y a exactement dans cette tombe, mais je dois prévenir les Rangers pour qu'ils enquêtent.

— Et tu ne crois pas que ça peut être la tombe d'un pionnier venu s'installer ici il y a longtemps ?

— Non. Tout indique que la tombe est récente.

Un frisson la parcourut.

— Tu penses à cette fille que les Rangers recherchent ?

— C'est une possibilité, admit-il.

— Ce matin, les femmes avec qui je travaillais ont avoué qu'elle était bien venue ici. Mais elle serait partie après quelques heures. Metwater aurait refusé de l'autoriser à rester sous prétexte qu'elle était mineure.

— Compte sur moi pour l'apprendre également aux Rangers. Si Metwater et ses disciples ont menti en prétendant ne pas la connaître, impossible de ne pas se demander ce qu'ils dissimulent d'autre.

— Et les hommes qui t'accompagnaient, ils sont au courant pour cette tombe ?

— Oui, ils l'ont vue. Ils étaient deux, Jobie et Slate. Quand nous sommes revenus, nous avons immédiatement averti Metwater, qui a refusé d'alerter la police ou de nous laisser nous en charger.

— Il n'a pas le droit de vous en empêcher. Nous sommes venus ici de notre plein gré, il ne peut pas nous forcer à rester.

— Pourtant, il en est persuadé.

Ses paroles firent monter son inquiétude.

— Il t'a menacé ?

— Non, mais le dénommé Kiram, oui. Je t'ai déjà parlé de lui. C'est l'homme de confiance de Metwater. Il m'a dit si je tentais de quitter le camp, je le regretterais.

Il lui prit la main et ajouta :

— Et il a menacé de s'en prendre à toi également. Finalement, je me demande si nous ne ferions pas mieux de partir ensemble discrètement et de ne pas revenir.

Cette opération d'infiltration n'était peut-être pas une si bonne idée.

— Non ! Nous ne pouvons pas partir alors que nous sommes tout proches de retrouver Joy et de savoir ce qui est réellement arrivé à Emily. En fait, je crois que j'ai retrouvé ma nièce.

— Quoi ?

Elle prit une grande inspiration pour mettre de l'ordre dans ses pensées, mais avoir Walt tout près d'elle, sentir son parfum sensuel, ne lui facilitait pas la tâche. Il lui aurait suffi de se pencher en avant pour le toucher, et elle en avait très envie…

— Selon toi, ta nièce est parmi les enfants ? insista-t-il.

— Oui. Phœnix, la femme qui est venue me chercher ce matin, a une fille de quatorze ans. Et elle a également une autre fille d'environ quatre mois.

— Et qu'est-ce qui te fait croire qu'il s'agit de Joy ?

— Phœnix ne lui donne pas le sein. Elle prétend ne pas avoir de lait, mais je suis sûre qu'elle ment.

— Beaucoup de femmes ne donnent pas le sein à leur bébé, je ne vois pas en quoi c'est étrange.

— C'est vrai, mais j'ai tenu la petite dans mes bras, j'ai observé ses yeux. Ce sont ceux d'Emily. Même forme, même couleur. Et il y a aussi sa petite fossette au menton…

La pénombre qui régnait dans la tente l'empêchait de distinguer nettement les traits de Walt. Elle aurait aimé voir s'il la croyait.

— Et Phœnix ? De quelle couleur sont ses yeux ?

Cette question la prit de court. Elle réfléchit quelques instants.

— Je ne saurais le dire, admit-elle finalement.

Il lui pressa doucement la main.

— Je sais que tu souhaites ardemment retrouver ta nièce

et que tu as de bonnes raisons de croire qu'elle pourrait être ici, dit-il d'une voix pleine de sollicitude. Mais tu ne dois surtout pas te laisser guider par un a priori. Imagine la souffrance que tu pourrais causer à Phœnix si cette petite était bien sa fille.

Elle aurait voulu insister, répéter qu'elle avait la conviction que cette enfant était celle de sa sœur, mais elle ne pouvait aller contre son raisonnement.

— Dans ce cas, nous devons rester ici et faire en sorte d'en apprendre davantage. Si je parviens à devenir amie avec Phœnix et Sophie, peut-être me diront-elles la vérité sur ce bébé.

— Cependant, il faut que je parle de cette tombe aux Rangers.

— Bien sûr. Ne t'inquiète pas pour moi. De toute façon, à cette heure, tout le monde dort.

— Reste dans la tente. Je serai de retour avant le lever du jour.

Il s'apprêta à sortir.

— Laisse-moi t'accompagner jusqu'à ta moto. Je monterai la garde pour que tu puisses partir sans souci.

En vérité, elle souhaitait surtout repousser le plus possible le moment où elle se retrouverait seule.

— D'accord. Allons-y sans attendre. Plus vite je serai parti, plus vite je serai revenu.

Discrètement, ils se glissèrent hors de la tente et contournèrent le campement en évitant toute source de lumière. Walt tenait Hannah par la main, et elle puisait de la force dans ce contact ferme et rassurant.

Ils trouvèrent la moto sur le parking, là où ils l'avaient laissée. Walt avait coupé quelques branches pour la dissimuler aux yeux des curieux. Il les enleva et poussa l'engin jusqu'au chemin.

— Je ne démarrerai qu'une fois à bonne distance, dit-il. Si jamais quelqu'un se présente à notre tente pour me demander, réponds que je dors à poings fermés.

— Entendu.

— Tiens, prends ça.

Il lui déposa un objet métallique et froid dans la main. Un couteau.

— Je l'ai subtilisé pendant le dîner. Ce n'est pas grand-chose, mais au moins tu ne seras pas complètement sans défense. Garde-le dans ta poche.

— D'accord.

Elle obtempéra. Sentir le couteau contre elle lui rappelait non seulement que leur mission n'était pas sans danger, mais aussi que, même s'il devait s'absenter, Walt veillait sur elle. Cette pensée la toucha. Elle avait vécu tant d'années toute seule ! Pourquoi le fait qu'il se préoccupe de son sort l'émouvait-il à ce point ? Elle repoussa cette question. Il faudrait à Walt une bonne heure pour avoir enfin un signal réseau qui lui permettrait de passer un coup de téléphone pour avertir de sa découverte macabre.

— Fais attention.

Elle lui prit le bras et se pencha pour lui donner un baiser sur la joue, mais il se tourna en même temps vers elle, et leurs lèvres s'effleurèrent. Au lieu d'être confuse, elle comprit au contraire que c'était ce qu'elle désirait. Elle ne s'écarta pas et inclina la tête pour l'embrasser. Depuis qu'ils s'étaient retrouvés dans l'espace exigu de la tente, elle en avait envie. Il répondit à son baiser avec un mélange de tendresse et de force qui la séduisit. Sentant monter son excitation, elle se pressa contre lui pour prolonger le plus longtemps possible ce moment délicieux.

Finalement, ce fut lui qui releva la tête pour interrompre

leur baiser, mais il le fit sans brusquerie et garda une main sur son épaule.

— Je reviens le plus vite possible. Prends soin de toi.

— Toi aussi.

À contrecœur, elle le regarda s'éloigner et passa doucement un doigt sur ses lèvres, comme pour retenir le souvenir de ce baiser. Quand il fut hors de vue, elle retourna au campement.

Elle regagna la tente sans bruit et sans croiser personne. Alors qu'elle ouvrait la fermeture Éclair, une main se plaqua brusquement sur sa bouche. Elle eut beau se débattre de toutes ses forces, l'homme qui l'avait surprise la tenait fermement.

— Où est ton mari ? lança une voix menaçante. Qui va te protéger, maintenant ?

9

Walt estima avoir poussé sa moto sur plus de cinq cents mètres quand enfin il l'enfourcha et démarra. Le grondement du moteur résonna dans le silence nocturne. Si quelqu'un dans le campement l'entendait, il serait trop tard pour se lancer à sa poursuite.

Il roula aussi vite que possible, malgré l'obscurité et les irrégularités du chemin qui faisaient tressauter son engin.

Il fit de son mieux pour ne pas s'appesantir sur ce qui pourrait arriver à Hannah pendant son absence et repensa au baiser qu'ils avaient échangé. En l'espace de quelques jours, ils étaient devenus très proches au point que, parfois, il devait se répéter qu'ils n'étaient pas mariés pour de bon.

Avec elle, il éprouvait une sensation de proximité telle qu'il n'était jamais parvenu à en établir avec son ancienne petite amie. À bien y réfléchir, bien qu'il ait été abasourdi en apprenant que celle-ci entretenait une relation avec son frère, une partie de lui-même n'avait pas été étonnée de découvrir qu'elle le trompait. Il aurait voulu qu'elle l'aime sans restriction ; or, ce n'était pas quelque chose que l'on pouvait imposer. Cela lui avait servi de leçon.

N'allait-il pas un peu vite en besogne quand il songeait à Hannah ? Elle était superbe, il se sentait très proche d'elle, mais elle était avec lui pour retrouver sa nièce. Il ne fallait pas qu'il oublie cela. Son désir profond était de retourner au Texas avec sa nièce. Une relation avec un flic du fin fond du Colorado n'entrait donc pas dans ses projets. Décidément, il était incorrigible.

Quand il atteignit enfin la route en asphalte qui menait à Black Canyon, il était près de 2 heures du matin. Il accéléra et fonça en direction du bureau des Rangers. Une fois arrivé, il entra dans les locaux avec sa propre clé puis, avec le téléphone de son bureau, plus sûr que le portable, composa le numéro du commandant.

Quand Graham Ellison décrocha, il ne sembla pas avoir été tiré du sommeil.

— Allô !

— Bonjour, monsieur, c'est Walt Riley. J'ai fait une découverte à proximité du campement de Metwater dont je devais vous parler sans attendre.

Il évoqua la tombe et le refus de Metwater d'alerter les autorités.

— J'ai pris un risque en quittant le campement, ajouta-t-il. Je dois y retourner aussi vite que possible.

— Bien. Je t'envoie quelqu'un tout de suite. Il faut que tu nous montres sur une carte la localisation précise de cette tombe, et que nous prenions ta déposition.

— Entendu, merci.

Il raccrocha et s'assit pour patienter.

Kiram agrippa le bras de Hannah et le lui tordit dans le dos pour l'immobiliser. Il lui faisait mal.

— Je te préviens, si tu cries, je te casse le bras, lui dit-il avant de retirer la main qu'il lui avait plaquée sur la bouche.

— Lâchez-moi ! fit-elle.

— Où est ton mari ?

— Dans la tente. Il dort.

— Tu mens ! Il n'y a personne à l'intérieur.

— Peut-être est-il allé aux toilettes, je n'en sais rien.

Elle commença à se débattre, mais il la tenait fermement. Il la poussa en direction du parking, à l'écart du campement, là où personne ne pourrait venir à son secours.

— Que faites-vous ? Où m'emmenez-vous ?

— J'ai averti ton mari qu'il le regretterait, s'il désobéissait aux ordres du Prophète.

— Je ne sais pas de quoi vous parlez. Lâchez-moi. À l'aide !

Il lui tordit davantage le bras. Elle poussa un gémissement de douleur.

— Vous commettez une erreur, se défendit-elle. Allons voir le Prophète, et je vous prouverai que vous vous trompez.

Kiram s'arrêta.

— Tu veux voir le Prophète ?

— Oui. C'est lui le leader de la communauté. S'il considère que je dois être punie, c'est à lui de prononcer la sentence.

— Très bien, alors allons-y.

Il lui fit faire demi-tour sans lui lâcher le bras. Dans le campement, tout était silencieux. Le camping-car de Metwater était lui aussi plongé dans l'obscurité.

— Le Prophète ne va pas apprécier d'être réveillé, dit-elle tandis qu'ils s'en approchaient.

— Ça, il fallait y réfléchir avant de désobéir.

Tandis qu'il frappait à la porte, Kiram relâcha un peu son emprise. Il fallait qu'elle profite de l'occasion, car elle n'avait pas l'intention d'entrer avec lui dans ce camping-car en pleine nuit, sans que personne en sache rien, et d'attendre que Metwater et lui décident de son sort. Glissant sa main libre dans sa poche, elle saisit le couteau donné par Walt et rassembla son courage. Elle le faisait pour Joy et pour Emily, se dit-elle.

Elle sortit le couteau et, d'un grand geste, lacéra l'épaule de Kiram qui poussa un cri de douleur et la lâcha complètement. Elle en profita pour courir jusqu'à l'endroit où un feu avait été allumé dans la soirée et ramassa une branche encore rougeoyante. Avec le couteau dans l'autre main, elle fit face à Kiram et hurla :

— Au secours ! Par pitié, aidez-moi ! Kiram m'a attaquée ! À l'aide !

Comme elle l'espérait, des têtes sortirent des tentes et des caravanes voisines. Kiram se tenait l'épaule, du sang sur les doigts.

— Elle m'a poignardé ! rugit-il avant de s'avancer vers elle comme un taureau furieux.

— C'est lui qui m'a agressée le premier. Regardez les marques sur mon bras, si vous ne me croyez pas !

Personne ne se précipita à son secours, mais personne ne prit la fuite non plus. Kiram la dévisageait avec haine. Dans le camping-car, une lumière s'alluma, et la porte s'ouvrit. Metwater apparut en pyjama.

— Que se passe-t-il ? leur lança-t-il.

— Le nouveau, Walt, a quitté le campement, répondit Kiram. Je parie qu'il est allé chez les flics.

— Évidemment, rétorqua Hannah. Il y a une tombe fraîchement creusée tout près d'ici, et la police est à la recherche d'une jeune femme disparue. Sa famille doit être dans un état épouvantable.

— Cela ne nous concerne pas, dit Metwater.

— Refuser de parler de cette découverte ne fait que nous rendre suspects.

Elle rangea son couteau, mais continua de brandir sa branche incandescente.

— Et, de toute façon, que Walt soit allé voir la police ne donne pas le droit à Kiram de m'agresser.

Metwater se tourna vers Kiram.

— Tu t'en es pris à elle ?

— J'ai seulement averti son mari que, s'il désobéissait à tes ordres, ils devraient en assumer les conséquences.

Il souleva sa main plaquée contre son épaule.

— Et elle m'a donné un coup de couteau.

— Quand un homme utilise la force contre une femme, elle a le droit de se défendre, rétorqua Hannah.

Des murmures d'approbation montèrent des tentes et des caravanes. Metwater leva la main pour ramener le calme.

— Accepter mes règles est impératif pour être admis comme membre à part entière de la Famille.

— Et une de vos règles est que les femmes doivent être traitées avec respect.

Hannah se retourna pour savoir qui était intervenu. Phœnix s'était avancée, son bébé dans les bras.

— Si Kiram a attaqué Serenity dans l'obscurité et alors que son mari n'était pas là pour la défendre, ce n'est pas normal.

— Et à moi qui veille à ce que les règles du Prophète soient suivies, on ne doit aucun respect ? protesta Kiram.

Tous les regards étaient braqués sur Metwater, comme s'il avait droit de vie ou de mort sur tous. Hannah retint son souffle dans l'attente de sa décision. Emily s'était-elle retrouvée dans une situation similaire ?

Certes, elle aurait pu déclarer en avoir assez de cette mascarade et prendre ses jambes à son cou, mais ça aurait été renoncer à la possibilité de révéler la vérité sur Emily et Joy. Elle tourna les yeux vers Phœnix. Le bébé qu'elle tenait était peut-être sa nièce. Elle n'avait pas le droit de fuir avant de savoir.

— Demain, quand le mari de Serenity sera revenu, nous tiendrons un conseil, annonça Metwater. Nous déciderons alors de la réponse la plus appropriée à apporter à leur comportement impétueux et frondeur.

Le regard qu'il fixait sur elle lui donna des frissons. Était-elle seule à percevoir la malignité qu'il exprimait ?

— Jusqu'à demain, je te confie à Phœnix. Elle veillera sur toi.

— Je n'ai pas besoin de chaperon, riposta Hannah.

Metwater lui retourna un sourire froid.

— Il semblerait que si.

Phœnix vint se poster à côté d'elle.

— Viens. Je vais te faire une place dans ma caravane.

Elle se pencha et ajouta, tout bas pour que personne d'autre ne l'entende :

— Tu y seras plus en sécurité que seule dans ta tente. Qui sait ce qui pourrait passer par la tête à Kiram ?

Hannah jeta un regard à ce dernier, qui l'observait toujours avec rancœur. Elle acquiesça.

— Merci, dit-elle.

Plutôt que se considérer sous surveillance, elle devait prendre cette situation comme une opportunité de mieux connaître Phœnix et son bébé, et de faire un pas décisif vers la vérité.

Moins d'une demi-heure après l'appel de Walt, plusieurs Rangers arrivèrent au bureau. Lance Carpenter et Michael Dance furent les premiers, suivis d'Ethan Reynolds et du commandant. Walt avait préparé du café, et tous se servirent et s'installèrent pour discuter de l'affaire.

— Désolé d'avoir failli faire sauter ta couverture, hier, s'excusa Lance Carpenter. Nous aurions dû appeler le commandant pour lui faire part de nos intentions avant de nous rendre au campement.

— Ne t'inquiète pas, tout s'est bien terminé. Metwater et sa bande pensent que je me méfie autant des flics qu'eux.

— Parle-nous de cette tombe, intervint le commandant Ellison.

— Je ne suis pas expert, mais il m'a semblé qu'elle avait été creusée récemment. Elle est au milieu d'une petite clairière, à l'abri des regards. Il faut arriver dessus pour la voir. Elle se situe loin des routes, à environ six cents mètres du campement.

— Et tu es certain qu'il s'agit d'une tombe ? demanda Michael Dance.

— Eh bien, c'est un monticule de terre avec au bout, plantée dans le sol, une croix faite de deux morceaux de bois. Il n'y avait pas d'inscription dessus. La végétation n'a pas repoussé sur le monticule, ce qui tend à prouver que la terre a été remuée il n'y a pas longtemps. Et quand j'en ai parlé à Metwater, il a refusé d'en aviser les autorités.

— Et comment a-t-il justifié sa volonté de ne rien dire ? voulut savoir Ethan.

— Selon lui, ça ferait encore revenir les flics au campement alors qu'ils sont déjà harcelés à tort.

— Et tu crois qu'il redoutait ce qu'on pourrait découvrir ? demanda Lance. Sa réaction est celle de quelqu'un qui a des choses à cacher.

— Tu penses qu'il a des infos sur Lucia Raton, la fille disparue ? renchérit le commandant.

— Selon Hannah, des membres de la Famille lui ont dit que Lucia Raton s'était présentée au campement pour les rejoindre. Metwater aurait refusé qu'elle reste sous prétexte qu'elle était trop jeune.

— Et ça non plus ils n'ont pas jugé utile de nous le

dire, intervint Michael Dance. Je crois que ça mérite de retourner interroger Metwater. Peut-être devrions-nous même l'amener ici.

— Commençons par vérifier ce qu'il y a dans cette tombe, trancha le commandant. Dès l'aube, nous enverrons une équipe sur place, même si nous devons attendre qu'un légiste soit disponible pour entamer l'inspection proprement dite. Ce qui pourrait prendre un moment.

— À mon avis, ce serait quand même bien que, dans l'intervalle, le site soit sous surveillance. Maintenant que Metwater sait que je l'ai découvert, il pourrait tenter de faire disparaître d'éventuelles preuves, s'il est impliqué.

— Tu as raison, c'est ce que nous allons faire, dit le commandant. Qu'as-tu appris d'autre ?

— Eh bien, Metwater prône l'amour et la paix, mais il impose des règles strictes à ses disciples. Et il a au moins un homme à sa solde, un dénommé Kiram, qui est là pour veiller à ce que ses règles soient suivies à la lettre. D'ailleurs il nous a menacés, Hannah et moi, de représailles si je venais vous parler.

— Quel genre de représailles ? demanda Lance.

— Il ne s'est pas montré plus précis. J'ai dit à Hannah que je me sentirais mieux si elle m'accompagnait, et que, si elle le souhaitait, nous laisserions tomber l'opération. Mais elle a tenu à rester là-bas et à aller au bout.

— Et pour sa sœur et son bébé, vous avez avancé ? lui demanda Ethan.

— Tout le monde affirme ne rien savoir sur sa sœur, mais j'ai des raisons de croire que ce n'est pas tout à fait vrai. Et, au campement, il y a une femme avec une petite fille d'environ quatre mois qui pourrait être la nièce de Hannah. Pour le moment nous n'avons aucune preuve, mais Hannah espère se lier d'amitié avec cette femme pour en apprendre davantage.

— Bien. Nous poursuivons l'opération, mais si l'un de vous deux se sent en danger, vous filez au plus vite, ordonna le commandant. Si jamais cette bande d'illuminés est responsable de la disparition de Lucia Raton, je n'ai pas envie que vous soyez les prochains sur la liste.

— Quand j'ai décrit la sœur de Hannah à quelques hommes de la communauté, l'un d'eux m'a dit que ça lui évoquait une femme qui était au campement au printemps, dit Walt. Et Hannah m'a appris que Metwater avait réagi plus ou moins de la même façon quand elle a mentionné son nom devant lui, bien qu'il ait prétendu que le nom d'Emily Dietrich ne lui disait rien.

— Au fait, j'oubliais… Nous avons retrouvé la trace de Marsha Caldwell, l'infirmière qui a servi de témoin au testament d'Emily, intervint Marco.

— Et ? fit Walt avec impatience.

— Elle se rappelait Emily. Elle l'a décrite comme une ravissante jeune femme avec un très beau bébé. Elle n'a pas souvenir qu'elle lui soit apparue particulièrement inquiète pour sa sécurité. Elle s'est présentée à l'hôpital en compagnie d'une autre femme, la fameuse Anna Ingels qui lui a elle aussi servi de témoin. Marsha Caldwell a pensé qu'Anna Ingels était une amie ou une parente d'Emily.

— A-t-elle fourni une description d'Anna Ingels ?

Marco consulta ses notes.

— Oui, mais elle ne nous sera pas très utile. Taille moyenne, proche de la quarantaine, yeux clairs, cheveux blonds.

Ce profil correspondait à celui de plusieurs membres de la communauté. Il manquait un détail qui aurait pu les orienter plus précisément.

— Comment a-t-elle pu affirmer qu'Emily n'était pas apeurée alors qu'elle lui a demandé de lui servir de témoin pour son testament ?

— Elle nous a expliqué que ce n'était pas la première fois qu'on lui présentait une telle requête, répondit Marco. Apparemment, mettre un enfant au monde fait prendre conscience à certaines femmes de la fragilité de l'existence, de leur propre mortalité. C'est pourquoi elles prennent en urgence des dispositions pour s'assurer que leur bébé ne manquera de rien au cas où elles disparaîtraient.

— Donc, elle ne pensait pas qu'Emily craignait qu'on tente de l'éliminer ?

— Non, en effet.

Hannah avait-elle mal interprété les craintes de sa sœur ? Metwater n'était-il pour rien dans sa mort ? Mais alors, si le bébé de Phœnix était bien la petite Joy, pourquoi Metwater tentait-il de cacher son existence ? Il se leva brusquement.

— Je ferais mieux de retourner au campement sans tarder. Je doute que Kiram tente quoi que ce soit, mais je n'aime pas savoir Hannah seule là-bas.

— Tu seras certainement le mieux placé pour apprendre ce qui a pu arriver à Lucia Raton, dit Michael. Tout indice pourrait se révéler crucial.

Walt acquiesça. Si Metwater et ses disciples les voyaient, Hannah et lui, comme deux personnes réellement désireuses de rejoindre leur communauté, ils baisseraient la garde et seraient plus enclins à se confier.

— Je ferai de mon mieux, assura-t-il.

Le commandant le raccompagna à la porte et lui serra la main.

— Une fois que nous aurons fouillé la tombe, nous

reviendrons au campement. Tu sauras alors ce que nous avons découvert.

— J'espère que, d'ici là, Hannah et moi en aurons appris suffisamment pour pouvoir quitter la Famille. Je sens que derrière ce qu'affichent Metwater et ses disciples se cachent de lourds secrets et des desseins funestes.

10

Hannah avait passé une nuit agitée sur le canapé de la caravane que Phœnix partageait avec sa fille et le bébé. Non seulement elle avait dormi tout habillée, mais elle n'avait cessé de se demander ce que faisait Walt. Quand elle parvenait à s'assoupir, des cauchemars dans lesquels s'invitaient Kiram et Daniel Metwater la réveillaient en sursaut. Qu'allaient faire les Rangers ? La tombe découverte par Walt était-elle celle de Lucia Raton ? Et quand Kiram l'avait surprise et avait tenté de la tirer à l'écart du campement, que comptait-il faire ? Se serait-il contenté de l'intimider ou serait-il allé plus loin ? Emily avait-elle été victime de sa colère ?

Alors que le jour pointait, elle s'efforça de se concentrer sur le bébé qui dormait paisiblement dans un berceau à côté du lit de Phœnix. Le spectacle était particulièrement attendrissant.

Peu après, Phœnix se leva pour s'occuper de Vicky, Hannah se redressa et la regarda préparer un biberon.

— Ça te plairait de lui donner à manger pendant que je m'habille ? lui proposa Phœnix.

— Oui, bien sûr.

Elle tendit les bras et prit l'enfant qui posa sur elle un regard encore tout ensommeillé avant de commencer à téter goulûment. Sophie se leva à son tour et vint s'asseoir à côté d'elles.

— Elle boit vite, remarqua Hannah en souriant.

— Elle a toujours eu beaucoup d'appétit, précisa Phœnix.

— Sans vouloir faire preuve d'indiscrétion, reprit Hannah, puis-je te demander qui est son père ?

— C'est le Prophète, répondit Phœnix sans hésiter.

— Oh ! Vraiment ?

Phœnix récupéra le biberon à présent vide.

— Je vais la reprendre, dit-elle. Le Prophète est le père de tous les enfants qui vivent ici, ajouta-t-elle. Sinon physiquement, au moins spirituellement.

Sophie fit la grimace.

— Ce n'est pas mon père, marmonna-t-elle.

— Ça suffit, Sophie ! la reprit sa mère.

Sophie se tourna vers Hannah.

— Mon père est musicien à San Francisco. Nous ne le voyons pas souvent. Mais bon, c'est un peu sa faute aussi…

— Sophie, que dirais-tu d'aller aider Starfall et les autres à préparer le petit déjeuner ? intervint Phœnix. Serenity et moi, nous te rejoindrons dans quelques minutes.

— Elle n'aime pas que je parle de mon père, reprit Sophie qui se leva. Le Prophète et elle disent tout le temps qu'il faut oublier le passé, mais moi, je ne vois pas comment c'est possible. Et toi ?

— Sophie !

— C'est bon, j'y vais.

L'ado sortit de la caravane, un sourire aux lèvres.

Phœnix s'assit sur le canapé.

— Je suis désolée. Je crois que Sophie est encore trop jeune pour comprendre les concepts spirituels que le Prophète tente de nous inculquer.

— Tu veux dire comprendre pourquoi il faut oublier le passé ?

— Peut-être pas l'oublier, mais apprendre à le laisser derrière nous. Sophie et moi, quand nous sommes venues ici, nous avons pris un nouveau départ. Et il est temps de regarder en avant, pas en arrière.

Elle croisa le regard de Hannah.

— Nous avons tous dans notre vécu des choses sur lesquelles nous aimerions ne pas nous appesantir.

— C'est vrai, mais le passé, c'est aussi ce qui nous façonne, répondit Hannah. Ce sont les événements du passé qui font de nous ce que nous sommes aujourd'hui.

— Moi, je préférerais ne pas me rappeler ma souffrance. Je veux me concentrer sur l'avenir, insista Phœnix.

Elle sourit à Vicky.

— Allons préparer le petit déjeuner, ajouta-t-elle.

— Hier soir, le Prophète a dit qu'il me confiait à tes soins, dit Hannah qui remit ses chaussures puis se leva. Cela signifie-t-il que tu dois me surveiller ? Aurais-tu des ennuis si je m'en allais ?

— Considère-moi plutôt comme ton amie. Je veille sur toi, je te viens en aide. Il n'y a pas de raison que tu restes seule.

— Mon mari sera bientôt de retour.

— Lui aussi se verra confié aux soins de quelqu'un d'autre. Jusqu'à la tenue du conseil, vous serez séparés.

Hannah s'arrêta net.

— Pourquoi ?

— C'est pour votre bien. Ainsi, vous pourrez méditer plus sereinement, et les fautes de ton mari ne rejailliront pas sur toi.

— Walt n'a commis aucune faute ! Il a fait ce que

commandait le bon sens en allant parler de cette tombe à la police.

Phœnix détourna les yeux et pinça les lèvres.

— Désobéir au Prophète est une faute. Ses décisions sont justes, il ne les prend pas à la légère. Si tu veux devenir membre de la Famille, tu dois en prendre conscience.

Elle lui tendit la main.

— Viens, sinon nous allons être en retard. Quand nous aurons pris le petit déjeuner, tu te sentiras mieux.

Hannah refusa sa main mais l'accompagna docilement. Le petit déjeuner était déjà prêt. Elle fit la queue puis, quand elle fut servie, alla s'asseoir à côté de Sophie, qui était déjà installée.

— Ma mère et toi, vous vous êtes disputées ? lui demanda l'ado.

— Ta mère considère que mon mari devrait être puni pour avoir désobéi au Prophète. Pourtant, il a eu raison.

— Désobéir au Prophète, ici, c'est toute une histoire. Ça n'arrive presque jamais.

— Et quand est-ce arrivé pour la dernière fois ?

Sophie baissa les yeux sur son bol de céréales.

— On n'est pas censés en parler.

— Pourquoi ? De toute façon, comme je suis arrivée depuis peu, je ne peux pas connaître la dernière personne à lui avoir désobéi. En revanche, apprendre ce qui s'est passé pourrait m'éviter de commettre la même erreur.

Sophie médita un petit moment sur ses propos.

— C'était une fille qui s'appelait Freedom. Enfin, c'est le Prophète qui l'avait rebaptisée comme ça. Je ne sais pas quel était son vrai nom.

— Et qu'a-t-elle fait de si grave ?

— Elle voulait partir.

Hannah posa sa cuiller. Un frisson lui parcourut l'échine.

— Je croyais que chacun était libre de s'en aller quand bon lui semblait…

— C'est vrai pour la plupart. Mais Freedom avait un bébé, et tous les enfants appartiennent au Prophète. Elle pouvait partir, mais sans son bébé.

— Jamais une mère ne ferait ça.

Sophie haussa les épaules.

— Eh bien, pourtant, elle a fini par partir quand même.

Hannah la regarda en silence pendant quelques secondes.

— Tu es en train de me dire qu'elle a quitté la Famille et abandonné son bébé ?

— Je n'aurais pas dû t'en parler… S'il te plaît, ne dis rien à ma mère. Sinon, j'aurai des ennuis, dit Sophie avec un regard implorant.

— C'est promis, je ne dirai rien.

Elle posa la main sur celle de l'adolescente et reprit à voix basse :

— C'est pour cette raison que Vicky est avec vous, n'est-ce pas ? C'est le bébé de Freedom.

Sophie acquiesça.

— Ne le dis pas.

Hannah lui pressa la main.

— C'est promis, répéta-t-elle.

Freedom était très certainement Emily, et Vicky était Joy. Joy, sa nièce. C'était elle qui en avait obtenu la garde. Pas Phœnix. Et encore moins Metwater.

Walt n'aurait pas été surpris de découvrir un comité d'accueil sur le parking mais, à son arrivée, il n'y avait personne. Il gara sa moto, la recouvrit de branchages puis se dirigea vers le campement.

Jobie fut le premier à le voir.

— Salut ! lui lança-t-il. Tu as raté les événements de la nuit entre Kiram et ta femme.

Walt s'immobilisa.

— Que s'est-il passé ?

Si par malheur ce voyou lui avait fait du mal…

— Ta femme a dit qu'il l'avait rudoyée. Elle a fait un scandale devant le Prophète et tous les membres de la Famille.

— Il lui a fait mal ? Et pourquoi ?

— Kiram a dit que, comme elle et toi vous aviez désobéi au Prophète, elle devait être punie. Son boulot, c'est de faire en sorte que tout le monde file droit, tu sais. Mais il lui arrive d'aller un peu trop loin. D'autres femmes se sont déjà plaintes de lui et, cette fois, le Prophète ne pouvait pas rester sans rien faire, vu que ta femme a pris tout le monde à témoin.

Bien joué, Hannah ! songea Walt.

— Et qu'a décidé le Prophète ?

— Il a envoyé Serenity passer la nuit dans la caravane de Phœnix et a dit à Kiram de la laisser tranquille. Ce soir, il y aura un conseil pour décider quelle doit être ta sanction pour avoir désobéi, quitté le camp et être allé voir la police.

Walt n'entendait pas se laisser faire.

— Ma femme s'appelle Hannah, pas Serenity. Et je dois la voir tout de suite, dit-il avant de repartir.

Comme Jobie lui barrait le passage, il leva le poing.

— Hé ! Calme-toi, mec ! J'allais seulement te conseiller de ne pas faire de vagues. Kiram n'a pas digéré de devoir comparaître devant tout le monde, alors tu ferais mieux de te tenir à carreau jusqu'à ce soir.

Il aurait préféré aller voir Kiram immédiatement et

lui coller son poing dans la figure, mais il devait garder son sang-froid.

— En quoi consiste ce conseil ?

— Eh bien, en général, le Prophète commence par dire quelques mots. Après, chaque partie présente ses arguments et, à la fin, le Prophète tranche. À mon avis, cette fois, il décidera que chacun doit accomplir une tâche pour la communauté, du genre ramasser les ordures ou construire un nouvel abri. Rien de grave.

— Où est Hannah ?

— Elle prend le petit déjeuner avec Sophie et Phœnix. Elle va bien.

— Je veux quand même la voir.

Cette fois, Jobie s'écarta pour le laisser passer.

Lorsqu'il arriva sous l'abri où se prenaient les repas, toutes les conversations cessèrent. Kiram lui adressa un regard noir mais ne dit rien. Tous les autres évitèrent de le regarder en face et attendirent de voir ce qui allait se passer. Il se dirigea vers Hannah qui se leva et, sans un mot, la prit par la main et l'emmena à l'écart.

Quand ils furent suffisamment loin, Hannah lui prit le bras pour l'inciter à s'arrêter.

— Tout s'est bien passé ? lui demanda-t-elle. Que vont faire les Rangers ?

— Une équipe va se rendre sur place pour fouiller la tombe. Ensuite, ils viendront ici pour interroger Metwater et les membres de la communauté.

— Ça va mal se passer, répondit Hannah en jetant un coup d'œil vers l'abri où les autres n'avaient pas bougé.

Seul Kiram s'était levé et les observait de loin.

— Ils devront expliquer pourquoi ils ont menti au sujet de Lucia Raton, reprit Walt. Et Metwater aura à justifier son refus d'informer les autorités de la découverte de la tombe.

— Les membres de la Famille ont le sentiment que la police viole leur intimité.

— Pour résoudre un crime, nous n'avons parfois pas le choix. C'est notre boulot.

— Je sais bien. J'essaye seulement d'adopter leur point de vue. Refuser d'avoir affaire à la police ne fait pas d'eux des coupables.

— Possible. En revanche, mentir ne fait que renforcer les soupçons à leur égard.

Il lui passa la main sur le bras. Elle tressaillit.

— Qu'est-ce qui ne va pas ? Tu es blessée ?

— Ce n'est qu'un gros bleu. Kiram m'a attrapée brutalement hier soir quand je retournais à la tente.

— Jobie m'a dit que tu l'avais dénoncé devant tout le monde et que Metwater lui avait ordonné de te laisser tranquille.

— Oui. Il prétend faire respecter l'autorité de Metwater, mais je crois que c'est avant tout une brute. Et, désormais, je suis son ennemie. Il va nous avoir dans le collimateur...

— Je ne peux pas le supporter non plus. Donc, sur ce point, nous sommes quittes.

Walt lança un regard à Kiram. Ce type allait certainement lui causer des problèmes, mais il ne comptait pas se défiler. Il se concentra de nouveau sur Hannah.

— Tu es sûre que ça va ?

— Oui. D'autant que j'ai beaucoup avancé. Ce matin, Sophie, la fille de Phœnix, m'a avoué que Vicky était le bébé d'une dénommée Freedom, qui faisait partie de la Famille. Je suis sûre que c'était Emily.

— Comment Phœnix s'est-elle retrouvée avec ce bébé ?

— Sophie m'a expliqué que Freedom voulait quitter

la Famille. Le Prophète lui a dit qu'elle pouvait s'en aller, mais devrait laisser son bébé car, selon lui, tous les enfants de la Famille lui appartiennent. Quant à Phœnix, elle m'a affirmé que Metwater était le père du bébé. Maintenant, je sais que c'est un mensonge. Apparemment, il se considère comme le père de droit de tous les enfants de la communauté.

— Et que s'est-il passé quand Metwater a dit à cette femme qu'elle devait partir sans son enfant ?

— Selon Sophie, Freedom est partie quand même, et le bébé a été confié à sa mère. Mais moi, je sais que jamais Emily n'aurait volontairement abandonné Joy.

— Si Freedom était bien Emily, on dirait que Sophie ignore qu'elle est morte, observa Walt. Peut-être ne lui a-t-on rien dit parce qu'elle est encore jeune.

— Ou alors Metwater s'est arrangé pour que personne ne l'apprenne, surtout s'il est, de près ou de loin, responsable de sa mort. Emily est morte à Denver et, à cette époque, la Famille s'était déjà installée ici. Il aurait été facile pour Metwater de revenir de Denver avec Joy et d'affirmer que sa mère l'avait abandonnée.

— À moins qu'Emily soit partie de son plein gré et soit morte avant d'avoir pu revenir chercher Joy, suggéra Walt.

— Tout ce que je sais, c'est que jamais elle n'aurait abandonné son enfant. Jamais.

Walt la prit par les épaules.

— C'est très bien, dit-il. Continue de parler avec Sophie et Phœnix. Il est toujours possible que cette petite ne soit pas ta nièce, même si Phœnix n'est pas sa mère.

— Moi, je suis sûre que c'est Joy, insista Hannah. Pourquoi ne pas tenter de fuir au plus vite avec elle ? Un simple test ADN prouvera que j'ai raison.

— Nous devons rester ici pour glaner le maximum

d'indices. Jamais une telle opportunité d'apprendre ce qui est arrivé non seulement à ta sœur mais également à Lucia Raton ne se représentera.

Face à l'expression obstinée de Hannah, Walt se prépara à affronter ses arguments. Il était prêt à lui dire que, si elle préférait, elle pourrait partir avec l'équipe qui se présenterait au campement après avoir inspecté la tombe, mais que lui resterait aussi longtemps que nécessaire. Elle avait beau disposer d'un ordre de justice lui attribuant la garde de sa nièce, la petite devrait être formellement identifiée avant qu'elle puisse l'emmener. Et tant que Daniel Metwater prétendrait être son père, et comme son nom figurait sur le certificat de naissance, il serait en mesure de contester ce droit de garde à Hannah.

Hannah, justement, changea de sujet :

— Ce soir, un rassemblement doit se tenir pour décider de notre sort. Je suppose que, une fois que les flics seront passés ici, tout le monde souhaitera nous chasser.

— Possible. Il nous faudra nous montrer très persuasifs pour apparaître de bonne foi.

— Tu crois vraiment que la tombe est celle de cette pauvre fille disparue ?

— Je n'en sais rien. Il faut attendre.

— La patience n'a jamais été mon fort. Je suis plutôt du genre à prendre rapidement une décision et à la mettre aussitôt en application.

Elle baissa la tête.

— Mais cette attitude ne m'a pas toujours réussi…

— Personnellement, j'ai tendance à peser le pour et le contre avant de trancher, ce qui ne signifie pas que je ne me trompe jamais, remarqua-t-il.

— Serenity !

Phœnix venait vers eux à grands pas, l'air soucieux.

— Qu'est-ce qui ne va pas ? lui demanda Hannah avec inquiétude.

Tandis qu'elle approchait, Walt l'observa et se dit que Phœnix semblait nettement plus âgée que les autres femmes de la communauté. Comment s'était-elle retrouvée à suivre Metwater ?

— Tu dois venir avec moi, dit-elle à Hannah. Je dois veiller sur toi jusqu'au rassemblement de ce soir.

— Le Prophète ne peut tout de même pas me reprocher de parler à mon mari ! répliqua Hannah.

— Si vous restez à l'écart des autres, vous allez finir par donner l'impression de comploter. C'est un mauvais exemple.

— Est-ce là un des préceptes du Prophète ? demanda Walt.

Phœnix lui jeta un bref regard.

— Les préceptes du Prophète sont multiples. Et certains m'ont sauvé la vie. Viens, ajouta-t-elle en prenant Hannah par la main. Tu as dit que tu aimais t'occuper des enfants. Ce matin, tu me seras utile.

Elle la tira à sa suite.

— Et moi ? fit Walt. Que suis-je censé faire jusqu'à la tenue du conseil ?

— Quelqu'un d'autre a été désigné pour veiller sur toi, lança Phœnix par-dessus son épaule.

Du coin de l'œil, il vit arriver Kiram. Se redressant, il lui fit face.

— J'ai un compte à régler avec toi, Kiram.

— Si jamais je te surprends encore une fois à l'écart du campement, nous le réglerons ce compte, je te le garantis, rétorqua Kiram. En attendant, suis-moi.

— Et si je refuse ?

— Si ça ne tenait qu'à moi, je te virerais sans états

d'âme. Mais le Prophète veut te voir. Il a une proposition à te faire. Et tu ferais bien de l'écouter.

— Vraiment ? De quoi s'agit-il ?

— Suis-moi. J'aimerais qu'il t'annonce qu'il te livre à mes soins pour que je te réduise en bouillie, mais j'ai rarement autant de chance.

11

— Où Kiram emmène-t-il Walt ? demanda Hannah à Phœnix.

— Ne t'inquiète pas, ton mari ne risque rien. Tu le retrouveras ce soir après le conseil. En attendant, tu m'aideras avec les enfants. C'est ta mission pour la journée.

— Ce n'est pas juste ! Nous ne devrions pas être séparés.

— C'est pour votre bien. Même si tu es mariée, tu dois penser à ce que tu veux pour toi. Et garde en mémoire que, quoi que décide le Prophète, ce sera dans ton intérêt.

— As-tu déjà été punie par le Prophète ?

— Une fois au tout début, oui. Mais j'avais besoin d'une bonne leçon. À terme, je lui en ai été reconnaissante.

— Qu'avais-tu fait de si grave pour mériter d'être punie ?

Phœnix semblait tellement calme et dévouée à Metwater qu'elle avait du mal à l'imaginer s'opposant à lui.

— C'est du passé, en parler ne sert à rien. Viens, allons voir les enfants. Tu te sentiras mieux avec eux.

Sophie, en compagnie des autres enfants, les attendait avec un sac en toile rempli de peluches, de balles et autres jouets. Tandis que l'ado et sa mère répartissaient les enfants par groupes, Hannah s'occupa de Vicky. C'était décidément un bébé très facile, qui ne pleurait jamais et aimait être pris dans les bras.

— Tu es tellement gentille avec elle, commenta Phœnix qui vint s'asseoir à côté d'elle. As-tu des enfants ?

Hannah ne put dissimuler le trouble que lui causa cette question.

— Pour… Pourquoi me demandes-tu ça ? Si j'avais des enfants, ils seraient avec moi.

— Pas nécessairement. Ils pourraient être avec leur père ou un parent à toi. Tous les enfants ne vivent pas avec leur mère. Parfois, pour leur propre bien.

Hannah serra Vicky contre elle.

— Non, je n'ai pas d'enfants, répondit-elle.

— Pendant quelque temps, Sophie a vécu avec mes parents, reprit Phœnix qui observait calmement sa fille. Je n'étais pas en mesure de m'occuper d'elle. L'aspect le plus positif de ma venue ici, c'est que j'ai pu la récupérer.

Les parents de Phœnix étaient-ils satisfaits qu'elle vive dans une caravane au milieu de nulle part, sous la coupe d'un prophète autoproclamé ? se demanda Hannah. Peut-être ses parents étaient-ils en mauvaise santé ou simplement lassés de s'occuper de leur petite-fille.

— Et Sophie se plaît ici ?

— Elle n'aime pas le Prophète mais, avec le temps, elle comprendra sa sagesse.

— Tu es sûre que c'est quelqu'un de sage ?

Phœnix sourit.

— Il m'a sauvé la vie. Je lui dois tout. Apollo, ne mange pas ça ! C'est sale !

Elle se leva pour aller empêcher le petit garçon qu'elle venait d'interpeller de porter à la bouche ce qu'il avait trouvé par terre. Hannah la suivit des yeux. Que voulait-elle dire en affirmant que Daniel Metwater lui avait sauvé la vie ? Était-ce au sens métaphorique ou concret ? Quoi qu'il en soit, rencontrer Metwater avait clairement donné un nouveau tournant à son existence. Cela lui avait-il permis d'échapper à une situation compliquée ?

Phœnix revint et demanda :

— Depuis combien de temps êtes-vous mariés ?

— Seulement quelques mois, répondit Hannah, le plus naturellement possible.

— Moi, il m'est arrivé de songer une fois ou deux au mariage, mais ça ne s'est jamais concrétisé. Ce n'est pas plus mal car, de toute façon, je ne suis jamais restée avec le même homme très longtemps, ajouta Phœnix avec un éclat de rire. Et puis, en plus, je n'aurais jamais rencontré le Prophète.

— Êtes-vous ensemble, lui et toi ?

Phœnix ne l'avait-elle pas laissé entendre quand elle avait dit que Metwater était le père de son bébé ? Ou avait-elle dit cela parce qu'elle croyait qu'Emily était en couple avec lui ?

— Disons qu'il nous est arrivé d'être intimes, répondit Phœnix. C'est vraiment un privilège. Peut-être qu'un jour tu auras cette chance, toi aussi.

Hannah sentit un frisson lui parcourir l'échine. Elle n'avait aucune envie d'être l'objet des « attentions » de Metwater.

— Je doute que mon mari soit d'accord.

— Avec le temps, il s'y fera ! Le mariage est une institution tellement désuète…

C'étaient exactement les mots de Metwater.

— Moi, je crois que le fait que deux personnes se jurent amour et fidélité est un idéal intemporel.

Phœnix fit la grimace.

— Je doute que beaucoup de gens en fassent réellement l'expérience.

— Oh ! il y en a, j'en connais !

— Pas moi.

Hannah n'eut pas le temps de répondre, car Vicky commença à s'agiter.

— Je vais la prendre, dit Phœnix. Elle a peut-être besoin que sa couche soit changée.

Quand elle tendit les bras, la manche du chemisier de Phœnix se souleva, révélant des cicatrices sur son avant-bras.

— Que t'est-il arrivé ? lui demanda Hannah.

Troublée, Phœnix s'empressa de baisser sa manche.

— Ce n'est rien. Je vais changer Vicky, dit-elle avant de partir en direction de sa caravane. Surveille les enfants.

Hannah la regarda s'éloigner, perplexe. Elle ne se sentait pas bien ; elle aurait voulu être tranquillement chez elle avec Joy. Trop de lourds secrets pesaient sur cette communauté.

— Je veux savoir ce que tu as dit à la police, lança Metwater sans préambule.

Au moins, aujourd'hui, le Prophète était complètement habillé. Vêtu d'un jean délavé et d'une chemise blanche dont il avait remonté les manches, il était assis dans un fauteuil au milieu de son camping-car, tel un souverain sur son trône. Walt se dit encore une fois que, dans cet environnement, il détonnait totalement.

— Que voulez-vous que je vous dise exactement ?

— Parle sur un autre ton ! lui ordonna Kiram qui l'agrippa par l'épaule.

Walt se tourna vers lui.

— Encore un geste comme celui-ci, et tu le regretteras. Tu peux user de ta force avec une femme, mais pas avec moi.

— Kiram, laisse-nous, intervint Metwater.

Kiram s'empourpra et parut vouloir protester, mais le regard appuyé de Metwater lui fit finalement baisser les yeux. Il opina sèchement du chef et sortit. Walt attendit qu'il ait refermé la porte avant de reprendre la parole.

— Hannah a des marques sur les bras à cause de cette brute. Je ne le tolérerai pas.

Il n'en avait rien dit à Hannah, mais il était déterminé à porter plainte contre Kiram pour agression.

— Kiram peut parfois se montrer un peu trop zélé pour défendre les intérêts de la Famille et me protéger, concéda Metwater.

— C'est une brute épaisse. Si vous ne le calmez pas, je m'en chargerai.

— Je m'occuperai de Kiram.

— Alors faites en sorte qu'il ne m'approche pas. Et surtout qu'il n'approche pas de Hannah.

Metwater hésita quelques secondes. Walt aurait parié qu'il s'apprêtait à lui dire qu'il avait besoin qu'on veille sur lui jusqu'au conseil du soir. Finalement, il dit, manifestement à contrecœur, :

— Je le lui dirai.

— Je l'espère bien.

— Mais je ne t'ai pas fait venir ici pour parler de Kiram. Je veux que tu me racontes ton entrevue avec la police.

— Je n'ai fait que leur dire la vérité, à savoir que j'ai découvert une tombe apparemment fraîchement creusée alors que nous coupions du bois. Ils ont dit qu'ils allaient ouvrir une enquête, ce qui est d'autant plus évident qu'il y a cette histoire de disparition.

— Personne ici n'a quoi que ce soit à voir avec cette disparition, rétorqua Metwater.

— Pourtant, j'ai entendu dire que Lucia Raton était

venue au campement. Donc, quand les Rangers vous ont demandé si vous l'aviez déjà vue, vous avez menti.

— Qui t'a dit cela ?

Walt croisa les bras pour prendre volontairement une posture désinvolte.

— Qu'est-ce que ça peut faire ? L'important, c'est que ce soit la vérité, non ?

— Par ta faute, la police va venir nous déranger avec ses questions.

— Non. Les Rangers viendront poser des questions parce que vous leur avez menti et que vous avez tenté de dissimuler les preuves d'un éventuel crime. Seuls ceux qui ont des choses à se reprocher agissent ainsi.

— Non. Il y a aussi ceux qui tiennent à leur tranquillité, répliqua Metwater.

— Parfois, les deux ne sont pas incompatibles.

— Quand les Rangers se présenteront au campement, je veux que tu leur parles.

Walt ne s'était pas attendu à cela.

— Pourquoi moi ?

— Comme c'est toi qui es allé les prévenir, ils seront plus à même de te faire confiance. Tu leur expliqueras que nous n'avons rien à voir avec cette tombe ni avec la disparition de cette fille.

Walt se raidit.

— Vous n'aurez qu'à le leur dire vous-même. Je ne suis pas votre porte-parole.

— J'ai plus important à faire que perdre mon temps à discuter avec les flics.

— Comme quoi ? demanda Walt qui regarda autour de lui. Rédiger des posts de blog et des sermons ne prend pas tant de temps que ça. Je me trompe ?

Metwater se leva et s'approcha de lui. Ils faisaient à peu près la même taille ; aucun d'eux ne pouvait toiser l'autre.

— Pourquoi es-tu venu ici ? Tu ne me feras pas avaler que tu souhaites sincèrement intégrer la Famille. Tu n'as aucun respect pour notre mode de vie.

Walt comprit qu'il ne pouvait plus paraître crédible en continuant à se présenter comme un admirateur de Metwater. Il ne pouvait pas non plus avouer qu'il était flic.

— Je suis venu ici parce que je recherche une amie. Elle a disparu depuis plusieurs mois, et sa famille se fait un sang d'encre.

Metwater haussa les sourcils.

— Lucia Raton est une amie à toi ?

— Non, il ne s'agit pas d'elle. Je suis à la recherche d'Emily Dietrich.

— L'amie de ta femme.

Walt acquiesça.

— Tu crois qu'elle a fait partie de mes disciples ?

— Elle était enceinte quand son fiancé est décédé. C'est à ce moment-là qu'elle a voulu changer de vie et vous a rejoints. Elle vivait parmi vous la dernière fois que sa sœur a eu de ses nouvelles.

— Sa sœur. Autrement dit, ta femme.

Walt se retint de montrer sa surprise.

— Qu'est-ce qui vous fait croire ça ?

— La ressemblance est flagrante.

— Donc, vous connaissez Emily ?

— Je l'ai connue, oui. Mais elle n'est pas restée longtemps.

— Et son bébé ?

Metwater se retourna.

— Je ne peux pas t'aider.

— Vous ne pouvez pas ou vous ne voulez pas ?

— Tu peux t'en aller. Je te verrai ce soir au conseil, répondit Metwater.

— Dites-moi ce qui est arrivé à Emily Dietrich, insista Walt.

Metwater se rassit et l'observa.

— Je ne peux te dire ce que j'ignore.

Walt eut envie de le saisir par le col et de le secouer, mais cela n'aurait fait que lui valoir une raclée de la part de Kiram et des autres, et peut-être même une plainte pour agression.

— Je ne vais pas cesser de poser des questions, assura-t-il. Et j'obtiendrai des réponses.

— Je ne peux pas t'empêcher de poser des questions, répliqua Metwater. Mais les réponses risquent de ne pas te plaire. Parfois, mieux vaut laisser les morts reposer en paix.

— Comment pouvez-vous affirmer qu'elle est morte ? Vous en savez plus que vous le prétendez, n'est-ce pas ?

Metwater détourna le regard et fit un geste de la main.

— Ce n'était qu'une façon de parler. Tu comprends les figures rhétoriques, non ?

— Ça ne prend pas. Vous savez quelque chose, et je découvrirai de quoi il s'agit.

— Cesse de me faire perdre mon temps.

Metwater se leva et le regarda quitter la pièce. Maintenant qu'il se savait surveillé, le Prophète serait sur ses gardes, mais cela n'enlevait rien à la détermination de Walt.

Quand il sortit du camping-car, il découvrit Hannah qui l'attendait. Ainsi que Kiram. Il ignora ce dernier et s'adressa à Hannah :

— Je te croyais avec Phœnix.

Kiram s'interposa avant qu'elle puisse répondre.

— Vous ne devez pas rester ensemble avant la tenue du conseil.

Walt le dévisagea. Kiram était tout entier dévoué à la cause de Metwater et à ses règles. S'il ne s'éloignait pas de lui au plus vite, l'un d'eux finirait par perdre son sang-froid.

— Le Prophète a décrété que je serais aussi bien tout seul.

Il désigna la porte du camping-car de la tête.

— Va le lui demander, si tu ne me crois pas.

Kiram hésita.

— Tu essayes de te jouer de moi.

— Pas du tout. Va le voir. Si j'ai menti, tu me retrouveras facilement, de toute façon.

Après lui avoir lancé un regard noir, Kiram finit par aller frapper à la porte du camping-car. Après quelques secondes, on le laissa entrer. Walt prit Hannah par le bras.

— Viens, ne restons pas là.

Hannah l'incita à passer derrière le camping-car pour que personne ne les voie.

— Phœnix est allée changer la couche de Vicky, et j'en ai profité pour m'éloigner, expliqua-t-elle. Je m'inquiétais pour toi. Que voulait Metwater ?

— Que je lui parle de ce que j'avais dit à la police. Il voulait également savoir pourquoi nous étions réellement venus ici. Il ne croit pas que nous ayons sincèrement été touchés par ce qu'il prône.

— Et que lui as-tu répondu ?

— La vérité. Du moins en partie. Je lui ai raconté que nous étions à la recherche d'Emily.

Hannah blêmit.

— Quelle a été sa réaction ?

— Il a admis qu'elle était bien venue ici mais, selon

lui, elle n'est pas restée longtemps. Il prétend ignorer ce qu'il est advenu d'elle et de son bébé.

— Tu le crois ?

— Et toi ?

— Non.

Elle regarda autour d'elle puis le tira davantage à l'écart du campement.

— Je suis persuadée que beaucoup de mensonges pèsent sur cette communauté. Je commence à me sentir très mal à l'aise. À mon avis, nous devrions partir au plus vite avec la petite Vicky.

Elle écarta nerveusement une mèche de cheveux de ses yeux.

— Pourquoi es-tu aussi agitée ? lui demanda-t-il.

— Eh bien… Phœnix m'a dit qu'il arrivait à Metwater de passer la nuit avec certaines de ses disciples. Et elle a ajouté que, tôt ou tard, ce pourrait être mon tour. Il se fiche du mariage, tu le sais.

Il lui passa la main sur le bras pour la rassurer.

— Je ne le laisserai pas te toucher, je te le promets.

— Je refuse de me retrouver encore une fois seule avec lui.

— Entendu. Phœnix t'a-t-elle fait d'autres confidences ?

Hannah fit non de la tête.

— Elle n'a que le Prophète à la bouche. Comment il a changé sa vie, comment venir vivre ici lui a permis d'avoir de nouveau la garde de Sophie… Mais j'ai du mal à comprendre. Comment peut-on laisser une ado aller vivre avec sa mère alors que celle-ci s'apprête à rejoindre une bande de pseudo-hippies ?

— Question de point de vue, peut-être.

— Il y a autre chose qui me tracasse.

— Qu'est-ce que c'est ?

— As-tu remarqué que Phœnix porte toujours des manches longues ?

— Non, je n'ai pas fait attention.

— Moi si, d'autant que quasiment toutes les autres femmes sont toujours bras nus. Ce matin, j'ai compris pourquoi. Une de ses manches s'est relevée à son insu, et j'ai vu que son bras portait des cicatrices. Je me suis demandé s'il ne s'agissait pas d'anciennes traces de piqûres.

— Possible. As-tu remarqué si elle prenait des substances quelconques ?

— Non. Je pense plutôt que quand elle dit que Metwater lui a sauvé la vie, c'est parce qu'elle a cessé de se droguer depuis qu'elle l'a suivi.

— C'est possible, oui.

— Quoi qu'il en soit, je n'aime vraiment pas ce qui se trame ici. D'un autre côté, si l'influence de Metwater a effectivement permis à Phœnix de décrocher de son addiction, c'est positif.

— Eh bien, tout n'est jamais tout blanc ou tout noir… Pour autant, je ne fais pas confiance à Metwater.

— Quand pourrons-nous partir avec Joy ?

— Bientôt. Quand les Rangers se présenteront au campement, je déposerai un recours auprès du tribunal pour nous octroyer temporairement la garde de la petite, jusqu'à ce qu'un test ADN confirme son identité.

— Tu penses que ça va marcher ?

— Oui, je crois. En attendant, je préférerais rester ici pour m'assurer que personne ne tentera de fuir avec elle.

— Jamais je ne les laisserai faire ! s'exclama Hannah. Quand les Rangers viendront-ils ?

— Ils ne peuvent pas fouiller la tombe sans la présence d'un légiste, ce qui peut prendre un jour ou deux. Et ils ne viendront pas ici avant de savoir ce qu'il y a dans cette tombe.

— Et ce soir, il y a ce fameux conseil. Que se passera-t-il, à ton avis ?

— On va chercher à nous intimider. Garde en mémoire que personne n'a autorité sur nous.

— Ce qui ne veut pas dire qu'ils ne chercheront pas à nous faire du mal. Et qu'ils ne s'en sont pas pris à Emily ou à Lucia Raton.

— Serenity !

Phœnix courait vers eux.

— Enfin, te voilà ! J'ai cru que tu t'étais enfuie.

— Je devais parler à Walt.

Phœnix lui jeta un regard puis prit les mains de Hannah dans les siennes.

— Tu ne devrais pas t'obstiner à braver les règles. Ça ne fera que jouer contre toi au conseil de ce soir.

Hannah libéra ses mains.

— Je refuse d'obéir aveuglément à des ordres qui n'ont pas de sens.

— Sans règles, c'est le chaos, répliqua Phœnix.

— Oui, mais établir des règles ne doit pas signifier chercher à contrôler les gens, intervint Walt.

Phœnix secoua la tête puis prit de nouveau la main de Hannah.

— S'il te plaît, reviens avec moi. Sinon, moi aussi j'aurai des ennuis.

Cette fois, Hannah ne résista pas.

— D'accord. À condition que Walt m'accompagne.

— Où est Kiram ? demanda Phœnix en regardant autour d'elle.

— Le Prophète et moi, nous avons discutée et il a admis que je n'avais pas besoin de baby-sitter, dit Walt qui passa le bras autour des épaules de Hannah. Hannah et moi, nous pouvons passer l'après-midi avec vous. Nous ferons de notre mieux pour éviter les ennuis.

— À d'autres ! fit Phœnix. Les hommes comme vous ne font qu'attirer les problèmes.

Elle tourna les talons et s'en alla. Walt et Hannah la suivirent.

— Elle n'a pas tort, dit Hannah à voix basse. Tu donnes l'impression de ne pas être du style à fuir devant les problèmes.

— Et c'est grave ?

— Oh non ! Je commence même à me dire que c'est une très bonne chose.

Ils retournèrent à la caravane de Phœnix, où Sophie était assise à la petite table, des livres éparpillés devant elle tandis que Vicky gigotait sur sa couverture. Hannah la prit dans ses bras et se tourna vers Walt.

— Voici Vicky.

— Hé ! Salut, ma jolie, dit-il avec un grand sourire.

Spontanément, il lui prit le bébé et le tint contre lui. Vicky le regarda avec de grands yeux puis tendit son petit bras pour lui toucher la joue.

— Qu'en penses-tu, petite ? Ai-je l'air d'un type qui attire les ennuis ?

Hannah fut bouleversée. Voir cet homme viril et déterminé devenir si tendre avec un bébé fit naître en elle des émotions inédites. Oui, finalement, Walt était bel et bien une source d'ennuis, car il remettait en question le cheminement de vie qu'elle s'était tracé. Il fallait à tout prix qu'elle se concentre sur son objectif : ramener Joy à la maison et bâtir une vie stable pour elles deux.

Mais, pour cela, elle avait besoin de l'aide de Walt. Et, désormais, elle avait envie d'obtenir plus que son aide.

— Qu'est-ce que tu étudies ? demanda Walt à Sophie.

Tenant toujours Vicky dans ses bras, il jeta un coup d'œil aux livres ouverts sur la table.

— Ce sont mes cours par correspondance, répondit Sophie. C'est une introduction à l'algèbre, mais j'ai du mal à comprendre.

— Je peux peut-être t'aider. Qu'est-ce qui te bloque ?

— Il faut vraiment que vous ayez des enfants rapidement, commenta Phœnix qui s'était approchée de Hannah. Il est super avec eux.

— Oui, en effet.

Vicky semblait parfaitement satisfaite d'être dans ses bras, et Sophie, tout sourire, ne perdait pas une miette de ses explications.

— Parle-moi de la mère de Vicky, lança Hannah, qui espéra ne pas commettre une erreur, à Phœnix.

Celle-ci se raidit.

— Mais c'est moi, la mère de Vicky.

Hannah lui prit doucement la main.

— Ce que tu as fait pour elle est formidable, mais j'ai entendu dire que sa véritable mère était une ancienne disciple qui s'appelait Freedom.

— Qui t'a raconté ça ? lui demanda Phœnix en tournant la tête vers la table où travaillait Sophie.

— Écoute, la communauté n'est pas si grande… Il est impossible de garder un secret, ici. Quelqu'un me l'a dit, c'est tout. Parle-moi de Freedom.

— C'était une fille un peu perdue, à la recherche de la paix intérieure, lâcha finalement Phœnix. Elle espérait la trouver en venant ici, mais elle avait du mal à se conformer aux usages de la communauté.

Elle soupira.

— De ce point de vue, elle était comme toi. Elle voulait toujours qu'on lui donne des justifications à tout ; elle n'arrivait pas à se plier aux règles sans poser de questions.

— Tu trouves qu'elle était vraiment comme moi ?

Hannah s'était tellement attachée à pointer les différences entre sa sœur et elle qu'elle en avait oublié qu'elles avaient aussi des points communs.

— La différence c'est que, contrairement à toi, elle n'était plus avec l'homme qu'elle aimait. Elle nous avait raconté qu'il était mort juste avant leur mariage. Elle avait désespérément besoin de fonder une famille, d'être entourée d'amour. C'est pourquoi elle était venue ici.

— Mais… Et sa véritable famille ?

Hannah eut du mal à poser cette question sans laisser paraître la peine que lui causaient les paroles de Phœnix.

— Elle n'en parlait jamais. Parfois, pour prendre un nouveau départ, c'est plus facile de se tourner vers des étrangers que vers ses proches.

Et quand on souffre, on a plus de mal à pardonner les erreurs qu'a pu commettre sa famille, songea Hannah, qui repensait à la dernière conversation qu'elle avait eue avec sa sœur, juste avant qu'elle parte rejoindre le groupe de Metwater.

Elle repoussa ce souvenir douloureux.

— Qu'est-il arrivé à Freedom ?

— Elle nous a quittés. C'était mieux, puisqu'elle n'était pas heureuse parmi nous.

— Mais comment a-t-elle pu partir sans son bébé ?

— Je n'en sais rien. Moi aussi, ça m'a frappée, d'autant que ça ne lui ressemblait pas. Mais quand les gens sont malheureux, il arrive qu'ils ne soient plus eux-mêmes.

— Je vous dérange ? fit Walt qui revenait vers elles.

— Non. Nous étions en train de parler de Freedom, lui apprit Hannah.

Phœnix fronça les sourcils.

— Tu lui as tout dit ?

— Évidemment. C'est normal, puisqu'il est mon mari.

Encore une fois, ce mensonge ne lui avait pas posé de problème. Plus elle passait de temps avec Walt, plus elle avait la sensation qu'ils formaient un véritable couple. C'était complètement fou, car ils ne se connaissaient que depuis très peu de temps. Sans doute était-ce le danger qui pesait sur eux en permanence qui les rapprochait.

— Que s'est-il passé le jour où Freedom est partie ? demanda Walt à Phœnix.

— Elle est allée à Denver avec le Prophète. Il devait se rendre là-bas pour donner un prêche, et il lui avait demandé de l'accompagner. Il souhaitait passer davantage de temps avec elle pour la convaincre de rester avec la Famille.

— Mais je croyais qu'il lui avait demandé de partir, que c'était une sanction parce qu'elle avait tenté de s'enfuir.

Phœnix se mit à se ronger les ongles.

— Eh bien, euh… Oui, mais il voulait lui laisser une dernière chance. Il pensait que, s'il se retrouvait seul avec elle, il parviendrait à la persuader de rester.

— Et elle n'a pas emmené la petite ?

— Non, elle m'a confié Vicky. En fait, je prends soin d'elle quasiment depuis sa naissance.

— Le Prophète a-t-il expliqué ce qui était survenu à Denver ? demanda Walt.

— Il a dit que Freedom avait préféré rester là-bas. C'est pourquoi il est revenu seul.

— Et vous n'avez pas trouvé étrange qu'elle ne revienne pas chercher sa fille ?

— Au départ, j'ai cru qu'elle reviendrait. Mais…

Elle haussa les épaules.

— Le Prophète a expliqué qu'elle avait pris sa décision et que rien ne pouvait la faire changer d'avis. Jamais il n'oblige quelqu'un à rester ici contre sa volonté.

— Tu veux dire que si elle était partie avec Vicky, il n'aurait rien fait pour l'en empêcher ? voulut savoir Hannah.

Phœnix parut mal à l'aise.

— Il faut que je change sa couche…

Elle prit la petite dans ses bras et s'éloigna sans un mot.

— Maman prétend que si Freedom était revenue chercher son bébé, le Prophète aurait changé d'avis et ne se serait pas opposé à elle, intervint Sophie qui avait suivi leur conversation. Elle refuse de croire qu'il pourrait faire preuve de cruauté.

— Et toi, tu en penses quoi ? lui demanda Walt.

Elle haussa les épaules et se mit à griffonner dans un coin de son cahier.

— Moi, je crois que les gens passent leur temps à se montrer cruels. Je ne vois pas pourquoi ce serait différent pour le Prophète.

Des coups frappés à la porte les interrompirent. Hannah tourna la tête vers le fond de la caravane, mais Phœnix ne réapparut pas pour aller ouvrir. Il y eut de nouveaux coups frappés.

— J'y vais, dit Sophie qui se leva.

Mais Walt, qui était plus près de la porte, l'ouvrit lui-même. Il se retrouva face à l'agent Marco Cruz qui, sans attendre d'y être invité, entra dans la caravane.

— Je recherche une dénommée Phœnix, annonça-t-il. J'ai des questions à lui poser. Elle pourrait être mêlée à la disparition de Lucia Raton.

12

Walt se mordit la lèvre pour se retenir de demander à Marco ce qui se passait exactement. S'il avait dû dresser une liste de suspects en lien avec la disparition de Lucia Raton, Phœnix n'y aurait pas figuré.

Phœnix, justement, sortit de la petite salle de bains. Elle était encore plus pâle que d'habitude. Elle observa Marco puis approcha. Sans un mot, elle mit le bébé dans les bras de Hannah puis, soudain, se précipita en direction de la porte. Mais Michael Dance, qui était resté en retrait, l'intercepta et l'encercla de ses bras.

— Du calme, madame, dit-il tout en la poussant vers le canapé. Nous voulons simplement vous poser quelques questions.

— Qu'est-ce qui se passe ? demanda Sophie, qui regardait la scène avec de grands yeux apeurés.

— Hannah, tu devrais peut-être prendre Sophie et la petite avec toi et attendre dehors, suggéra Walt.

— Non, je ne laisserai pas Phœnix seule avec ces types, répondit Hannah, qui jouait parfaitement son rôle. Tu ne vois pas qu'elle est terrifiée ?

— Écoutez, on va tous s'asseoir et discuter calmement, d'accord ? proposa Marco, tandis que Michael Dance retournait se camper à la porte.

Phœnix s'assit sur le canapé et enroula les bras autour d'elle, dans une posture défensive.

— Madame, souhaitez-vous que vos amis s'en aillent ? lui demanda Marco.

Phœnix leva les yeux vers Hannah.

— Je veux qu'elle reste, dit-elle.

— Si Hannah reste, moi aussi, renchérit Walt en croisant les bras.

— Je prends Vicky, dit Sophie.

Hannah la lui donna. Sophie sortit de la caravane et ferma la porte derrière elle.

Marco tira une chaise et s'installa en face de Phœnix et Hannah, désormais assises côte à côte.

— Que voulez-vous exactement ? demanda Hannah. Portez-vous des accusations contre mon amie ?

Discrètement, Walt lui signifia du regard de ne pas trop en faire. Il fallait qu'elle laisse ses collègues prendre la main.

— Madame, reprit Marco qui s'adressa à Phœnix, avant toute chose, nous avons besoin de connaître votre véritable nom.

— Je m'appelle Phœnix.

— Ce n'est pas votre nom de naissance, dit calmement Marco.

Elle lui lança un regard noir.

— Phœnix, c'est mon seul et unique nom.

Marco sortit son portable et consulta l'écran.

— Avant, ne vous appeliez-vous pas Anna Ingels ?

Hannah tressaillit. Walt tiqua lui aussi en entendant le nom du second témoin du testament d'Emily.

— Anna est morte, répondit Phœnix. Je me suis débarrassée d'elle à ma venue ici.

Après avoir sorti un document de sa poche de chemise, Marco le tendit à Phœnix.

— N'est-ce pas là votre permis de conduire ? C'est bien vous qui figurez sur la photo, et le permis est au nom d'Anna Ingels.

Walt se pencha pour voir la photo. Aucun doute, c'était bien Phœnix. Le permis avait été délivré dans le Colorado et avait expiré deux ans plus tôt.

Phœnix s'en saisit.

— Où avez-vous trouvé ça ?

— C'est notre équipe qui l'a découvert, ainsi que d'autres objets vous appartenant, dans la tombe creusée dans les bois tout près d'ici.

Walt fixa du regard son collègue. « Qu'avez-vous découvert d'autre ? » lui demandait-il silencieusement.

Phœnix baissa la tête. Hannah lui passa un bras autour des épaules.

— Pouvez-vous nous expliquer comment votre permis de conduire s'est retrouvé dans cette tombe ? demanda doucement Marco.

— C'est moi qui l'ai enterré, avec des vêtements, des livres, et d'autres choses encore, répondit Phœnix. C'étaient les affaires d'Anna ; elles appartenaient à ma vie d'avant. Désormais, j'ai changé d'existence. Je suis une nouvelle personne. Je ne voulais plus de ces vestiges de mon passé.

— Et qui étiez-vous, avant ?

Phœnix releva la tête. Son regard exprimait une profonde tristesse.

— Je ne suis plus cette personne. Le Prophète m'a sauvée. Il m'a transformée. Je n'ai plus à penser à la vie que je menais avant.

— Nous avons procédé à quelques recherches à l'aide

de votre permis, reprit Marco. Vous avez un casier judiciaire pour usage de stupéfiants.

Voilà qui expliquait les traces sur ses bras, songea Walt. Et aussi pourquoi elle avait temporairement perdu la garde de Sophie.

— C'était Anna, pas moi.

— Prendre un nouveau départ n'est pas un crime, intervint Hannah. Enterrer symboliquement de vieux vêtements et des papiers non plus.

Marco l'ignora et se pencha en avant pour se rapprocher de Phœnix.

— Quand avez-vous enterré ces affaires ?

— Il y a environ deux semaines. Le Prophète a eu une vision. Il nous a dit que nous devions nous débarrasser de tout ce qui nous liait au passé, nous enchaînait et nous empêchait d'aller de l'avant. Certains ont brûlé des objets, d'autres ont tout mis dans des boîtes qu'ils ont envoyées à leur famille. Moi, j'ai décidé d'organiser un enterrement pour dire adieu à celle que j'étais avant, et j'ai enfoui tout ce qui appartenait à Anna.

Elle sourit, et son regard s'éclaira.

— C'était magnifique ! C'était comme une renaissance. Je portais enfin véritablement mon nom, j'étais le Phénix qui renaît de ses cendres.

— Parlez-nous de Lucia Raton, reprit Marco. Quand est-elle venue au campement ?

Phœnix soupira.

— Le Prophète considère que nous ne devrions pas parler d'elle. Et surtout pas à la police.

— Lucia a disparu, répliqua Marco. Elle pourrait être morte. Vous devez me révéler ce que vous savez. Quand est-elle venue ici ?

Phœnix grimaça.

— Je ne sais plus. Nous n'avons pas de notions de temps très précises, ici. Je n'ai même pas de calendrier.

— Donnez-moi une estimation.

Elle réfléchit.

— J'ai enterré les affaires d'Anna à la pleine lune, dit-elle. Et Lucia est arrivée quelques jours après.

Marco enregistra ces informations sur son téléphone.

— Combien de temps est-elle restée ?

— Une journée, pas plus. Même moins. Elle était partie avant la tombée de la nuit.

— Vous en êtes sûre ?

— Oui. Le Prophète lui a expliqué qu'elle ne pouvait pas rester, parce qu'elle était trop jeune. Je crois qu'elle avait dix-sept ans. J'espère de tout cœur qu'elle va bien. Elle semblait gentille. En manque de repères mais, chez les ados, c'est courant, non ?

— Avez-vous passé du temps avec elle quand elle était là ?

— Non. Elle est venue se présenter à nous pendant que nous préparions le repas, d'autres femmes et moi, mais nous n'avons pas vraiment discuté.

Marco sortit de nouveau un objet de sa poche. Un sachet à indices dans lequel se trouvait une chaîne portant un petit médaillon.

— Reconnaissez-vous ceci ?

Phœnix secoua la tête.

— Non, je ne crois pas l'avoir déjà vu.

Marco ouvrit le médaillon, qui contenait la photo d'un couple.

— Qui est-ce ? demanda Phœnix.

— Lisez l'inscription, dit Marco.

— « À Lucia, avec tout notre amour. Papy et mamie. »

— Ce médaillon appartient à Lucia Raton ? demanda Hannah.

— Ses parents ont mentionné ce médaillon parmi les choses qu'elle portait la dernière fois qu'ils l'ont vue. Vous êtes sûre de ne pas vous en souvenir ?

Phœnix secoua de nouveau la tête.

— Je ne l'ai vue que quelques minutes, je vous l'ai déjà dit.

— Quelqu'un est-il resté plus longuement en sa compagnie pendant qu'elle était ici ? intervint Michael Dance pour la première fois.

— Non, personne en particulier.

Walt nota qu'elle avait hésité avant de répondre. Marco devait lui aussi l'avoir remarqué.

— Vraiment ? Vous ne semblez pas très sûre de vous.

— Easy a proposé de la raccompagner en ville, répondit Phœnix.

— Qui est Easy ? demanda Hannah avant que l'un ou l'autre des policiers ait le temps de poser la question. Ce nom ne me dit rien.

— Ce n'est pas un membre de la Famille, expliqua Phœnix. Il passe nous voir de temps en temps. Il nous livre des courses ou fait le taxi pour ceux qui ont besoin d'aller quelque part et n'ont pas de véhicule. Parfois, il rend service au Prophète.

— Quel genre de service ? ne put s'empêcher de demander Walt, qui s'était pourtant juré de garder le silence.

Phœnix haussa les épaules.

— Je ne sais pas. Il lui achète ce dont il a besoin ou alors il le conduit à l'aéroport quand il doit se rendre quelque part pour donner une conférence.

— Et quand avez-vous vu Easy pour la dernière fois ?

— Ça doit faire à peu près une semaine, je dirais. Mais

quel rapport avec moi ? Je suis désolée que cette fille ait disparu, mais je ne peux pas vous aider.

À ce moment-là, la porte de la caravane s'ouvrit. Daniel Metwater fit son entrée, vêtu d'un pantalon en lin blanc et d'une tunique du même tissu. Walt se dit que ce devait être sa tenue officielle de Prophète.

— Que se passe-t-il ? demanda Metwater.

Marco se retourna pour faire face au nouveau venu. Profitant de la porte ouverte, Sophie, qui tenait toujours Vicky dans les bras, se glissa entre Metwater et Marco, et alla s'asseoir à côté de sa mère. Sans doute était-ce elle qui était allée prévenir le Prophète que la police interrogeait Phœnix. Kiram entra à son tour et se posta derrière Metwater avec son habituelle expression fermée. Il y avait soudain trop de monde dans la petite caravane où l'air s'était chargé de tension. Walt songea au revolver dissimulé contre sa cheville et espéra ne pas avoir à s'en servir. Néanmoins, il se tenait prêt à toute éventualité.

— Nous enquêtons sur la disparition d'une fille qui est venue ici et qui, depuis, n'a plus donné de nouvelles à quiconque, répondit Marco.

— Nous n'avons rien à voir avec cette histoire ! lança Metwater.

— Pourquoi avoir menti en affirmant que vous n'aviez jamais vu Lucia Raton ? lui demanda Michael Dance. Que cherchez-vous à dissimuler ?

— Elle n'est restée ici que quelques heures. Et, à son départ, elle était en parfaite santé.

— Dans ce cas, pourquoi avoir menti ? insista Marco.

— Je suis le garant de la tranquillité de notre communauté, se justifia Metwater. Et là, vous outrepassez vos prérogatives. Vous devez partir.

— Non. Nous sommes sur un terrain public, rétorqua

Marco. Vous avez le droit d'y camper parce que vous en avez obtenu l'autorisation, ce qui ne signifie pas qu'il vous appartient de décider qui peut y venir ou pas. Encore moins quand il s'agit de représentants des forces de l'ordre qui mènent une enquête.

— Pourquoi avez-vous cherché à éviter que nous soyons mis au courant pour la tombe dans les bois ? renchérit Michael.

— Je n'ai pas à répondre à vos questions, répliqua Metwater, qui était sur la défensive et ne paraissait pas aussi sûr de lui que d'ordinaire. Allez-vous-en.

Marco l'ignora et lui tourna délibérément le dos pour s'adresser à Phœnix.

— Nous avons trouvé le médaillon de Lucia Raton dans la tombe, avec les autres objets que vous y aviez enterrés. Pouvez-vous nous expliquer comment il s'y est retrouvé ?

Hannah constata que Phœnix semblait sincèrement interloquée.

— C'est impossible ! J'ai enterré mes affaires avant le passage de Lucia Raton.

— Quelqu'un peut-il le confirmer ? Vous a-t-on aidée à enterrer ces objets ?

Phœnix fit non de la tête.

— Je l'ai fait seule. C'était important.

— Avez-vous parlé à quelqu'un de votre projet ? Aurait-on pu vous suivre et vous voir faire ?

Hannah avait du mal à laisser Phœnix dans une détresse aussi évidente sans intervenir.

— Avez-vous trouvé d'autres affaires de Lucia Raton dans la tombe ? demanda-t-elle à Marco.

— Notre équipe n'a pas fini de passer l'ensemble des objets au crible, l'informa Marco.

— Vous perdez votre temps, intervint Metwater. Partez.

— Nous partirons après avoir interrogé M. et Mme Morgan, répliqua Marco. Venez avec moi, vous deux, ajouta-t-il en faisant signe à Walt et Hannah de le suivre.

Kiram fit un pas de côté pour leur bloquer le passage.

— Pourquoi voulez-vous les interroger ?

— Nous trouvons suspect qu'ils soient arrivés ici à peu près au moment de la disparition de Lucia Raton. Nous devons éclaircir certains points.

Hannah avait beau savoir que Marco bluffait et ne faisait qu'assurer leur couverture, elle en éprouva des frissons. À côté d'elle, Phœnix était dans un état épouvantable. Elle lui prit la main, la serra brièvement puis se leva pour suivre Walt et les policiers.

Une main se posa sur son épaule pour l'arrêter. Metwater se tenait près d'elle, trop près. Il la fixa du regard et lui passa doucement la main le long du bras, dans une attitude possessive qui la hérissa.

— Fais vite. Tu dois être prête pour le conseil de ce soir, dit-il.

Walt lui prit la main et l'entraîna hors de la caravane où Marco et Michael les avaient précédés.

Tous quatre se dirigèrent en silence vers la limite du campement.

— Vous vous trompez au sujet de Phœnix, déclara Hannah lorsqu'ils furent sûrs que personne ne pouvait les entendre. Jamais elle n'aurait fait de mal à Lucia Raton, j'en ai la conviction.

— Moi, j'ai surtout eu l'impression qu'elle ferait n'importe quoi pour Metwater, dit Marco. Selon elle, il lui a sauvé la vie.

N'ayant aucun argument à lui opposer, Hannah baissa

les yeux. Quand il était question de Metwater, Phœnix perdait indéniablement toute objectivité.

— À supposer qu'elle n'ait pas enterré elle-même le médaillon, comment aurait-il pu arriver dans la tombe ? demanda Walt.

— Bonne question, fit Michael. Et cette histoire de vouloir en finir avec son passé, ça vous paraît crédible ?

— Oui, je la crois, répliqua Walt. C'est tout à fait ce que préconise Metwater, et recourir à des rituels symboliques, c'est sa marque également.

— Et ce conseil qu'il a mentionné, de quoi s'agit-il ?

— Une sorte de réunion pour décider de la sanction qui sera la mienne pour avoir désobéi à ses ordres en venant vous parler de la découverte de la tombe.

— La sanction ? répéta Michael. Quel genre de sanction ?

— Je n'en sais rien, répondit Walt qui se tourna vers Hannah. As-tu une idée de ce qui nous attend ?

— Phœnix prétend que nous aurons certainement des travaux supplémentaires à effectuer afin de nous faire comprendre l'importance de mettre la Famille au-dessus de nos préoccupations personnelles. Nous devons prouver que nous souhaitons sincèrement intégrer la communauté.

— Pourquoi ne partez-vous pas sans attendre ? leur suggéra Marco. Je doute que vous en appreniez plus que ce que vous savez déjà.

— Nous savons que le bébé de Phœnix est bien ma nièce. Phœnix nous l'a avoué tout à l'heure, juste avant votre arrivée. Elle nous a expliqué que le bébé était la fille d'une ancienne disciple qui s'appelait Freedom. Et la signature de Phœnix sur le testament de ma sœur sous son véritable nom prouve qu'elle était à l'hôpital à la naissance du bébé.

— Reste le problème de la mention du nom de Metwater

comme père de l'enfant sur l'acte de naissance, ajouta Walt. Il peut s'opposer à toute demande de garde de ta nièce.

— Sauf si un test ADN prouve qu'il n'est pas le père, intervint Hannah. Et si nous prouvons qu'il est impliqué dans la mort d'Emily.

Elle se tourna vers Marco.

— Phœnix nous a dit que Metwater avait emmené Emily à Denver, et qu'il était revenu seul. Il a prétendu qu'elle avait décidé de rester là-bas et avait abandonné son bébé. Pourquoi ne pas avoir dit qu'elle était décédée à l'hôpital s'il n'est pas lié à sa mort ?

— Il ment sur tout, remarqua Michael. Mais mentir n'est pas un crime.

— Pourquoi ne pas avoir posé de questions à Phœnix sur le testament ? demanda Hannah.

Les deux policiers se regardèrent, l'air confus.

— Eh bien… Nous étions tellement concentrés sur l'affaire de la disparition de Lucia Raton que nous n'avons pas pensé au testament de votre sœur, concéda Marco.

— Et avez-vous réussi à obtenir un mandat pour procéder à un test ADN sur le bébé ?

Ils échangèrent un nouveau regard.

— Pas encore.

— Je ne peux pas partir d'ici sans la petite, dit Hannah d'un ton catégorique.

— Partir avec elle sans l'aval du tribunal pourrait être préjudiciable si jamais Metwater portait plainte, précisa Walt. Les services de protection de la petite enfance ont déjà fait savoir qu'ils se rangeaient derrière lui. Il leur suffirait de demander au tribunal d'attribuer à titre temporaire la garde de la petite à Metwater jusqu'au résultat du test ADN et, dans l'intervalle, il aurait tout loisir de filer avec elle.

— Je refuse de courir ce risque, insista Hannah. Je dois rester ici jusqu'à ce que je puisse partir avec ma nièce en toute légalité.

Michael se redressa.

— Nous allons mettre la pression au juge pour qu'il délivre ce mandat sans tarder. De votre côté, essayez de découvrir s'il pourrait y avoir un lien entre Metwater et la disparition de Lucia.

— Il nous faut aussi retrouver le dénommé Easy pour l'interroger, renchérit Marco.

Il posa la main sur l'épaule de Walt.

— Prévenez-nous si vous faites des progrès, et tâchez d'éviter les ennuis.

— Entendu, fit Walt.

Il prit Hannah par la main et, ensemble, ils rebroussèrent chemin. Elle avait envie de se laisser aller contre lui, de puiser de la force en lui pour chasser son anxiété. Voir Phœnix aussi désemparée et évoquer les derniers jours d'Emily l'avait ébranlée. Comme s'il avait perçu sa détresse, Walt lui passa le bras autour des épaules pour la serrer contre lui.

— Ça va aller, dit-il, ce sera bientôt fini.

13

— Phœnix t'attend, dit Kiram à Hannah comme ils approchaient de la caravane de celle-ci. Elle va t'aider à te préparer pour ce soir.

Il pointa Walt du doigt.

— Toi, tu viens avec moi.

Walt voulut protester, mais Hannah l'arrêta.

— Tout ira bien.

Elle se pencha vers lui et lui déposa un baiser sur la joue.

— À tout à l'heure.

Certes, elle aurait préféré rester avec lui, mais elle était persuadée que Phœnix serait plus à même de se confier s'il n'était pas là. Elle entra dans la caravane et la trouva occupée à trier des vêtements.

— Qu'est-ce que c'est ? lui demanda-t-elle.

— Ce sont des affaires pour ce soir. Tu dois être à ton avantage. Va d'abord prendre une douche. Ensuite, nous nous occuperons de tes cheveux et du maquillage.

Hannah prit le morceau de savon que Phœnix lui désignait. Il était apparemment fait maison et dégageait une odeur astringente désagréable, mais elle ne protesta pas. Elle se rendit à la douche de fortune édifiée à l'extérieur, avec un baril en plastique pour stocker l'eau chauffée par le soleil. Elle se lava rapidement puis retourna à la caravane. Phœnix la fit asseoir devant la table et commença à démêler ses cheveux.

— J'ai dit aux policiers que, selon moi, tu n'avais rien à te reprocher, dit Hannah après un moment. Je suis sûre que tu n'es pour rien dans la disparition de cette fille.

— J'ai la conviction qu'ils en seront bientôt certains eux aussi, répondit Phœnix, qui prit un ruban pour attacher les cheveux de Hannah.

— Quand j'ai entendu ton vrai nom, enfin ton ancien nom, il m'a été familier, reprit Hannah.

Phœnix se figea.

— Comment ça ? Nous sommes-nous rencontrées avant ta venue ici ?

— Non, mais tu as été un des témoins du testament d'Emily. Enfin, de Freedom.

Elle attendit que Phœnix lui demande comment elle avait connaissance de ce testament, mais celle-ci se contenta de reprendre son travail.

— Elle m'a demandé de signer des papiers pour elle, et j'ai accepté. Une des infirmières de l'hôpital a également signé.

— À ton avis, pourquoi a-t-elle tenu à faire un testament ? De quoi avait-elle peur ?

— Oh ! elle n'avait pas peur ! Enfin, pas vraiment.

— Mais elle était inquiète, non ? la pressa Hannah. Sinon, pourquoi aurait-elle absolument voulu faire un testament avant même sa sortie de la maternité ?

— Elle avait eu un différend avec le Prophète. Et elle en était contrariée.

Hannah se retourna pour la regarder.

— Un différend ? À propos de quoi ? L'a-t-il menacée ?

— Non. Le Prophète ne lance pas de menaces, il fait

régner la discipline. Toujours pour notre bien, comme le fait un père avec ses enfants.

Manifestement, Phœnix avait bien appris sa leçon.

— Et qu'a-t-il fait pour qu'Emily se tienne bien ?

— Je l'ignore, comme j'ignore ce qui était à l'origine de leur différend. Ça ne concernait que Freedom et le Prophète.

— Je ne considère pas qu'un adulte soit habilité à faire marcher droit un autre adulte, remarqua Hannah.

— Tu manques d'expérience, tu n'es pas encore en mesure de comprendre.

Phœnix prit un autre ruban et l'enroula autour d'une mèche de ses cheveux.

— Moi, par exemple, à mon arrivée ici, je n'avais pas encore complètement décroché de l'héroïne. Le Prophète m'a enfermée dans son camping-car et s'est occupé de moi jusqu'à ce que le sevrage soit complet. Il m'empêchait de sortir, même quand je me rebellais. Certains auraient pu considérer qu'il se comportait avec cruauté. En fait, il m'a sauvé la vie.

— Mais Emily, elle, n'était pas accro à la drogue, répliqua Hannah.

Elle prit une grande inspiration pour contenir sa colère.

— Elle était en deuil et venait d'avoir une fille. Elle n'avait en aucun cas besoin d'être punie.

— Je suis sûre que le Prophète avait ses raisons. Jamais il ne s'est trompé.

Hannah se retourna de nouveau pour la regarder.

— Crois-tu qu'il va me punir parce que Walt est allé voir la police ?

Phœnix écarta une mèche de cheveux de son front.

— Il t'aime bien. Je le sens à la façon dont il te regarde.

Tu deviendras une de ses favorites. Et, quoi qu'il décide, ce sera dans ton intérêt.

Ces paroles, destinées à être rassurantes, ne firent qu'accentuer le malaise de Hannah. Elle ne voulait pas des attentions de Daniel Metwater ! Elle devait trouver le moyen de filer au plus vite avec Joy.

Et Walt ? lui murmura sa voix intérieure. *Tu partiras avec lui ou tu le laisseras se débrouiller seul ?*

— Je n'ai aucune envie de me balader avec ça devant une assemblée de gens à moitié nus, déclara Walt qui croisa les bras et contempla avec dédain l'espèce de toge que Kiram lui tendait pour qu'il la revête.

— Tout le monde sera habillé comme ça, rétorqua Kiram. C'est une façon de montrer que nous n'avons rien à cacher les uns aux autres.

Walt prit la toge. Il lui serait impossible de dissimuler une arme à feu là-dessous. En revanche, il aurait parié que Kiram et les autres sbires de Metwater s'arrangeraient pour garder un couteau sur eux. Quoi qu'il en soit, il ne voyait pas comment refuser de porter ce morceau de tissu sans susciter de nouveaux soupçons.

— Entendu, je vais l'enfiler, dit-il. Mais je remettrai mes vêtements dès que ce sera terminé.

Kiram haussa les épaules.

— Pourquoi ces flics voulaient-ils vous parler, à ta femme et toi ?

Walt s'attendait à cette question.

— Ils nous ont demandé si nous connaissions la fille disparue. Ou si nous l'avions déjà vue.

— Et que leur avez-vous répondu ?

Walt fit mine d'inspecter la toge.

— La vérité. Que nous ne savons rien.

— Ils auraient pu te poser la question quand tu es allé leur parler de la découverte de cette tombe, non ?

— Peut-être, mais ils ne l'ont pas fait.

Il plia la toge sur son bras.

— Bien. Je vais aller me changer dans ma tente.

— Tu peux te changer chez moi, répliqua Kiram qui lui désigna sa cabane.

— Et qu'est-ce que je fais de mes vêtements ?

— Ne t'inquiète pas, personne n'y touchera.

Dès qu'il se serait changé, Kiram fouillerait ses poches, Walt n'en doutait pas un instant.

— D'accord, fit-il avant de se diriger vers la cabane.

Il allait devoir trouver un endroit où cacher son arme. Un endroit où Kiram ne serait pas susceptible de regarder.

Après s'être rapidement déshabillé, il plia ses vêtements et les empila sur la couette. Il regarda autour de lui et décida de dissimuler son arme entre deux lattes du plafond. Lorsque ce fut fait, il prit quelques minutes pour passer la cabane en revue. Kiram possédait une petite collection de mangas posés sur une caisse en bois qui lui servait de table de nuit. Sa garde-robe se composait de shorts, de pantalons militaires et de T-shirts. Il y avait aussi une caisse à outils contenant une série de tournevis et de marteaux. Un canapé fatigué occupait toute une partie de la cabane.

Il posa les yeux sur la cantine au bout du lit et eut envie de l'ouvrir, mais n'osa pas.

Bien lui en prit car la porte s'ouvrit, et Kiram entra.

— Pourquoi est-ce si long ? Je te préviens, tu n'as pas intérêt à fouiller dans mes affaires.

— J'ai mis un moment à comprendre comment enfiler ce truc, se justifia Walt.

— Allez, amène-toi.

Kiram lui fit signe de passer devant lui.

Une petite pluie fine tombait, assez forte pour tout rendre moite mais pas détrempé. Tout le monde était déjà rassemblé au centre du campement où un feu avait été allumé. Kiram le conduisit jusqu'à une place tout près du feu. Face à lui, il vit Hannah, entourée de Phœnix et Sophie.

Hannah avait des rubans colorés dans les cheveux et portait une robe toute simple qui laissait entrevoir la naissance de ses seins et descendait à mi-cuisse. Il ne put s'empêcher de penser qu'elle était magnifique et terriblement attirante. Il avait envie d'elle, tout comme il avait envie de la protéger.

Kiram lui donna une bourrade dans l'épaule.

— Hé ! arrête de la regarder comme ça ! On dirait que c'est la première fois que tu vois ta femme.

Un murmure monta au même instant parmi l'assistance qui s'écarta. Daniel Metwater fit son apparition, comme surgi des flammes. Walt se dit que tout cela n'avait rien de spontané et qu'il préparait son arrivée depuis un moment. Comme les autres, il portait une simple toge qui révélait ses cuisses et son torse musclés. Son visage et sa poitrine portaient des peintures rituelles.

Il leva les bras au ciel et, immédiatement, le silence se fit.

— Merci de vous être tous rassemblés ce soir, commença-t-il. Merci d'être conscients de l'importance de se retrouver tous ensemble quand on veut être une famille et bâtir une œuvre forte que le monde moderne ne comprend pas.

Walt voyait bien son intention : créer de la cohésion contre un ennemi désigné comme le reste du monde.

— Ce soir, nous devons statuer sur le sort de deux personnes qui sont venues à nous pour nous rejoindre.

Serenity, continua-t-il en désignant Hannah, et Walt. En dépit de leur volonté affirmée de devenir membres de notre famille, ils ont fait preuve d'un manque de discipline et d'implication à même de mettre en danger notre unité. J'ai passé de très longs moments en méditation pour parvenir à une décision et, finalement, j'ai reçu une vision.

Walt observa ceux qui l'entouraient. Tous avaient les yeux rivés sur Metwater et buvaient ses paroles. Il devait admettre que le prophète adoptait un ton qui tenait tout le monde en haleine.

Metwater passa un long moment à décrire sa vision : il fut question d'une silhouette vêtue de blanc qui lui avait remis une tablette sur laquelle était gravée la solution à leur dilemme. Était-il réellement possible d'y croire ? À en juger par la réaction de son auditoire, la réponse était oui.

Soudain, Metwater se dirigea vers Hannah et la prit par la main pour l'attirer à côté de lui. Walt voulut s'interposer, mais la main de Kiram s'abattit sur son épaule et il sentit la lame d'un couteau lui piquer l'omoplate.

— Si j'étais toi, je resterais tranquillement à ma place, lui murmura ce dernier.

Formé à l'autodéfense, Walt aurait pu réagir et désarmer Kiram. Mais, à la façon dont tous étaient captivés par Metwater, le risque était grand, s'il tentait quoi que ce soit, qu'il se retrouve vite en sous-nombre.

Hannah tenta de se libérer, mais Metwater la tenait fermement.

— Ma vision m'a convaincu d'ouvrir les bras à Serenity, reprit-il. Elle a bon fond et, à terme, deviendra une richesse pour la Famille.

L'expression de Hannah était fermée. Le charme de Metwater n'avait aucun effet sur elle.

— À partir de ce soir, Serenity vivra avec moi, et je m'occuperai personnellement de son éducation.

Un murmure monta dans l'assistance. Phœnix joignit les mains, apparemment ravie de cette annonce, tandis que Hannah blêmissait et tentait une nouvelle fois de s'écarter de Metwater. Cette fois, plus d'hésitation ! Il fallait qu'ils s'en aillent dès ce soir. Il était hors de question qu'il laisse Metwater « éduquer » Hannah.

Finalement, Metwater la lâcha et la laissa retourner auprès de Phœnix.

— Reste le cas de Walt.

Tous les regards se tournèrent vers lui.

— Comme je le pressentais, ma vision a confirmé qu'il ne possède pas l'esprit d'entraide indispensable pour devenir un membre à part entière de la Famille. Il ne fait que montrer mépris pour nos règles, et sa défiance est malsaine.

Ou peut-être est-ce seulement du scepticisme sain à même de remettre en cause ta légitimité…, songea Walt.

— Pour le bien de la communauté, Walt doit être banni, annonça Metwater.

— Non ! s'exclama Hannah, que Phœnix et une autre disciple tentèrent de calmer.

— Moi, ça me va, rétorqua Walt. Je partirai ce soir.

Avant même le lever du jour, il serait de retour avec ses collègues pour libérer Hannah et placer Metwater en état d'arrestation pour séquestration.

Metwater l'ignora.

— Afin que cette expérience lui serve de leçon et qu'il puisse réfléchir aux conséquences de son attitude, il subira une épreuve.

— Ça suffit ! J'en ai assez de tout ce cirque, marmonna Walt.

Kiram se rappela à son souvenir.

— Ne tente rien, l'avertit-il.

Metwater se retourna et se dirigea à grands pas vers lui. Il n'y avait aucun naturel dans ses mouvements, tout n'était que mise en scène pour son public conquis d'avance. Il se posta face à lui.

— Tu seras emmené en pleine nature. D'où tu seras, il te faudra retrouver ton chemin vers le monde que nous abhorrons. Et jamais tu ne devras revenir ici.

— Merci, mais j'ai ma moto, répliqua Walt.

— Non, je la garde, rétorqua Metwater avec un sourire. Tu la laisses ici pour ton adorable épouse.

— Vous n'avez pas le droit.

— Si tu étais mieux informé, tu saurais que si.

Il tourna les talons avec dédain et se dirigea vers Hannah.

— Je ne veux pas rester, dit-elle. Je pars avec mon mari.

— Considère que désormais, d'une certaine façon, ton mari c'est moi. Et je suis aussi ton frère et ton père. Je suis tout ce dont tu as besoin.

Metwater s'exprimait d'une voix bienveillante, mais ses paroles n'en étaient pas moins effrayantes. De nouveau, il lui prit fermement la main.

Walt donna un coup de coude à Kiram pour le repousser.

— Lâchez-la ! s'exclama-t-il.

Il croisa le regard de Hannah et n'eut que le temps d'y lire de l'effroi.

— Walt, attention !

Il ressentit une violente douleur à l'arrière du crâne et sombra dans l'inconscience.

14

Hannah n'en croyait pas ses yeux. Jusque-là, la soirée — de la tenue vestimentaire ridicule de Metwater à son discours pompeux et absurde — avait ressemblé à un jeu de rôles. Elle avait du mal à envisager sérieusement que l'on puisse parler en toute impunité de séquestration et de bannissement sans provoquer la moindre réaction.

Mais ils étaient en pleine nature, à l'écart du monde, de ses lois et de ses moyens de communication. Cet isolement et l'aveuglement des disciples de Metwater lui permettaient d'user d'un pouvoir outrancier.

Or, elle refusait de se laisser faire.

— Arrêtez ! cria-t-elle tandis que deux hommes emmenaient le corps inerte de Walt.

Elle se débattit de toutes ses forces pour se libérer de l'étreinte des disciples qui la maîtrisaient, en vain.

— Serenity, calme-toi !

Phœnix lui prit la main.

— Cesse de t'agiter ainsi, ça ne sert à rien.

— Walt est blessé ! Ils lui font du mal ! s'exclama-t-elle.

— Non, il va s'en sortir, j'en suis persuadée. Par ailleurs, on t'a fait un immense honneur.

Hannah se demanda si elle n'avait pas perdu la raison.

— Tu vas vivre avec le Prophète, reprit Phœnix. Il

est très rare qu'il se soucie autant de quelqu'un. C'est un grand privilège.

— Son privilège, il peut se le garder !

— Freedom a réagi de la même façon que toi quand il l'a choisie. Ne commets pas la même erreur.

— Qu'a-t-il fait à ma sœur ? voulut savoir Hannah, qui perdit toute réserve.

Phœnix la dévisagea, troublée.

— Qu'est-ce que tu racontes ? Je te parlais de Freedom.

— Freedom était ma sœur. Elle s'appelait Emily Dietrich, et sa fille s'appelle Joy. J'ai l'acte de naissance de ma nièce ainsi que le testament de ma sœur, que tu as signé en tant que témoin.

Comme si elle cherchait encore à comprendre, Phœnix secoua la tête.

— Tu l'as vue ? Tu lui as parlé ? Lui as-tu demandé pourquoi elle a abandonné sa fille ?

— Elle ne l'a pas abandonnée.

Hannah avait maintenant les larmes aux yeux tandis que deux hommes la conduisaient vers le camping-car de Metwater.

— Si Emily n'est pas revenue chercher sa fille, c'est tout simplement parce qu'elle est morte.

— Je ne comprends pas…, dit Phœnix.

— Ma sœur, Emily, celle que tu appelles Freedom, est morte. Elle est morte à Denver, où elle s'est rendue avec le Prophète. J'ai de bonnes raisons de croire qu'il l'a tuée.

Phœnix s'arrêta net à l'entrée du camping-car.

— Ce n'est pas possible. Il nous a dit qu'elle ne voulait pas revenir parmi nous.

— Jamais elle n'aurait abandonné sa fille. Au fond de toi, tu le sais.

— Je ne…

— Venez.

Une femme avait ouvert la porte du camping-car et la tint pendant que les hommes faisaient entrer Hannah. Ceux-ci avaient forcément entendu ce qu'elle avait dit à Phœnix, mais ils ne montraient aucune réaction.

Elle se retrouva au fond du camping-car, dans une petite pièce dont la porte fut fermée à clé. Elle resta un moment immobile à reprendre son souffle puis regarda autour d'elle. La pièce était seulement meublée d'un futon et d'une chaise. Une petite fenêtre donnait sur l'extérieur. Lorsqu'elle tenta de l'ouvrir, elle découvrit qu'elle était bloquée par des clous.

— Tu ne pourras pas sortir par là.

Metwater, qui s'était changé et avait remis son habituel pantalon en lin, se tenait sur le pas de la porte. Il entra et lui tendit la main.

— Assieds-toi, que nous puissions discuter.

Elle s'installa sur le futon. Il s'assit à côté d'elle.

— Tu es encore plus jolie que ta sœur.

— Qu'avez-vous fait à Emily ?

— J'ai tenté de l'aider, mais elle m'a repoussé, répondit-il avec un sourire à faire froid dans le dos.

— Elle n'avait pas besoin de votre aide.

— Tu cherches à te convaincre que c'est de toi qu'elle avait besoin. Si tel avait été le cas, elle ne serait pas venue à nous.

Ces mots lui firent l'effet d'un coup de couteau dans le cœur. Jamais elle ne chasserait de son esprit l'idée qu'elle n'avait pas été là pour Emily quand elle en avait eu le plus besoin.

— Que lui avez-vous fait ? Pourquoi est-elle morte ?

— Un regrettable accident.

Il se rapprocha, mais elle le repoussa.

— Je veux savoir ce qui s'est passé à Denver. Pourquoi ma sœur est-elle morte toute seule ?

Metwater prit une expression dure.

— Je l'ai emmenée à l'hôpital. Je ne pouvais rien de plus pour elle.

Le ton détaché et froid qu'il avait adopté la révulsait.

— Vous auriez pu rester auprès d'elle. Elle devait avoir tellement peur !

Il ne répondit pas.

— Pourquoi avez-vous menti et prétendu qu'elle avait simplement décidé de quitter la communauté ?

— Quel intérêt aurais-je eu à perturber le reste de la Famille ? Je considère qu'il ne faut pas s'attarder sur les événements négatifs. L'important, c'est l'avenir.

Il voulut de nouveau la toucher, mais elle le repoussa encore. Il prit une expression contrariée.

— Tu es en colère, mais je saurai me montrer patient. Du moins pendant un certain temps.

Il se leva.

— Nous reprendrons cette discussion demain matin.

— Qu'avez-vous fait à Walt ?

— Je ne lui ai rien fait du tout.

— Bien sûr ! Vous vous arrangez pour que d'autres se salissent les mains à votre place, pas vrai ?

— Couche-toi. Nous reparlerons demain matin.

Il éteignit la lumière et ferma la porte derrière lui. Elle eut envie de se jeter sur le battant, de taper dessus de toutes ses forces et de hurler, mais elle savait que ce serait peine perdue. Personne ne viendrait à sa rescousse. Elle leva la tête vers la fenêtre. Il fallait qu'elle parvienne à sortir et à retrouver Walt. Ensemble, ils pourraient aller chercher Joy et l'emmener loin d'ici.

Elle pensa à Emily, qui s'était certainement retrouvée

elle aussi prisonnière dans cette pièce, et sûrement très inquiète pour son bébé. Elle n'avait pas réussi à s'échapper. Ne serait-ce qu'en souvenir de sa sœur, parce qu'elle se devait de prendre soin de Joy, elle était obligée d'y parvenir. L'échec n'était pas envisageable.

Quand Walt reprit connaissance, il pleuvait toujours. Il était allongé sur le dos, dans l'obscurité, mouillé, et un caillou lui meurtrissait les côtes. Il poussa un grognement et se mit en position assise. Il n'y voyait pas grand-chose, mais savait seulement qu'il n'était plus dans le campement. Sans doute se trouvait-il quelque part au beau milieu de la forêt.

Il était pieds nus et encore vêtu de cette ridicule toge. Sans chaussures, à peine couvert, dans cet environnement plein de rochers et de ronces, il n'irait pas loin. Par ailleurs, il allait vite avoir froid et, à terme, risquait de mourir d'hypothermie. La pluie et la température, qui la nuit descendait au-dessous des 10°C, auraient raison de lui. Ou alors il mourrait de faim ou de soif. Évidemment, Metwater espérait cela. C'était une bonne façon de se débarrasser de quelqu'un sans être directement responsable de sa mort. Si l'on retrouvait son corps après quelques jours, le Prophète n'aurait qu'à prétendre qu'il avait quitté le campement de son propre chef et avait dû se perdre.

Or, il n'était pas résigné à son sort, bien au contraire. Il était déterminé à retrouver le chemin du campement, à sauver Hannah et à filer avec elle chez les Rangers. Metwater aurait alors à subir les conséquences de ses actes.

Il se leva. Ses jambes n'étaient pas sûres, et il lui fallut quelques secondes pour assurer son équilibre. Précautionneusement, il se tâta l'arrière du crâne. Sous ses doigts, il sentit une méchante bosse et des mèches de cheveux poisseuses. Sans doute avait-il perdu un peu de sang. Lentement, il fit quelques pas et grimaça car les cailloux lui blessaient les pieds. L'instant d'après, il dérapa et s'étala de tout son long.

Il comprit qu'il était inutile de s'obstiner à vouloir avancer. Dans le noir, c'était mission impossible. Il allait devoir prendre son mal en patience et attendre le lever du jour. S'il s'entêtait et se cassait une jambe, il était fichu.

Se remettant debout, il avança prudemment jusqu'à un gros arbre pour être à l'abri de la pluie, s'assit et s'adossa contre le tronc, les genoux remontés contre son torse pour essayer de se réchauffer. Pour garder le moral, il se mit à passer en revue tout ce qu'il réservait à Metwater et à Kiram. Il leur collerait sur le dos toutes les charges possibles : agression, séquestration, et même violation des lois du comté sur la réglementation des feux en pleine nature.

Ces pensées vengeresses lui faisaient du bien, mais il ne parvenait pas à chasser une inquiétude : celle de ne pas réussir à sauver Hannah. Cette idée lui était insupportable. Pour lui, le pire était d'être là, impuissant, alors qu'elle était peut-être en danger.

Elle a du tempérament, elle est courageuse. Elle ne craint pas de tenir tête à Metwater, et elle est particulièrement intelligente. C'est une femme formidable, se dit-il pour se rassurer.

Maintenant qu'il était là et n'avait plus aucune raison de se mentir sur ses sentiments, il pouvait bien le reconnaître : il était tombé amoureux d'elle. Hannah vivait au Texas et avait pour seul objectif d'élever sa nièce. Dans ce tableau, un simple flic du Colorado n'avait pas sa place. Pourtant, cela ne changeait rien : il l'aimait.

Hannah s'empara de la chaise et la cala sous la poignée de la porte. Au moins, Metwater ne risquait pas de la surprendre dans son sommeil. Un sommeil qu'elle n'était toutefois pas certaine de trouver…

L'esprit en ébullition, elle s'allongea sur le futon. Elle pensait à sa sœur, à Joy, à Metwater, et surtout à Walt.

Où était-il ? Kiram l'avait-il emmené dans un endroit retiré pour le tuer ? Elle sentit sa gorge se serrer et s'efforça de retenir ses larmes. Pour elle, en l'espace de quelques jours seulement, il avait pris une importance énorme. Il était différent des hommes qu'elle avait connus jusque-là. Il ne cherchait pas à la faire changer, n'avait pas d'exigences, ne portait pas de jugements sur ses choix. Et quand il était près d'elle, elle se sentait plus forte, elle avait davantage confiance en elle. Elle aimait être avec lui. Tous les moments en sa compagnie lui avaient plu, et c'était la première fois que cela lui arrivait.

Trop agitée pour dormir, elle se redressa. Était-elle amoureuse de Walt ? Était-ce possible ? Elle n'avait pas besoin d'un homme dans sa vie, elle avait déjà son travail et voulait croire que, bientôt, elle aurait aussi Joy. Cela ne laissait pas de place pour une relation.

Elle se retourna plusieurs fois, changea de position, mais rien n'y fit, elle ne parvint pas à s'endormir. Elle finit par se relever, alla jusqu'à la fenêtre et se hissa sur la pointe des pieds pour regarder à l'extérieur. Tout était calme ; elle ne vit personne, d'autant que l'arrière du camping-car donnait directement sur la forêt.

De nouveau elle s'acharna sur la poignée de la fenêtre, regrettant de ne pas avoir assez de force pour la débloquer.

Un bruit à l'extérieur la fit s'immobiliser. Le cœur battant, elle jeta un nouveau regard au-dehors et faillit crier de frayeur quand une silhouette apparut. Elle eut un mouvement de recul puis poussa un soupir de soulagement en reconnaissant Phœnix. Elle avait à la main une pince dont elle se servit pour arracher les clous qui bloquaient la fenêtre. Quelques instants plus tard, passa la tête par l'ouverture.

— Je n'arrive pas à dormir, murmura-t-elle. Je ne cesse de repenser à ce que tu m'as dit à propos de ta sœur. Crois-tu vraiment que le Prophète l'a tuée ?

Hannah aurait voulu lui demander de l'aider à sortir du camping-car pour qu'ensuite elles puissent discuter, mais elle n'était pas encore certaine de pouvoir lui faire confiance. Bien que ses certitudes soient manifestement ébranlées, Phœnix s'était jusque-là montrée une adoratrice tellement fervente de Metwater qu'il en faudrait sans doute beaucoup plus pour qu'elle le trahisse. Elle devait faire preuve de tact. S'approchant de la fenêtre, elle répondit à voix basse :

— Je ne sais pas. Ma sœur est décédée aux urgences de l'hôpital suite à une crise d'asthme.

Phœnix parut réfléchir.

— Je me souviens qu'elle prenait de la Ventoline. Elle avait d'ailleurs dit qu'elle ferait renouveler sa prescription quand elle irait à Denver avec le Prophète.

— Peut-être ne l'a-t-il pas laissée faire.

— Pourquoi ? De plus, elle n'avait pas besoin d'en prendre très souvent…

— Non, mais un stress trop important peut provoquer une crise d'asthme. Et comme apparemment elle était en conflit avec le Prophète, elle devait être sujette à un fort stress.

Phœnix fronça les sourcils.

— Ce qui ne veut pas dire qu'il l'a tuée.

— Évidemment. Quoi qu'il en soit, il l'a laissée seule

à l'hôpital, répliqua Hannah qui s'efforçait de contenir sa colère. Et il a menti, à toi et à tous les autres, en affirmant qu'elle avait simplement décidé de quitter la Famille.

— C'est ce qui me trouble le plus, avoua Phœnix. Pourquoi a-t-il fait ça ?

— Je n'en sais rien. Tu veux bien m'aider à sortir ?

— Je ne suis pas sûre que ce soit sage de ma part.

— Écoute, je ne veux pas être ici. Le Prophète me retient contre ma volonté. Tu considères que c'est normal ?

Phœnix hésita si longtemps que Hannah commença à se dire que tous ses efforts avaient été vains. Peut-être aurait-elle dû tenter de sortir de force.

— Quand il se rendra compte que tu t'es échappée, il sera très en colère, dit enfin Phœnix. Il enverra probablement Kiram et les autres après toi. Ça pourrait mal finir.

— Je sais. Et ils ont peut-être déjà fait du mal à Walt. Mais je dois prendre le risque. Je ne peux pas rester ici.

— D'accord, je vais t'aider. Mais attends une minute, je te promets de revenir.

Avant qu'elle puisse protester, Phœnix referma la fenêtre et s'éloigna. Hannah poussa un soupir. Le soleil n'allait pas tarder à se lever. Que se passerait-il si Metwater venait la voir ?

Walt avait fini par somnoler. Quand il se réveilla complètement, transi et les membres raides, il faisait presque jour. Il se mit lentement debout et regarda autour de lui. Il n'avait aucune idée de l'endroit où il se trouvait.

Il retourna là où il avait repris connaissance et repéra des traces au sol. Kiram avait dû le traîner sur plusieurs mètres. Il suivit ces traces jusqu'à une clairière où il repéra cette fois des empreintes de pneus. Comme il avait plu, elles étaient nettes. S'il les suivait, il avait une chance de retrouver le chemin du campement.

Il se mit à marcher plus vite, sans prêter attention aux cailloux et aux épines qui lui blessaient les pieds.

Au bout d'une heure de marche, il se retrouva tout près du lieu où il était venu quelques jours plus tôt avec Jobie pour couper du bois. Il n'eut aucun mal à se repérer et, très vite, le campement apparut devant lui. Sans bruit, il se dissimula derrière un arbre et observa les alentours. Personne n'était levé ; les cendres du feu allumé la veille fumaient encore.

Discrètement, il reprit sa progression et atteignit sa tente sans encombre. Après s'être glissé à l'intérieur, il s'habilla rapidement, déplorant que ses chaussures ainsi que son arme soient restées chez Kiram. Il ressortit et se faufila jusqu'aux cuisines pour y prendre un couteau. C'était mieux que rien. Il avala un morceau de fromage puis fourra des barres énergétiques dans ses poches. Enfin, il se dirigea vers le camping-car de Metwater. Enfoncer la porte et miser sur l'effet de surprise ne serait pas une bonne idée, car Metwater était certainement armé. De plus, rien ne garantissait qu'il était seul à l'intérieur.

Hannah s'y trouvait-elle aussi ? Il devait le découvrir puis élaborer un plan pour la libérer. Il s'approcha en silence, contourna le véhicule, et sursauta quand une voix l'interpella :

— Walt ! Qu'est-ce que tu fais là ?

Il s'immobilisa puis se retourna lentement pour se retrouver face à Phœnix. Que pointait-elle sur lui ? Un arc avec une flèche engagée !

Hannah commençait à penser que Phœnix ne reviendrait pas. Depuis combien de temps était-elle partie ? Alors que le désespoir commençait à la gagner, il lui sembla entendre des voix. Elle regarda par la fenêtre et vit Walt, mains en l'air, sous la menace de Phœnix qui tenait un arc.

L'arc de Phœnix était rudimentaire, Walt n'était pas sûr qu'elle puisse le blesser avec, mais mieux valait rester prudent.

— Je suis venu aider Hannah.

— Phœnix, qu'est-ce que tu fais ?

Bien qu'il ait reconnu la voix de Hannah, Walt ne quitta pas Phœnix des yeux.

— Il ne devrait pas être ici, répondit celle-ci à Hannah.

— Non, en effet, puisque je suis censé être mort. Kiram m'a abandonné en pleine nature pour que je finisse par mourir de froid, de soif ou de faim.

— Comment es-tu revenu, alors ? lui demanda Phœnix.

— Il n'a même pas pensé que sa voiture laisserait des traces dans le sol boueux. Dès le lever du jour, je les ai suivies. C'est comme ça que j'ai pu revenir.

— Ce n'est pas le moment de parler de ça, intervint Hannah.

Phœnix baissa son arc et suivit Walt. Il tendit les bras à Hannah qui se faufila par la fenêtre, croisa les bras autour de son cou et le laissa la déposer au sol.

Elle aurait pu le lâcher, mais elle n'en avait pas envie.

— J'étais tellement inquiète pour toi ! dit-elle.

Il la serra fort.

— Ça va ? murmura-t-il.

Elle acquiesça.

— Oui. Et maintenant mieux encore. Que fais-tu avec cet arc ? ajouta-t-elle à l'intention de Phœnix.

— Des hommes l'avaient fabriqué pour chasser les lapins, sans succès. Mais comme tu m'as dit que tu voulais partir, j'ai pensé que tu pourrais en avoir besoin. Pour te défendre.

— C'est pour cette raison que tu m'as dit d'attendre ? Pour aller chercher de quoi me défendre ?

Phœnix parut confuse.

— Oui. Et j'ai bloqué la porte du camping-car. Je voulais ralentir le Prophète si par malheur il te voyait t'échapper.

Hannah s'écarta de Walt pour serrer Phœnix dans ses bras.

— Merci.

— Nous devons partir avant que quelqu'un se réveille, intervint Walt.

— Il faut d'abord aller chercher Joy. Enfin, Vicky. Elle doit partir avec nous.

— Non ! s'exclama Phœnix.

Walt regarda de tous côtés pour s'assurer que personne n'avait entendu son cri.

— Si, insista Hannah. Emily, ma sœur, voulait que je m'occupe de sa fille. Elle l'a précisé dans son testament.

— Si le Prophète découvre que je te l'ai remise, il me punira.

— Alors dis-lui que je l'ai emmenée de force.

Phœnix secoua la tête, et des larmes roulèrent sur ses joues. Walt se sentit impuissant. Il avait envie de dire à Hannah de laisser la petite ici, qu'ils reviendraient la chercher plus tard, mais jamais elle ne partirait sans Joy. Et lui, il ne s'en irait pas sans elle. Ils étaient dans une impasse.

— Maman, il faut lui donner Vicky.

Sophie sortit de derrière les arbres, le bébé dans les bras.

— Sophie ! Qu'est-ce que tu fais là ?

— Je t'ai vue quitter la caravane avec l'arc et les flèches, alors je t'ai suivie.

Elle s'approcha d'eux.

— Tu as toujours dit que si Freedom revenait chercher Vicky, tu la laisserais la reprendre. Alors si Hannah est sa sœur, Vicky doit partir avec elle.

Phœnix caressa la joue de Sophie du revers de la main.

— Je t'ai toujours entendue dire qu'un enfant appartenait à sa famille, ajouta Sophie.

— C'est vrai, confirma Phœnix.

Elle se tourna vers Hannah.

— Tu ne me mens pas, n'est-ce pas ?

— Non. Tout ce que je t'ai dit est la vérité.

Sauf pour ce qui concernait le fait qu'ils n'étaient pas mariés, songea Walt, mais ça ne changeait rien.

Phœnix lui donna l'arc et les flèches puis prit la petite Joy des bras de Sophie pour la déposer dans ceux de Hannah.

Sophie tendit un sac à Hannah.

— Dedans, il y a quelques couches et du lait en poudre.

— Merci, fit Hannah en l'embrassant sur la joue.

— Prends bien soin d'elle, dit doucement Phœnix.

— C'est promis. Et merci d'avoir été l'amie de ma sœur, d'avoir pris soin de son bébé et de m'avoir aidée. Tu es quelqu'un de bien, Phœnix.

Cette dernière ne répondit rien, prit la main de Sophie et s'éloigna.

— Attends ! lança soudain Hannah.

Phœnix se retourna.

— Vous devriez venir avec nous.

— Non, répliqua Phœnix. Ici, c'est chez nous.

— Et si on cherche à s'en prendre à vous parce que vous nous avez aidés ?

Phœnix sourit.

— Je suis persuadée qu'il ne nous arrivera rien. Nous sommes plus en sécurité ici que n'importe où ailleurs.

Walt remarqua que Hannah n'en était pas convaincue, mais il doutait qu'elle parvienne à convaincre Phœnix qu'elle était en danger. En dépit ce qui s'était passé, celle-ci avait toujours foi en Metwater,

— Nous prendrons des nouvelles, lui promit Hannah. Nous nous assurerons que tout va bien pour Sophie et toi.

Walt mit l'arc sur son épaule puis prit la main de Hannah.

— Nous ferions mieux de ne pas traîner.

— Oui, je suis impatiente d'être loin d'ici.

— Nous devons d'abord passer chez Kiram.

Elle poussa un gémissement.

— Pourquoi ?

— Pour récupérer mes chaussures et mon revolver.

Elle baissa les yeux sur ses pieds nus.

— Est-ce vraiment nécessaire de prendre un tel risque ?

— Il ne nous verra pas. Tu n'auras qu'à te cacher à proximité pendant que j'irai chercher mes affaires.

— Finissons-en, alors, marmonna-t-elle en installant confortablement la petite Joy sur son bras.

Ils dénichèrent une cachette dans les bois avec vue sur la cabane de Kiram. Quelques disciples commençaient à sortir de leurs tentes, mais du côté de la cabane rien ne bougeait. Walt se demanda s'ils avaient raté le moment où il était sorti.

— Je devrais aller voir si la cabane est vide, dit-il.

— Non.

Hannah le retint fermement par le bras.

— À cause de cette brute, j'ai déjà failli te perdre une fois. Je refuse de revivre cela.

Ces mots le touchèrent de plein fouet. Il eut envie de

lui demander ce qu'elle voulait dire exactement, mais ce n'était pas le moment. Il posa la main sur la sienne et acquiesça.

— D'accord, patientons encore un peu.

Quelques instants plus tard, la porte de la cabane s'ouvrit, et Kiram en sortit. Comme à son habitude, il portait un couteau à la ceinture. Il regarda autour de lui puis se dirigea vers le centre du campement où d'autres membres de la Famille se rassemblaient pour le petit déjeuner.

Dès qu'il fut hors de vue, Walt se leva et alla vers la cabane. Il passa d'arbre en arbre pour s'en approcher le plus possible puis, après s'être assuré que personne ne regardait dans sa direction, se précipita vers la porte et se faufila à l'intérieur.

Sans attendre, il leva les yeux vers le plafond et les lattes où il avait caché son arme. Il fut soulagé de constater qu'elle y était encore. Il vérifia qu'elle était bien chargée et la glissa dans la ceinture de son jean. Ses chaussures étaient elles aussi là où il les avait laissées. Il les enfila puis jeta un regard autour de lui pour s'assurer qu'il n'avait rien oublié. Avec la même prudence, il ressortit de la cabane et rejoignit Hannah.

— Voilà. Nous n'avons plus qu'à rejoindre ma moto et à filer, dit-il.

— Tu penses que c'est prudent de partir à moto avec la petite ?

— Ce n'est pas l'idéal, mais je n'ai rien de mieux à proposer.

Tandis qu'ils se dirigeaient vers le parking, il jeta l'arc et les flèches dans un buisson.

— C'est gentil de la part de Phœnix d'avoir pensé à nous, mais je préfère mon arme de service.

— Oui, j'imagine qu'un revolver est plus fiable. Même si j'espère que tu n'auras pas à t'en servir.

Ils arrivèrent sur le parking. Hélas ! Si les branches avec lesquelles Walt avait camouflé son engin étaient encore là, la moto, elle, avait disparu.

Il poussa un juron et, de rage, tapa du pied.

— Ma moto était là, mais quelqu'un l'a prise !

— Metwater la voulait. Il l'a sûrement cachée ailleurs.

— Je suppose, oui. Je ferai ajouter une accusation de vol à la liste des charges contre lui.

— Qu'allons-nous faire ?

— Il faut partir à pied.

— Oui, c'est ça, fit une voix derrière eux. Vous vous retournez et repartez en direction du campement.

Kiram émergea d'un buisson. Il avait toujours son couteau à la ceinture et les menaçait d'un revolver.

— En avant, reprit-il. Et vite, sinon je me ferai un plaisir de vous abattre.

15

Walt se posta devant Hannah et le bébé pour les protéger. Il avait une chance de leur permettre de s'échapper. Metwater voulait Hannah, il le savait, mais Kiram le haïssait. Il devait jouer sur cet antagonisme.

— C'est quoi, ce revolver ? demanda-t-il à Kiram. Je croyais que tu étais un type pacifique attaché avant tout à des concepts spirituels.

— La ferme, et en avant ! rétorqua Kiram qui désigna la direction du campement de son arme.

À la façon dont il tenait son revolver, Walt sut qu'il n'était pas un expert en maniement d'armes à feu. Cela ne le rendait pas moins dangereux, mais il aurait été étonnant qu'il soit bon tireur.

Il prit Hannah par la main.

— On va te suivre tranquillement, assura-t-il. Laisse-nous seulement échanger un dernier baiser avant que nous nous retrouvions de nouveau séparés.

Avant même que Kiram puisse répondre, il prit Hannah dans ses bras et l'embrassa. Surprise, elle se raidit puis se laissa aller. Il aurait voulu prolonger ce moment, mais ils devaient agir vite. Dos tourné à Kiram, il glissa à l'oreille de Hannah :

— Quand je te dirai de courir, fonce. Je te rejoindrai dès que possible.

— D'accord, lui chuchota-t-elle en retour.

Il la lâcha et se retourna.

— Allez, bougez maintenant ! gronda Kiram.

— Ça va, ça va…

Walt fit deux pas puis se jeta sur Kiram pour le plaquer aux jambes. Pris de court, celui-ci s'affala.

— Cours !

Kiram était par terre, mais il n'avait pas laissé échapper son arme. Il la brandit et fit feu sans toutefois prendre le temps d'ajuster son tir. La balle siffla en l'air. Walt, qui s'était relevé et avait vivement saisi son revolver, riposta. Il atteignit Kiram à l'épaule. Celui-ci poussa un cri de douleur et lâcha son arme pour porter la main à son épaule.

D'un coup de pied, Walt écarta son revolver tandis que des exclamations retentissaient, qui se rapprochaient. Dans le campement, on avait manifestement entendu les tirs.

— À l'aide ! cria Kiram. Il s'enfuit !

Walt ne demanda pas son reste. Il tourna les talons et partit en courant dans la même direction que Hannah. Il venait de parcourir une centaine de mètres quand il entendit une voix l'interpeller :

— Walt, par ici !

Il découvrit Hannah recroquevillée derrière un buisson, le bébé serré contre elle.

— Ça va ? lui demanda-t-elle, le visage grave.

— Oui, je n'ai rien.

Il se baissa pour la toucher. Il avait besoin de s'assurer qu'elle aussi allait bien.

— J'ai entendu les coups de feu, reprit-elle. J'ai eu tellement peur !

— Kiram m'a tiré dessus, et j'ai riposté.

— Tu l'as tué ?

— Non, je l'ai atteint à l'épaule, il s'en remettra.

— Toi tu n'as rien, c'est tout ce qui m'importe.

Elle posa une main sur sa nuque pour l'attirer à elle et l'embrassa passionnément, comme si elle cherchait à évacuer toute la tension qu'elle avait accumulée. Il lui rendit son baiser et laissa libre cours à ses émotions. Peu importait que la possibilité qu'ils aient une véritable relation soit mince. Elle était là, avec lui, alors autant profiter de l'instant présent.

Mais alors, ils entendirent Kiram appeler de nouveau à l'aide. À regret, il se redressa.

— Ne restons pas là. Il faut nous éloigner de Metwater et de ses disciples au plus vite.

Il l'aida à se lever. La petite se mit à pleurer.

— Je dois changer sa couche, dit Hannah.

— Fais vite, alors.

Il observa le chemin pour s'assurer que personne ne venait. Quand il tourna de nouveau la tête vers Hannah, elle finissait avec dextérité de mettre une couche propre à Joy.

— J'imagine que nous ne pouvons pas espérer que quiconque dans la communauté soit de notre côté, dit-elle.

— Certains comme Phœnix seraient certainement prêts à nous aider, mais la majorité suit aveuglément Metwater.

Hannah enroula Joy dans sa petite couverture et la reprit dans ses bras. Attendri, Walt sourit.

— Tu seras une maman formidable.

Elle le dévisagea.

— Tu le penses vraiment ?

Son avis semblait compter beaucoup pour elle. Il lui posa la main sur l'épaule.

— Tu l'aimes déjà, c'est ça qui compte.

Elle acquiesça, visiblement touchée.

— Et maintenant ? lui demanda-t-elle.

— Nous allons nous diriger vers le bureau des Rangers. Les hommes de Metwater vont nous rechercher, nous devons éviter la route et passer par la forêt.

Ils se mirent en marche et firent de leur mieux pour rester à couvert, à l'affût du moindre bruit. Le soleil était déjà haut dans le ciel, et il faisait très chaud. Walt regretta de ne pas avoir pensé à prendre de l'eau. Le seul endroit où en trouver était le petit ruisseau qui longeait le campement, mais ce n'était pas leur direction. Cependant, si tout se passait bien, il ne leur faudrait pas plus de quelques heures pour rejoindre la route et, de là, un automobiliste accepterait peut-être de les conduire à Montrose.

Ils avancèrent le plus vite possible, mais le sol caillouteux et irrégulier ralentissait leur progression. Fréquemment, ils devaient faire des détours à cause de rochers ou de cactus qui leur barraient le passage. Il n'y avait plus trace de la pluie de la veille ; le sol était sec, l'air chargé d'effluves de cèdre et de sauge.

Après un moment, des bruits de moteur leur parvinrent depuis le chemin de terre.

— Tu crois que ce sont des membres de la Famille qui nous cherchent ? demanda Hannah.

— Je ne vois pas d'autre explication. En temps normal, il y a très peu de circulation par ici.

— Peut-être que des Rangers vont s'arrêter au camp et qu'on leur dira que nous sommes partis.

— Nous aurions dû nous diriger vers l'endroit où j'ai découvert cette tombe… Il est possible que l'équipe scientifique y travaille encore. Je me demande pourquoi je n'y ai pas pensé plus tôt.

— C'était trop proche du campement. C'est probablement un des premiers endroits où Metwater et ses hommes nous ont recherchés. Et, de toute façon, nous ne sommes même pas certains que les Rangers y sont encore.

— C'est vrai.

Cela faisait environ une heure qu'ils marchaient quand il remarqua que Hannah boitait.

— Qu'est-ce qui se passe ? Tu es blessée ?

Elle grimaça.

— J'ai des ampoules.

— Laisse-moi prendre la petite.

Il tendit les bras. Après une hésitation, elle la lui donna. Il l'installa délicatement au creux de son bras. Joy lui sourit. Un sourire qu'il lui retourna avec émotion.

— Elle est comme sa mère, commenta Hannah. Emily ne mettait jamais longtemps pour charmer un homme.

— Toi aussi, tu es charmante.

— Oh ! Ça, j'ai bien du mal à m'en convaincre.

— D'accord, alors disons que tu as beaucoup d'allure.

Elle eut le rose aux joues, mais ne répondit pas et se remit en route.

Il lui emboîta le pas.

— Qu'est-ce qui te trouble à ce point ? lui demanda-t-il. Que je te dise que tu es séduisante ?

— Oui, car ce n'est pas vrai.

— Tu ne peux pas faire semblant d'ignorer que tu m'attires énormément. Et j'ai comme l'impression que cette attirance est réciproque.

— Et ça m'ennuie.

À son ton, il comprit qu'elle s'était exprimée avec spontanéité.

— Je ne vois pas pourquoi.

Elle lui jeta un bref coup d'œil puis regarda de nouveau devant elle.

— Tant pis si tu ne comprends pas.

— Ah non ! j'aimerais comprendre.

Elle ne répondit pas et accéléra le pas. Il s'efforça de rester à sa hauteur.

— Quand je t'ai rencontrée, je croyais t'avoir cernée, dit-il. Je me disais que tu étais une femme intelligente, déterminée, qui savait ce qu'elle attendait de la vie. Tu avais obtenu la tutelle de ta nièce et tu étais résolue à assumer tes responsabilités.

Comme elle ne disait toujours rien, il continua :

— Je suis sûr que tu avais pris des dispositions pour ne pas commettre d'impair, que tu avais déjà recherché un pédiatre, une crèche. Bref, tu ne voulais pas être prise de court à ton retour au Texas.

— Et qu'y a-t-il de mal à ça ? lança-t-elle.

— Rien. Mais au fil des jours, des sentiments sont nés entre nous, et que ça t'ennuie parce que ce n'était pas prévu dans tes projets.

— Je ne peux pas me lancer dans une relation maintenant.

— Vraiment ? Tu ne peux pas aimer deux personnes en même temps ? Pourtant, des tas de gens y arrivent.

— Eh bien, il faut croire que je ne suis pas comme tout le monde.

— Non. Et c'est pour cette raison que je t'aime.

Il lui prit la main pour l'arrêter et l'obliger à lui faire face. Il s'attendait qu'elle se débatte, qu'elle lui assène qu'elle ne l'aimait pas, que c'était trop compliqué…

Elle se contenta de le regarder, les yeux brillants de larmes.

— Tu ne peux pas m'aimer, dit-elle.

— Pourquoi ?

— Parce que tu ne me connais pas. Tu ne sais rien des choses terribles que j'ai faites.

— Quelles choses terribles ? demanda-t-il avec appréhension.

Des larmes coulèrent sur son visage. Elle se détourna, serra les bras autour d'elle. Walt passa la petite sur son autre bras, s'approcha d'elle et lui posa la main sur l'épaule.

— Je n'arrive pas à imaginer que tu aies pu faire quelque chose qui pourrait me faire totalement changer d'avis sur toi.

— Emily le savait, elle. C'est une des raisons qui l'ont poussée à partir.

— Mais elle t'a nommée tutrice de son bébé. Ce qui signifie qu'elle t'avait pardonné.

Elle acquiesça.

— Oui. Oui, je le crois.

— De quoi s'agit-il ? Tu dois me le dire, sinon nous ne cesserons jamais de nous demander ce qui se serait passé si tu l'avais fait.

En proie à une nouvelle crise de larmes, elle renifla. Il lui tendit son mouchoir et attendit qu'elle s'essuie les yeux et reprenne contenance.

— J'ai déjà eu un bébé, dit-elle finalement.

Il cilla, surpris. Elle avait eu un bébé ? Quand ? Avec qui ?

— Que s'est-il passé ? lui demanda-t-il doucement, touché par la douleur qu'exprimait son regard.

— J'avais dix-neuf ans, je venais d'entrer à l'université. J'ai eu un… faible pour un garçon, mais ce n'était pas sérieux. Quand je me suis retrouvée enceinte, il a paniqué. Nous étions tous deux d'accord sur le fait que nous ne pouvions pas élever un enfant. J'ai donc décidé de proposer mon bébé à l'adoption.

— Eh bien, j'imagine que ça n'a pas été une décision facile, mais ça ne fait pas de toi quelqu'un de mauvais. Et tu as offert à quelqu'un d'autre qui ne pouvait peut-être pas avoir d'enfants l'opportunité de devenir parent.

— Ce fut la décision la plus difficile de toute ma vie. J'ai insisté pour savoir qui adopterait mon bébé, parce que je ne supportais pas l'idée de le confier à des inconnus. Tout s'est très bien passé, un couple charmant s'est proposé et l'a adopté. Mais… quelques semaines plus tard, le bébé est décédé.

Elle fut secouée par un nouveau sanglot. Il lui passa son bras libre autour des épaules.

— Je suis désolé.

— On m'a dit que c'était ce qu'on appelle la mort subite du nourrisson. Ça arrive de temps en temps, hélas ! Mais je ne suis jamais parvenue à me sortir de la tête que si j'avais été là pour lui, j'aurais pu le sauver. Si j'avais pris soin de mon bébé, ça ne serait pas arrivé.

— Tu ne dois pas penser ainsi. Parfois, de terribles drames surviennent, sans qu'on n'y puisse rien.

— Je sais, c'est ce que le psychologue qui m'a suivie m'a répété. Mais ce drame n'a jamais cessé de me hanter. J'en suis venue à penser que je ne méritais pas d'être heureuse. Après l'université, je me suis donnée corps et âme à mon travail pour avoir la sensation d'avoir prise sur les événements, de ne pas m'en remettre au hasard et aux sentiments. Et puis, finalement, Emily m'a offert une seconde chance d'être maman.

Elle posa les yeux sur Joy, qui s'était endormie, et lui sourit.

— Et tu vas être une maman géniale, dit Walt. J'en suis certain.

— Mais je ne peux pas courir le moindre risque. Rien ne doit me distraire de l'objectif d'offrir à Joy le meilleur. Pas même toi.

Il aurait voulu protester, lui affirmer qu'il la soutiendrait, que tout se passerait bien. Mais, après ce qu'elle venait de lui avouer, il n'en eut pas la force.

Tout ce qu'il pouvait faire, c'était lui laisser du temps et espérer qu'elle finirait par considérer les choses sous un autre angle.

— Sache seulement que tu n'es pas seule, lui dit-il. Si tu as besoin de moi, je serai là.

Son expression se fit moins grave.

— Merci beaucoup. Ça compte énormément.

— Merci à toi de t'être confiée à moi. Entendre ton histoire ne change rien à ce que je ressens pour toi. Au contraire, je t'admire davantage.

— Comment peux-tu dire cela ?

— Tu as vécu un drame, mais tu ne l'as pas laissé te détruire. Tu t'es relevée. Je savais déjà que tu étais courageuse. Maintenant, je sais d'où te vient ce courage.

Elle le contempla un instant en silence.

— Je n'ai jamais rencontré quelqu'un comme toi, dit-elle enfin.

— Je ne sais pas comment je dois le prendre..., remarqua-t-il avec un petit sourire.

Elle n'eut pas le temps de répondre. Joy s'était réveillée et commençait à s'agiter.

— Elle doit avoir faim, reprit-elle. Nous devrions lui donner à manger.

Walt regarda autour d'eux puis l'incita à le suivre à l'ombre d'un grand pin. Hannah s'assit sur une souche et sortit un biberon. Walt s'installa à côté d'elle et tenta d'oublier la soif qui le tenaillait.

Un grondement de moteur du côté du chemin leur parvint.

— Pourquoi nous poursuivent-ils avec autant d'acharnement ? demanda Hannah.

— Parce que Metwater sait que nous allons voir la police. Il sait que nous allons révéler qu'il t'a retenue contre ton gré, s'est emparé de ma moto, a menti à propos de ta sœur, et j'en passe. Ça poussera la police à s'intéresser de plus près à lui. Et, à mon avis, une enquête approfondie montrera qu'il s'est rendu coupable de pas mal de choses. Évidemment, il ne tient pas à ce que ça se sache.

— Il a bâti un petit royaume et s'est convaincu qu'il règne sur tous ses disciples. Jusqu'à maintenant, il se croyait intouchable.

— Oui, et le fait qu'il n'ait pas réussi à nous contrôler l'a rendu fou de rage. Et dangereux.

— Combien de temps nous faudra-t-il encore avant d'être en sécurité ?

Il la regarda ranger le biberon puis tapoter Joy dans le dos pour l'aider à faire son rot. Elle semblait tellement à l'aise avec la petite, ses gestes étaient tellement naturels ! Il voulut le lui faire remarquer, mais se ravisa au dernier moment. Inutile de revenir à un sujet encore douloureux pour elle.

— Si nous marchons à bonne allure pendant encore au moins une heure, nous devrions être en mesure de héler une voiture. Il y a pas mal de trafic sur la route principale qui traverse le parc naturel.

— Je l'espère.

Ils se relevèrent et reprirent leur marche.

Après quelques minutes, ils se retrouvèrent devant un ravin étroit. Walt se pencha pour l'examiner.

— La pente est trop raide pour que nous puissions descendre et remonter de l'autre côté. Surtout avec la petite.

Hannah se protégea les yeux du soleil et regarda elle aussi le fond du ravin.

— Il a l'air très long.

— Nous allons devoir regagner le chemin.

Hannah l'observa avec appréhension.

— N'est-ce pas risqué ?

— Nous pouvons entendre les véhicules de loin. Alors, au moindre bruit de moteur, nous nous cacherons dans le bas-côté.

Ils reprirent donc le chemin de terre. Peu après, un grondement de moteur les alerta. Ils se baissèrent pour se dissimuler derrière un éperon rocheux.

Walt se redressa prudemment pour jeter un coup d'œil. Il aperçut une vieille jeep avec un barbu au volant. Il était persuadé que c'était Kiram. Mais était-ce possible alors qu'il l'avait blessé à l'épaule ?

Dès que la jeep fut loin, ils se relevèrent et repartirent.

— Quand nous l'avons franchi à moto il y a quelques jours, il ne m'a pas paru aussi étroit, commenta Hannah quand ils atteignirent le pont qui enjambait le ravin.

— N'aie crainte, il nous suffit de le traverser. Ensuite, nous pourrons de nouveau nous éloigner du chemin.

Il lui tendit la main, et elle l'accepta sans hésiter.

Leurs pas provoquèrent un bruit mat sur les planches de bois, mais le pont était solide. Alors qu'ils en avaient parcouru la moitié, Joy se mit à se plaindre et à se tortiller. Hannah s'arrêta pour la calmer.

— Il faudrait lui changer sa couche.

— Encore deux minutes, et ce sera possible, répliqua Walt.

Rester ainsi au milieu du pont ne lui plaisait pas. Ils étaient trop exposés, et il avait la sensation qu'on les observait. Il regarda de tous côtés avec nervosité.

— Qu'est-ce que c'était que ce bruit ? demanda soudain Hannah qui leva la tête.

Walt l'avait entendu aussi. C'était un moteur qui redémarrait. Il comprit que le conducteur de la jeep s'était arrêté et garé sur le bas-côté, dissimulé par la végétation. Et maintenant il leur fonçait dessus, alors qu'ils étaient encore sur le pont.

16

Tétanisée par la vue de la jeep qui leur fonçait dessus, Hannah se figea. Walt lui saisit le bras.

— Descends sur le tablier du pont !

Il lui prit Joy des bras et la tira vers le bord.

— Allez, vite !

Les planches du pont reposaient sur une armature métallique avec une grille au-dessous. Hannah se baissa, laissa pendre ses jambes. À côté d'elle, Walt fit de même et, sans hésiter, en tenant fermement la petite dans un bras, se laissa pendre de l'autre puis lâcha tout pour atterrir sur la grille. Elle l'imita, avec moins de souplesse, tomba sèchement, et en eut le souffle coupé. Au-dessus d'eux, la jeep passa avec un bruit infernal. Walt l'aida à se relever, sortit son arme et lui redonna Joy.

— Reste derrière moi, dit-il tandis qu'il se postait dans un angle pour ne pas être exposé.

Ils entendirent la jeep freiner sèchement puis s'arrêter. Il y eut un claquement de portière. Hannah se recroquevilla, le cœur battant. Walt l'incita à se blottir derrière lui pour être bien protégée.

Des pas lourds résonnèrent sur le pont. L'homme qui était descendu de la jeep ne cherchait aucunement à se montrer discret.

— On sait que tu es là, Walt ! Montre-toi, et tout ira bien.

C'était la voix de Kiram.

Walt ne répondit pas. Il y eut de nouveaux bruits de pas, de l'autre côté du pont, ce qui indiquait que Kiram n'était pas seul. Son complice et lui entreprirent de descendre dans le ravin pour les prendre en tenaille. Ils étaient piégés.

Elle sentit que Walt lui prenait la main. Il voulait lui faire comprendre silencieusement qu'il avait un plan ; elle devait s'en remettre à lui.

Elle prit une grande inspiration.

Une silhouette apparut.

— Tu ne peux pas t'échapper, tu es coincé, reprit Kiram.

Il leva le bras droit. Hannah devina qu'il brandissait une arme, mais il ne la pointait pas directement sur eux, ce qui indiquait qu'il n'avait pas repéré l'endroit précis où ils se trouvaient.

Kiram avança d'un pas. Si Walt le voulait, il pourrait le prendre pour cible. Il n'avait toutefois pas le droit à l'erreur, car tirer impliquerait de signaler leur position.

— Il est trop tard pour toi, continua Kiram. Si je dois te tuer, je le ferai. Mais si tu te rends, on pourra discuter, et je te promets que nous ne toucherons pas à un cheveu de ta femme ni de la petite. En revanche, si tu essayes de me tirer dessus, tu sais que le pire peut arriver. Et ce sera ta faute.

Il fit un nouveau pas dans leur direction.

Un coup de feu claqua. Dans le tablier du pont, l'écho fut assourdissant. Hannah se retint de crier et se roula en boule pour protéger Joy, qui se mit à pleurer.

Il y eut un nouveau coup de feu, puis deux autres encore. La tête baissée, les yeux fermés, Hannah n'aurait su dire d'où ils venaient.

Ses oreilles sifflaient, et une odeur de poudre saturait l'atmosphère. Malgré tout, elle distingua un bruit de pas qui s'éloignaient. Elle ouvrit les yeux et vit Walt qui allait vers le bout du pont. Elle entendit également le moteur de la jeep se mettre en route. Dans un crissement de pneus, le véhicule s'éloigna.

Walt revint vers elle, l'arme à la main.

— Ça va ? lui demanda-t-il.

— Oui.

Elle se releva, et il l'aida à garder l'équilibre.

— Que s'est-il passé ?

— Je vais voir dans quel état est Kiram, dit-il, éludant la question.

Elle le regarda se diriger vers la silhouette affalée à l'entrée du pont.

En le voyant se pencher et faire rouler le corps de Kiram, elle comprit que celui-ci était mort. Walt s'empara de son arme et la glissa dans sa ceinture. Il prit quelque chose d'autre puis revint vers elle.

— Tiens, il avait ça sur lui.

Il lui tendit une petite bouteille d'eau. Sans attendre, elle dévissa le bouchon et but une gorgée. Jamais de l'eau ne lui avait paru aussi délicieuse. Elle dut se retenir de vider la bouteille et la passa à Walt.

— L'homme qui était avec Kiram s'est enfui, dit-elle tandis qu'il buvait à son tour.

— Oui, et il va prévenir les autres que nous sommes dans le secteur. Il ne faut pas traîner ici.

— Comment Kiram a-t-il pu nous poursuivre ? Je croyais que tu l'avais blessé quand nous nous sommes échappés.

— Visiblement, ça n'a pas suffi à l'arrêter. Il portait un bandage à l'épaule, mais je crois qu'il me haïssait tellement qu'il ne sentait même pas la douleur et était prêt à tout pour nous rattraper.

— Heureusement, il n'a pas réussi. Personne ne nous arrêtera.

— Non, tu as raison.

Comme il tournait les talons pour repartir, elle lui saisit le bras pour le retenir.

— Qu'est-ce que…

Elle coupa court à sa question d'un baiser. Toute sa peur, toute son anxiété et son soulagement d'être encore en vie s'exprimèrent, ainsi que tout ce qu'elle ressentait pour lui mais n'osait pas formuler.

Il l'enlaça, la tint contre lui, caressa son dos, ses bras… Sentir ses mains sur elle lui provoqua une onde de désir. Elle ne pouvait plus se mentir sur leurs sentiments respectifs ; les barrières qu'elle avait érigées autour d'elle tombaient les unes après les autres, et il était grand temps. Au fond d'elle-même, c'était ce qu'elle voulait : lâcher prise et, enfin, s'ouvrir à ses désirs.

Il appliqua le front contre le sien.

— Ce n'est pas le meilleur moment…, murmura-t-il.

— Je sais. Nous devons partir sans tarder, mais je tenais à te faire savoir ce que je ressens.

— Message reçu.

Il prit ses mains dans les siennes et lui déposa de petits baisers sur le bout des doigts.

Quand il la lâcha, elle éprouva un sentiment de frustration, mais elle le refoula et se baissa pour reprendre Joy.

Ils sortirent de leur abri. Après le long moment qu'ils venaient de passer dans la quasi-obscurité, la luminosité les éblouit. Joy se mit à pleurer, et Hannah réajusta la couverture autour d'elle pour qu'elle ne soit pas indisposée par le soleil.

— Nous devons rester en contrebas du chemin, dit Walt. Nous aurons plus de mal à avancer, mais ce sera plus sûr.

Ils allaient devoir contourner des rochers, des souches d'arbres déracinés et éviter de déraper et de dévaler la pente du ravin. Très vite, Walt prit la petite pour que Hannah puisse avoir les mains libres. Elle devait fréquemment s'accrocher à des branchages ou à des touffes d'herbe, voire quasiment progresser à quatre pattes. Bien que ce soit pénible, elle refusa de se plaindre et continua à avancer.

Ils étaient repartis depuis environ une heure quand un bruit de moteur les fit s'immobiliser.

— On dirait qu'il y a au moins deux voitures, remarqua Walt.

— Elles sont sur le chemin ? demanda-t-elle en tendant l'oreille.

Comme pour répondre à sa question, le bruit de moteur s'accompagna de celui de pneus sur le gravier.

— Ils longent le ravin en roulant le plus près possible du bord, dit Walt.

— Qu'allons-nous faire ?

— Tant qu'ils resteront dans leurs voitures, ils ne pourront pas nous voir, répondit-il en lui tendant la main pour l'aider à contourner un tronc d'arbre mort.

— Comment ont-ils pu nous retrouver aussi vite ?

— Il est possible qu'ils communiquent par radio.

Des portières claquèrent.

— Il faut que nous trouvions une cachette, reprit Walt.

Ils descendirent encore plus bas, dérapèrent plusieurs fois puis finirent par se retrouver à l'abri d'un arbre qui avait encore ses feuilles.

— Ici, ce sera bien, dit Walt. S'ils ne nous voient pas, ils finiront par s'en aller.

Ils se recroquevillèrent sous les branchages, et il les disposa du mieux possible pour les camoufler complètement.

La place était suffisante pour que Hannah puisse changer la couche de Joy. Elle s'empressa de le faire en prenant soin de rester silencieuse.

— Tiens, lui chuchota Walt quand elle eut terminé.

Il lui donna une barre de céréales.

— Le dîner, ajouta-t-il.

— Merci. Tu penses vraiment à tout.

— Oui, je sais m'y prendre pour faire passer un bon moment à une femme.

Il ouvrit une seconde barre de céréales pour lui.

— Dis-toi que nous sommes dans un nouveau concept d'hôtel. Tu as énormément de chance, tu es la première à le tester.

Elle sourit.

— C'est tellement romantique…

Il lui retourna son sourire.

— Avec toi, où qu'on soit, c'est toujours romantique.

Elle eut envie de l'embrasser de nouveau, mais ce n'était vraiment pas le moment. Elle se contenta de glisser la main dans la sienne et de profiter de la sensation de plénitude qu'elle éprouvait. Elle était sale, avait faim, soif, elle était épuisée et avait peur des hommes qui les traquaient, mais être à côté de Walt et lui tenir la main reléguait tous ces soucis au second plan.

Toujours à l'affût du moindre bruit autour d'eux, ils communiquèrent par gestes pour se partager le reste de la bouteille d'eau.

— Il semblerait qu'ils ne soient pas venus par ici, dit Walt après un moment. Ils ne s'attendaient probablement pas que nous descendions aussi bas dans le ravin.

Il changea de position pour la regarder.

— Que s'est-il passé, hier soir, quand Metwater t'a emmenée dans son camping-car ?

Il semblait plein d'appréhension.

— À vrai dire, pas grand-chose. Il paraissait considérer que j'aurais dû me sentir flattée qu'il ait daigné m'accorder une attention particulière, répondit-elle avec une grimace. Il a un ego surdimensionné.

— Il ne t'a fait aucun mal ?

— Non. Il comptait me garder prisonnière jusqu'à ce j'adopte son point de vue.

Elle soupira.

— Je crois qu'il a agi de même avec Emily. Phœnix m'a dit qu'elle avait passé au moins une semaine avec lui dans son camping-car avant sa mort. Il l'a emmenée à Denver, ce qui là encore était censé être un privilège, pour la convaincre de se plier à ses exigences. Je pense que le stress et le fait de se retrouver sans son bébé sont à l'origine de la crise d'asthme qui lui a été fatale. De plus, toujours selon Phœnix, elle n'avait plus de Ventoline.

— Ce sera compliqué d'inculper Metwater pour homicide, même si, de toute évidence, son comportement a précipité la mort de ta sœur.

— Je sais mais, s'il n'avait rien à se reprocher, pourquoi avoir menti en affirmant à tout le monde qu'elle était partie au lieu de dire tout simplement qu'elle était décédée ?

— Parce qu'il ne voulait pas perturber ses disciples, peut-être. Quoi qu'il en soit, je te promets que quand nous aurons arrêté Metwater, il devra répondre à cette question sans faux-fuyants.

Elle posa la tête sur son épaule.

— Savoir que tu es déterminé à connaître la vérité est très important pour moi.

Il lui déposa un baiser sur le front.

— Oh oui ! je veux autant que toi comprendre ce qui s'est passé, je peux te l'assurer !

Elle n'en doutait pas et se rendait compte qu'elle tenait de plus en plus à lui. Cependant, en cherchant à faire ce qu'il y avait de mieux pour son bébé, elle n'avait pas pu empêcher sa mort. Elle ne devait pas l'oublier et n'avait plus droit à l'erreur.

En dépit de l'inconfort et de la peur, la fatigue finit par prendre le dessus, et elle s'assoupit.

Le matin suivant, elle fut réveillée par les pleurs de Joy. À côté d'elle, Walt s'étira.

— Je vais aller vérifier que tout est calme, dit-il.

Il s'extirpa de leur cachette, et elle en profita pour dresser l'inventaire du contenu de son sac. Il lui restait deux couches ainsi que de quoi préparer un biberon. Ils n'avaient plus ni eau ni nourriture. Mais, dans la matinée, ils parviendraient certainement à rejoindre la route et à se mettre en sécurité. Étant donné qu'ils avaient tout de même beaucoup marché la veille, ils ne pouvaient plus être bien loin.

Walt revint.

— Je pense que nous pouvons y aller.

— Laisse-moi d'abord changer Joy. Je lui donnerai son biberon pendant que nous marcherons.

— J'imagine que tu n'as pas de café dans ton sac…

— Non, hélas ! Et tu vas me dire que tous les *coffee shops* du secteur sont fermés ?

— Absolument tous, oui.

Il attendit qu'elle ait fini de changer Joy puis l'aida à se lever.

Elle fit jouer ses articulations engourdies avec un grognement.

— J'ai mal partout !

— Oui, il faudra se plaindre auprès de la direction de l'établissement pour le mauvais état de la literie.

Ils remontèrent plus près du chemin.

— Par où allons-nous ? fit-elle après avoir pris une profonde inspiration.

Walt fit un tour complet sur lui-même. La végétation s'étendait à perte de vue, sans le moindre signe d'habitation. Hannah avait espéré apercevoir une route asphaltée, mais c'était raté.

— Y a-t-il un détail qui te paraît familier ? lui demanda Walt.

— Non, pour moi, tout se ressemble.

— Pour moi aussi.

Sa mine sombre l'inquiéta.

— Es-tu en train de me dire que nous sommes perdus ?

— Non, je dis simplement que je ne suis pas certain de la direction à prendre pour atteindre la route.

Elle se retourna pour regarder derrière eux.

— Ne peut-on pas continuer à longer le chemin ? Ce serait toujours mieux qu'errer sans but.

— Le problème, c'est que nous ne pouvons pas risquer de remonter trop haut. D'un autre côté, le ravin bifurque, et nous pourrions nous éloigner de la route sans nous en rendre compte.

Il désigna du doigt le paysage strié de ravins qui partaient dans différentes directions.

— Quand nous sommes descendus, il n'y avait qu'une seule direction. Maintenant, ce n'est plus le cas, et je ne suis pas certain de ne pas me tromper.

Elle observa le paysage. L'idée de devoir passer une journée de plus à crapahuter parmi les rochers et les arbres morts lui sapa le moral. Quoi qu'il en soit, elle ne devait pas se laisser abattre.

— Sais-tu où se trouvait la route par rapport au campement de Metwater ?

— À l'est.

— Le soleil se lève à l'est. Alors pourquoi ne pas s'y diriger ?

— Le problème, c'est que je ne sais plus où nous sommes exactement par rapport au campement.

— Donc, nous sommes perdus.

Il leva la tête pour observer le ciel et fit la grimace.

— Oui, j'en ai bien peur.

Ce fut comme si elle refusait que ces paroles prennent sens. Après tout ce qu'ils avaient traversé, elle ne pouvait s'y résoudre.

— Tu travailles dans la région. Tu dois bien avoir une idée, même approximative, du secteur du parc dans lequel nous sommes !

— Je te rappelle que je suis ici depuis seulement deux mois. Et le parc naturel est immense. Il faut des années pour le connaître parfaitement.

— Alors que faisons-nous ?

Elle était furieuse de se retrouver dans une telle situation et s'en voulait de l'implorer de trouver une solution, car elle n'était pas du genre à s'en remettre aux autres. D'habitude, c'était elle qui apportait des solutions. Mais là, il ne s'agissait pas de travailler sur une formule chimique, elle ne disposait d'aucun moyen de les tirer de ce mauvais pas.

— Dans l'immédiat, je crois que nous avons un plus gros souci…, reprit Walt.

— C'est-à-dire ? Qu'est-ce qui pourrait être pire qu'être perdus au milieu de nulle part ?

— Si je ne m'abuse, il y a un incendie qui prend de l'ampleur et progresse vers nous.

Elle suivit son regard. Une ligne de flammes orange barrait l'horizon.

17

Walt fixa les flammes qui progressaient à grande vitesse. Le vent les poussait dans leur direction. S'ils ne dénichaient pas très vite un abri, ils étaient en grand danger. Mais où s'abriter ?

Il prit Hannah par le bras.

— Il faut redescendre dans le ravin. Si nous avons de la chance, les flammes le contourneront.

Sans discuter, elle remit la couverture autour de Joy en place et le suivit.

— Il faut essayer de trouver un abri ! cria-t-il pour couvrir le crépitement du feu qui, déjà, se faisait de plus en plus important.

Ils contournèrent des rochers, enjambèrent des branches mortes.

— Ici ! s'exclama Hannah en désignant une cavité sous deux gros rochers.

— Vite ! fit-il après lui avoir pris Joy des bras pour qu'elle puisse se blottir au fond du creux dans la roche.

Les flammes gagnaient du terrain. La chaleur devenait de plus en plus intense, et le fracas des arbres qui s'effondraient créait une ambiance de chaos.

Il se glissa à son tour dans la cavité avec Joy qui pleurait, passa un bras autour des épaules de Hannah pour la protéger et la mettre le plus à l'abri possible tandis que Joy était pelotonnée entre eux.

Les cris de Joy, tels une sirène oppressante, couvraient le craquement des flammes. Hannah gardait la tête baissée. Elle avait tellement peur qu'elle s'agrippa au bras de Walt, lui plantant les ongles dans la chair. Il lui passait la main sur le dos en des gestes apaisants. La chaleur s'intensifiait et devenait difficilement supportable.

Hannah se mit à tousser. La fumée rendait l'atmosphère de plus en plus irrespirable et leur piquait les yeux. Lui aussi fut pris d'une quinte de toux. Ils étaient certes à l'abri des flammes, mais si cela continuait, ils finiraient par mourir asphyxiés. Il se contorsionna pour ôter sa chemise, lui en tendit un pan.

— Fais comme moi, respire à travers le tissu, dit-il en se plaquant l'autre pan sur la bouche.

Après ce qui lui parut un temps infini, il tourna la tête et ouvrit ses yeux larmoyants. Il constata que le feu semblait refluer, et la chaleur lui parut moins forte. Hannah dut le remarquer aussi, car elle releva la tête.

— C'est fini ? parvint-elle à lui demander.

Prudemment, il se pencha vers l'entrée de la cavité. Il vit des troncs d'arbres calcinés et fumants mais, heureusement, le plus gros de l'incendie était passé au-dessus d'eux. Les flammes n'avaient que partiellement envahi le ravin. Il recula.

— Attendons encore un peu, mais je crois que nous allons pouvoir sortir. Comment va Joy ?

— Ça va. Elle a les yeux irrités, mais elle respire normalement. Grâce à toi, nous allons nous en tirer.

— Je n'ai rien fait du tout, répliqua-t-il. Et je peux bien te l'avouer, moi aussi j'étais terrorisé.

Elle passa un bras autour de son cou.

— Sans toi, je ne sais pas si j'aurais trouvé la force de courir et de chercher un abri.

Après quelques minutes, comme l'accalmie se précisait, ils se risquèrent à quitter leur abri. Le paysage n'était plus que cendres et squelettes d'arbres noircis ; des volutes de fumée montaient du sol. Ils firent quelques pas avec prudence pour ne pas mettre les pieds sur des cendres incandescentes. Lorsque Walt s'arrêta pour observer les alentours, il entendit Hannah, qui était juste derrière lui, pousser un gémissement.

— Que se passe-t-il ? lui demanda-t-il, inquiet. Tu t'es brûlée ?

— Ton dos…, répondit-elle. C'est toi qui es brûlé !

Il est vrai qu'à un moment donné il avait senti un souffle d'air brûlant dans son dos. Il fit rouler ses épaules, ce qui lui causa une vive douleur, et grimaça.

— Tu as été brûlé et tu n'as rien dit !

— Ce n'était pas le moment. On s'occupera de ça plus tard. Il ne faut pas rester ici.

— Mais dans quelle direction devons-nous aller ?

— Le plus loin possible du feu.

Soudain, un bourdonnement dans le ciel leur fit lever la tête. Un hélicoptère ! Malgré son dos qui le faisait souffrir, Walt se mit à faire de grands gestes. Hannah déroula la couverture qui protégeait Joy et l'agita. L'hélicoptère décrivit un cercle, s'immobilisa un instant, puis descendit. D'où ils étaient, ils purent voir le pilote leur faire des signes avant de remonter et de s'éloigner pour aller se poser une centaine de mètres plus loin.

Tandis qu'ils se dirigeaient vers l'appareil, le pilote en descendit et vint à leur rencontre.

— Que faites-vous dans le secteur ? leur demanda-t-il.

— C'est une longue histoire, répondit Walt. Je suis

Walt Riley, de la brigade des Rangers. Pouvez-vous nous emmener au quartier général ?

— Qui que vous soyez, vous ne devez pas rester dans les parages, alors montez.

Le pilote leur ouvrit la porte pour qu'ils puissent monter à bord.

— Je vais envoyer un message radio dès que nous aurons décollé. On ne va pas me croire quand j'annoncerai que je vous ai retrouvés !

— Je n'arrive pas à y croire, dit le commandant Ellison tandis qu'un médecin bandait le dos de Walt. Quand Metwater nous a dit que vous étiez partis, nous nous sommes doutés que ce n'était pas normal, mais jamais nous n'aurions imaginé que vous vous retrouveriez au beau milieu d'un feu de forêt.

— Feu qui a, selon les premières constatations, été allumé intentionnellement, intervint Carmen, qui venait de rejoindre le groupe rassemblé autour de Walt, Hannah et la petite Joy.

— Vu que ses sbires avaient échoué, je parie que Metwater a estimé que nous faire disparaître dans un incendie serait le meilleur moyen de se débarrasser de nous, remarqua Walt.

— C'est complètement fou ! s'exclama Hannah. Le campement aurait lui aussi pu être détruit par l'incendie.

— Je suppose qu'ils espéraient que la route et le ruisseau serviraient de barrières naturelles, intervint Marco. De plus, les vents soufflaient dans la direction opposée au campement.

— Metwater prétend ne rien savoir sur cet incendie. Et il prétend également que vous avez abattu Alan Saddler, celui qui se faisait appeler Kiram, de sang-froid.

— C'est lui qui cherchait à nous tuer ! lança Hannah, scandalisée.

— Je ne doute pas que les conclusions de l'enquête corroboreront votre version, reprit Graham Ellison. En attendant, vous allez sans doute essuyer des articles peu amènes dans la presse. Metwater et ses avocats sont déjà sur la brèche pour porter plainte.

— Mais il devra se soumettre à un test de paternité, comme l'a ordonné le tribunal, n'est-ce pas ? demanda Hannah.

Peu après leur arrivée au bureau des Rangers, elle avait été informée que la cour avait donné son feu vert pour que la paternité de Joy soit définitivement établie.

— Soyez tranquille, la rassura Graham. Nous ne le laisserons pas s'esquiver.

Le médecin, qui avait fini le bandage de Walt, s'écarta.

— Il faudra deux bonnes semaines pour que ce soit tout à fait guéri, annonça-t-il. Alors je vous conseille de prendre du repos.

— Bonne idée ! renchérit Graham. Nous nous occuperons de Metwater.

— Il m'a agressé, il a kidnappé Hannah, et il a volé ma moto, protesta Walt.

— J'ai récupéré ta moto, lui apprit Michael Dance. Elle est dans mon garage.

Walt se tourna vers lui.

— Comment t'es-tu retrouvé avec ma Harley ?

— Quand nous sommes allés au campement, je l'ai repérée cachée derrière un des abris de bois. Je me suis dit que ce serait plus sûr de la mettre en sécurité avant qu'elle disparaisse pour de bon.

— Ne l'écoute pas ! dit Marco. En fait, il rêvait de faire un tour avec.

— Mais oui, et c'était super, répliqua Michael avec un sourire.

— Metwater n'a pas cherché à vous empêcher de prendre la moto ? fit Walt.

— Il a simplement dit que tu l'avais laissée au campement quand vous avez décidé de partir, répondit Marco. C'est là que nous avons vraiment compris qu'il nous racontait des bobards. Nous savions que jamais tu n'aurais abandonné ta Harley.

— Et Lucia Raton ? leur demanda Hannah. L'avez-vous retrouvée ?

— Pas encore, dit Carmen. Mais nous avons un témoin qui affirme l'avoir vue peu après son départ du campement de Metwater. Ce qui laisse à penser que, dans ce cas précis, il n'est pour rien dans sa disparition.

— Pour le moment, précisa Graham. Pour le reste, ce ne sera pas facile de prouver l'agression, plus encore avec la mort de Kiram. Quant à la séquestration…

Il se tourna vers Hannah.

— Il m'a retenue contre ma volonté, assura-t-elle. Mais je reconnais que, en dehors de Walt, il sera compliqué de trouver quelqu'un qui donnera la même version.

— Nous verrons ce que nous pouvons faire.

Graham posa la main sur le bras de Walt.

— Pour le moment, tu es en convalescence. Prends du repos et remets-toi le plus vite possible. Et tâche d'éviter la presse.

— Mais je…

Hannah lui posa elle aussi une main sur le bras pour couper court à ses protestations.

— Pourquoi ne viendrais-tu pas quelques jours au Texas ? lui proposa-t-elle. Je serais heureuse d'avoir quelqu'un pour m'aider à m'occuper de Joy.

Elle lut de l'incertitude dans son regard, ce dont elle ne pouvait le blâmer. Après tout, n'était-ce pas elle qui lui avait dit que rien ne serait possible entre eux ? Mais les moments de terreur vécus ensemble, le fait qu'ils aient frôlé la mort et qu'il soit allé jusqu'à risquer sa propre vie pour Joy et elle, lui avaient fait comprendre qu'elle était stupide.

Comme ils n'étaient pas seuls, elle se pencha vers lui et ajouta tout bas :

— J'en serais vraiment très heureuse. J'avais raison le jour où je suis venue te voir la première fois. Tu étais bel et bien celui dont j'avais besoin.

Il l'embrassa, ce qui lui mit le rose aux joues. Autour d'eux, il y eut quelques raclements de gorge, des rires et même quelques applaudissements.

— Est-ce un oui ? demanda-t-elle à Walt.

— C'est un oui, répondit-il. Et, si tu t'y prends bien, il se pourrait même que je reste avec toi même quand je serai rétabli.

— N'aie crainte, je vais m'appliquer, lui promit-elle.

Elle n'avait jamais été du genre à lancer des paroles en l'air. Et elle était déterminée à tout faire pour garder auprès d'elle l'homme qui avait réveillé ses sentiments.

Épilogue

Carmen Redhorse leva les yeux de son écran et sourit à la vue de la petite famille qui venait d'entrer dans le bureau des Rangers. Walt Riley, derrière la poussette, avait tout du père idéal et épanoui. Hannah, la femme à côté de lui, n'affichait plus l'air grave qu'elle lui avait toujours connu jusque-là. Elle souriait, détendue. Pas de doute, c'était une femme amoureuse.

— Je suis passé vider mon casier et mon bureau, annonça Walt en garant la poussette près de la porte.

— Comment va ton dos ? lui demanda Carmen qui s'approcha pour contempler la petite Joy qui battait joyeusement des pieds et des bras.

— Beaucoup mieux, répondit Walt.

— Il a tout de même de belles cicatrices, intervint Hannah. Mais je le soupçonne d'en être fier.

— Oh oui ! ça renforce sa crédibilité de mec viril, répliqua Carmen avec un sourire.

— Où sont les autres ? voulut savoir Walt.

— Marco et Ethan sont à l'entraînement. Michael et Lance recherchent un type soupçonné de ramasser des espèces de plantes rares dans le parc naturel, Simon est au tribunal, Randall et le commandant en réunion à Montrose, et moi, je suis chargée de tenir le fort.

— Et quelles sont les dernières nouvelles concernant Metwater ?

— Elles ne sont pas très bonnes. Selon l'assistant du procureur, nous ne disposons pas de suffisamment de preuves pour l'inculper de quoi que ce soit. Lucia Raton est toujours portée disparue, et le fait que son médaillon ait été retrouvé à proximité de son campement ne signifie rien en soi. En ce qui te concerne personnellement, il n'y a pas de preuves qu'il t'ait agressé. Il se défausse sur Kiram qui, selon lui, agissait en dehors de tout contrôle.

— Je vois, fit Walt qui semblait être prêt à frapper le premier venu pour soulager sa frustration.

— Nous avons au moins prouvé qu'il n'était pas le père de Joy, dit Hannah. Il ne peut plus rien contre elle.

— Il a certainement une part de responsabilité dans la mort de ta sœur, mais ça non plus nous n'arriverons sans doute jamais à le prouver, fulmina Walt.

— Il faut tourner la page, répondit Hannah.

— Quoi qu'il en soit, Metwater est toujours dans notre collimateur, reprit Carmen. Tôt ou tard, il commettra une erreur, et nous serons là pour l'arrêter.

Walt hocha la tête.

— Tu as raison.

Il se tourna vers Hannah.

— Et toi aussi. Je ferai de mon mieux pour passer à autre chose.

— Alors c'est décidé, tu nous quittes pour aller t'installer au Texas ? lui demanda Carmen.

— Il y a un poste qui vient de se libérer au sein du bureau du shérif de Dallas, alors je vais tenter ma chance.

Carmen s'adressa à Hannah.

— Vous êtes sûre d'être prête à vivre avec un flic qui adore se faire des sensations fortes en Harley ?

Hannah fit non de la tête.

— Non, la moto, c'est fini. Il l'a vendue.

Carmen porta une main à sa poitrine et fit mine d'être sous le choc.

— Tu as vendu ta Harley ?

Walt baissa les yeux.

— Eh bien, j'ai eu beau me creuser les méninges, je n'ai pas trouvé le moyen de fixer un siège bébé à l'arrière.

— Alors là, plus de doute, vous deux, c'est du sérieux ! commenta Carmen.

Hannah prit Walt par le bras et lui adressa un grand sourire.

— Oui, je crois qu'on peut le dire.

Carmen s'aperçut alors que Hannah portait une bague à la main gauche.

— Tiens, tiens, c'est joli ça.

Elle se pencha pour mieux la voir.

— Je me trompe ou c'est une bague de fiançailles ? Agent Riley, je vous félicite, c'est du beau travail.

Walt partit d'un petit rire.

— En fait, nous songeons à nous marier au printemps.

— Toutes mes félicitations ! dit Carmen. Vous allez finir par me faire croire que le véritable amour existe.

Cette fois, ce fut à elle que Hannah sourit.

— Moi aussi j'étais sceptique, vous savez.

— Mais il lui a suffi de tomber sur un homme merveilleux, lança Walt avec malice.

— Et tellement modeste..., répliqua Hannah. À vrai dire, j'avais surtout besoin de rencontrer quelqu'un qui me redonne confiance en moi. Et là, je l'avoue, c'est réussi.

Elle échangea avec Walt un regard plein d'amour.

En les voyant si complices, Carmen eut un pincement

au cœur. Pourquoi fallait-il que des gens trouvent le parfait amour alors qu'ils ne le cherchaient même pas ?

Mais elle chassa vite son dépit. Être témoin du bonheur des autres, c'était également une chance. Et ces deux-là avaient bien mérité d'être heureux.

PAULA GRAVES

Troublante collaboration

Traduction française de
ALEXANDRA TEISSIER

BLACK ROSE

HARLEQUIN

Titre original :
MAJOR NANNY

Ce roman a déjà été publié en 2017.

1

Soudain, une explosion assourdissante.

En un éclair, Harlan se retrouva sur une piste de terre en Irak, les oreilles bourdonnantes, tandis que tout bougeait au ralenti autour de lui. Les débris volaient dans tous les sens, les corps s'effondraient sur le sol.

Et ces cris ! Toujours, après un très bref silence, les cris, les hurlements. Même les plus aguerris ne pouvaient s'empêcher de crier.

Tu n'es pas *en Irak. Tu es à Austin, Texas, et une bombe vient d'exploser. Bouge !*

Après un instant de flottement, ses dix années d'entraînement chez les marines reprirent le dessus dans le chaos général. Il balaya des yeux la zone pour une rapide évaluation des dégâts. Voiture piégée. Souffle modeste, rien de comparable avec l'attentat d'Oklahoma City… Mais l'estrade sur laquelle se tenait quelques instants plus tôt Lila Lockhart n'était plus qu'un tas de décombres émaillé de pièces métalliques et de bouts de bois.

La gouverneure était-elle ensevelie quelque part sous ces gravats ?

La foule des spectateurs en panique se dispersait, abandonnant sur place les moins chanceux qui étaient tombés. Parmi ces derniers, certains rampaient tant bien que mal en quête d'un abri, d'autres gisaient dans l'herbe au pied de l'estrade, ou de ce qu'il en restait.

Triage médical. Harlan sortit son portable et composa le 911. Son appel n'était pas le premier, apprit-il avec soulagement. Les secours étaient déjà en route. Impossible néanmoins de rester les bras ballants jusqu'à l'arrivée de la cavalerie, l'attente pouvait être fatale pour ces blessés.

Alors qu'il se hâtait vers les vestiges de l'estrade, une femme brune et mince passa devant lui en courant. Une tache de sang lui barrait la joue sans gâcher la délicatesse de son profil. *Mignonne*, songea Harlan, *et visiblement terrifiée.* Il l'avait déjà croisée, mais où ?

— Gouverneure ! hurla-t-elle en se penchant pour déplacer une pièce de métal dans le tas de décombres.

Harlan se précipita pour l'en empêcher. Un mouvement mal calculé, et tout s'effondrerait sur les personnes coincées en dessous. Or son patron, Bart Bellows, se trouvait aux côtés de Lila Lockhart juste avant l'explosion…

— Ne touchez à rien ! commanda-t-il d'une voix plus rogue qu'il ne l'aurait voulu.

La jeune femme lui jeta un regard farouche.

— La gouverneure est là-dessous !

— Mais, en bougeant un seul morceau de ferraille, vous risquez de l'enterrer pour de bon.

Ses narines frémirent.

— Vous étiez avec Bart, non ?

— Harlan McClain.

Il hocha la tête, se remémorant soudain où il l'avait vue. C'était quelques minutes plus tôt.

— Et vous, vous êtes l'aide de camp de la gouverneure, n'est-ce pas ?

— Stacy Giordano.

Elle se passa une main sur les tempes et comprit qu'elle saignait. Elle pâlit un peu plus.

— Que s'est-il passé ? C'était une bombe ?

— Oui.

— Mais Frank Dorian est en prison ! s'écria-t-elle, manifestement aussi incrédule qu'effarée.

La même pensée était venue à Harlan. Tout le monde au Corps Security Investigations avait cru le problème de la gouverneure Lockhart réglé avec l'arrestation de Frank Dorian, qui avait failli l'assassiner avant d'être stoppé par Wade Coltrane. À commencer par Bart, pourtant si méfiant de nature…

Harlan se reprocha amèrement sa légèreté. Un problème pouvait toujours en cacher un autre.

— Il faut aider les blessés, déclara-t-il en saisissant le bras de la jeune femme.

Elle étouffa une exclamation. Aussitôt, il desserra sa prise et tenta d'adoucir sa voix.

Elle semblait déjà sous le choc, inutile de l'effrayer davantage.

— Rassemblez le plus de personnes valides possible. Nous devons commencer un triage.

À ces mots, elle redressa fièrement le menton, comme si elle venait de recouvrer un cœur d'acier.

— D'accord, fit-elle en s'éloignant d'un pas déterminé.

Il la suivit un instant du regard, puis entreprit de s'occuper des personnes qui ne bougeaient plus. Mais Stacy revint presque aussitôt, en compagnie de plusieurs rescapés aux vêtements couverts de poussière et de débris divers. Certains souffraient comme elle de coupures et d'égratignures, mais tous semblaient soulagés d'avoir un but pour les arracher à la sidération devant ce bouleversement subit.

Parfois, Harlan le savait, se rendre utile d'une manière ou d'une autre était la seule façon de garder la tête froide dans un monde devenu fou.

Il envoya Stacy et sa petite armée faire le tour des blessés qui s'agitaient çà et là, tandis que lui-même reprenait son travail auprès de ceux qui semblaient décédés. À la différence de ses compagnons civils, il avait une longue expérience de la mort. Trop longue…

Il dégagea deux corps sans vie et deux blessés graves aux chances de survie minimes. Comme il s'approchait d'un homme en uniforme de policier d'État étendu près des décombres de l'estrade, des sirènes déchirèrent le silence. Elles approchaient à vive allure.

— C'est Chip !

Stacy l'avait déjà devancé auprès du blessé.

— Un membre des forces de sécurité qui protègent la gouverneure, précisa-t-elle, un peu essoufflée.

Harlan s'agenouilla à côté d'elle, devant le corps du policier. Elle avait déjà les doigts posés sur sa carotide.

— Il est vivant, déclara-t-elle d'un ton brusque.

Ses mains se déplacèrent sur la victime, apparemment à la recherche de blessures. L'assurance de ses gestes surprit Harlan.

— Vous êtes infirmière ou…

Elle lui lança un bref regard.

— Non. Juste formée aux opérations de secours médical.

Elle reporta son attention sur le dénommé Chip.

— Il a une bosse ici, sur la nuque. Crâne a priori intact, mais commotion cérébrale possible.

Elle examina ensuite les yeux du blessé à l'aide d'une petite lampe stylo accrochée à son porte-clés.

— Pupilles réactives. Bon signe.

Le policier geignit faiblement.

— Les secours arrivent. Nous devrions nous retirer pour les laisser travailler, suggéra Harlan.

— Ils ne seront pas assez nombreux pour s'occuper de tout le monde…

D'autorité, il attrapa la jeune femme par le bras et la hissa sur ses pieds.

— Nous allons les gêner… Et rien ne prouve que nous ne risquons plus rien.

Stacy écarquilla les yeux.

— Vous pensez qu'il pourrait y avoir une autre…

— Une autre bombe, oui, admit Harlan. Un surattentat est toujours possible.

— Pour faucher les premiers secours arrivés sur les lieux…, renchérit Stacy.

Elle serra les dents.

— Alors nous ferions mieux de trouver la gouverneure et de la sortir de là vite fait !

Elle détala avant que Harlan ait pu l'arrêter. Il s'élança à sa suite.

— Avant l'explosion, elle se tenait là-bas derrière ! lança Stacy par-dessus son épaule tout en contournant le tas de décombres.

Le regard de Harlan se posa sur une tache bleue émergeant de l'amas de tubes et de planches qui avaient constitué l'estrade. C'était sur celle-ci, entre deux drapeaux officiels, que Lila Lockhart avait annoncé son intention de se présenter à de plus hautes fonctions… Vêtue d'un tailleur bleu clair, oui, effectivement.

— Lila !

Stacy se précipitait.

— Lila, est-ce que vous m'entendez ?

— Je suis coincée sous ce bazar ! répondit la gouverneure

d'une voix étonnamment forte. J'ai dû me cogner la tête, j'ai perdu connaissance pendant quelques secondes…

— Ne bougez surtout pas, intervint Harlan. La blessure pourrait s'aggraver. Vous savez où est Bart ?

— Il était juste à côté de moi…

Une voix masculine, faible, tendue, s'éleva alors derrière Harlan.

— Je suis là.

Harlan se retourna. Sous le souffle de la bombe, un large morceau d'estrade s'était détaché et envolé vers un petit fossé à l'écart.

— Bart ?

— Vol plané et atterrissage pile sur le dos ! Mais je n'arrive pas à redresser mon fauteuil.

— Empêchez la gouverneure de bouger, ordonna Harlan à Stacy avant de courir vers cet autre tas de décombres.

Une chance que le vieil homme ait été projeté loin des gravats. Lui et son fauteuil roulant gisaient dans l'herbe, couchés au bord du fossé.

— Il est sûrement fichu, commenta Harlan en redressant le fauteuil pour libérer les jambes inertes de Bart.

Puis, de sa main droite balafrée, il attrapa un accoudoir.

— Et Lila ? demanda Bart.

— Elle est vivante. Coincée sous les décombres, mais plutôt en forme. Les secours arrivent.

— Qui a fait ça ? Frank Dorian est en taule…

— Je ne sais pas.

Harlan palpa le corps de Bart sans déceler de fracture évidente. Le patron semblait indemne.

— Mal quelque part ?

Bart secoua la tête.

— L'explosion m'a fait décoller comme une poupée de

chiffon, mais j'ai atterri de la même manière, en douceur. C'est sûrement ce qui a épargné mes vieux os…

Harlan examina le fauteuil de plus près. L'impact avait endommagé le panneau de commande, mais les roues et le cadre semblaient intacts, contre toute attente.

— Allez, on remonte dans le fauteuil et on pousse, à l'ancienne !

Il redressa Bart, l'installa sur le siège et en profita pour l'examiner subrepticement une nouvelle fois. Le visage parcheminé était sale et éraflé, mais dénué de blessure inquiétante, Dieu merci.

— Arrête de me regarder comme si j'allais m'évanouir, grommela Bart.

Harlan dissimula un sourire.

— Allons voir comment va Lila.

Le fauteuil fit de la résistance sur le terrain herbeux et inégal, d'autant que Harlan avait de nouveau mal à la main, comme si les éclats d'obus avaient pénétré sa chair à l'instant, et non des mois plus tôt.

Lorsqu'ils arrivèrent près des décombres, Stacy était accroupie près de la gouverneure. Elle scrutait l'enchevêtrement de bois et de métal.

— On dirait que c'est cette poutre qui l'entrave, indiqua-t-elle à Harlan.

Il se baissa à côté d'elle tandis qu'elle pointait du doigt une grosse barre de soutènement calée sous une montagne de débris de toutes tailles. Lila était bel et bien clouée sur place et son espace vital plus que restreint.

— Un grand gaillard comme vous peut sûrement déplacer cette barre ? minauda la gouverneure.

Harlan sourit.

— J'ai bien peur qu'il faille la cisailler pour vous tirer de là.

Surtout avec sa main à demi impotente…

— En l'approchant par l'arrière, peut-être ? suggéra Stacy. Si j'arrivais à ramper sous ces débris qui l'empêchent de se retourner pour en déplacer quelques-uns…

— Pas question que je vous laisse entrer là-dessous !

— Me *laisser entrer* ?

Stacy le considéra d'un air outré.

— La décision ne vous appartient pas, monsieur McClain ! Pour peu qu'une seconde bombe ait été posée…

— Ce n'est sans doute pas le cas.

Mais Stacy continuait :

— Il faut évacuer la gouverneure tout de suite !

Sur ce, la jeune femme recula tout en fouillant des yeux les restes de la structure, en quête sûrement du point d'entrée le plus judicieux.

De deux choses l'une, songea Harlan, cette fille était soit totalement cinglée, soit incroyablement courageuse.

— Là ! Une brèche. En passant par là, je peux atteindre par-derrière les débris qui bloquent la gouverneure, dit-elle en lui jetant un regard teinté de défi.

Ravalant son opinion sur cette idée folle, il s'efforça de réfléchir. Elle avait au moins raison sur un point — le passage choisi offrait vraiment le meilleur angle d'attaque et elle seule, mince comme elle l'était, serait capable de se faufiler dans un boyau aussi étroit.

Malgré tout, ce plan était terriblement risqué.

La gouverneure reprit la parole :

— Stacy, rien ne vous oblige à mettre bêtement votre vie en danger. Ils finiront bien par me tirer de là tôt ou tard. C'est un des avantages du métier…

Stacy se pencha devant le trou pour la regarder.

— Il serait dangereux d'attendre, Lila. Vous devez être évacuée au plus vite.

— Pensez à Zachary, la belle.

L'espace d'une seconde, le visage de Stacy fondit de tendresse et ses yeux sombres se liquéfièrent.

Qui donc pouvait être ce Zachary ? se demanda Harlan.

Mais déjà, Stacy avait repris son sérieux, carrant les épaules, le menton pointé en avant.

— Je peux le faire ! Attendre ne rendra pas plus stable cette montagne de débris, et j'ai sans doute plus d'entraînement au secours en milieu souterrain que n'importe quel urgentiste.

À cet instant, un secouriste surgit justement derrière elle et écarquilla les yeux en découvrant la gouverneure ensevelie sous les décombres. Il s'agenouilla près de Stacy.

— Je ne suis pas sérieusement blessée, enfin je ne crois pas, déclara Lila d'une voix dont la fermeté rasséréna visiblement le sauveteur. Je suis juste coincée.

— J'ai un plan pour arriver jusqu'à elle, ajouta Stacy avant d'expliquer son projet au nouveau venu.

Harlan retint un léger sourire. Cet homme allait assurément lui dire qu'elle avait perdu l'esprit. Et peut-être l'écouterait-elle, lui…

Mais le secouriste hocha la tête.

— Ça devrait marcher, oui. Tant que vous ne déplacez aucun élément qui soutient l'ensemble. Je vais vous trouver un casque et un équipement de protection.

— Le casque oui, mais pas la combinaison, elle me gênerait pour passer.

— Je reviens tout de suite.

Le secouriste partit au pas de course.

— Et moi qui pensais qu'il vous dissuaderait ! maugréa Harlan.

— Il me connaît. J'ai animé un séminaire, il y a deux

mois, pour les pompiers d'Austin sur le sauvetage en milieu souterrain.

Harlan ne put masquer son étonnement.

— Mais *qui* êtes-vous donc ?

Stacy lui décocha un petit sourire.

— Mon père était coordinateur des secours dans les monts Ozark. Avant mon entrée au lycée, j'aidais déjà à remonter des spéléologues en détresse.

— Vous êtes sûre de vouloir faire ça ?

— Oui.

Elle semblait aussi déterminée que tendue.

— Et nous ferions mieux d'accélérer la manœuvre, ajouta-t-elle, ses yeux dérivant vers un point derrière lui.

Harlan pivota pour suivre son regard. Un convoi de camions de la télévision approchait du site.

— Sortez votre sourire le plus confiant, marmonna Stacy. Nous allons devenir des vedettes.

Avisant le secouriste qui revenait un casque sous le bras, elle se précipita à sa rencontre, clairement impatiente de se mettre au travail.

Harlan reporta son attention sur les équipes de télévision. Tout ce bazar allait encore empirer…

Là tout de suite, songea-t-il, *je préférerais être en Irak.*

Tu peux le faire, Stacy. C'est exactement comme une grotte.

Une grotte, peut-être, mais faite de tubes d'acier et de débris de planches de bois… En outre, pour une intervention classique, le casque aurait été équipé d'une lampe frontale qui lui aurait permis de voir au-delà d'un petit mètre devant elle. Celui-ci ne lui servait pas à grand-chose. En outre, il pinçait le sparadrap que le secouriste avait posé sur sa tempe écorchée, juste avant qu'elle se faufile dans les décombres de l'estrade.

— Tout va bien là-dessous ?

La voix grave et traînante de Harlan McClain résonna très loin, alors qu'elle avait rampé sur quelques mètres à peine.

— Jusqu'ici, oui, répondit-elle, au moment où sa paume rencontrait une chose pointue.

Du métal. Une pièce tordue, méconnaissable, parmi les centaines d'autres qui l'entouraient. Si elle n'avait pas vu de ses yeux l'estrade dans toute sa majesté avant le drame, drapée dans les couleurs américaines, elle n'aurait jamais deviné de quoi il s'agissait.

Tout en déplaçant avec précaution quelques morceaux de bois qui lui bloquaient le passage, elle lança à Lila :

— Toujours là, avec moi, gouverneure ?

— Bien sûr, la belle !

Stacy sourit.

— Je suis à dix mètres environ de votre position. Prête pour la photo ?

— Et zut, j'ai laissé mon rouge à lèvres dans mon autre sac !

Quelle femme ! se dit Stacy. *Et c'est elle qui sera peut-être la prochaine présidente des États-Unis…*

Lentement, elle se fraya un chemin à travers les débris en suivant une carte mentale. Tout droit sur environ quatre mètres, puis à gauche sur trois autres mètres. Là, elle serait normalement à portée de la grande pièce métallique qui entravait Lila. Il suffirait alors de dégager un espace suffisant autour pour offrir une voie de sortie à la gouverneure.

— Encore un peu de mou ! lança-t-elle au secouriste.

Le câble de sécurité qui lui sciait la taille se détendit. Elle avança encore un peu avec précaution, et enfin apparurent des boucles blondes ternies par la poussière et les débris de l'explosion.

— Je vous vois, gouverneure !

— J'ai l'air d'une folle, non ?

Stacy pouffa malgré elle.

— Jamais de la vie !

Devant elle, une sorte de poteau courbé selon un angle improbable soutenait encore une vaste portion de l'estrade en équilibre instable. Contournant prudemment l'obstacle, elle tourna à gauche comme prévu et soudain se figea, glacée.

Un petit boîtier électronique était scotché à la poutre qui bloquait la gouverneure, relié par des fils colorés à ce qui ressemblait à des briques orange.

Sur ce boîtier, un voyant clignotait de façon très inquiétante.

— Gouverneure, ne bougez plus. Pas un geste, surtout !

— Qu'est-ce qui se passe ? demanda Lila d'une voix moins assurée qu'un instant plus tôt.

Stacy ne répondit pas immédiatement. Il y avait du mouvement à l'extérieur des décombres : des jambes habillées d'un jean s'avançaient vers la position de la gouverneure. Soudain, le visage rude de Harlan McClain se dessina dans le fouillis de tôle et de bois. Il s'était accroupi, manifestement pour apprécier la situation.

Stacy croisa son regard.

— Un problème ? s'enquit-il.

Elle s'humecta les lèvres. Les journalistes devaient être en train de se presser là-bas dehors. Une parole malheureuse de sa part, et ce serait la débandade générale…

La peur au ventre, elle baissa la voix, veillant à garder un ton aussi calme que possible.

— Il y a un second explosif ici. Un gros. Il faut évacuer la zone. Immédiatement. Sans créer la panique, si possible.

Harlan disparut aussitôt.

Quelques secondes plus tard, on s'agita de l'autre côté de l'enchevêtrement de bois et d'acier — secouristes et badauds suivaient les consignes données par Harlan.

— Sortez de là, souffla Lila d'une voix grave. Zachary a besoin de vous plus que moi.

— Je ne peux pas, gouverneure, rétorqua Stacy à regret.

Si seulement ! Bien sûr que Zachary avait besoin de sa mère, davantage que la plupart des enfants de son âge… Elle était sa meilleure avocate, son admiratrice la plus dévouée.

Mais ce qu'elle voulait ne changeait rien aux faits.

— Les démineurs auront besoin de mon aide ici.

— Parce que vous êtes experte en explosifs, maintenant ? répliqua Lila. D'autres talents cachés dont je devrais être informée ?

— Ce n'est pas ça… Là, il y a un pilier de soutien qui est à deux doigts de s'effondrer en entraînant sur nous l'amas de décombres. J'ai pu le contourner de justesse sans y toucher…

— Qu'est-ce que vous êtes en train de nous dire, au juste ?

Au son de la voix de Harlan McClain, Stacy leva les yeux. Il la fixait d'un air anxieux.

— La gouverneure et moi, nous sommes peut-être assez minces pour ramper hors d'ici sans que tout ne s'écroule sur nos têtes. Mais un homme n'y arrivera jamais. Surtout en tenue de déminage.

Elle ravala la boule d'angoisse qui lui obstruait la gorge avant de conclure :

— Je pense qu'il n'y a aucun moyen de désamorcer cette bombe sans moi.

2

Stacy Giordano n'avait pas tort, trancha Harlan tout en levant les yeux vers la masse compacte de bois et de métal. Celle-ci était posée en équilibre précaire sur le pilier chancelant décrit par la jeune femme. Aucune corpulence plus forte qu'une femme de taille moyenne ne pouvait se faufiler dans l'étroit passage entre ce pilier et le tas de décombres sans que tout ne s'effondre.

Elle apparut dans le trou devant lui, nettement plus crasseuse que quelques minutes plus tôt, et lui tendit son portable. Une photo s'affichait sur le petit écran.

— Voici la bombe.

Il saisit le téléphone en évitant d'effleurer le pilier, se concentra sur l'image et s'efforça de ne pas réagir à la vue des briques de couleur orange reliées à la bombe.

— Semtex, déclara-t-il. De type bon marché, mais ça ne fait pas une grande différence.

— C'est grave, n'est-ce pas ?

Harlan acquiesça.

— Les démineurs sont en route. Ils sauront quoi faire.

Leurs regards se rivèrent l'un à l'autre.

— Sortez de ce fatras, monsieur McClain. Les sauveteurs n'ont pas besoin d'un corps supplémentaire à déterrer.

— Vous aussi, vous devez sortir d'ici.

Elle secoua la tête.

— S'il existe un moyen de désamorcer cet engin, ils auront besoin de moi pour le mettre en œuvre. Plus nous créons de mouvement ici, plus nous risquons de provoquer une catastrophe. Retournez donc vous occuper de M. Bellows.

— Bart va bien. Un de nos hommes est ici, Parker McKenna… Vous le connaissez ?

— Oui. Lui et Bailey viennent de se fiancer.

Quel idiot ! songea Harlan. Le mariage n'était jamais qu'un jeu de dupes.

— Eh bien, il a mis Bart et Bailey à l'abri, ajouta-t-il.

Bailey Lockhart ne voulait pas quitter sa mère, mais Parker l'avait convaincue que la gouverneure serait moins angoissée en sachant sa fille en sécurité.

— Bien. Maintenant, à vous d'aller vous mettre à l'abri…

— Monsieur, veuillez quitter les lieux pour nous laisser travailler !

Harlan se retourna. Agenouillé devant l'entrée du boyau, un policier en uniforme étudiait les gravats, les yeux plissés.

— On ne peut pas aller plus loin, répliqua Harlan avant d'expliquer en quelques mots la situation au policier. Tout ce que vous pourrez tenter pour consolider l'ensemble ne fera que le déstabiliser.

— Qui êtes-vous ?

— Harlan McClain. Je travaille pour la gouverneure.

C'était presque vrai — il était sous les ordres de Bart qui, lui, faisait partie de son équipe rapprochée.

— L'agence qui m'emploie assure la sécurité de la gouverneure, précisa-t-il.

Quelques fioritures ne feraient pas de mal…

Surtout, pour des raisons qu'il était incapable de définir

précisément, il répugnait à laisser Stacy Giordano seule dans ce piège instable.

Il pivota vers elle, mais elle rampait déjà vers Lila Lockhart. Un soupir de frustration lui échappa.

Derrière lui, le policier reprit d'une voix posée :

— Je vais quand même devoir entrer là-dedans, quitte à ne pas dépasser ce pilier de soutien. Il faut que je me rapproche de la bombe pour aider votre amie à la neutraliser.

Bien sûr. Et Harlan, tel qu'il était placé, lui bloquait le passage.

Rebroussant chemin à quatre pattes, il émergea quelques secondes plus tard à l'air libre, au beau milieu de l'équipe de démineurs.

— Il y a tout un amas de débris là-dedans, prêt à s'écrouler, indiqua-t-il à celui qui semblait diriger l'équipe.

Puis il lui tendit le téléphone de Stacy.

— Tenez, c'est une photo de la bombe.

Le technicien fronça les sourcils.

— Semtex, dit-il. Télécommandée, à première vue.

— Ce qui signifie que ce fumier est encore dans les parages, prêt à émettre un signal…

Devant l'air étonné de son interlocuteur, Harlan ajouta :

— Trois missions en Irak.

— Ah…, fit l'autre en hochant la tête. Elle n'explosera pas si on la touche, je pense, puisqu'il n'y a pas de fil de détente apparent. Le mieux serait de faire parvenir une couverture anti-bombe à l'aide de camp…

— Stacy Giordano, murmura Harlan.

— Mlle Giordano pourra détacher l'explosif, qui semble simplement scotché au poteau, et poser la couverture dessus. Nous en avons une équipée d'un brouilleur de fréquences pour bloquer les signaux envoyés à distance.

— S'il nous observe, il risque d'envoyer le signal dès qu'il verra la couverture…

— Alors elle sera dissimulée pour ne pas éveiller les soupçons. Sous une combinaison protectrice, par exemple.

— Je me charge de lui apporter le paquet, proposa Harlan. On se méfiera moins de moi que de vous autres. Et puis, je sais comment fonctionne la couverture, je le lui expliquerai.

Le technicien soupesa un instant sa proposition. Pour finir, il hocha la tête.

— Dites-lui simplement de s'assurer que le côté jaune est dessous.

— Compris.

Sur ce, les secouristes entreprirent de camoufler le sac contenant la couverture entre les plis d'une combinaison. Cela prit du temps. Harlan n'en pouvait plus de patienter. Il balaya frénétiquement des yeux la zone. Étaient-ils observés ?

Des effectifs de police importants maintenaient la foule des curieux à distance respectable de la zone à risque, mais un signal radio venu de très loin pouvait achever le travail à chaque seconde. D'autant que le brouillage d'ondes ne serait que partiel, pour ne pas interférer avec les communications entre les services d'urgence — un scénario catastrophe à éviter à tout prix.

Si bien que, d'ici à ce que Stacy ait emballé la bombe avec la couverture, le plastiqueur avait tout le temps d'agir.

Qu'attendait-il, d'ailleurs ? La gouverneure faisait une cible facile. Pourquoi n'avait-il pas déclenché le second explosif dès qu'il avait compris qu'elle était encore vivante ?

— Parés !

Le technicien coupa court à ses interrogations en lui tendant la combinaison. Après s'être assuré que Harlan tenait fermement la poignée du sac de la couverture qui dépassait d'un pli, il lui intima de retourner dans les décombres.

— De mon côté, je fais le tour pour expliquer à Mlle Giordano ce que nous sommes en train de faire.

Harlan acquiesça, puis rejoignit le boyau d'entrée. Personne d'autre que les secouristes ne pouvant le voir, il posa la combinaison et ne conserva que la couverture anti-bombe pliée dans un sac de nylon grand comme un carton à dessins. Puis il s'achemina aussi vite que possible jusqu'au pilier de soutien.

Stacy l'y attendait déjà, l'explosif posé près d'elle sur l'herbe.

Il n'avait pas envisagé qu'elle ait apporté la bombe. Une bonne idée, sans doute — l'endroit où elle se tenait accroupie était sûrement le plus large qu'elle pouvait trouver sous les vestiges de l'estrade.

— Allons-y en douceur, dit-elle, ses yeux sombres dilatés de peur, mais l'expression très décidée.

Une fois de plus, Harlan ne put qu'admirer sa bravoure.

Il l'aida à faire glisser le sac par l'étroit passage entre le pilier branlant et le champ de ruines qui bloquait l'espace tout autour, en prenant grand soin de ne toucher à aucun moment le pilier.

Une fois le sac dans les mains, Stacy releva les yeux vers Harlan.

— Que dois-je faire ?

— À l'intérieur, vous trouverez une couverture et un encoffrement qui ressemble à un petit collier…

Elle ouvrit le sac et en sortit le matériel.

— Il faut passer ce collier autour de la bombe sans la toucher. Il se ferme à l'aide d'attaches velcro.

Tandis qu'il lui expliquait comment recouvrir l'engin étape

par étape, le calme avec lequel elle suivait les consignes le frappa. Ses mains tremblaient un peu, mais elle réussit à tout faire comme il fallait du premier coup. En un rien de temps, la bombe fut enfouie sous la couverture et le brouilleur de basses fréquences en marche.

Harlan exhala un soupir de soulagement.

— Allez voir maintenant si vous pouvez faire sortir la gouverneure. J'attendrai ici.

Il se retrouva à fixer la couverture bleu marine gisant sur le sol de l'autre côté de l'étroit passage, le front en sueur. Il en avait connu une version plus ancienne en Irak, avec des capacités de brouillage passives et non actives. La plupart du temps, le stratagème avait fonctionné…

Une fois, une seule, il avait échoué. Les cicatrices sur sa main droite en attestaient — ainsi qu'un certificat de démobilisation honorable des marines se résumant à : *Merci pour tout, et maintenant, du balai !*

Une certaine agitation perça du côté où Stacy avait disparu. Une poignée de secondes plus tard, le visage blême et transpirant de la gouverneure apparut dans la trouée. Elle eut un sourire bref en le voyant qui la regardait.

— Vous êtes diablement plus séduisant que dans mon souvenir, dit-elle avec un petit rire enroué.

— Alors il faut vous faire examiner d'urgence, répliqua Harlan sur le même ton.

Il était soulagé que la gouverneure soit capable de se déplacer seule.

Fermant la marche, Stacy semblait anéantie, à croire que seule sa détermination inébranlable à extraire la gouverneure des décombres l'avait aidée à tenir le coup durant la dernière heure.

Lila contourna avec précaution le pilier précaire, puis

un secouriste se faufila jusqu'à elle pour la prendre en charge et la sortir de là.

Harlan reporta alors son attention sur Stacy. Elle tanguait dangereusement vers le pilier. Il la rattrapa de justesse. Les doigts de la jeune femme accrochèrent sa chemise, leurs yeux se rencontrèrent…

D'un coup, l'air du réduit se réchauffa, devenant si explosif que Harlan craignit, l'espace d'une seconde folle, que cela suffise à déclencher la bombe qu'ils venaient de neutraliser avec tant de soin.

Puis Stacy reprit son équilibre et le lâcha. La tension ambiante s'allégea à peine. Elle le remercia d'une voix enrouée avant de le précéder vers l'ouverture.

À l'extérieur, ils furent aussitôt entourés de policiers qui les guidèrent à vive allure vers une voiture de patrouille garée à distance respectable, en sécurité. Stacy referma la main sur le bras de Harlan, rallumant instantanément les étincelles entre eux.

— Ma place est auprès de la gouverneure…

Harlan baissa les yeux sur ses doigts. Des doigts fins, menus, aux ongles manucurés quoique très abîmés par les épreuves des dernières heures.

Il se remémora la première fois qu'il l'avait vue, un peu plus tôt dans la journée, alors qu'elle aidait la gouverneure à préparer son annonce. Elle arborait alors tous les attributs de la parfaite aide de camp : strict chemisier gris perle, veste plus foncée, boutonnée jusqu'au col et assortie au pantalon, cheveux maintenus en un chignon bas. Rien qui ne dépassait… Tout en discrétion. À des années-lumière de la lionne qui venait de sauver une dizaine de vies au bas mot par son acte de bravoure et en ressortait les cheveux tout emmêlés et le chemisier souillé de boue et de sang.

Il se pencha un peu vers elle.

— Ils ne vous laisseront pas l'approcher avant de l'avoir examinée. Et elle aura droit à toute la palette de tests. Mieux vaut nous débarrasser d'abord des déclarations à la police, vous ne croyez pas ? Nous serons de retour à l'hôpital bien avant qu'ils la libèrent.

La suite lui donna raison. La police comprit assez vite que Harlan et Stacy n'avaient pas grand-chose à ajouter au récit des événements déjà exposé par Parker McKenna et Bart Bellows.

Harlan se posait en réalité les mêmes questions que les enquêteurs sur l'attentat. Notamment, pourquoi un explosif à impact aussi faible ? Celui-ci avait certes détruit l'estrade et projeté des éclats mortels sur les spectateurs les plus proches, mais son rayon d'action avait été somme toute modeste…

Une autre énigme le tracassait. Stacy la formula à voix haute alors qu'ils roulaient vers l'hôpital, installés à l'arrière d'une voiture de police.

— Pourquoi la deuxième bombe était-elle beaucoup plus puissante que la première ?

Bonne question…

— Elles étaient peut-être censées exploser en même temps ? Et quelque chose aura bloqué le signal vers la deuxième…, suggéra-t-il. Les démineurs nous en diront davantage.

— Peut-être.

Stacy ne semblait guère convaincue.

— Des nouvelles de l'hôpital ? s'enquit-elle.

— Aucune.

— J'espère que tout va bien là-bas, soupira-t-elle, les yeux tournés vers le campus de l'université du Texas qu'ils longeaient.

De profil, elle semblait pâle et fragile, mais Harlan

la savait désormais infiniment plus solide qu'elle n'en avait l'air.

— Et vous, vous avez pu joindre Zachary ? demanda-t-il, dans l'espoir qu'elle lâcherait le morceau sur l'identité de ce mystérieux Zachary.

Elle lui jeta un regard circonspect.

— Oui. Il n'était pas au courant des événements, il n'était donc pas inquiet.

— Bien, bien..., fit Harlan.

Mais il était plus que perplexe. Comment quelqu'un pouvait-il avoir raté la nouvelle de l'attentat au Capitole du Texas ? Ce quelqu'un ne devait avoir ni télé, ni radio, ni accès Internet...

À l'hôpital, Parker McKenna les attendait dans le hall.

— Nous sommes tous là-haut, dans l'attente de nouvelles, expliqua-t-il en les précédant vers l'ascenseur. Ils ont effectué plusieurs tests. Jusqu'ici tout va bien. Ils penchent pour une légère commotion cérébrale. Elle devrait passer la nuit ici en observation.

— Et Bart ? s'enquit Harlan.

— Lui aussi. Pas de blessure grave a priori. Un vrai miracle, si tu veux mon avis !

Il pressa une touche dans la cabine avant d'ajouter :

— Ils installeront Lila dans une chambre individuelle dès que les tests seront terminés. Nous restons groupés dans la salle d'attente du quatrième étage jusqu'à ce qu'ils l'amènent là-haut.

À leur arrivée dans la salle les sœurs Lockhart, qui discutaient dans un coin, relevèrent la tête. Les yeux de Bailey s'illuminèrent à la vue de son fiancé, ceux de Chloé, très bleus, s'étrécirent en se posant sur Harlan. Elle n'était pas exactement sa plus grande fan depuis qu'il avait travaillé comme garde du corps auprès d'elle, quelques mois plus tôt.

— Tiens ! Dirty Harry en personne…

— Ravi de te revoir, Chloé. Jolie coiffure.

La main de Chloé s'éleva vers ses épis striés de rose, dans un geste défensif.

— J'avais besoin de changement.

Bailey se défit de l'étreinte de Parker pour toucher le bras de Stacy.

— Maman nous a raconté ce que vous avez fait pour elle là-bas. Je ne sais comment vous remercier…

— Remerciez plutôt les démineurs d'Austin, bafouilla Stacy, visiblement gênée.

— Bien sûr, mais je vous suis tellement reconnaissante… Y a-t-il quoi que ce soit que je puisse faire pour vous ?

— Il faut que je m'occupe de réserver des chambres pour ceux qui passeront la nuit à Austin, murmura Stacy.

À son expression, elle n'avait aucune envie d'endosser ce rôle d'assistante pour l'entourage de la gouverneure. Il faisait néanmoins partie de son travail, à n'en pas douter, et l'attentat avait évidemment compromis le projet initial du petit groupe de sauter dans le jet privé de la gouverneure pour regagner la base de Freedom, Texas.

— Laissez-moi m'en charger, proposa Chloé d'une voix douce qui prit Harlan au dépourvu.

Il était plus habitué aux sarcasmes de la cadette de la gouverneure.

— Non, fit Stacy assez sèchement.

À tel point que Chloé tressaillit.

Visiblement horrifiée par sa propre brusquerie, Stacy se reprit aussitôt.

— Pardon… Je suis encore un peu sous le choc, je crois…

— C'est compréhensible, la rassura Chloé d'un ton compatissant.

— J'ai ce qu'il faut pour régler ces détails par téléphone. Et puis, la diversion me fera du bien.

Stacy esquissa un faible sourire à l'adresse des deux sœurs, puis elle passa sur la terrasse, referma la porte-fenêtre avec soin derrière elle et sortit son téléphone.

Harlan la suivit du regard. Elle avait le teint vraiment pâle, et il en fut un peu alarmé. Peut-être que sa blessure à la tête n'était pas une simple égratignure. Elle pouvait aussi bien souffrir d'une hémorragie interne. Les secouristes avaient à peine pris le temps de lui poser un pansement…

— La police t'a donné de nouvelles infos ?

La question de Parker ramena brutalement Harlan à d'autres réalités. Il entraîna Parker à l'écart avec un regard d'excuse vers Bailey.

— Je lui rapporterai mot pour mot cet échange tout à l'heure, tu sais, murmura Parker.

Harlan se retint de lever les yeux au ciel. La moitié des agents du CSI étaient englués dans une relation sentimentale ces temps-ci ! Une véritable épidémie, à laquelle il comptait fermement échapper. Son ex-femme l'avait immunisé avec une efficacité redoutable contre le virus de l'amour. Il se promit de la remercier à l'occasion, dès qu'il se déciderait à lui adresser de nouveau la parole.

— Les filles de la gouverneure n'ont pas besoin de nous entendre nous interroger sur qui veut éliminer leur mère et pourquoi, répliqua-t-il. La situation est déjà assez effrayante.

— C'est peu de le dire, grogna Parker. Je pensais que tout était fini depuis qu'on avait mis la main sur Frank Dorian.

— Quelle probabilité pour qu'il ait un complice dont nous ignorons tout ?

— Crois-moi, j'ai envisagé moi aussi cette hypothèse. Mais elle n'a aucun sens. Le mobile de Dorian était purement personnel. On l'imagine mal transmettre son obsession à un terroriste quelconque déniché dans l'annuaire…

Parker avait raison. Frank Dorian en voulait à Lila Lockhart de ne pas avoir gracié son frère condamné à mort. Leur mère éplorée n'avait pas survécu à l'exécution, et Dorian imputait aussi à Lila son décès. Sa décision de lui régler son compte n'avait rien de politique, et son arrestation avait mis un terme aux menaces dont il abreuvait la gouverneure et ses proches.

Cette piste-là était donc une impasse. Ils n'avaient aucune idée de l'identité du type qui venait de poser deux bombes au Capitole du Texas, faisant plusieurs morts et davantage encore de blessés, dont quelques-uns dans un état grave.

Pour quel motif ? se demanda Harlan encore une fois. Parce que Lila Lockhart avait décidé qu'elle souhaitait servir son pays autrement ? Pas plus ?

Ce monde était complètement fou.

Son regard dériva vers la grande baie vitrée. Stacy Giordano ne parlait plus au téléphone, elle était assise sur un des trois bancs entourant un grand conifère en pot, dos à la fenêtre. Ses épaules affaissées, sa tête basse la faisaient paraître si petite et fragile…

L'angoisse serra la gorge de Harlan.

— Est-ce qu'elle va bien ? s'enquit Parker, qui avait manifestement suivi son regard vers la terrasse.

— Elle avait une égratignure sur la tempe, jugée superficielle par l'urgentiste…

Bien sûr, dans ce chaos, le temps avait manqué pour un examen plus approfondi.

— Je vais prendre de ses nouvelles, annonça Harlan.

Lorsqu'il émergea sur la petite terrasse du quatrième étage, Stacy se retourna pour voir qui dérangeait ainsi sa solitude. Enchâssés dans son visage blême, ses yeux paraissaient démesurés, hantés.

— Il est arrivé quelque chose ? demanda-t-elle, un soupçon de panique dans la voix.

— Non. Je venais juste voir si vous alliez bien.

Il s'assit sur un autre banc, refoulant l'envie de prendre ses mains dans les siennes.

— Vous semblez fatiguée…

— Rude journée, reconnut-elle avec une pointe d'humour désabusé.

— Un cauchemar, renchérit Harlan. Avez-vous réussi à passer tous vos coups de fil ?

— Je crois, oui. J'aimerais juste être chez moi à l'heure qu'il est.

— Regret partagé par votre mari, je présume ?

Il se mordit la lèvre. Les mots lui avaient échappé. Il était allé malgré lui à la pêche aux informations…

— Non, répondit-elle avec une grimace. Il n'y a pas de mari.

— Désolé, marmonna Harlan.

Elle esquissa un sourire dénué de joie.

— Il n'y a pas de quoi s'en désoler non plus.

Une autre guerrière tombée sur le champ de bataille conjugal, conclut Harlan. Le danger n'en était que plus grand…

Le sourire de Stacy s'évanouit aussi vite qu'il était venu.

— A-t-on un bilan officiel des victimes ?

Harlan secoua la tête.

— J'ai trouvé deux personnes décédées sur place. Et au moins deux autres qui semblaient en très mauvais état.

Le menton de Stacy se mit à trembler.

— Bon sang !

L'envie le prit de serrer la jeune femme dans ses bras. Une envie puissante et d'autant plus surprenante que sa nature ne le portait pas aux démonstrations d'affection. Offrir une tasse de thé, une oreille compatissante, ce n'était pas son truc. Mais la vulnérabilité de Stacy Giordano le touchait au cœur. Il avait besoin de la consoler, et cela lui fit soudain très peur.

— Je ferais mieux d'aller voir si Lila souhaite me parler, annonça Stacy.

Mais en quittant le banc elle flancha, comme si le mouvement lui faisait mal. Par réflexe, Harlan referma les doigts sur son bras pour la stabiliser. Elle leva vers lui un regard interrogateur. Aussitôt, une troublante onde de chaleur le parcourut. Il retira vivement sa main, passablement perturbé par ses réactions vis-à-vis de cette femme.

La baie vitrée de la salle d'attente coulissa, et Parker les héla, la mine grave.

— Je viens de recevoir un appel de Wade. Frank Dorian est mort.

3

Le lendemain matin, la gouverneure resta pendue au téléphone pendant l'essentiel du trajet en avion vers Freedom. Stacy pu ainsi décompresser après les événements des vingt-quatre dernières heures.

La nuit d'hôtel à réserver pour chaque membre de l'équipe de Lila l'avait occupée une bonne partie de l'après-midi, et la nouvelle du décès en prison de Frank Dorian, avec ses conséquences, avait animé son début de soirée — Parker McKenna et Harlan McClain, en contact constant avec leurs homologues du bureau du CSI à Freedom, relayant à mesure les informations qui filtraient.

Tous les indices convergeaient vers le suicide, Dorian ayant bricolé un nœud coulant avec sa combinaison de détenu pour se pendre aux barreaux de sa cellule. Mais les agents du CSI avaient été choisis par Bart Bellows pour leur rigueur et leur professionnalisme. Un contact au sein de la police de Freedom les tenait informés de l'évolution de l'enquête, et le moindre élément suspect dans ce décès serait aussitôt pris en compte et analysé pour établir un lien éventuel avec l'attentat contre la gouverneure.

Au fil de la soirée, Stacy avait été de plus en plus impressionnée par Harlan et Parker. Elle savait par Bailey que le CSI était composé d'anciens soldats. Parker avait été capitaine dans l'armée, et cela se voyait — il avait largement contribué à maintenir calme et rigueur dans l'entourage de la gouverneure.

Quant à Harlan, difficile de dire dans quelle branche de l'armée il avait servi. Ses cheveux châtains étaient coupés ras, mais c'était le cas chez la plupart des anciens militaires que Stacy côtoyait. Il affichait une solide musculature, ainsi qu'elle l'avait découvert en s'effondrant presque dans ses bras après avoir trébuché en quittant la zone des décombres. Clairement, il s'était maintenu en forme depuis son retour à la vie civile.

Il sentait bon, aussi, songea-t-elle, même en sueur après une frayeur pareille. Pas l'eau de toilette, au contraire de tant d'autres, à commencer par son ex-mari, mais un mélange très naturel d'eau et de savon, une odeur légère, propre, qui n'aurait sûrement pas dégagé la même virilité chez un autre homme.

Harlan McClain était masculin jusqu'au bout des ongles. La façon dont il avait pris la situation en main après l'explosion ne trompait pas. Il avait accouru auprès des blessés, délégué l'autorité à d'autres lorsque cela s'imposait et s'était immédiatement proposé pour la seconder quand ils avaient découvert la gouverneure ensevelie sous les décombres.

Quelle différence avec son ex-mari, Anthony, plus enclin à réfléchir indéfiniment qu'à agir…

— Hâte de revoir Zachary ? lui lança Lila, ramenant son attention sur la cabine du petit jet.

— Oui, répondit-elle, quand bien même une partie d'elle-même redoutait de retrouver son fils après cette nuit passée à l'improviste loin de la maison.

Zachary détestait les entorses à sa routine. Il avait sûrement donné du fil à retordre à cette pauvre Charlotte. Mais au moins, un caprice était une façon de réagir, et

Stacy enviait presque Charlotte. Lorsque Zachary était immergé dans son petit monde — ce qui se produisait fréquemment —, il remarquait à peine la présence de sa mère.

Ils atterrirent à Freedom peu après 7 heures. Stacy s'attarda quelques minutes avec la gouverneure, le temps de passer en revue les modifications de planning provoquées par les événements d'Austin et de prévoir une ou deux interviews télévisées pour faire savoir aux Texans que leur élue était prête à achever son mandat avec sa vigueur et son allant habituels.

Après quoi, Lila lui donna congé pour le restant de la matinée, en lui demandant simplement de revenir au ranch pour le déjeuner.

— J'ai un autre sujet à aborder avec vous…

Refoulant une pointe de curiosité, Stacy gagna à pied la dépendance du ranch qu'elle occupait avec son fils.

Charlotte aidait Zachary à chercher une paire de chaussettes pour aller à l'école. Elle parut surprise de la voir.

— Comment la gouverneure a fait pour que l'hôpital la laisse sortir si tôt ?

— Tu la connais, quel médecin lui résisterait ?

Sur ce, Stacy sourit à Zachary. Il leva les yeux vers elle une seconde avant de les détourner avec indifférence.

Il se remit aussitôt à fouiller le tiroir pour mettre la main sur ses chaussettes. Les bleues, comme tous les mardis.

Un grand froid envahit la poitrine de Stacy. Un an et demi déjà qu'elle tentait de se faire une raison, mais rien à faire, elle ne s'habituerait jamais au handicap de Zachary. Elle avait consacré tous ses loisirs à effectuer des recherches sur le syndrome d'Asperger. Livres, blogs, articles rébarbatifs de revues spécialisées et témoignages poignants dans la presse magazine de parents d'*aspies*, du nom que se donnaient les personnes atteintes de ce syndrome. Elle avait ainsi trouvé un certain réconfort dans un blog tenu par une jeune étudiante aspie qui semblait avoir les pieds sur terre en dépit d'une expérience du quotidien très différente. Mais, au bout du compte, Stacy avait dû se rendre à l'évidence : la vie avec son merveilleux petit serait une suite de défis sans fin.

Il éprouverait les pires difficultés à se faire des amis. Il ne tomberait peut-être jamais amoureux, n'aurait pas de compagne pour partager sa vie. Il trouverait un travail… Ou pas.

Stacy se battrait de toutes ses forces pour l'aider à réaliser son potentiel, mais ce potentiel restait pour l'heure une inconnue, puisqu'il était à peine assez grand pour lacer seul ses chaussures…

— Le cheval arabe a le chanfrein concave, annonça-t-il, les yeux rivés au tiroir des chaussettes.

Il y plongea la main, en retira une paire bleue qu'il enfila sur ses petits pieds sans exprimer le moindre triomphe.

— Le Morgan est la première race de chevaux américaine à avoir survécu jusqu'à aujourd'hui.

— Il a encore relu son manuel sur les chevaux ? demanda Stacy à Charlotte.

Celle-ci acquiesça, agitant son épaisse chevelure rousse.

— Il a beaucoup insisté pour me le lire au coucher. Sa lecture devient proprement stupéfiante.

— Il a sûrement été déçu de manquer sa leçon hier…

Depuis quelques semaines, Stacy l'emmenait le lundi et le jeudi au Long K Ranch, où Lindsay Kemp proposait des leçons d'équitation pour enfants handicapés. Dans son cas, les problèmes étaient d'ordre psychologique plus que physique, mais ces séances s'étaient révélées une excellente thérapie. Zachary adorait les chevaux au point de faire l'effort d'interagir avec Lindsay pour apprendre à les gérer.

Stacy poussa un soupir intérieur. Peut-être pourrait-elle l'emmener en douce aux écuries de la gouverneure durant la semaine ? Un des palefreniers, Trevor Lewis, avait déjà laissé Zachary monter un des chevaux les plus dociles à plusieurs reprises. Il semblait connaître le syndrome d'Asperger — un de ses cousins en était affecté. Il ne se formalisait pas des manies de Zachary.

— Charlotte, je finirai moi-même de le préparer pour l'école. Pars la première, je sais que tu dois arriver sur place en avance.

Charlotte enseignait dans une école garderie très réputée, destinée aux enfants présentant des troubles d'apprentissage. L'existence de cette école avait emporté la décision de Stacy alors qu'elle hésitait à accepter l'offre d'un poste auprès de la gouverneure. Tous les témoignages recueillis concordaient, Zachary ne pouvait espérer meilleur cadre d'apprentissage.

À cette occasion, elle en avait pris conscience : son fils devenait peu à peu l'unique critère motivant ses choix de vie.

En ce sens, Charlotte était un don du ciel. Dès qu'elle avait pris connaissance du cas de Zachary, l'éducatrice s'était plongée dans l'étude du syndrome et des meilleures méthodes pour pallier le manque de sociabilité et préparer au mieux Zachary à l'entrée en primaire.

La primaire… Stacy n'était pas certaine de pouvoir se projeter aussi loin dans le temps.

— Il a pris son petit déjeuner, mais ne s'est pas brossé les dents, l'avertit Charlotte. Son déjeuner est déjà dans le sac…

Sur une impulsion, Stacy attira la jeune femme dans ses bras.

— Comment te remercier ?

— Viens donc un jour à l'école donner deux heures de ton temps, et nous serons quittes ! lança Charlotte en souriant. Ça m'intéresse de passer du temps avec Zachary, pour l'occuper au mieux ensuite pendant le temps scolaire. Un stage pratique, en somme…

Stacy la raccompagna jusqu'à la sortie.

— Je dégagerai un créneau dès que j'aurai réussi à remettre la gouverneure sur les rails de la routine.

— Ce ne sera pas une mince affaire, j'imagine ?

— En effet, reconnut Stacy.

— Alors ? Qu'est-ce que tu en penses ?

Gagné par l'impatience, Harlan se pencha sur l'épaule de Vince Russo qui s'obstinait à garder le silence. Ancien commando de la marine américaine, Vince était le spécialiste en explosifs du CSI. Si quelqu'un pouvait leur fournir des informations intéressantes sur la bombe non explosée découverte par Stacy sous les décombres, c'était lui.

— À mon avis, c'est un engin explosif improvisé du style de ceux qu'on trouve en Irak. Ni plus ni moins.

Harlan relâcha son souffle. Il était arrivé à la même conclusion, en dépit d'une expérience moindre que celle de Vince qui avait posé — et désamorcé — des dizaines de bombes pendant son service en Irak.

— Tu pourrais m'en dire un peu plus ?

— Marque de téléphone très commune, on en trouve partout en Amérique. Les flics localiseront peut-être le propriétaire…

Vince leva les yeux vers Harlan.

— Mais c'est peu probable. La bombe est bricolée

maison. Pour autant, le gars savait ce qu'il faisait. C'est un miracle qu'elle n'ait pas sauté avant l'intervention des démineurs.

— Je me posais justement la question…

La porte de la salle de réunion s'ouvrit, et Bart Bellows fit son entrée, accompagné de Parker McKenna qui poussait son fauteuil roulant.

Vince et Harlan se levèrent tous deux pour aller serrer la main de leur patron. Celui-ci avait les traits tirés.

— Vous ne devriez pas être à l'hôpital ? s'enquit Harlan, inquiet.

— Diable ! Si Lila peut trouver un moyen de s'échapper, je ne vais sûrement pas traînasser à Austin toute la journée !

Bart braqua son regard bleu acéré sur Harlan et désigna d'un geste le coin de la pièce.

— Un mot, McClain.

Harlan fit rouler le fauteuil à l'écart des autres agents.

— Qu'est-ce qui se passe ?

— La gouverneure m'a demandé de t'amener au ranch pour le déjeuner, répondit Bart.

— Pourquoi ?

— Je pense qu'elle tient à te remercier en personne.

Harlan secoua la tête.

— Je n'ai pas fait grand-chose. C'est son aide de camp qui a rampé sous les gravats pour la sauver.

Stacy Giordano ne quittait plus ses pensées depuis la veille. Son courage, son cran l'avaient ébloui — mais c'était son visage blême qui le hantait depuis qu'il l'avait laissée à l'hôpital pour reprendre la route de Freedom. Il ne savait rien d'elle, ou si peu, mais son travail semblait écrasant de pression.

Stop ! Ce n'est pas ton problème. Tu en as déjà suffisamment !

— Peu importe. Elle a réclamé ta présence, donc tu iras. Cette femme pourrait bien devenir le prochain président des États-Unis, et on ne dit pas non à une personne susceptible d'endosser un jour de tels pouvoirs.

— Soit. J'ai gagné un déjeuner gratuit.

Ce serait un réel plaisir d'avaler quelque chose qui ne sorte pas directement d'une boîte de conserve ou d'un micro-ondes.

Bart hocha la tête d'un air satisfait et fit rouler son fauteuil vers les autres agents. Ils étaient en train d'étudier la bombe de près, penchés sur l'ordinateur de Vince.

— Le procédé est assez typique de la façon de faire d'al Antqam il y a quelques années, disait celui-ci.

— Al Antqam ? répéta Bart.

— Les Fils de la Vengeance, sauf erreur, répondit Harlan, les yeux rivés à l'écran. Une secte particulièrement cruelle de la province d'Anbar, qui nous a créé pas mal d'ennuis pendant un moment.

— Je sais tout ça, murmura Bart d'une voix rauque.

Harlan se redressa. Le vieil homme était devenu pâle comme la mort.

— Bart, vous vous sentez bien ?

Leurs regards se croisèrent.

— Très bien.

Bart fit pivoter son fauteuil vers la sortie et poussa sur les roues.

— Je serai de retour vers 11 h 30 pour te conduire au ranch de la gouverneure ! lança-t-il par-dessus son épaule.

Parker se dépêcha d'aller lui ouvrir la porte et l'accompagna jusqu'à l'ascenseur.

— Qu'est-ce qui lui prend ? s'enquit Vince.

— Aucune idée, marmonna Harlan.

De Bart, il ne connaissait que l'essentiel — un vétéran

du Vietnam devenu agent de la CIA, puis marchand d'armes, qui avait revendu son entreprise d'une valeur de plusieurs milliards. Des informations en libre accès sur Internet…

Parker revint peu après, visiblement troublé lui aussi.

— Bart aurait peut-être dû rester à l'hôpital. Ses mains tremblaient.

— Qu'est-ce que tu sais de son passé, toi ? demanda Harlan.

— Seulement ce qu'il m'en a dit quand il m'a engagé. Trois fois rien.

— Pareil pour moi, renchérit Vince.

— À mon avis, il n'est pas malade, avança Harlan. C'est notre discussion qui l'a perturbé.

— De quoi parlions-nous ? De la bombe ?

— Nous parlions d'al Antqam.

Harlan se remémora sa voix changée répétant : al Antqam ? Il avait cru à une simple question de sa part, mais…

— Eh bien, tu vas pouvoir lui poser directement la question tout à l'heure au déjeuner, reprit Vince en haussant les épaules.

Harlan en avait la ferme intention. Mais, lorsque la longue Cadillac noire de Bart se présenta devant le QG de l'agence, son patron ne se trouvait pas à l'intérieur.

— Où est Bart ? demanda Harlan au chauffeur en se glissant sur le siège passager.

— Il est parti au ranch en avance pour s'entretenir avec la gouverneure.

Le chauffeur, un ancien cow-boy aux cheveux grisonnants nommé Dalton Hicks, attendit qu'il ait bouclé sa ceinture pour se réinsérer dans le trafic, assez léger à cette heure.

— Il a dit qu'il vous attendrait là-bas, ajouta-t-il.

Le Twin Harts Ranch était une exploitation bovine encore en activité — Harlan le savait pour avoir entendu Bailey Lockhart en parler. Qui l'aurait deviné pourtant, en découvrant l'imposante villa blanche de la gouverneure ? Deux colonnes d'un blanc immaculé flanquaient le portique. Une longue véranda extérieure, ombragée par un alignement de colonnes identiques et tout aussi imposantes, courait sur presque toute la longueur des façades de la maison…

— Joli, hein ? commenta Hicks d'une voix traînante en se rangeant devant l'entrée. Attendez un peu d'avoir vu l'intérieur !

Harlan se déplia hors de la Cadillac. L'étroit chemin en marbre poli menant à la porte lui donna presque envie de retirer ses boots poussiéreuses pour ne pas ternir la surface brillante.

Pas de sonnette en vue. Il cogna donc le lourd battant de cuivre contre le bois blanc, mais avec précaution. Deux carreaux vitrés lui renvoyaient le reflet de son visage, l'empêchant de distinguer l'intérieur. Un bruit de pas feutrés lui parvint, et la porte s'ouvrit.

À sa grande surprise, la gouverneure en personne apparut devant lui.

— Bienvenue, monsieur McClain. Ravie de vous revoir.

— Est-ce bien prudent de venir ouvrir vous-même ? fit-il remarquer, presque malgré lui. On vient juste d'attenter à votre vie…

Elle haussa les épaules et lui fit signe de la suivre à travers le grand hall, vers un couloir à peine plus étroit.

— J'ai vu que c'était vous. Et le vitrage de la porte est blindé.

Ses lèvres s'incurvèrent.

— Les membres de ma garde rapprochée vous

surveillent depuis votre entrée sur les terres du Twin Harts, il y a dix minutes.

Il aurait dû s'en douter. Comment une femme dotée d'un tel pouvoir et d'une liberté de ton aussi pugnace pourrait-elle tracer sa route dans le milieu volcanique de la politique sans s'entourer de précautions ?

Lila Lockhart le conduisit dans un salon agréable, garni de meubles anciens en bois sombre et de tapis colorés. Le lambris mural égayait cette ambiance rustique, aux antipodes du raffinement européen des façades extérieures du ranch.

Une personnalité aux multiples facettes, songea Harlan comme les occupants de la pièce se tournaient vers lui.

Bart Bellows était bien là, son fauteuil calé devant l'imposante cheminée habillée de pierre de rivière et dans laquelle des flammes dorées léchaient doucement un tas de petit bois. Il sourit à Harlan sans mot dire, comme s'il détenait un secret croustillant.

Près de lui, un homme blond vêtu d'un costume strict surveilla l'approche de Harlan avec une lueur étrangement calculatrice dans ses yeux bleus.

Et dans le fauteuil voisin de l'inconnu se tenait Stacy Giordano, vigilante, manifestement un peu tendue.

— Stacy, tu te souviens certainement de M. McClain, lança la gouverneure, indiquant d'un geste à Harlan le petit sofa placé en face de la jeune femme.

Alors qu'il s'installait, Stacy lui décocha un bref sourire qui métamorphosa ses traits comme si un rayon de soleil était tombé sur son visage. Mais le sourire s'évanouit très vite, et elle braqua de nouveau son regard sur Lila, qui avait pris place à côté de lui sur le sofa.

— Je vous présente Greg Merritt, ajouta la gouverneure

en désignant l'inconnu. Mon futur directeur de campagne. Greg, voici l'homme dont je vous parlais, Harlan McClain.

Merritt se leva et tendit la main à Harlan.

— Enchanté, monsieur McClain, déclara-t-il avec une pointe d'accent nasillant du Texas. Vous avez contribué à sauver la vie de la gouverneure hier, nous vous en sommes tous infiniment reconnaissants.

— Appelez-moi Harlan, dit-il, gêné de cet éloge, lui qui avait fait si peu en comparaison de Stacy.

Avant qu'il ait pu protester, la gouverneure intervint.

— Je vous dois beaucoup, monsieur… Harlan, rectifia-t-elle avec un sourire qui se fit plus chaleureux encore en se posant sur Stacy. À vous aussi, ma jolie. Je n'oublierai pas ce que vous avez fait pour moi. Mais ce n'est pas l'unique raison de ce déjeuner auquel je vous ai conviés tous les deux aujourd'hui.

Elle inspira profondément, comme pour se cuirasser avant l'annonce qu'elle s'apprêtait à faire.

Le regard de Stacy, surpris et un peu inquiet, capta celui de Harlan une fraction de seconde.

— Dans deux semaines, je compte donner mon premier gala officiel de levée de fonds pour ma campagne présidentielle. Je demanderai à cette charmante Carrie Rivers de revenir chanter pour nous à cette occasion.

Le visage de Lila Lockhart s'illumina.

— Ce sera une fête grandiose, à l'image du Texas ! Comme de juste, Stacy se chargera de l'organisation des festivités, avec son efficacité coutumière…

Dans les yeux de Stacy, l'appréhension vira soudain à la panique.

— Et vous, Harlan, vous serez responsable de la sécurité.

Malgré lui, Harlan fixa de nouveau Stacy. En temps normal, dorloter la gouverneure et sa cour de supporteurs n'aurait pas figuré dans sa liste de missions alléchantes. Néanmoins, il fallait l'avouer, la récente tentative de meurtre contre Lila pimentait un peu la chose.

Et surtout, travailler main dans la main avec la mystérieuse et très intrigante aide de camp de la gouverneure… Voilà qui représenterait un défi, un vrai.

4

— Je veux monter à cheval, maman !

Posant sa pile de notes, Stacy se tourna vers son fils, qui la fixait avec dans ses yeux très bleus une lueur de détermination farouche qu'elle commençait à bien connaître.

— Zachary, je te répète que je dois travailler cet après-midi.

Elle avait déjà une chance folle de pouvoir rester chez elle pour cela lorsque c'était nécessaire, cette dépendance du Twin Harts où elle logeait avec son fils se trouvant à peine à quelques minutes de marche du bureau de la gouverneure situé dans la villa principale.

— Je devais monter lundi, mais tu as changé le programme.

Il semblait réellement lui en tenir rigueur.

— Oui, j'ai changé le programme. Et je t'ai expliqué pourquoi, n'est-ce pas ? Mme Lila a dû se rendre au Capitole, et j'ai dû l'accompagner. Tu te rappelles ?

Ensuite, tout a volé en éclats, littéralement, et maintenant je vais travailler avec un ancien militaire aux épaules aussi larges que musclées, aux yeux bruns fondants, auquel je n'arrête pas de penser...

— Tu as changé le programme, et je n'ai pas pu monter ! répéta Zachary.

— Je t'emmènerai voir Mlle Lindsay demain. Pour ta leçon habituelle.

Le petit visage rond de Zachary se rembrunit un peu plus.

— Tu dois m'emmener deux fois par semaine ! Je dois prendre une leçon avant demain.

Les inflexions vocales et la prononciation étaient encore celles d'un enfant de cinq ans, mais les mots choisis, la structure des phrases allaient bien au-delà. C'était l'un des multiples indicateurs du syndrome d'Asperger. Comme cette obsession tenace pour les chevaux…

Certains aspies devenaient obsédés des jeux vidéo. D'autres se focalisaient sur les avions, les trains ou les voitures. La passion de Zachary pour les équidés remontait à son troisième anniversaire, quand il avait reçu de ses grands-parents paternels un cheval à bascule. Stacy commençait alors tout juste à prendre conscience que son fils si beau et si brillant n'était pas comme les autres.

Le diagnostic était tombé quelques semaines plus tard — Asperger. Pendant près de trois mois, elle et son ex-mari, Anthony, s'étaient rebiffés, essayant de trouver une autre explication rationnelle aux troubles du développement de Zachary. Mais tous les signes étaient là et, en fin de compte, il avait bien fallu se rendre à l'évidence. Son fils n'aurait jamais la vie dont elle avait rêvé le jour où elle avait découvert qu'elle était enceinte.

Elle avait accepté la réalité. Pas Anthony.

— Écoute, dit-elle en posant sur son fils un regard enamouré, je vais voir si M. Miller peut s'occuper de toi aux écuries de Mme Lila, d'accord ?

Zachary inclina la tête, comme pour soupeser la proposition.

— D'accord. À quelle heure ?

Stacy consulta sa montre. Presque 14 heures. Il lui restait une longue série d'appels à passer…

— À 15 heures. J'appelle M. Miller pour voir s'il est disponible.

Mais Zachary filait déjà dans sa chambre, sans même un merci.

Retenant un soupir de lassitude, Stacy composa le numéro des écuries. Avec un peu de chance, on trouverait un cheval assez docile pour faire trotter Zachary dans l'enclos. Sinon, la fin de journée serait un enfer.

Cory Miller décrocha en personne. C'était un vieux Texan bourru qui côtoyait la famille Lockhart depuis l'enfance des filles et du fils de Lila.

— Trevor a presque fini sa journée. Je peux lui demander de faire monter Zachary.

— Merci beaucoup !

Stacy en trembla presque de soulagement. Trevor, un des plus jeunes palefreniers — il approchait de la trentaine —, semblait prendre du plaisir à promener Zachary de temps à autre. Peut-être son fils allait-il se calmer avec cela et la laisser travailler sur ce projet de gala.

— Et, euh… Cory ? S'il vous plaît, n'en parlez pas à la gouverneure. Je ne veux pas qu'elle pense que Zachary devient une gêne pour qui que ce soit.

— Elle ne penserait jamais une chose pareille, protesta Cory. Mais d'accord, mademoiselle Stacy. Je ne dirai rien.

Lila n'irait sans doute pas jusqu'à l'imaginer incapable d'assumer son poste en raison du handicap de Zachary, mais Stacy ne pouvait se permettre de prendre le moindre risque de ce côté-là. La rémunération était intéressante, elle suffisait à couvrir les séances de thérapie. Si Lila venait à changer d'avis sur son aptitude à endosser ce travail, où en trouverait-elle un autre aussi flexible et lucratif ? Probablement nulle part.

S'était-elle trompée en se jugeant apte à exercer une fonction aussi exigeante que celle d'aide de camp de Lila Lockhart ?

Un temps, celle-ci avait même envisagé de la nommer directrice de campagne pour la course à la présidence jusqu'à ce que Stacy et quelques autres intimes la persuadent que le seul choix intelligent était de faire appel à un professionnel de la politique expérimenté. Quoique flattée par la confiance de Lila en ses compétences et son instinct, Stacy connaissait ses limites. Or Lila méritait le meilleur — Greg Merritt, en l'occurrence.

En dépit de la liste interminable de coups de téléphone à passer avant cette leçon d'équitation improvisée, elle fut incapable de se concentrer. Zachary ne faisait pas un bruit. Elle s'octroya une pause pour aller voir ce qu'il faisait.

Il était bien dans sa chambre, en train de se balancer sur le cheval de bois offert par les parents de son ex-mari. Il discutait tranquillement avec le jouet désormais ridiculement petit pour un enfant de cinq ans. Il lui donnait des ordres… Cette vision suffit à faire sourire Stacy. Elle avança d'un pas vers son fils.

Il leva la tête, puis reprit comme si de rien n'était son dialogue imaginaire. Sans un geste de bienvenue envers sa mère. Sans un sourire ni même une grimace de gêne d'avoir été surpris en grande conversation avec un jouet de bébé.

Stacy refoula ses larmes, quand bien même son fils ne réagirait pas davantage en la voyant pleurer.

— Est-ce qu'il est l'heure de partir ? demanda-t-il, les yeux sur le cheval à bascule.

— Pas encore.

Elle battit en retraite dans le couloir pour donner libre cours à son chagrin. Plus tard, elle regretterait sûrement cet accès de faiblesse, elle qui n'était pas du genre à s'apitoyer sur son sort, mais tant pis ! Elle avait bien le droit de se laisser un peu aller, après le stress de ces derniers jours…

Sans compter que les deux semaines à venir ne seraient pas non plus de tout repos. Entre la préparation du gala et les longues heures de travail inévitables avec Harlan McClain, ce serait comme de vivre dans une cocotte-minute.

Le contrôle de la situation risquait même de lui échapper si elle n'y prenait garde. Cet homme avait le don de toucher ses cordes sensibles, pour le meilleur comme pour le pire.

Après le départ d'Anthony, le désenchantement et le sentiment d'avoir été trahie lui avaient fait penser qu'elle était désormais immunisée contre les charmes de la gent masculine. Et voilà que, au beau milieu d'un attentat, quelque chose chez Harlan McClain avait ouvert une brèche dans les défenses qu'elle érigeait depuis un an et demi pour se prémunir contre une nouvelle désillusion.

Il y avait même eu ce moment, bref mais intense, où, étant littéralement tombée dans ses bras, elle avait soudain compris qu'elle pouvait encore se sentir terriblement attirée par un homme, en dépit de sa détermination à ne plus jamais tomber dans le panneau…

Elle se promit fermement de redoubler de vigilance pour ne pas laisser le sortilège opérer une seconde fois.

Harlan s'était vu octroyer un jour de congé officiel avant de se consacrer à la sécurisation du gala de levée de fonds. Lila Lockhart s'imaginait sans doute qu'il aurait besoin de mettre un peu d'ordre dans sa vie privée, puisqu'elle attendait clairement de lui qu'il passe l'essentiel de ses journées au ranch pour coordonner l'événement. Il n'avait pourtant aucun souci de ce côté-là. Pas d'épouse, pas d'enfants, personne à qui rendre des comptes hormis Bart Bellows et ses collègues du CSI.

Ouaip ! Sa vie était un long fleuve tranquille…

Sauf que la maison de ses rêves, qu'il avait passé tant de jours et de nuits à imaginer tout en économisant pour la construire, était revenue à son ex après le divorce. Qu'importe qu'Alexis ait couché avec le maître d'œuvre — son papa jouait au golf avec le juge aux affaires familiales. Et, comme si cela ne suffisait pas, l'avocat d'Atlanta qu'elle avait grassement payé s'était débrouillé pour faire passer les années de service de Harlan chez les marines pour un abandon de domicile conjugal.

Adieu, belle demeure à deux étages de Walnut Grove, Géorgie ! Bonjour ce minuscule trois-pièces à Freedom, Texas, garni de meubles d'occasion et d'un téléviseur écran géant récupéré à l'arraché pour unique souvenir de sa vie d'avant.

Restait aussi son bon vieux pick-up Ford, bien sûr. Alexis ne l'avait jamais aimé, et sans doute devait-il se réjouir qu'elle se soit contentée de prendre la maison pour soulager sa colère.

Des coups discrets frappés à la porte le tirèrent de ses pensées moroses.

Matt Soarez se tenait sur le seuil, une enveloppe rose à la main.

— C'est pour toi !

Harlan saisit l'enveloppe. Son nom figurait effectivement sur le papier, tracé d'une écriture familière, et un parfum de gardénia lui chatouilla les narines.

Bon sang !

— Tu nous caches des choses, McClain ? lança Soarez avec un large sourire. Qui est la demoiselle ?

— Ce n'est pas une demoiselle, répliqua Harlan en grimaçant. C'est mon ex-femme.

Soarez haussa un sourcil noir.

— Je la croyais en Géorgie…

— Moi aussi.

Harlan fixa la lettre, perplexe.

— Où l'as-tu trouvée ?

— Devant ma porte. Je venais de rentrer de mon déjeuner au Talk of the Town.

Matt habitait l'appartement mitoyen du sien, au fond du couloir.

Harlan jeta un coup d'œil à sa montre. 14 heures passées.

— Hé ! C'est mon jour de congé, précisa Soarez devant son air incrédule. Faith et moi, nous avons des projets à étudier ensemble…

— Pour le mariage ? demanda Harlan.

Non qu'il se soucie de détails comme le mariage, la vie conjugale ou la petite chose vagissante sortie de Faith… Mais il n'était pas franchement pressé d'ouvrir la lettre d'Alexis.

— Eh bien… Pas seulement.

Le sourire de Soarez s'élargit.

— D'abord, nous allons emménager ensemble.

Harlan ne s'attendait pas à cela, mais quoi de plus naturel ? Soarez passait déjà tout son temps libre chez Faith. Harlan ne le croisait presque plus.

— Quand ? fit-il d'un ton bourru.

— Ce week-end, sauf imprévu à l'agence. Je vais devenir papa à plein temps de Kayleigh, ajouta Soarez, ses yeux sombres étincelant de félicité.

Ravalant la réplique assassine qui lui venait, Harlan se borna à commenter :

— Tu vas te régaler.

Son manque d'entrain n'échappa pas à Soarez.

— Toutes les femmes ne sont pas des tricheuses géorgiennes infidèles, Harlan. Laisse passer un peu de temps, tu finiras par trouver toi aussi une fille comme Faith.

Harlan ne voulait *pas* d'une fille comme Faith dans sa vie. Ni d'une autre, d'ailleurs. Dans son lit, pourquoi pas… Mais au-delà, les femmes n'étaient qu'une source de problèmes.

Matt haussa les épaules.

— Bon, je te laisse en tête à tête avec la lettre du serpent, conclut-il avant de s'éloigner vers son propre appartement.

Harlan referma la porte en soupirant, s'adossa au panneau de bois et considéra l'enveloppe rose au parfum de gardénia qu'il tenait entre les mains.

Qu'est-ce que tu veux, Alexis ?

Il glissa l'index sous le rabat. Aussitôt, le papier lui entailla la peau. Il pesta intérieurement tout en extrayant la feuille pliée en quatre. Un pouce pressé sur la coupure, il se servit de l'autre main pour la déplier.

« Je suis à Freedom. Appelle-moi. Il faut qu'on parle. »

Pas de numéro de téléphone — elle avait sûrement gardé l'ancien.

Il froissa le papier et le fourra dans la poubelle de la cuisine avant d'attraper sa veste. Il était presque arrivé au pick-up lorsque la curiosité l'emporta sur son orgueil têtu.

Que venait donc fabriquer Alexis au Texas, nom d'un chien ? Ils se connaissaient depuis l'âge de douze ans, et jamais elle n'avait fait allusion à un proche vivant dans cet État. Surtout dans une ville aussi minuscule que Freedom.

Était-il arrivé un drame dans sa famille ? Avait-elle besoin de son aide pour une raison quelconque ?

Grommelant un juron, il grimpa au volant et sortit son portable. Alexis figurait encore parmi les numéros abrégés, découvrit-il, agacé. Il pressa la touche.

Elle décrocha dès la première sonnerie.

— Hey, bel étranger !

Il se renversa contre le dossier. C'était peut-être une sale tricheuse, mais cet accent traînant du Sud était toujours aussi doux à l'oreille.

— Qu'est-ce qui ne va pas, Alexis ?

Il y eut un bref silence à l'autre bout de la ligne.

— Rien. Tout va bien. Il faut que je te parle, c'est tout.

— Appelle mon avocat.

— Ce n'est pas un sujet pour les avocats, répliqua-t-elle, l'impatience relevant son accent de miel d'une pointe de piment. Viens me retrouver au Bella Rosa. Je t'offrirai un café.

— En dépit de tes efforts, je peux encore me payer une tasse de café !

Il ajouta dans la foulée :

— Tu y es, là ?

— Oui. Tu viens ?

Il prit un instant avant de répondre :

— J'arrive. Mais tu as intérêt à ce que ce soit important.

— Ça l'est ! assura-t-elle.

Il raccrocha en jurant tout bas. Décidément, le cauchemar qu'avait été son mariage lui collait aux basques, même après le divorce. Ça n'en finirait donc jamais ?

Le Bella Rosa était un bistrot chic situé côté est de la grand-place de Freedom — à quelques pâtés de maisons à peine du Talk of the Town, le chaleureux petit café-restaurant tenu par Faith, la jolie fiancée de Matt Soarez…

Une chance qu'Alexis ait des goûts de luxe, songea Harlan. S'il l'avait retrouvée au Talk of the Town, la nouvelle se serait aussitôt répandue dans toute la ville comme une traînée de poudre.

Leur entrevue au Bella Rosa mettrait quelques jours de plus à s'éventer. Il aurait le temps d'inventer une histoire crédible qui lui éviterait de passer pour un imbécile.

Assise à une table du fond, ses cheveux couleur miel attachés en une jolie tresse, Alexis haussa un sourcil parfait devant sa tenue décontractée. Il n'allait pas s'en excuser. Pourquoi donc troquer son jean contre un costume pour un simple café avec son ex-femme ?

Elle lui fit signe de s'asseoir.

— Qu'est-ce qui se passe ? demanda-t-il sans préambule en s'installant en face d'elle.

Au même instant, un serveur fondit sur eux, mais Harlan le renvoya d'un geste vif.

— Tu ne veux rien manger ? s'étonna Alexis.

— Je n'ai pas vraiment faim.

Ce n'était pas tout à fait vrai. Simplement, il n'avait pas *assez* faim pour déjeuner avec elle.

— Alors ? soupira-t-il.

Elle inspira profondément et joignit ses mains manucurées.

— Je vais me remarier.

Harlan en resta pantois.

— Pas de réaction ? demanda-t-elle avec un petit rire nerveux.

— Que dit-on en pareil cas ? Félicitations ? Meilleurs vœux ? Je ne sais jamais lequel des deux s'adresse à la mariée et lequel au marié…

— Merci, dit Alexis en souriant.

— Eh bien, je suppose que cela me dispense de pension alimentaire à l'avenir ?

— Je n'ai jamais voulu que tu sois tenu d'en verser une. Je n'ai pas besoin de ton argent.

— Tu n'as jamais eu besoin de quoi que ce soit venant de moi, murmura-t-il. En parlant du marié… Je suis surpris, j'avoue. J'imaginais Ted-le-maître-d'œuvre plus porté sur les aventures que sur les plans à long terme, mais s'il te plaît à ce point…

— Ce n'est pas Ted que je vais épouser. C'est Alden.

Il la considéra, les yeux ronds.

— Alden ? Ce quinquagénaire hargneux qui te défendait pendant le divorce ?

— Il a quarante-six ans, Harlan. Et il attaque seulement dans les prétoires. C'est un homme foncièrement gentil. Et attentionné.

Parce que, moi, je ne l'étais pas ? songea Harlan. *Évidemment, j'étais un peu occupé à l'époque à me battre pour mon pays en slalomant entre les balles et les bombes, mais, hein ! Ce n'est pas ton problème, n'est-ce pas, chérie ?*

— Comment va ta main ? demanda-t-elle au bout d'un moment.

La question était-elle sincère ou juste destinée à rompre le silence pesant ? Harlan n'aurait su le dire.

Il plia et déplia sa main droite. Les cicatrices pâles laissées par les éclats d'obus tiraient sur la peau et gênaient sa mobilité.

— Pas tellement mieux. La rééducation a fait son œuvre. Il ne me reste plus qu'à apprivoiser mes nouvelles limites.

— Je suis navrée de tes blessures, mais heureuse en même temps qu'elles t'aient contraint à quitter les marines, déclara Alexis en redressant le menton, comme prête à affronter sa colère.

— Dommage que tu n'aies pas attendu quelques mois avant de t'envoyer le maître d'œuvre. J'aurais eu tout le temps ensuite de t'entourer d'attentions.

Elle parut si peinée que Harlan se sentit presque coupable, avant de se remémorer sa propre humiliation le jour où il était entré dans la chambre et l'avait trouvée nue dans les bras de l'entrepreneur qu'il avait engagé pour bâtir la maison de leurs rêves.

— Je t'ai déjà dit que je regrettais que tu nous aies surpris de cette manière…

— Mais pas d'avoir couché avec lui derrière mon dos ?

— Tu sais aussi bien que moi que notre couple était voué à l'échec. Nous sommes trop différents. Nos attentes sont trop éloignées…

Cet argument-là se défendait. Lui n'avait strictement aucune envie d'épouser un avocat aux dents longues. Ni personne d'autre d'ailleurs. Plus jamais ça !

Une fois lui avait suffi.

— Tu as pris l'avion jusqu'au Texas pour m'annoncer ton mariage, Alexis ? Tu aurais pu te contenter d'un coup de fil.

— Alden assiste à un congrès à Lubbock. J'ai jugé plus correct de t'apprendre la nouvelle en face-à-face.

Il l'observa un moment sans mot dire, absorbant sa beauté de reine de promo qui ne s'était pas estompée avec les années, son expression pleine d'espoir. Elle souhaitait faire la paix, tourner la page. Peut-être même attendait-elle son pardon.

Serait-ce si douloureux de le lui donner ?

Il esquissa un sourire contraint.

— J'espère sincèrement qu'Alden te rendra heureuse.

Et qu'il restera tout aussi attentionné pendant les cinquante ans à venir.

Le sourire qu'Alexis lui décocha en retour lui rendit soudain ses seize ans. Elle était de nouveau belle, brillante, parée de toutes les qualités qui le faisaient alors rêver d'une vie à deux… Il l'avait aimée à la folie…

Mais cette époque était révolue, se rappela-t-il avec un petit frisson de soulagement. Il lui en voulait encore de son infidélité, de ses mensonges. En revanche, il se fichait de savoir avec qui elle passait ses nuits.

C'était un progrès.

— J'espère que tu trouveras quelqu'un, toi aussi, ajouta-t-elle.

À ces mots, son humeur s'assombrit de nouveau.

— Je ne suis pas vraiment en chasse.

— Ce n'est pas parce que notre mariage n'a pas marché que…

Il se leva en baissant les yeux vers elle une dernière fois.

— Que la vie te soit douce, Alexis.

— Pour toi aussi…

Mais Harlan était déjà loin, pressé de sortir et de humer la brise tiède balayant les plaines de l'Ouest.

Il promena le regard autour de lui sur les façades engageantes des boutiques et des commerces établis sur la grand-place. Le long des rues s'alignaient de vieux peupliers et des chênes tentaculaires dessinant comme une oasis idyllique au cœur de la Texas Panhandle, région du nord, aride entre toutes.

Il avait accepté l'offre de Bart Bellows parce qu'elle lui offrait une chance de repartir de zéro, de voir à quoi ressemblait la vie hors des marines et de son couple en miettes. Freedom lui avait paru un lieu idéal pour se bâtir une nouvelle vie — difficile de rester anonyme longtemps dans une aussi petite ville…

Pourtant, jamais il ne s'était senti aussi seul.

15 heures à peine à sa montre. La seconde moitié de la journée s'étirait devant lui, insipide, décourageante.

Avec un soupir, il sortit son portable et composa le numéro de la ligne directe de Lila Lockhart que celle-ci lui avait donné la veille.

Elle décrocha aussitôt.

— Bonjour, monsieur McClain, lança-t-elle d'une voix chaleureuse et amusée. Vous n'avez pas changé d'avis, j'espère ?

— Non, gouverneure, pas du tout. J'aimerais même commencer dès aujourd'hui. Combien de temps vous faut-il pour réunir l'équipe ?

5

Stacy jeta un coup d'œil furtif à sa montre. Presque 16 heures. La leçon de Zachary était sûrement terminée. Quand Harlan McClain se déciderait-il enfin à boucler cette réunion ?

— Un rendez-vous urgent ? murmura Greg Merritt.

— Juste un tic nerveux…

Harlan McClain plissa les yeux tout en poursuivant son discours.

— Nous sécurisons tous les accès. Des postes de contrôle ont été installés sur l'ensemble de la propriété — aux abords de la dépendance, sur le chemin des pâturages, sur la route principale et sur celle menant aux écuries. Le but est d'enregistrer les déplacements, de savoir où chacun se trouve et où chacun se rend.

Génial, songea Stacy. Il lui faudrait donc franchir un contrôle pour aller chercher son fils aux écuries ?

— Votre coopération totale sera indispensable à la réussite de ce travail. Pour détecter et identifier les menaces pesant sur la gouverneure, nous devons pouvoir compter sur un respect absolu du protocole de votre part, de façon que le moindre écart soit immédiatement repérable. C'est clair pour tout le monde ?

Hochements de tête et murmures d'assentiment dans l'assistance. Stacy exhala un discret soupir de frustration.

— J'ai conscience de la contrainte que représentent pour vous ces nouvelles règles, reprit Harlan. Mais la sécurité de la gouverneure est en jeu. La vôtre aussi. Des gens sont morts à Austin. Nous ne pouvons pas tolérer que cela se reproduise. Pas sous notre protection.

Stacy se reprocha aussitôt son agacement, mais ces évidences ne changeaient rien au défi qui l'attendait — récupérer Zachary aux écuries sans se faire remarquer. Elle n'avait aucune envie que la gouverneure sache qu'elle avait pris sur son temps de travail pour satisfaire une lubie de son fils…

— Dès demain, chacun recevra un badge à son nom. Vous le porterez sur vous en permanence lorsque vous serez ici au ranch, ordonna Harlan.

Quelques grommellements lui firent écho.

— C'était mon idée.

Lila venait de prendre la parole pour la première fois depuis le début de cette réunion convoquée par Harlan McClain. Le silence se fit.

— Il y a un poste de contrôle devant ce bureau à l'heure où je vous parle, conclut Harlan. En partant, chacun de vous signera le registre de sortie. Même chose à chaque poste du ranch — une signature à l'entrée, une autre à la sortie.

De pire en pire, songea Stacy, atterrée. Elle aurait pu à la rigueur soudoyer l'agent de garde pour qu'il taise son aller-retour aux écuries, mais comment lui demander de la laisser passer sans émarger sur le registre à l'aller ou au retour ?

Elle n'avait plus le choix.

Il lui faudrait court-circuiter les nouvelles règles de sécurité pour aller chercher Zachary.

— Je pense qu'ils l'ont bien pris, dans l'ensemble, commenta Lila après le départ de ses employés.

— J'aurais pu arrondir un peu plus les angles, reconnut Harlan. Mais ce protocole aurait dû être mis en place dès votre retour d'Austin.

La gouverneure se renversa dans son fauteuil et croisa les jambes. Elle semblait soudain lasse et tendue, alors qu'elle avait plutôt bien caché sa détresse en présence des autres membres de son équipe, songea Harlan.

— La police d'Austin n'a aucune piste, indiqua-t-elle. Ils analysent les images enregistrées par les caméras de surveillance du Capitole, mais ils n'ont rien trouvé pour le moment.

— Avez-vous songé que le coup pouvait avoir été monté de l'intérieur ? demanda Harlan.

Lila croisa son regard.

— J'y ai pensé. Cette idée ne me plaît pas.

— D'après ce que j'ai compris, la décision d'annoncer votre candidature a été prise à la dernière minute ?

— Oui. J'envisageais depuis un moment de me présenter, mais la conférence de presse a été convoquée sur une inspiration. La seule personne à qui j'en aie parlé plus de deux jours avant, c'est Stacy.

Une étrange sensation de malaise étreignit Harlan.

— Un activiste extérieur aurait difficilement trouvé une faille dans vos défenses en un laps de temps aussi court.

— Vous n'êtes pas en train de suggérer que Stacy…

— Je ne suggère rien du tout, dit-il très vite. J'essaie de comprendre la manière dont les informations circulent ici, voilà tout.

— Au ranch, notre façon de faire est un peu différente de celle en vigueur au Capitole, admit Lila. Ici, c'est chez moi. Mes collaborateurs sont un peu ma famille et ils sont traités comme tels.

— C'est un mode de gestion tout à fait sympathique tant qu'on peut se le permettre. Mais vous allez devoir adopter de nouvelles habitudes, surtout maintenant que vous visez plus haut.

Lila soupira et ferma les yeux.

— Je sais.

— Et cela s'aggravera encore si vous remportez la mise.

Les lèvres de Lila s'incurvèrent.

— Je sais cela aussi. J'ai toujours considéré que c'était un marché équitable…

Elle rouvrit les yeux et cloua Harlan d'un regard bleu intense.

— J'espérais seulement repousser encore un peu ce moment.

— Je m'efforcerai de le rendre le plus confortable possible pour vous et votre entourage. Dans les limites qui s'imposent.

Lila inclina la tête.

— Bart m'a assuré que vous seriez le patron idéal de mon équipe sécurité pour ce gala. D'après lui, vous ne faites pas de sentiment et vous ne craignez pas de dire les choses en face, sans prendre de gants. Je n'en attends pas moins de vous.

— J'essaierai de ne rien vous cacher.

— J'y compte. Mais n'oubliez pas ce que j'ai dit à propos de mes collaborateurs que je considère comme ma famille.

— Entendu, gouverneure.

— Allez vite voir si votre protocole fonctionne, conclut Lila en souriant. Vous piaffez, je le vois bien.

Oui, il avait hâte de s'assurer que le système fonctionnait.

Il faudrait, bien sûr, un peu de temps pour que les gens s'habituent à cette surveillance rapprochée, après avoir si longtemps bénéficié d'une liberté totale sur le ranch...

D'ailleurs, il détestait imposer de telles contraintes.

Autant il avait apprécié la discipline chez les marines, autant il chérissait le souvenir de sa jeunesse dans les montagnes du nord de la Géorgie, où les brûlantes journées d'été rimaient avec liberté... Des heures à crapahuter dans les bois et à s'amuser avec les copains sans sonneries ni devoirs pour gâcher le plaisir. Ses parents, qui travaillaient tous les deux, le confiaient à la garde assez lâche de sa sœur adolescente avec pour seule consigne d'éviter hôpital et prison. Vaille que vaille, il était parvenu à respecter cette consigne, parfois de justesse...

Il s'arrêta au poste de contrôle devant le bureau de la gouverneure. Les quinze collaborateurs avaient signé le registre. Son regard glissa vers la signature claire, affirmée, de Stacy Giordano.

Elle avait paru nerveuse pendant la réunion. Et même franchement contrariée pendant l'exposé des détails du protocole de sécurité.

La seule personne à qui j'en aie parlé plus de deux jours avant, c'est Stacy.

La phrase de la gouverneure tournait en boucle dans sa tête. L'idée que la jeune femme soit liée de près ou de loin à la menace pesant sur Lila Lockhart semblait absurde à première vue. C'était elle qui avait découvert la bombe. Elle avait insisté pour ramper sous les décombres et elle y était restée après avoir trouvé l'engin, alors que tant d'autres à sa place se seraient prudemment retirés pour laisser la place aux démineurs professionnels.

D'un autre côté, en admettant qu'elle ait posé elle-même la bombe, ou qu'elle soit complice du terroriste, elle n'avait aucune raison de redouter une explosion — en sa présence, du moins.

Sortant son téléphone de sa poche, Harlan nota dans son agenda :

Vérifier les antécédents des collaborateurs de Lila.

Il aurait dû s'y mettre dès la veille, lorsque cette mission de sécurité lui avait été confiée. Le soupçon d'un coup monté de l'intérieur lui était déjà venu.

Tu crois vraiment que ce pourrait être Stacy Giordano ?

Il avait appris à se fier à son instinct. Or quelque chose dans l'attitude de Stacy pendant la réunion avait déclenché son radar. Ce protocole de sécurité, elle ne l'aimait pas du tout. Restait à savoir pourquoi.

Il ajouta quelques mots sur le bloc-notes.

Enquêter en priorité sur Stacy Giordano.

Demain, se promit Stacy, *je respecterai le protocole à la lettre*. Mais pas là, alors que son petit de cinq ans était sûrement en train de compter ses minutes de retard et deviendrait sous peu incontrôlable.

Le poste de sécurité était à soixante-dix mètres de là, sur le chemin de terre menant aux écuries. Stacy choisit de faire un grand tour à travers un champ broussailleux, farci de trous de gaufres et autres rongeurs, et donc clôturé pour tenir les chevaux à l'écart. Ce terrain en jachère serait réhabilité au printemps. Dans l'intervalle, il offrait une approche plus furtive des écuries par l'arrière.

Une fois dans la place lui parvinrent les bruits familiers du travail auprès des chevaux. De faibles hennissements, le murmure des conversations entre les palefreniers... Puis soudain, la voix aiguë et familière de Zachary réagissant à la remarque d'un palefrenier.

Elle sourit pour elle-même.

— Vous n'avez rien oublié ?

Le timbre traînant, un peu éraillé, la fit sursauter. Elle pivota vivement et se retrouva nez à nez avec Harlan McClain.

— Vous m'avez fait une de ces peurs !

Elle porta la main à son cœur, le rouge aux joues.

Pour toute réponse, Harlan promena sur son corps un regard lent et affûté, comme s'il cherchait à voir au travers.

— Vous avez besoin de quelque chose ? demanda-t-elle enfin, le silence devenant insupportable.

— La vérité, ce serait un bon début.

— La vérité ? balbutia-t-elle.

— La route depuis la maison de la gouverneure est directe jusqu'ici et remarquablement lisse pour un chemin de terre. Très facile à suivre à pied.

Stacy se tut, mortifiée.

— Si bien que je m'interroge, reprit Harlan. Pourquoi avoir choisi de faire quatre cents mètres de plus à travers les broussailles pour arriver ici, alors qu'une route aussi agréable était à disposition ?

Le ton caustique la fit grincer des dents. Son sentiment de culpabilité tenace s'estompa comme par magie, et l'indignation l'emporta.

— De quoi suis-je accusée au juste, monsieur McClain ?

— Vous avez délibérément contourné le poste de garde. J'aimerais savoir pour quelle raison.

Stacy pinça les lèvres.

— Alors ce sera comme ça, dorénavant ? Une infime entorse à votre règlement, et c'est l'interrogatoire serré ?

Sa colère, elle le savait, s'expliquait par sa détresse d'avoir été prise sur le fait — mais en partie seulement. Un nouveau Harlan McClain se dressait devant elle, tendu, hostile. Il s'était placé à contre-jour dans le soleil de fin d'après-midi, manifestement pour lui masquer son visage. Où était donc passé le gentleman du Sud chaleureux et réconfortant qui l'avait traitée avec tant d'égards après l'attentat ?

— On a tenté d'assassiner votre employeuse il y a deux jours. Je pensais que vous comprendriez mieux que personne les raisons qui m'ont incité à imposer un protocole de sécurité sur ce ranch. Or, vous venez précisément d'enfreindre ce protocole. Cela vous ennuierait de me fournir une explication ?

Exaspérée de ne pouvoir lire son expression, Stacy s'écarta sur le côté dans l'idée de l'obliger à se tourner.

Mais une main jaillit et se referma durement sur son bras, lui arrachant un petit cri. Harlan desserra aussitôt sa prise, sans la lâcher pour autant.

— Où croyez-vous aller comme ça ? demanda-t-il.

— Maman, tu es en retard.

Stacy tourna vivement la tête. Son fils s'était approché et la fixait d'un air réprobateur.

— Je sais, mon chou. Je suis désolée. J'avais une réunion et je n'ai pas pu m'échapper aussi vite que je l'espérais.

— Tu ne pouvais pas leur dire que tu devais venir là ?

Stacy jeta un regard en biais à Harlan, qui semblait décontenancé.

— Qui êtes-vous ? demanda alors Zachary.

Harlan lâcha le bras de Stacy et s'éclaircit la voix.

— Je m'appelle Harlan McClain. Et toi ?

— Zachary Giordano, répondit poliment le petit avec sa gravité coutumière.

Stacy avait mis un certain temps à s'habituer à cette façon de parler. Encore un symptôme du syndrome d'Asperger susceptible d'induire en erreur l'interlocuteur non averti. Parce que Zachary discutait avec une maturité exceptionnelle pour son âge et parce qu'il absorbait comme une éponge les apprentissages qui l'intéressaient, on le prenait facilement pour un surdoué — ce qu'il était, du reste, à bien des égards.

C'étaient ses différences par rapport aux autres enfants qui l'empêcheraient toujours de mener une vie *normale*.

— Zachary est mon fils.

Harlan hocha la tête.

— J'avais deviné.

— Il adore monter à cheval, ajouta-t-elle. Mais nous avons manqué sa leçon du lundi à cause de… ce qui s'est passé à Austin.

— Je vois. Vous avez donc voulu vous rattraper aujourd'hui ?

Harlan se tourna vers le petit qui l'observait avec un intérêt manifeste, presque comique.

Saisie d'un mauvais pressentiment, Stacy se hâta de s'interposer.

— Zachary, il est l'heure de rentrer maintenant, pour faire ta toilette avant le dîner. Navrée d'avoir dérogé au protocole, ajouta-t-elle en pivotant vers Harlan. Je ne voulais pas que la gouverneure me croie incapable de gérer de front mes devoirs de mère et d'aide de camp.

Harlan plissa les yeux.

— Vous ne vouliez pas signer le registre…

— Exactement.

— Maman, est-ce que Harlan peut venir dîner ?

— M. McClain, rectifia-t-elle par automatisme, avant de prendre conscience de ce qu'il venait de demander.

— Est-ce que M. McClain peut venir dîner ?

Stacy lança à Harlan un regard entendu pour lui signifier d'inventer une excuse quelconque. Les difficultés de socialisation liées au syndrome d'Asperger n'empêchaient pas Zachary de s'attacher. Au contraire, son fils était même enclin aux coups de cœur, pour certains camarades de classe par exemple, comme une des filles jumelles de Lindsay Kemp — et pas les deux — ou, pas plus tard que la semaine précédente, pour le coursier venu déposer un courrier officiel chez la gouverneure…

Une fois mordu, il devenait franchement collant, un vrai casse-pieds, parce qu'il était incapable de déchiffrer les signaux de lassitude chez ses nouvelles idoles.

Or, en cet instant, il montrait tous les signes d'une toquade imminente pour Harlan.

— Zachary, je suis certaine que M. McClain a d'autres projets…

— Mais c'est une excellente idée ! coupa Harlan. Quelle heure vous conviendrait ?

Elle le fixa, incrédule. Lui non plus ne savait donc pas lire les avertissements silencieux ?

— J'ai bien peur de ne rien avoir à vous offrir…

— Vous avez bien du pain et du fromage ? Un toast au fromage fera l'affaire.

Le regard de Stacy s'aiguisa. Elle n'était pas dupe. Un homme de cette corpulence ne se contenterait jamais d'un toast au fromage, ou alors en accompagnement d'un steak. Il doutait donc encore de ses motivations réelles pour éviter le poste de garde, en dépit de ses explications.

— Monsieur McClain…

— Il semble que nous soyons partis du mauvais pied, vous et moi, madame Giordano, et puisque nous allons devoir travailler ensemble dans les jours à venir mieux vaudrait retrouver des bases plus saines, vous ne croyez pas ?

Sa voix s'adoucit.

— Je ne dirai rien à la gouverneure. J'imagine que vous faites de votre mieux pour garder en l'air toutes ces balles avec lesquelles vous jonglez.

À ces mots, le soulagement emporta Stacy, telle une onde bienfaisante.

— Merci…

— En outre, j'ai quelques points à étudier avec vous. Il me faudra une copie de votre liste d'invités pour que nous puissions vérifier les antécédents de chacun. Je dois aussi connaître vos projets concernant la disposition des lieux pour établir des mesures de sécurité adaptées.

— Bien sûr.

— J'aimerais autant commencer dès ce soir. Ce jour de congé n'était pas une bonne idée.

Stacy, de son côté, n'avait pas pris ce congé, mais elle préféra garder ce détail pour elle.

— Donc, vous êtes sérieux pour le dîner ?

— Oui… Mais je mentais un peu au sujet du toast. Si je rapportais quelque chose du Talk of the Town ? Je travaille avec le fiancé de la gérante, je dois pouvoir négocier…

— Monsieur McClain, l'interrompit Zachary, saviez-vous que les Quarter horses sont appelés comme ça parce qu'ils ont été dressés pour les courses d'un quart de mille ?

— Oui, répondit Harlan en se retournant pour sourire au petit.

Zachary lui rendit ce sourire. Le cœur de Stacy se contracta.

— J'en étais sûr.

— Et pourquoi donc ?

— Parce que vous portez un cheval.

Harlan baissa les yeux sur le logo ornant la poitrine de sa chemise du côté gauche.

— Ma foi… C'est vrai !

— Saviez-vous que les Quarter horses ont été d'abord appelés *Quarter-mile horses* ?

— Non, ça, je l'ignorais.

— J'ai un livre. Vous pourrez l'emprunter.

Zachary se rapprocha de Harlan, levant vers lui un regard que Stacy commençait à reconnaître comme annonciateur de complications. Il était en train de tomber raide dingue de Harlan McClain.

Et les ennuis n'allaient pas tarder à pleuvoir sur elle après cela.

— Merci, Zachary. Je risque fort de te prendre au mot.

Harlan se tourna vers Stacy.

— 19 heures, cela conviendra pour le dîner ?

C'était sa dernière chance de dire non. Seulement, il avait plus ou moins laissé entendre que ce dîner serait aussi une réunion de travail… Elle pouvait difficilement s'y soustraire, n'est-ce pas ?

Elle ravala un soupir. De toute évidence, elle courait droit dans le mur.

— Bien sûr, 19 heures, ce sera parfait.

Là-dessus, elle saisit la main de Zachary et se dirigea vers la sortie donnant sur la route.

Harlan les rattrapa.

— Je vais vous faire passer le poste de contrôle sans que vous n'ayez besoin de signer.

Elle lui décocha un sourire reconnaissant, mais au fond de son corps c'était le chaos, surtout lorsque la main de Harlan lui effleura le dos pour la guider vers le poste de garde.

Zachary n'était peut-être pas le seul à tomber sous le charme.

6

— Votre fils aime vraiment les chevaux.

Harlan observait Zachary, qui était occupé à nourrir de morceaux de pomme les figurines de chevaux posées à côté de lui sur la table de la cuisine.

— Quand un sujet l'intéresse, il tourne à l'obsession.

De toute évidence, Stacy choisissait ses mots avec soin lorsqu'elle parlait de son fils. Cette prudence expliquait sans doute sa réserve l'après-midi même, aux écuries, songea Harlan. Tout en étant clairement une bonne mère — Zachary avait l'esprit vif et d'assez bonnes manières — elle semblait déterminée, pendant son temps de travail tout au moins, à faire comme si elle n'était pas mère du tout.

Pour avoir servi au côté de femmes en Irak, dont plus d'une mère contrainte de laisser ses enfants à leur père ou à des proches pour partir servir son pays au bout du monde sans être sûre d'en revenir vivante, il comprenait la pression liée au conflit entre exigences professionnelles et intérêts familiaux. Un conflit dont personne ne sortait gagnant.

— J'ai à peu près terminé le travail que je m'étais fixé pour aujourd'hui, déclara Stacy. L'agence publicitaire va mettre les bouchées doubles pour préparer les invitations à adresser à nos donateurs d'ici vendredi. Cela leur laissera un peu plus d'une semaine pour répondre.

— Parfait.

Au diable les aléas du courrier postal. Harlan souhaitait surtout savoir si elle aussi penchait de plus en plus pour l'hypothèse d'un coup monté de l'intérieur concernant l'attentat du Capitole.

— Stacy… La gouverneure a-t-elle engagé quelqu'un récemment ?

Elle haussa les sourcils.

— Pas au sein de l'équipe politique, en tout cas. Pour ce qui est de la main-d'œuvre du ranch, je ne sais pas trop. La rotation du personnel est plus importante de ce côté-là, et ce n'est pas mon domaine…

— Les employés du ranch ne sont pas au courant des allées et venues de la gouverneure, n'est-ce pas ?

— Certainement pas tous les jours.

— Mais parfois, si ?

— Eh bien… Lorsque la gouverneure reçoit des invités ou passe la nuit à l'extérieur, plusieurs d'entre eux au moins en sont informés…

— Harlan, est-ce que vous viendrez vous promener à cheval avec moi ? demanda soudain Zachary.

Stacy lança un regard à Harlan.

— M. McClain, corrigea-t-elle doucement, va être très occupé pendant un long moment. Moi aussi, d'ailleurs. Mais je te promets de rattraper les leçons d'équitation si jamais nous en manquons une, d'accord ?

Zachary fronça les sourcils.

— On ne peut pas manquer une leçon d'équitation, maman. Les chevaux comptent sur ma présence.

Elle rit doucement, tout en gratifiant Harlan d'un nouveau regard furtif.

— Je suis sûre qu'ils auront toujours quelqu'un pour leur tenir compagnie jusqu'à ton retour. D'ici là, j'ai un travail à accomplir et j'ai besoin que tu sois fort pour m'aider. Peux-tu faire cela ?

— T'aider comment ?

— Juste en étant un gentil petit garçon et en comprenant que, parfois, il faudra jouer seul pendant que je travaille.

Zachary se tut.

— Ce doit être difficile de gérer votre fils et votre travail en même temps, fit remarquer Harlan à voix basse.

Stacy fronça les sourcils exactement comme le petit quelques instants plus tôt.

— Je me débrouille, répliqua-t-elle d'un ton sec.

Aïe ! Une fois de plus, il avait dit ce qu'il ne fallait pas.

Zachary rompit le silence tendu qui s'était installé.

— Est-ce que tu peux me trouver un autre livre sur les chevaux, maman ? J'ai lu cinq fois celui que j'ai déjà.

Stacy exhala un petit soupir.

— Oui, Zachary. Mais tu devrais peut-être essayer de lire d'abord un des autres livres que je t'ai offerts à ton anniversaire… Pourquoi pas celui sur les trains ?

— Mais je veux lire un livre sur les chevaux !

Décidément, cet enfant avait de la suite dans les idées…, songea Harlan.

— Les trains à locomotive étaient appelés autrefois chevaux de fer, lui dit-il. Tu le savais ?

Zachary parut sceptique.

— Les trains ne mangent pas de pommes. Et ils n'ont pas de crinière. Et les chevaux n'ont pas de moteur !

— C'est parce que les trains ont remplacé les chevaux pour qu'on puisse voyager à l'époque où les voitures, les camions et les avions n'existaient pas, précisa sa mère en souriant.

Une certaine tristesse ternissait cependant ce sourire, comme si la conversation lui était douloureuse.

— Et, comme les locomotives étaient fabriquées en acier, on les a baptisées *chevaux d'acier*…

— Pourquoi est-ce qu'on ne les appelait pas simplement *trains* ? demanda Zachary.

— On les appelait aussi des trains, intervint Harlan. C'était juste un surnom. Tu sais ce qu'est un surnom, n'est-ce pas ?

Zachary réfléchit un instant et hocha la tête.

— Mlle Charlotte, à l'école, appelle ma voisine Patricia, mais nous, on l'appelle tous Patty, parce que c'est son surnom. Je pense que Mlle Charlotte devrait aussi l'appeler comme ça, si c'est ce qu'elle veut. Pas vous ?

Harlan leva les yeux vers Stacy.

— Quel âge a-t-il ?

— Cinq ans. Et demi, précisa-t-elle, un brin de défiance dans le regard.

— Il est très intelligent. Vous devez passer beaucoup de temps à lui faire la lecture.

Harlan se risqua à sourire, un peu décontenancé par la nervosité de Stacy en sa présence. À Austin, deux jours plus tôt à peine, elle lui était apparue si confiante, si solide…

— Je sais lire, répliqua Zachary. Je lis tout seul le livre sur les chevaux.

Harlan consulta du regard Stacy, qui hocha légèrement la tête avec un sourire un peu forcé.

— Comment as-tu trouvé ce hamburger, Zachary ? demanda-t-il.

Le petit avait à peine touché à la nourriture qui venait du Talk of the Town.

— Il y a de la moutarde. Je déteste la moutarde.

— Désolée, bredouilla Stacy. Il a tendance à dire ce qu'il pense sans se soucier des conséquences.

Elle tendit la main vers l'assiette pleine.

— Zachary, tu aurais dû me prévenir, j'aurais enlevé la moutarde.

— Elle va directement dans le pain. Le hamburger a encore le goût de moutarde, déclara le petit garçon d'un ton catégorique. Est-ce que je peux avoir un cookie maintenant ?

Stacy se rembrunit.

— Laisse-moi te servir un peu de soupe d'abord. Tu sais que tu dois prendre ton dîner avant le dessert.

— Pardon, dit Harlan, qui se faisait l'effet d'un parfait imbécile. J'aurais dû penser à demander ce qu'il voulait comme sauce…

— Pas de problème, assura aussitôt Stacy tout en sortant du placard une boîte de soupe. Si vous n'avez pas d'enfants, vous ne pouvez pas anticiper ce genre de détail.

— Je vais devoir faire une liste Zachary, alors.

Il sourit au petit, qui le fixa d'un regard vide.

— Aime les chevaux. Sait lire. N'aime pas la moutarde.

— J'aime les cookies, aussi.

— C'est noté.

Stacy faisait réchauffer un bol de soupe au micro-ondes lorsque son portable se mit à sonner. Elle jeta un coup d'œil à l'écran et fronça les sourcils.

— C'est Greg Merritt. Je dois prendre l'appel.

Elle décrocha et s'éclipsa dans le salon, mais la maison était trop petite pour offrir beaucoup d'intimité.

À ses réponses, Harlan comprit que le directeur de campagne de la gouverneure exigeait des informations sur la liste des invités préparée par elle.

Le micro-ondes émit un bip — la soupe de Zachary était prête. Ni le fils ni la mère ne semblèrent s'en apercevoir.

Harlan se leva, retira le bol du four, attrapa la cuiller

abandonnée par Stacy sur le comptoir et revint s'asseoir à table en posant la soupe devant Zachary.

— Miam, du poulet et des nouilles. J'adorais ça quand j'étais petit !

Zachary saisit sa cuiller.

— Vous n'aimez plus maintenant ? Pourquoi ?

— Oh ! J'aime sûrement la soupe. Seulement, je n'en mange plus beaucoup.

— Mais, si vous l'adoriez avant et que vous l'aimez encore, pourquoi est-ce que vous n'en mangez plus ? s'enquit Zachary, le front plissé comme un petit ange désorienté.

— Je mange d'autres choses…

— Les chevaux mangent des carottes, en plus des pommes.

Zachary reporta toute son attention sur sa figurine.

— Est-ce que vous avez un cheval, monsieur McClain ?

— Je ne peux pas, j'habite un petit appartement. Si je vivais ailleurs, j'en aurais peut-être un.

Sa famille était trop pauvre pour en posséder quand il était petit, mais il avait appris à monter grâce à une camarade de classe dont les parents avaient une écurie et plusieurs Tennessee Walkers.

Dans l'autre pièce, la voix de Stacy monta soudain d'un cran.

— Greg, je ne peux pas ajouter un nouveau groupe de noms à la liste d'ici demain matin ! Vous allez devoir reporter.

— Maman, on n'habite pas un petit appartement, est-ce qu'on peut avoir un cheval ?

Zachary se glissa au bas de sa chaise et courut vers Stacy pour tirer sur son chemisier.

— Maman, on peut avoir un cheval parce qu'on n'habite pas un petit appartement !

Stacy fit « chut » du bout des lèvres tout en caressant la tête de son fils.

— Oui, je sais que nous sommes sous pression…

— Maman, on peut avoir un cheval ! C'est Harlan qui l'a dit !

Stacy lança à Harlan un regard interrogateur.

Celui-ci se dépêcha de la rejoindre pour entraîner doucement le petit vers la table.

— Zachary, reviens ici manger ta soupe…

— Vous n'avez qu'à la prendre, riposta Zachary d'un ton dédaigneux en se tortillant pour lui échapper. Maman, est-ce qu'on peut aller chercher notre cheval tout de suite ?

— Zachary, ta maman est au téléphone. Viens manger ta soupe, insista Harlan d'une voix aussi basse que possible.

Le gamin l'ignora.

— Maman !

Stacy couvrit le téléphone d'une main.

— Juste une seconde, Zachary. Oui, Greg ? Je t'écoute…

Harlan se pencha et prit d'autorité Zachary dans ses bras pour le ramener dans la cuisine.

Il comprit immédiatement son erreur. Zachary se mit à se débattre, balançant pieds et poings au hasard et roulant de la tête comme un fou. À croire que Harlan tentait de le kidnapper. Stacy le fixa d'un air abasourdi.

Harlan pesta en son for intérieur tout en plantant le petit sur sa chaise devant le bol de soupe. Il avait tout gâché.

— Maman ! hurla Zachary dont les bras s'agitaient encore frénétiquement dans tous les sens.

Harlan saisit ses mains en douceur pour l'apaiser.

— Je suis désolé de t'avoir fait peur, mais tu dois laisser ta maman terminer sa conversation. Tu ne peux pas attendre qu'elle ait fini ?

Zachary pinça les lèvres, ses yeux accusateurs rivés sur Harlan.

— Vous m'avez touché !

Harlan le lâcha aussitôt.

— Je sais. Pardon.

— Maman dit que je ne dois laisser personne d'autre qu'elle me toucher, jamais ! Je lui dirai !

De mieux en mieux. Il allait passer pour un pervers.

— Je pense qu'elle le sait déjà. Je suis sincèrement désolé, Zachary. Ta maman a raison, tu ne dois laisser personne te toucher sans sa permission. Mais elle…

— Peut s'occuper de son fils sans que vous n'interveniez, acheva Stacy d'une voix glaciale.

Harlan tourna la tête. Elle le fusillait du regard, les poings sur les hanches. Il leva les mains en signe de capitulation.

— Je sais, je suis navré. C'est juste que… lorsque je vois un problème arriver, j'essaie de le résoudre. En l'occurrence, je n'avais aucun droit de le faire.

— Je ne vous le fais pas dire !

— Ce dîner était manifestement une erreur.

Harlan baissa les yeux sur Zachary. Visiblement remis du traumatisme d'avoir été porté jusqu'à la table, le gamin s'amusait à faire trotter un cheval miniature d'une main, tout en mangeant sa soupe de l'autre.

— C'est aussi mon avis.

Ces répliques brèves, assassines, commençaient à l'agacer sérieusement. Quel crime avait-il commis pour mériter la fureur de Stacy Giordano ? Il avait pris son enfant dans les bras ? La belle affaire ! Il n'avait fait aucun mal à Zachary. Qui se comportait en enfant gâté, du reste. Si sa mère passait un peu plus de temps avec lui, peut-être…

— Rendez-vous demain matin pour faire le point, lâcha-t-il d'un ton brusque en s'éloignant vers l'armoire dans laquelle était suspendu son manteau. Nous avons de nombreux détails à passer en revue.

Stacy le rattrapa dans l'entrée.

— Je ferai tout ce que vous voudrez pour que ce gala se déroule en toute sécurité. Mais ne touchez pas à mon fils !

À ces mots, le sang-froid de Harlan vola en éclats.

— Quel est votre problème, à la fin ? Je n'ai fait aucun mal à Zachary. J'essayais d'apporter un minimum de discipline dans une situation qui partait en vrille…

— Ce n'est pas votre rôle de discipliner mon fils.

— Je m'efforçais de le faire tenir tranquille pour vous permettre de téléphoner, répliqua Harlan. Cet enfant a la langue bien pendue et aucune maîtrise de ses impulsions. Est-ce que vous lui passez toujours tous ses caprices ?

— Il a des difficultés à se contrôler parce qu'il souffre du syndrome d'Asperger, lui renvoya Stacy. Ça vous dit quelque chose ?

Harlan secoua la tête.

Elle lui fourra son manteau dans les bras.

— Alors, renseignez-vous. Et, si ce que vous apprenez vous rebute, restez à distance de mon fils à l'avenir !

Elle le mit quasiment à la porte et referma celle-ci d'un geste si brusque qu'il tressaillit.

Encore sous le choc, il huma l'air froid de la nuit d'octobre.

— Une franche réussite, dit-il au croissant de lune accroché au-dessus des cotonniers.

La lune s'abstint de commentaires.

19 h 30 à sa montre, et il avait à peine touché à son burger. Ouaip ! Grandiose, cette soirée, du début à la fin…

Peut-être pourrait-il se faire préparer un sandwich dans

les cuisines du ranch. Un dîner de roi qu'il dégusterait dans le bureau que lui avait attribué la gouverneure, tout près du sien…

C'était toujours mieux qu'un retour piteux dans son appartement chichement meublé où il tenterait de faire comme s'il se sentait chez lui. Ou pire, comme s'il se sentait fier de lui.

— Est-ce qu'on va avoir un cheval ? demanda Zachary.

La tête de Stacy bourdonnait, mais elle s'efforça de cacher sa nervosité à son fils.

— Zachary, cette maison n'est pas réellement à nous. Mme Lila nous l'a seulement prêtée, nous ne pouvons pas amener un animal sur sa propriété. Elle a ses propres chevaux, et tu les montes parfois, n'est-ce pas ?

— Parfois seulement, se lamenta Zachary. Je veux un cheval que je pourrais monter tout le temps. Je lui ferais manger des pommes et des carottes et je lui donnerais le nom qui me plaît. Je l'appellerais Le Cheval de Zachary, je crois. Parce qu'il serait à moi. Et qu'il serait un cheval.

Stacy ne put s'empêcher de rire.

— Zachary, nous allons rester ici chez la gouverneure pendant un long moment encore.

Tout au moins elle l'espérait car, pour peu qu'il soit d'une nature rancunière, Harlan McClain avait les moyens de lui créer des ennuis très rapidement.

Elle chassa résolument ces pensées sombres et reprit :

— Pour le moment, il faudra monter les chevaux de Mme Lila. Mais le jour où nous aurons une maison à nous, s'il y a assez de place et si ce n'est pas contraire à la loi, nous envisagerons de te trouver un cheval. Je te le promets.

Zachary parut sur le point d'argumenter encore, mais

Stacy ne pouvait passer le restant de sa soirée à négocier avec son fils alors que son travail ne tenait peut-être plus qu'à un fil très, très fragile.

— Zachary, si tu allais voir Chico ? suggéra-t-elle en prenant son fils par la main.

Ce chat demi-siamois appartenait à Miguel, le gardien du ranch, et pour une raison mystérieuse, alors qu'il dédaignait la plupart des visiteurs, il adorait Zachary.

Ils suivirent la route plongée dans le noir jusqu'au bâtiment réservé aux employés du ranch, qui jouxtait la villa principale, s'arrêtant consciencieusement au poste de garde. Miguel et son épouse, Rhonda, leur réservèrent un accueil chaleureux, et Chico s'enroula aussitôt autour des chevilles de Zachary en ronronnant haut et fort.

— Rhonda, pardon de vous demander cela, mais pourriez-vous veiller sur Zachary quelques minutes ? Je dois aller m'entretenir avec la gouverneure.

— Bien sûr, pas de problème, répondit sans hésiter Rhonda avec un sourire complice.

Rhonda et Miguel étaient devenus instantanément ses alliés au ranch, et pour cause, ils avaient eux-mêmes un petit-fils autiste et comprenaient les défis auxquels étaient confrontés leur propre fille et leur gendre.

Quelle chance d'être entourée de personnes bienveillantes, toujours prêtes à donner un coup de main ! songea Stacy.

Restait à s'assurer qu'elle aurait encore son emploi d'aide de camp le lendemain.

Elle se dirigea vers la villa d'un pas nerveux. Encore plus quand apparut le pick-up noir rutilant de Harlan McClain, garé sur le côté, près du bureau de la gouverneure.

Il était donc venu là directement en sortant de chez elle. Mauvais signe…

Ravalant sa frayeur, Stacy signa le registre du poste

de garde près de l'entrée, pénétra dans le bâtiment et se dirigea vers le bureau de la gouverneure. Elle s'attendait à trouver celle-ci en grande discussion avec Harlan, mais non, Lila Lockhart était seule.

— Quelle surprise de vous voir à cette heure tardive, Stacy !

Lila retira ses lunettes et lui indiqua d'un geste le fauteuil de l'autre côté de sa table de travail.

— Un souci dans l'organisation du gala ?

— Non, je… Non. Tout se présente étonnamment bien. J'ai pu joindre plus d'invités que prévu dès le premier appel.

— Le fait que j'aie récemment frôlé la mort doit les inciter à décrocher, commenta Lila avec un sourire désabusé. Pour le cas où ce serait leur dernière chance de faire affaire avec moi…

— Ne plaisantez pas avec ça, protesta Stacy, frissonnant à la pensée du drame survenu deux jours plus tôt.

— Désolée. Quelquefois, la seule façon d'apprivoiser un mauvais souvenir est de le traiter par la dérision.

Lila se renversa contre son dossier.

— Si vous n'êtes pas venue me soumettre un problème professionnel, ce doit être pour une raison d'ordre privé, alors. Est-ce que votre ex-mari vous cause des misères ?

— Non, je n'ai aucune nouvelle d'Anthony depuis plus de deux mois.

C'était une erreur d'être venue voir Lila. Mieux valait garder ses ennuis pour elle plutôt que de les déposer aux pieds de son employeuse. Stacy esquissa un mouvement pour se lever.

— Assise ! Je vous écoute.

Stacy obéit. Sans plus réfléchir, elle raconta à la gouverneure la tentative de Harlan pour discipliner son fils et sa réaction disproportionnée.

— Je sais que son initiative partait d'une bonne intention, mais je l'ai très mal prise. Vous savez que je suis sur la défensive dès qu'on touche à Zachary…

— Vous avez cru qu'il se précipiterait ici pour vous dénoncer ?

Stacy acquiesça en silence.

— Et je vous aurais renvoyée uniquement parce qu'un grand costaud serait venu cafarder comme un écolier ? C'est mal me connaître, la belle ! Je ne confierais jamais ma vie à un type aussi mesquin. Ni même ma roseraie.

Stacy esquissa un sourire piteux.

— Il n'est donc même pas passé vous voir ce soir ?

— Il m'a juste demandé il y a quelques minutes si cela ne me dérangeait pas qu'il s'attarde à la villa pour travailler. Il n'a fait aucune allusion à votre entrevue.

La flèche du remords transperça Stacy. Elle avait cru Harlan capable du pire… À tort.

— Je suppose que je lui dois des excuses…

— Vous savez où le trouver, conclut Lila en souriant.

Après avoir pris congé, Stacy enfila le long couloir, dépassa son propre bureau et s'arrêta devant la pièce qu'elle avait aménagée pour Harlan avec la gouverneure le matin même. La porte était entrouverte, elle frappa tout de même.

— Monsieur McClain ?

Harlan se redressa, l'expression circonspecte, et hocha la tête. Il remplissait à lui seul ce petit espace avec sa carrure athlétique et, surtout, l'intensité de sa présence.

— Madame Giordano…

— Monsieur McClain.

Elle s'immobilisa à un mètre de lui, cherchant ses mots. Elle pouvait se justifier de manière très franche, expliquer que son salaire lui était précieux, qu'il couvrait les soins offrant à son fils une toute petite chance de mener une vie plus normale. Elle pouvait confier qu'elle n'avait pas prévu de se retrouver seule à gérer les problèmes de Zachary, sans l'aide du père…

Mais lorsqu'elle ouvrit la bouche, un mot, un seul, s'en échappa :

— Désolée.

Elle fut d'autant plus stupéfaite que le même mot sortit simultanément de la bouche de Harlan.

7

Harlan s'attendait à tout de la part de Stacy, sauf à un mot d'excuse. En outre, elle semblait particulièrement fatiguée. Non pas juste fatiguée comme après une longue journée de travail, mais fatiguée comme une femme qui vivait depuis longtemps sous pression.

— Il n'y a pas de quoi, assura-t-il.

Se levant, il lui désigna la chaise face à lui, qui était pour le moment l'unique siège qu'il puisse offrir à ses visiteurs.

— Où est Zachary ?

— Je l'ai emmené chez Miguel et Rhonda. Le gardien…

— Oui, j'ai fait sa connaissance. Très sympathique.

— Leur dernier petit-fils est autiste.

Une vive chaleur envahit le cou de Harlan.

— Je suis navré de ce qui s'est passé avec Zachary. J'ai suivi votre conseil, je me suis renseigné sur le syndrome d'Asperger.

— Et moi, j'aurais dû vous expliquer, au lieu de me mettre en colère. J'ai réagi trop vite, en maman poule, comme souvent quand il s'agit de mon fils. C'est juste que… des problèmes l'attendent, quoi que je fasse. La thérapie a ses limites.

La jeune femme se recroquevilla, comme si le monde pesait lourd sur ses épaules.

— Tôt ou tard, les autres enfants commenceront à se

moquer de ses différences, et il n'aura aucune défense contre cela. Le pire pour lui, c'est que son handicap ne se perçoit pas tout de suite.

— Il a un vocabulaire stupéfiant pour son âge. J'ai cru comprendre que c'était l'un des symptômes ?

— Ou une bénédiction, nuança-t-elle avec un petit sourire d'une tristesse déchirante. J'ai plus de chance que bien des mamans d'enfants handicapés — mon fils me parle et il communique plutôt bien. Quand il est d'humeur, il peut même me faire un câlin…

— Mais la plupart du temps, il ne réagit pas à vos demandes, n'est-ce pas ?

— Il est incapable de déchiffrer les signaux sociaux. Si je fronce les sourcils quand il devient pénible, il ne sait pas que ça signifie qu'il doit s'arrêter. Il ne comprend pas que tout le monde n'aime pas les chevaux autant que lui…

— Depuis quand est-il obsédé par les chevaux ?

— Depuis qu'on lui a offert un cheval à bascule. Sa première leçon d'équitation a été une révélation. Il ne parle de rien d'autre depuis des semaines.

Le sourire de Stacy devint plus franc.

— À trois ans, il était obnubilé par le portable de son père. Il le sortait en douce de l'attaché-case d'Anthony pour jouer avec. Dieu sait combien d'appels il a passés dans la liste de contacts… Anthony était furieux, ajouta-t-elle en se rembrunissant. Il croyait à des caprices, il s'imaginait que Zachary se tiendrait mieux si on lui inculquait la discipline…

Le cœur de Harlan se serra.

— Et quand vous m'avez vu le prendre dans les bras pour qu'il comprenne qu'il ne devait plus vous déranger…

Elle hocha la tête.

— Anthony ne savait pas non plus. Pas à cette époque-là.

— Il a dû regretter amèrement sa réaction une fois le diagnostic établi.

Harlan, lui, s'était senti minable. Il n'osait imaginer la réaction du père !

— Il a surtout regretté d'avoir un fils déficient, confia Stacy avec de l'amertume dans la voix. Il ne s'est pas attardé longtemps ensuite.

Harlan fronça les sourcils.

— Il est parti ? Comme ça ?

Les joues de Stacy rosirent. Elle se leva et se tourna vers la porte.

— Je ne suis pas venue discuter de mon couple. Je voulais juste vous présenter mes excuses et vous dire que j'espérais que nous pourrions travailler ensemble sans être gênés par ce qui s'est passé ce soir.

Il se leva à son tour.

— Bien sûr. Si nous commencions tôt demain matin ? 8 heures ?

— Parfait.

Elle esquissa un sourire hésitant.

— Je ferais mieux d'aller chercher Zachary avant qu'il fasse regretter à Miguel et Rhonda leur promesse de veiller sur lui.

Harlan la raccompagna jusque dans le couloir.

— Soyez prudente sur le chemin du retour.

— Cet endroit regorge de gardes. Je n'ai jamais été aussi en sécurité de ma vie !

Harlan aurait aimé lui donner raison, mais le danger n'était pas si exclu que cela, même avec ces postes de contrôle sur le ranch.

Un peu plus tôt dans la journée, avant de se rendre chez Stacy, il avait feuilleté les synthèses sécurité établies à la suite de l'attentat du Capitole, et un détail l'avait frappé. Un détail lourd de conséquences…

Personne à Austin n'était informé des projets de la gouverneure avant la veille au soir. L'estrade ainsi que la sono nécessaires pour l'annonce officielle avaient été installées pendant la nuit et, pour que tout soit prêt à temps, Lila avait dû envoyer sur place des membres de son propre personnel — des membres de son équipe politique mais aussi des ouvriers du ranch.

Or la seule façon pour le plastiqueur de savoir où et quand poser la bombe était d'être averti à temps. Le coupable se trouvait donc à coup sûr au sein de ce personnel, qui avait été informé de l'événement au moins un jour et demi avant celui du Capitole.

Il était donc quelque part à Freedom.

Ce qui plaçait Stacy et son fils droit dans sa ligne de mire.

— Vous n'êtes pas sérieux !

Stacy resta interloquée lorsque Harlan aborda le sujet pendant leur première réunion de travail le lendemain matin.

— Pourquoi donc quelqu'un ici voudrait s'en prendre à Lila ?

— Peut-être a-t-elle dit ce qu'il ne fallait pas à la personne qu'il ne fallait pas, suggéra Harlan en haussant les épaules. On peut perdre le contrôle pour toutes sortes de raisons…

— Pas ici ! riposta fermement Stacy. Tout le monde sur ce ranch se saignerait pour Lila. Elle est le genre de personne honnête, franche et sensée dont ce pays a besoin, et il ne nous viendrait pas à l'idée de compromettre ses chances, encore moins de lui faire du mal !

— Elle paie bien, en plus.

Stacy se mit à rougir.

— Ce n'est pas pour cette raison que j'ai accepté ce

poste. Je suis la carrière de Lila depuis mon adolescence dans l'Arkansas. Je pressentais déjà qu'elle irait loin. C'est un sentiment partagé par tous ceux qui travaillent pour elle. On ne s'engage pas en politique juste pour encaisser un gros chèque…

— Soit, concéda Harlan. Et les employés du ranch ?

— Lila ne les tient pas informés de ses projets, fit valoir Stacy.

Bien sûr, la gouverneure ne les considérait pas non plus comme des traîtres en puissance, et c'était peut-être un tort. Stacy lui avait souvent recommandé la discrétion lorsqu'elle discutait politique dans les écuries. Car si les employés de maison, attachés à son service depuis longtemps, loyaux et dévoués, méritaient d'être traités comme des membres de la famille, côté ranch les jeunes palefreniers et bon nombre des cow-boys étaient des recrues assez récentes. Pour les tâches les plus rebutantes et physiquement exigeantes, le personnel était fréquemment renouvelé.

— Oui ? lança Harlan, comme s'il avait senti ses doutes.

— La gouverneure passe beaucoup de temps dehors, lorsqu'elle est au ranch. Elle arpente le terrain à la moindre occasion…

— Il est donc possible qu'elle ait évoqué l'annonce prévue à Austin à portée d'oreille d'un ouvrier ?

— Oui, c'est possible. Il faudra lui poser la question. Je n'ai pas le souvenir d'un incident particulier, mais elle supervise régulièrement la gestion du ranch lorsqu'elle réside à Freedom.

— Je l'interrogerai sur ce point, déclara Harlan en hochant la tête. Lorsque vous aurez un moment, entre deux coups de téléphone, pourriez-vous dresser une liste des ouvriers du ranch ? La gouverneure ne m'a donné que celle des employés de bureau pour mes vérifications. Je souhaite élargir mon champ de recherches.

— Vous allez fouiller le passé de tout le monde ? balbutia Stacy.

Question idiote, songea-t-elle aussitôt. Ces contrôles s'imposaient pour garantir la sécurité de tous.

— Je veux dire… Nous avons déjà été passés au crible avant d'entrer au service de la gouverneure…

— Je sais, dit Harlan. Mais j'appliquerai d'autres filtres puisque je ne recherche pas la même chose, surtout avec ce que je soupçonne maintenant.

— Que l'un de nous puisse être un terroriste ?

Il esquissa un sourire en coin.

— C'est en effet un élément nouveau, assurément.

Stacy détacha son regard de la fossette que ce sourire creusait dans la joue de Harlan pour noter dans son BlackBerry de sortir la liste des ouvriers du ranch.

— J'aimerais aussi être tenu informé de vos projets pour le gala, à chaque étape.

Surprise, Stacy releva la tête.

— *À chaque étape ?* Vous voulez dire…

— Oui. Je veux savoir au jour le jour tout ce que vous faites pour organiser cette réunion. Est-ce que cela vous pose problème ?

Elle fronça les sourcils.

— On frôle la surveillance abusive, marmonna-t-elle avant d'avoir pu s'en empêcher.

Les lèvres de Harlan s'incurvèrent de nouveau.

— Peut-être. Mais, si je découvre des failles dans la sécurité à ce stade, elles seront plus faciles à combler que si j'attends que toutes les dispositions soient arrêtées, n'est-ce pas ?

Imparable, maugréa intérieurement Stacy en ravalant un soupir.

— Je travaille chez moi l'après-midi, à moins d'une leçon d'équitation prévue pour Zachary. Dans ces cas-là, je travaille là où je me trouve, mais je peux vous faire un rapport ici en fin de journée.

Tout en parlant, elle réfléchissait à toute allure. Comment occuper Zachary pendant ses réunions avec Harlan ? Charlotte la dépannait souvent avec plaisir, mais il était exclu de la réquisitionner comme baby-sitter chaque après-midi…

— Vous savez que vous pouvez amener Zachary ici, si nécessaire.

La proposition la fit presque sursauter. Et l'air compatissant de Harlan lui donna le sentiment d'être une parfaite incapable.

— C'est gentil à vous, mais…

— Mais vous préférez courir partout jour après jour pour trouver une solution de garde ?

Elle pinça les lèvres.

— Vous n'avez aucune raison de m'accorder une telle faveur. Ce ne sera pas nécessaire.

— Un peu de répit ne vous ferait pas de mal, observa posément Harlan. Et si cela peut achever de vous convaincre, de mon côté, j'ai besoin de toute votre attention pendant nos séances de travail. Je ne l'obtiendrai pas si vous vous inquiétez pour votre fils.

— C'est une façon de me dire que vous me jugez incapable de gérer les deux en même temps ? Mon travail d'aide de camp et celui de mère ?

Harlan se rembrunit nettement.

— Non, je ne parle pas par énigmes. Je dis toujours ce que je pense.

— Pardon…, balbutia Stacy. Et merci.

— Bien. Je dois maintenant m'entretenir avec mes associés. Allez donc passer les appels prévus ce matin, et nous nous retrouverons une fois que vous aurez récupéré votre fils à l'école, à l'heure qui vous conviendra.

— Je vais le chercher à midi. En règle générale nous déjeunons ensemble, je lui trouve une occupation et je me remets ensuite au travail.

— D'accord. Rendez-vous après le déjeuner, donc.

Son hochement de tête avait clairement valeur de congé.

Avec un léger soupir, Stacy quitta le bureau de Harlan et réintégra le sien, où l'attendait une longue liste d'urgences à régler, posée en évidence sur le sous-main.

9 heures du matin, et ses tempes bourdonnaient déjà sous l'effet du stress. Combien de temps encore serait-elle capable de jongler entre son travail et les astreintes épuisantes de l'éducation de son fils ?

Et que resterait-il d'elle au bout du compte ?

Lila Lockhart vint trouver Harlan dans son bureau vers 10 h 30 pour savoir comment se passait sa première vraie journée de travail.

— Ça avance, lui répondit Harlan en souriant. Tout va bien pour le moment. Au fait… Merci pour les dossiers sur votre équipe. C'était utile d'avoir accès aux recherches effectuées précédemment.

— Vous n'avez trouvé aucun élément suspect, n'est-ce pas ?

Il secoua la tête.

— Vous avez un instinct sûr pour votre staff politique. Vous chargez-vous personnellement aussi des embauches pour le ranch ?

— Pas toujours. J'ai engagé moi-même le contremaître, et Cory, le responsable d'écurie, est au service de ma famille depuis des années. Pourquoi cette question ?

— D'après Stacy, il vous arrive de parler de vos projets politiques hors les murs de cette villa…

— C'est exact, reconnut la gouverneure. Demandez donc à Stacy de vous fournir la liste de nos employés si vous jugez nécessaire d'enquêter sur eux aussi. Je les préviendrai pour qu'ils ne prennent pas peur…

— Non, n'en faites rien, lui intima Harlan. Si le coupable se trouve parmi eux, je préfère ne pas lui donner de soupçons.

Lila hocha la tête, mais à contrecœur, c'était évident. Elle changea de sujet.

— À propos de Stacy… Comment se passe votre collaboration ?

— Bien, assura Harlan.

Il aurait aimé en avoir la certitude. Les débuts avaient été prometteurs, le contexte dramatique les ayant obligés à s'entendre pour agir. La vraie vie cependant avait vite réduit à néant cette camaraderie et, à moins qu'une autre crise se présente, il n'était pas sûr de la retrouver un jour.

Quel dommage, tout de même ! Stacy était la première femme depuis longtemps qui ne lui rappelle pas son ex.

Alexis, par exemple, ne voulait pas d'enfants. Comme un idiot, il avait cru qu'elle changerait d'avis…

— Stacy est une femme intéressante, reprit Lila en s'installant sur la chaise en face de lui. Vous avez lu son dossier ?

C'était le premier qu'il avait ouvert. Il s'était dit que l'aide de camp, qui avait toute la confiance de la gouverneure, représenterait la menace la plus grave pour peu qu'elle l'ait trahie… N'importe quoi !

Il avait juste eu très envie d'en apprendre davantage sur elle. Sur ses motivations dans la vie. Sur ce qui la rendait vulnérable…

Sur ce qui la faisait sourire, aussi.

— Ce que son mari lui a fait subir, ainsi qu'à cet adorable petit garçon, est inqualifiable, grommela la gouverneure.

Harlan opina de la tête. Cet homme avait peut-être d'autres raisons de renoncer à son couple, mais ce n'était pas une excuse pour disparaître de la vie de son fils. D'après le dossier, hors le versement de la pension alimentaire fixée par le juge, dont il s'acquittait sans faillir, il n'avait aucun contact avec Zachary depuis plus de un an. L'évaluateur avait noté que Stacy méritait une attention particulière — non du fait d'une intégrité douteuse, mais parce que la mère d'un enfant handicapé était plus sensible qu'une autre aux pressions extérieures.

En d'autres termes, quelqu'un pourrait tenter d'utiliser son fils contre elle pour atteindre Lila.

Cela se tenait. Surveiller Stacy de près serait même une excellente idée, songea Harlan, quand bien même ses motivations n'étaient pas strictement professionnelles.

Et, puisqu'ils travaillaient désormais main dans la main, le prétexte était tout trouvé.

— Qui est Harlan, et pourquoi Zachary parle de lui sans arrêt ? demanda Charlotte à Stacy à la sortie des classes.

Stacy eut un petit rire étranglé.

— Et moi qui espérais qu'il l'aurait oublié !

Elle raconta à Charlotte la visite de Harlan McClain la veille et la crise de nerfs de son fils lorsque Harlan l'avait ramené à table de force.

— Je pensais vraiment que Zachary serait passé à autre chose. Une fois remis de sa frayeur, il a dû se souvenir qu'il trouvait M. McClain passionnant.

Charlotte sortit de l'école en même temps qu'elle pour la raccompagner jusqu'à sa voiture.

— Est-il réellement passionnant, cet homme ?

— Il est différent, concéda Stacy avec prudence. Il est originaire de Géorgie. De là lui vient ce petit accent, tu vois…

Celui qui lui donnait invariablement la chair de poule.

— C'est un ancien militaire, ajouta-t-elle. Il a aussi un côté GI Joe qui joue en sa faveur.

Charlotte sourit.

— Marié ?

Stacy penchait pour la négative, puisqu'il s'était invité à dîner puis avait passé le reste de sa soirée à travailler dans la villa, mais que savait-elle réellement à son sujet ?

— Je l'ignore. C'est important ?

— Ma foi… Zachary est fou de lui apparemment. Tu rougis depuis que j'ai prononcé son nom. Donc oui, ça semble important.

— Nous travaillons ensemble. Rien de plus. Et tu sais pourquoi.

À peine une poignée de personnes à Freedom connaissaient l'histoire de son fiasco conjugal. Charlotte en faisait partie. Son amie savait qu'Anthony les avait laissés tomber au moment où ils avaient le plus besoin de lui et que jamais elle ne laisserait un autre homme leur faire subir cette épreuve une seconde fois.

Étonnant qu'elle ait lâché cette confidence devant Harlan McClain… Mais quelque chose chez lui incitait à la confiance. C'était peut-être ce qui avait incité la gouverneure à le charger de sa sécurité. Si quelqu'un était capable de débusquer chez les autres les secrets les plus sombres, les plus inavouables, c'était bien lui.

— Ils ne sont pas tous comme Anthony, tu sais, dit Charlotte. Quelquefois, c'est l'homme qui souffre, qui se retrouve seul avec un enfant handicapé à élever…

Stacy haussa les sourcils.

— Tu penses à quelqu'un en particulier ?

Charlotte eut un petit rire.

— Le père d'une de mes élèves. Un type adorable. Sa femme, elle, avait oublié de grandir, elle avait la mauvaise habitude de boire trois martinis à l'apéritif et de rentrer ivre au volant avec sa fille.

Stacy grimaça.

— Que s'est-il passé ?

— Elle s'est tuée sur la route. Elle, plus une famille de trois personnes, il y a trois ans environ. Seule sa fille a survécu, avec une lésion cérébrale qui a nécessité des années de traitement. Je l'ai eue dans ma classe l'année dernière. Elle se portait déjà beaucoup mieux, excepté quelques problèmes persistants. Elle est en CP maintenant.

— Pauvre gosse !

— Son père s'est retrouvé à devoir la soigner seul, tout en affrontant le procès intenté par les survivants de l'autre famille victime de l'accident. Il a vécu des moments terribles.

— Hé ! C'est de Jeff Appleton que tu parles, n'est-ce pas ?

Ce policier avait fait quelques extra comme vigile au service de la gouverneure. Stacy avait entendu parler de ses ennuis judiciaires et du fait qu'il avait une fille de six ans handicapée. La gouverneure avait proposé d'organiser une rencontre entre Zachary et la petite, mais Stacy jugeait son fils pas encore tout à fait prêt pour jouer avec une invitée.

— Oui, répondit Charlotte. Un homme bien, sous pression constante. Tu devrais faire plus ample connaissance avec lui, vous avez beaucoup de choses en commun tous les deux.

Stacy lança un regard en biais à son amie. La suggestion avait semblé automatique dans la bouche de Charlotte, le cœur n'y était pas. Son amie ne souhaitait pas réellement qu'elle envisage de fréquenter Jeff. Aurait-elle un coup de cœur pour le policier ?

Avant qu'elle ait pu lui poser la question, Charlotte écarquilla soudain les yeux et lui saisit le bras.

— Stacy, où est Zachary ?

Stacy baissa les yeux sur sa droite, où son fils se trouvait quelques secondes plus tôt. Personne.

Elle releva la tête, certaine de le repérer non loin de là, peut-être en train de tourner en rond dans le jardin de l'école. Depuis ses trois ans, elle lui rabâchait qu'il était strictement interdit de s'éloigner de sa mère. Une règle d'or qu'il respectait scrupuleusement, ayant assez de maturité pour en comprendre les raisons.

Pourtant, cette fois, Zachary n'était nulle part. Pas même dans la voiture, où il aurait pu s'installer pendant qu'elle discutait.

Son fils avait bel et bien disparu !

La peur lui enserra la poitrine comme un étau.

— Tu l'as vu partir dans une direction ?

— Non ! Je le croyais là, tout près, avec toi !

L'expression paniquée de Charlotte amplifia encore l'angoisse croissante de Stacy.

Un frisson glacé la secoua. Son monde venait de basculer en une fraction de seconde, la laissant oppressée, la tête vide, dans un univers inconnu et hostile où plus rien ne semblait familier.

Où était Zachary ?

8

Un millier de scénarios terrifiants traversèrent l'esprit de Stacy tandis qu'elle tentait de se remémorer l'instant exact où elle avait vu son fils pour la dernière fois.

Sa discussion avec Charlotte l'avait très vite accaparée, mais Zachary ne s'éloignait jamais de plus de quelques mètres, et elle restait attentive quoi qu'il arrive…

Si elle n'avait pas remarqué son départ, c'était qu'il avait filé en douce. Or Zachary ne filait *jamais* en douce.

— Zachary ? appela Charlotte, l'air de plus en plus effrayée.

— Il ne serait pas parti s'il n'avait pas vu quelque chose qui l'intéresse, dit Stacy. Peut-être quelqu'un à cheval ?

— Ou un des camarades sur lesquels il fait une fixation ?

— On se déploie, décréta Stacy, refoulant la peur qui lui paralysait les membres. Il n'a pas eu le temps d'aller loin. Il faut juste trouver où.

Tandis que Charlotte s'élançait dans la rue en direction de la banque en appelant Zachary à grands cris, Stacy s'engagea dans l'autre sens, le cœur fou. Son sentiment de désorientation persistait, le voile rouge de la panique devant ses yeux l'empêchait de retrouver ses repères…

Allons ! Tu es à Freedom, Texas. Tu connais cette ville comme ta poche désormais. Zachary aussi.

Où avait-il pu se rendre ? Qu'est-ce qui pouvait l'intéresser au point de l'inciter à filer en cachette ? Elle décida d'aller d'abord vérifier au Talk of the Town. Zachary aimait ce snack. Faith et les autres employés, informés de son handicap, le traitaient bien même lorsqu'il se comportait comme une peste. En outre, si elle lançait l'alerte là-bas, la nouvelle de la disparition de son fils se répandrait dans toute la ville en quelques minutes — plus vite qu'une alerte officielle de la police.

Elle avait à peine franchi le seuil du restaurant qu'une voix d'homme la héla. Un timbre de baryton à l'accent géorgien reconnaissable entre tous. Installé dans un box, Harlan McClain lui adressait de grands signes. Et Zachary était assis en face de lui, la main tendue vers son assiette pour lui piquer des frites.

— Perdu quelque chose ? demanda Harlan.

Le soulagement submergea Stacy. Ses jambes se mirent à trembler.

— Zachary, tu m'as fait une de ces peurs ! Pourquoi tu es parti comme ça sans m'avertir ? Tu connais pourtant notre règle d'or !

Zachary leva les yeux et la regarda comme si elle avait perdu l'esprit.

— J'ai vu Harlan, je devais lui dire bonjour.

— Tu *devais* ?

Stacy s'efforça de rester calme, hésitant entre serrer son fils dans ses bras et le tancer pour lui avoir causé la terreur de sa vie. Harlan la dévisageait.

— Je suis désolée qu'il vous ait importuné…

— C'est moi qui suis désolé qu'il vous ait fait peur. Mais il ne m'embête pas du tout. Ce n'est pas drôle de déjeuner seul.

Il poussa la bouteille de ketchup vers Zachary, qui

s'en saisit, la pressa et dessina un ruban de sauce sur les frites chapardées.

— Vous auriez dû me prévenir dès qu'il est entré ici !

La réprimande que Harlan méritait sortit des lèvres de Stacy sans conviction. À son grand dépit ! Ils étaient si craquants tous les deux. Zachary imitait tous les gestes de Harlan… Il se souvenait à peine d'Anthony, mais il avait besoin d'un père, comme tous les petits garçons, et il semblait déterminé à s'en trouver un tout seul.

Elle aurait presque encouragé cette fascination toute neuve pour Harlan McClain… Mais elle devinait déjà la détresse de Zachary le jour où tout cela prendrait fin. Harlan, de son côté, semblait sincèrement apprécier la compagnie de Zachary, avec toutes ses étranges manies. Elle lui avait pourtant donné plus d'une raison de prendre ses distances avec eux la veille, non ?

Néanmoins, il était là, plein d'attentions pour son fils, le laissant picorer la nourriture dans sa propre assiette.

— J'ai essayé, dit-il. Votre téléphone doit être éteint.

Elle sortit son portable de son sac à main. Elle avait activé le vibreur pendant leur réunion du matin et oublié de remettre le son ensuite.

— J'avais si peur que je ne l'ai même pas senti vibrer…

Harlan lui sourit.

— Vous avez faim ? Mon plat vient d'arriver. Vous pourriez vous joindre à moi, tous les deux.

— Moi, j'ai faim, dit Zachary d'une voix plaintive.

— À deux contre un, je n'ai aucune chance…

— Considérons cela comme un déjeuner de travail, proposa Harlan. J'ai passé la matinée à étudier la liste des ouvriers du ranch que vous avez établie et j'ai besoin de vos lumières sur plusieurs d'entre eux.

Stacy se sentit soudain vidée de ses forces. L'adrénaline

qui l'avait propulsée dans le snack se dissipait à toute allure, et ses genoux tremblotants prirent la décision pour elle. Elle se glissa dans le box à côté de Zachary.

— Laissez-moi appeler quelqu'un d'abord.

Elle téléphona à Charlotte pour la rassurer, puis reporta toute son attention sur Harlan.

— Je vous écoute.

Les lèvres de Harlan s'incurvèrent, creusant de nouveau ces fossettes absolument craquantes.

— Et si nous vous trouvions un bon petit plat chacun, d'abord ?

Il fit signe à Faith, qui était en train d'essuyer le comptoir. Celle-ci lui sourit, rangea son éponge et attrapa un menu sur un présentoir.

— Comme d'habitude ? lança-t-elle à Stacy avant de se pencher pour regarder Zachary dans les yeux. Et pour toi, bâtonnets de poulet pané et tranches de pomme ?

L'enfant hocha la tête.

— Est-ce qu'on peut avoir aussi une pomme pour les chevaux ?

— Je vais t'en dénicher une, promit Faith.

Elle avait elle-même un tout jeune bébé, qui dormait sûrement quelque part dans un coin tranquille du restaurant. Quel était son secret pour garder la forme ? se demanda Stacy.

La réponse à cette question émergea quelques secondes plus tard de l'arrière-salle en la personne de Matt, son fiancé. Il tenait la minuscule Kayleigh calée entre ses bras vigoureux et la contemplait amoureusement.

Avisant Faith près de leur table, il se dépêcha de la rejoindre, l'air aussi fou d'elle que du bébé.

— Elle a ri ! annonça-t-il sans préambule. Je l'ai fait rire !

Les yeux de Faith s'illuminèrent.

— Tu es sûr que ce n'était pas un petit renvoi ?

— Pas du tout ! Tiens, regarde.

Matt fit une grimace au bébé et, comme de juste, la petite Kayleigh émit un gargouillis communicatif.

Le ventre de Stacy se noua à ce son. Zachary avait ri à trois mois. Les deux premières années, il avait paru normal sur tous les plans. Ses problèmes n'étaient devenus évidents que plus tard…

— Vous avez entendu ça ? dit fièrement Faith.

— Moi oui, reconnut Stacy en priant pour que Kayleigh mène une vie simple et heureuse.

Elle jeta ensuite un coup d'œil à Harlan, curieuse de connaître sa réaction au petit numéro de Kayleigh devant leur table.

Il fixait son assiette, l'air très mal à l'aise.

Harlan McClain n'aimait donc pas les bébés ?

Ou alors, songea Stacy, un œil vers Matt qui embrassait Faith comme si le reste du monde n'existait plus, c'était l'amour-toujours que Harlan supportait mal…

— Matt, navré d'interrompre ces démonstrations dégoulinantes, dit-il soudain avec un sourire que Stacy jugea peu convaincant, mais tu n'étais pas censé travailler avec Wade sur ces recherches qu'il me faut avant demain vendredi ?

Matt le fusilla du regard.

— Bart Bellows, sors de ce corps !

Le sourire de Harlan s'estompa.

— Quelqu'un cherche à assassiner la gouverneure. J'aurais cru que ce serait une priorité absolue pour nous tous, pas seulement pour Stacy et moi.

Matt considéra celle-ci d'un air apitoyé avant de lancer à Harlan :

— Je m'y remets dès que j'aurai fini mon déjeuner. À moins que seul le grand patron soit autorisé à manger ?

L'expression de Harlan s'adoucit aussitôt. Il parut même rougir un peu, remarqua Stacy. Comme s'il avait conscience d'avoir passé les bornes.

— Désolé, fit-il. C'est un jour sans.

— Pire qu'hier ?

Matt aussi avait baissé d'un ton. Il changea la position du bébé dans ses bras en lui tapotant le dos.

— J'imagine que ce n'était pas très agréable de revoir l'ex ?

Le regard de Harlan fila vers celui de Stacy avant de revenir sur Matt.

— Au contraire. Elle se remarie. Je n'aurai plus de pension alimentaire à verser…

— Sérieux ? fit Matt, tout sourires. À quand le grand jour ?

C'était à se demander si tous les hommes ne souffraient pas d'une forme allégée du syndrome d'Asperger, pesta Stacy *in petto*. Ils peinaient vraiment à lire les signaux d'alerte dans les conversations !

— Aucune idée, bougonna Harlan. Elle a dit que son avocat me contacterait.

Zachary tira Stacy par la manche, détournant son attention de l'échange entre les agents du CSI.

— Maman, il ne faut pas arriver en retard à la leçon d'équitation.

Stacy tressaillit et consulta sa montre. Il était près de 13 heures. La leçon commençait à 13 h 30, et Zachary détestait être en retard, surtout pour ses leçons d'équitation. Heureusement, leurs commandes arrivèrent.

— Faith, peut-on emballer tout ça pour emporter ?

Je dois emmener Zachary au Long K, et tu sais que s'il est en retard…

— Bien sûr, dit Faith avec un sourire compréhensif.

Elle retourna aussitôt vers la cuisine, déposant au passage un baiser sur la tête de son bébé et même un autre sur les lèvres de Matt.

— Je suis navrée, Harlan. Nous avons rendez-vous au Long K. Mais Zachary reste là-bas tout l'après-midi et il joue avec les jumelles après sa leçon. Je pourrai donc vous consacrer toute mon attention jusqu'à 17 heures. D'accord ?

Tandis qu'elle parlait, l'angoisse revint la saisir. Après sa peur bleue à la sortie de l'école, la seule pensée de confier Zachary à quelqu'un d'autre lui donnait le frisson.

— J'ai une meilleure idée, déclara Harlan. Je vous accompagne au Long K. Un des ouvriers travaillait là-bas avant de rejoindre le Twin Harts, et je comptais justement en discuter avec Lindsay. Nous pourrons travailler pendant la leçon de Zachary, puis rentrer ici ensemble.

Stacy lui lança un regard reconnaissant, sûre qu'il avait prévu de discuter avec Lindsay par téléphone plutôt que de se déplacer jusqu'au Long K Ranch. Il avait sans doute deviné son appréhension à l'idée de laisser Zachary tout l'après-midi. Les hommes n'étaient peut-être pas tous mauvais pour déchiffrer le langage non verbal, en fin de compte.

— Entendu, dit-elle.

Comme Matt Soarez posait sur Harlan un regard pensif, qui dériva ensuite jusqu'à elle, Stacy se hâta de détourner la tête. Elle ne voulait surtout pas alimenter ce genre de spéculation. Dans cette petite ville, les ragots circulaient à une vitesse folle. Elle aurait dû se douter que le seul fait de s'asseoir dans le box de Harlan McClain pour déjeuner suffirait à délier les langues — surtout celles des amoureux de fraîche date ! Ceux-là s'imaginaient que tous avaient droit à ce même bonheur, coûte que coûte.

Seulement, tomber amoureuse n'était pas l'idée que Stacy se faisait du bonheur. Du moins, plus depuis Anthony. Elle l'avait aimé pendant un temps, contre toute raison, et le résultat n'était pas joli à voir. Le mariage de Harlan n'avait pas été non plus un chemin pavé de roses, semblait-il…

S'il y avait deux personnes à Freedom, Texas, qui n'étaient pas faites pour une relation sentimentale, c'étaient bien Harlan et elle.

Harlan plissa les yeux. Le Long K Ranch était moins vaste et pimpant que le Twin Harts, qui avait bénéficié du boom pétrolier quelques décennies plus tôt. Le mois précédent, l'enquête de Wade Coltrane sur les menaces de mort contre la gouverneure avait fait émerger la trace d'une rivalité ancestrale entre les Kemp du Long K et les Lockhart. Une histoire de pétrole découvert sur une terre achetée des années auparavant par le père de Lila à la famille Kemp alors en proie à des déboires financiers.

Pour autant, travailler au Long K devait être plus agréable qu'au Twin Harts, trancha Harlan en quittant le bâtiment principal pour longer le manège dans lequel Lindsay donnait sa leçon à Zachary. Le ranch de la gouverneure avait beaucoup d'allure, mais le Long K dégageait une impression de confort. Comme une vraie maison.

Il suivit du regard le petit garçon aux cheveux sombres qui tournait en rond sur un Quarter horse noisette, petit mais puissant. Un soupçon d'inquiétude le saisit devant ce minuscule être humain maniant le cheval avec un étonnant mélange de cran et de dextérité.

Son regard dériva ensuite vers les cheveux tout aussi

bruns de Stacy dansant dans la brise. Elle se tenait accoudée à la barrière du corral, les bras croisés sur le rail supérieur, dans une posture détendue. Harlan s'approcha. En fait, Stacy avait le front plissé et les épaules crispées.

Une envie folle le saisit d'effacer ces plis soucieux et d'étirer ces muscles. Peut-être aussi de ramener le sourire sur ce visage troublé et si joli, pourtant.

Mais comment s'y prendre ?

— Il est doué, commenta-t-il à voix haute.

Elle sursauta et se tourna vers lui en clignant des yeux. Il se plaça devant elle de manière à lui cacher le soleil. Son visage se détendit un peu.

— Vous avez la fâcheuse habitude de surgir sans prévenir…

Il sourit et s'installa près d'elle contre la barrière.

— Désolé. La force de l'habitude. Chez les anciens militaires, l'approche furtive est une seconde nature.

— Quelle branche de l'armée ?

— Les marines, pour vous servir.

— Ah…, murmura-t-elle.

Devant son regard interrogateur, elle ajouta :

— Mon oncle aussi était un marine.

— Un oncle chez les marines, un père coordinateur des secours… Et votre mère était dresseuse de lions ?

— Non. Professeur d'anglais.

Elle sourit, et Harlan s'émerveilla une nouvelle fois que son visage puisse à ce point être transformé par un simple sourire. De joli, il devenait éblouissant.

Il dut détourner le regard pour recouvrer sa voix.

— Inutile de vous demander à qui vous ressemblez le plus, votre père ou votre mère. Je vous ai vue en action à Austin.

— En fait, j'ai un master de littérature anglaise,

précisa-t-elle d'une voix amusée. Ainsi qu'une licence de sciences politiques. Il me manquait à peine quelques unités de valeur pour présenter ma thèse en littérature anglaise. J'envisageais l'enseignement.

— Qu'est-ce qui vous a fait changer d'avis ?

— Je me suis mariée. Mon ex tenait à ce que je persévère en sciences politiques, il me voyait plus heureuse dans ce domaine.

Un soupir lui échappa.

— Cela me coûte de l'admettre, mais il n'avait pas tort. Je me suis occupée des relations presse d'un député du Tennessee pendant mon doctorat. Puis Anthony a décidé que le Texas était le lieu idéal pour que nous frappions un grand coup en politique.

— *Nous ?* répéta Harlan, les yeux sur Zachary qui mettait le Quarter horse au petit galop.

— Il fait du lobbying pour l'industrie du pétrole. Mais ce n'est pas tant la politique qui l'intéresse que l'argent, en réalité. C'est moi qui ai attrapé le virus.

Au ton de sa voix, Harlan comprit que son sourire si dangereux avait disparu. Il tourna de nouveau les yeux vers elle. Elle suivait le circuit de son fils dans le manège d'un regard troublé.

— Assez parlé de moi, déclara-t-elle. Avez-vous obtenu les informations que vous cherchiez ou dois-je demander à Lindsay de venir vous parler ?

— J'avais prévenu de mon arrivée. Lindsay m'a organisé un entretien avec le contremaître, qui m'a donné tout ce qu'il avait.

— Quelque chose d'intéressant ?

— Peut-être.

— Que cherchez-vous au juste en fouillant le passé des employés ?

— Rien de précis, répondit-il d'un ton vague.

Mieux valait taire pour le moment ce que Vince Russo avait découvert sur l'explosif, la sécurité de l'information pouvant se révéler vitale pour l'enquête.

— Je sais que c'est important, mais l'idée que des gens mettent leur nez dans notre vie privée est assez effrayante, confia Stacy.

— Vous avez déjà vécu cela, pourtant.

— Justement. Je suis bien placée pour savoir que c'est effrayant.

Lui non plus n'appréciait guère cette facette de son travail. Le terrain lui parlait davantage. Qu'on mette un fusil entre ses mains sur le champ de bataille, pointé sur un nid de vipères humaines, et il savait quoi faire. Piloter ce plan sécurité à tous les niveaux le rebutait bien plus.

Il replia sa main blessée, et l'élancement douloureux agit comme un rappel — ses jours de porteur de fusil étaient derrière lui. Il avait récemment repris l'entraînement au tir sur cible, avec des résultats mitigés. Sans doute devrait-il se réjouir simplement d'avoir encore une main pour presser une détente. Il avait frôlé le pire.

— Comment vous êtes-vous blessé à la main ? demanda justement Stacy.

— Engin explosif improvisé. En Irak.

La voix de Stacy baissa d'une octave.

— Vous avez de la chance d'être encore en vie. Et d'avoir encore l'usage de votre main.

— Je sais.

Depuis peu, oui, il le savait. Mais, durant les mois de chirurgie douloureuse, de convalescence et de rééducation à l'hôpital militaire Walter Reed à Washington, il n'en était pas si sûr. Surtout lorsque les médecins lui avaient expliqué qu'il ne serait plus jamais capable de se servir de son fusil de précision.

Erreur. Il pouvait enfin de nouveau tirer. Mais sans toucher la cible à tout coup.

— C'est pour cette raison que vous avez quitté l'armée ?

— En quelque sorte.

Elle leva les yeux vers lui, son visage métamorphosé une nouvelle fois par un sourire. Sa peau resplendissait partout où le soleil la touchait, comme tissée d'or pâle. Il fut tenté de poser les doigts sur le creux de cette joue pour savoir si la lumière l'avait réchauffée…

Le bras calé sur le côté, il regarda ailleurs.

— Qu'allons-nous faire pour les postes de sécurité pendant le gala ? reprit Stacy. La gouverneure n'a sûrement pas envie que ses invités aient l'impression d'entrer dans la zone verte de Bagdad.

— Ils devront pourtant supporter quelques contraintes, répliqua fermement Harlan, heureux d'avoir un sujet de conversation idéal pour le distraire de cette envie irrépressible de la toucher.

La discussion sur le gala se poursuivit sur le trajet du retour vers le Twin Harts Ranch, leurs échanges alertes ponctués çà et là par les coq-à-l'âne de Zachary sur les chevaux. Les commentaires décousus du petit n'avaient guère de sens dans le contexte qui les occupait, Stacy et lui, mais Harlan se surprit à en sourire plus d'une fois.

Ce gamin était incroyablement intelligent et précis dans son expression, avec un vocabulaire et une logique dans le raisonnement propres à écœurer nombre d'enfants beaucoup plus âgés. Depuis que Harlan connaissait son problème, il était plus facile pour lui d'accepter et d'apprécier Zachary tel qu'il était — original et intéressant. Il serait différent des autres toute sa vie, mais la différence n'était pas toujours une mauvaise chose…

Quelquefois, songea-t-il en glissant un regard furtif vers le profil de Stacy, la différence était même très, très agréable.

Stacy rentra au ranch avec Zachary et Harlan vers 17 heures.

— Je vais chercher la carte de la propriété que vous m'avez demandée dans la voiture, annonça-t-elle à leur arrivée dans la dépendance.

Là-dessus, elle se dirigea vers son bureau.

Il lui vint à l'esprit un moment après seulement, en revenant dans le couloir, qu'elle avait laissé Zachary dans le salon sous la garde de Harlan sans même y réfléchir à deux fois. Cela ne lui ressemblait pas du tout…

Elle les retrouva dans la cuisine. Harlan ouvrait une boîte de soupe de légumes pour Zachary qui l'observait depuis le comptoir, perché sur un tabouret.

Harlan lança un regard à Stacy par-dessus son épaule.

— Il m'a dit que c'était le soir de la soupe de légumes et qu'il avait faim.

Elle sourit.

— Il réclame toujours une soupe de légumes après sa leçon du jeudi. Je ne sais pas trop pourquoi.

— Pas grave. On ne va pas remettre en question une envie de soupe, pas vrai ?

Il sourit à Zachary, dont le visage resta de marbre. À sa décharge, Harlan ne parut pas s'offusquer le moins du monde de cette absence de réaction.

— Est-ce qu'il faut la lui préparer d'une façon particulière ? demanda-t-il alors que le téléphone se mettait à sonner.

Stacy s'éloigna vers l'appareil.

— Prenez un des grands saladiers pour la mélanger avec une demi-canette d'eau minérale. Faites chauffer trente secondes au micro-ondes, juste pour qu'elle tiédisse, et versez-en la moitié dans le saladier rouge… Le rouge, n'oubliez pas ! Je mangerai le reste plus tard, conclut-elle avant de décrocher. Allô ?

Pas de réponse.

— Allô ? répéta-t-elle.

Il y eut comme un léger souffle à l'autre bout du fil. Puis un déclic, et la ligne fut coupée.

Bizarre, songea-t-elle en raccrochant.

— Faux numéro ? demanda Harlan.

Elle se retourna. Il était en train de verser la soupe dans le saladier rouge posé devant Zachary.

— Je suppose… Pas un mot n'a été prononcé.

Harlan fronça les sourcils.

— Avez-vous entendu quoi que ce soit à l'autre bout de la ligne ?

— Oui, comme si quelqu'un respirait. Sûrement un canular de la part d'un gamin, avança Stacy en haussant les épaules.

— Peut-être…, murmura Harlan.

Il se saisit du téléphone et pressa quelques touches. Pour trouver le numéro d'appel, supposa Stacy.

— Alors ? fit-elle.

Il secoua la tête, reposa l'appareil et retourna dans la cuisine.

— Numéro masqué.

— C'était autre chose qu'un canular d'après vous ? demanda-t-elle en s'installant au comptoir près de Zachary.

Harlan posa le grand saladier devant elle et glissa une cuiller à côté.

— Restons prudents dans nos hypothèses. Celui ou

celle qui en veut à la gouverneure sait sûrement que vous êtes son aide de camp, donc très proche d'elle. Ce qui fait de vous une cible potentielle. Je vais poster un homme supplémentaire devant chez vous, si vous n'y voyez pas d'inconvénient.

Après six ans de mariage avec un homme prompt à surveiller ses moindres faits et gestes, la perspective de se retrouver de nouveau mise en cage n'avait rien de plaisant. Mais la dernière chose qu'elle souhaitait, c'était que son fils soit en danger.

— D'accord, conclut-elle en baissant les yeux sur sa soupe, son bel appétit envolé. Mais où trouverez-vous quelqu'un pour ce soir, au pied levé ?

Harlan garda le silence un moment, manifestement plongé dans ses réflexions, et peut-être en proie à un dilemme. Puis soudain son visage s'éclaira, et sa mâchoire s'affermit.

— Ce soir, c'est moi qui me chargerai de vous.

9

Stacy était en train de border Zachary dans la chambre à coucher, et Harlan se sentait étrangement seul d'avoir été laissé dans le salon, exclu de leur routine du soir.

Il avait fait très attention à garder ses distances vis-à-vis de la mère comme du fils durant le dîner, pour apaiser la méfiance tapie au fond des yeux noirs de Stacy, mais aussi pour ne pas bouleverser le programme de Zachary. De toute évidence, le petit garçon n'appréciait pas les changements.

En revanche, il comprenait mal la fascination qu'il semblait exercer sur Zachary. Le petit l'avait suivi comme son ombre après le repas, et seule la promesse d'une autre leçon d'équitation au Twin Harts durant le week-end avait réussi à l'arracher de ses jambes à l'heure du coucher.

Il aurait dû solliciter un autre agent du CSI pour ce rôle de garde du corps. Matt, Parker, Wade, n'importe qui, pourvu que le type soit déjà follement amoureux et immunisé contre le charme puissant de Stacy Giordano...

Lui ne l'était pas. Comment nier l'évidence ? Il avait envie d'elle, que cela lui plaise ou non.

Elle émergea du fond du couloir, le visage fendu d'un sourire et un cheval en peluche dans les bras, qu'elle lui tendit.

— Zachary vous envoie Bobbin, au cas où vous auriez besoin de compagnie cette nuit.

Ce n'est pas Bobbin que j'aimerais mettre dans mon lit, songea Harlan en s'obligeant à détourner les yeux de ce sourire radieux.

— C'est bien possible, merci.

Elle se laissa tomber dans le fauteuil en face du sofa sur lequel il était assis et ramena ses jambes sous elle.

— Je suis désolée qu'il ait été si pénible ce soir.

— Mais pas du tout ! Je l'aime bien, moi, ce petit bonhomme. Il est tellement futé.

— Le syndrome d'Asperger n'a pas que des inconvénients. Zachary aurait pu naître avec une forme d'autisme sévère et se révéler tout à fait incapable de communiquer.

— Ce doit être ruineux de subvenir à ses besoins.

Le sourire de Stacy s'effaça.

— C'est pour cela que je dois garder ce travail à tout prix.

— Votre ex ne peut pas augmenter sa pension alimentaire ?

— Je pourrais le lui demander, je le ferai si nécessaire. Mais je comptais sur lui en l'épousant, et il m'a fait défaut. C'était une erreur que je ne compte pas reproduire.

Harlan la comprenait parfaitement. Et pour cause, il avait lui-même compté sur la loyauté d'Alexis. Bien sûr, avec le recul, il voyait mieux ses propres torts dans l'histoire, mais le plus grave — l'infidélité avérée — était entièrement du côté d'Alexis. Il n'avait jamais trahi ses vœux, lui, avant qu'elle les fasse voler en éclats.

— Croyez-vous réellement que cet appel était une menace ? lança soudain Stacy.

— Je l'ignore, répondit Harlan, soulagé qu'elle change de sujet. Je ne penche pour aucune hypothèse à ce stade.

— Si seulement nous savions pourquoi la gouverneure est prise pour cible… Cela nous aiderait à cerner les suspects.

— Le champ est vaste, en effet. Quelqu'un révolté par l'idée d'une femme aux commandes des États-Unis. Ou alors un écoterroriste. Un opposant à ses connexions avec les géants du pétrole… Ou même des membres d'une milice d'extrême droite la voyant comme un rouage de la machine étatique…

— Le mobile pourrait-il être d'ordre personnel ? avança Stacy. Quelqu'un qu'elle aurait indisposé ?

— Tout est possible, concéda Harlan. Vous voyez un profil qui correspondrait ?

— Eh bien, Henry Kemp, bien sûr… Son clan n'a toujours pas digéré l'achat de cette parcelle pétrolifère… Mais vous l'avez déjà rayé de la liste, n'est-ce pas ?

Harlan l'espérait — son ami et collègue Wade Coltrane était amoureux fou de Lindsay, la fille de Kemp.

— Quelqu'un d'autre vous vient-il à l'esprit ?

Après avoir épluché tous les dossiers, il savait que le franc-parler de la gouverneure suffisait à lui attirer les foudres de bon nombre de lobbys, mais Stacy, appartenant au cercle rapproché de Lila, était la mieux placée pour détenir des informations absentes des dossiers.

— Allen Davidson ne peut pas la supporter, confia Stacy en faisant la grimace. C'est un animateur radio de Dallas. Ils ont croisé le fer plus d'une fois. Mais je le vois mal poser une bombe…

— Même pour faire flamber sa part d'audience ?

Il avait réussi à la faire sourire. Son corps se tendit à cette vue.

— Il y a aussi Bill Arkwright…

— Le maire ?

— Ce n'est pas le plus fervent supporteur de Lila. De là à la faire exploser… Improbable.

— Et du côté des manifestants ? Avez-vous croisé de nouveaux groupes, ces derniers temps ?

— Non, ce sont toujours les mêmes. Les pacifistes qui désapprouvent son soutien aux interventions militaires à l'étranger, les défenseurs des droits des animaux qui lui reprochent d'être rancher et carnivore, des écologistes vent debout contre ses intérêts dans le pétrole et sa politique de gestion du territoire. Et les anarchistes, opposés à l'État en général.

Stacy haussa les épaules.

— Vous avez sûrement vu les fiches que détient la police sur ces différents groupes.

En effet. Aucun ne présentait de menace flagrante, quand bien même tous pouvaient compter parmi leurs membres des éléments d'autant plus dangereux qu'ils n'étaient pas identifiables à première vue.

— Par ailleurs, après l'histoire de Frank Dorian, nous devrions aussi vérifier du côté de ses camarades du couloir de la mort exécutés pendant le mandat de Lila.

— Nous avons étudié les dossiers des prisonniers dès que Frank Dorian s'en est pris à elle, indiqua Stacy. Il y a eu cent soixante-dix-huit exécutions sous son administration. La police du Texas est en train de les réexaminer aujourd'hui et doit établir une évaluation des menaces d'ici deux semaines. Personne ne vous en a parlé ?

— Vous me l'apprenez, dit Harlan en grimaçant.

Autant d'exécutions laissaient présager un nombre conséquent de suspects. Il avait un vieux copain des marines qui travaillait désormais chez les Texas Rangers. Steve. Il lui passerait un coup de fil. Peut-être obtiendrait-il ainsi quelques tuyaux.

— On ne peut s'acquitter efficacement de sa tâche de gouverneur sans se faire des ennemis.

Stacy décroisa un peu les jambes. Après le dîner, elle s'était changée pour enfiler un bas de jogging confortable et un T-shirt délavé siglé Rice University. Une tenue qui aurait dû la rendre nettement moins sexy.

Et pourtant.

Il esquissa un geste vers le T-shirt.

— Je croyais que vous veniez de l'Arkansas ?

Elle baissa les yeux sur sa poitrine.

— J'étais inscrite à la Rice pour ma licence. Dans l'Alabama pour mon master. À Vandy, Tennessee, pour mon doctorat… C'est là que je travaillais quand Anthony a décidé de déménager au Texas.

Vu son ton lorsqu'elle parlait de lui, elle n'éprouvait pour son ex que de l'indifférence. Difficile de le lui reprocher, songea Harlan, compte tenu de ce qu'il savait sur ce type. D'ailleurs, pourquoi l'avait-elle épousé ?

Bien entendu, il ne se permettrait jamais de lui poser la question. Qui était-il pour lui jeter la pierre en matière de choix de partenaires ?

— Je n'ai pas pu m'empêcher d'entendre votre échange avec Matt au restaurant, reprit-elle. Votre ex-femme se remarie ?

Il hocha la tête.

— Avec l'avocat qui l'a défendue pendant le divorce.

— Aïe ! fit Stacy en tordant le nez.

— Nous nous sommes mariés jeunes. Et inconscients.

Elle esquissa un sourire en coin.

— J'aimerais avoir cette excuse. Mais j'avais presque vingt-six ans au moment où j'ai épousé Anthony. C'était… un coup de foudre. Ma première relation sérieuse, en réalité. J'étais si occupée par mes études jusque-là que je remarquais à peine les garçons.

Quoi, une femme aussi charmante et intéressante avait réussi à traverser tant d'années de lycée et d'université sans nouer de relations amoureuses ? Harlan n'en revenait pas.

— Vous étiez… timide, peut-être ?

Elle parut songeuse, le temps d'un petit voyage dans le passé.

— Pas timide, non. Seulement très sérieuse.

— Vos parents étaient stricts ?

— Oui, et ils avaient des raisons pour cela. Mais pas à cause de moi. Ma sœur aînée, Tracy, leur a posé beaucoup de problèmes. Elle s'est fait beaucoup de mal à elle-même aussi.

— Et ils ont tout fait pour que cela ne vous arrive pas ?

— Je leur ai facilité la tâche. Je voyais bien le genre de guêpiers dans lesquels elle se fourrait. Non, merci ! Mais j'ai sûrement poussé l'autodiscipline un peu trop loin. L'idée de dévier de mes objectifs me tétanisait.

— Et comment Anthony s'est-il faufilé sous votre radar ? demanda Harlan, plus curieux de sa réponse qu'il ne l'aurait voulu.

— J'avais vingt-six ans, j'étais épuisée et très seule, confia-t-elle en rougissant légèrement. Il était intelligent, charmeur, sophistiqué, plein d'expérience… Je n'avais aucun moyen de me défendre contre un séducteur aussi habile et déterminé.

Elle croisa son regard.

— Je lui ai demandé un jour, vers la fin de notre mariage, pourquoi il m'avait choisie, moi, parmi toutes les femmes qu'il aurait pu conquérir.

Parce que tu es intéressante et stimulante, répondit Harlan en son for intérieur.

— Il m'a expliqué que l'idée d'être avec quelqu'un qui n'avait aimé personne d'autre que lui le ravissait, acheva-t-elle avec un rire amer qui émut Harlan jusqu'à la douleur.

— Quel imbécile ! lâcha-t-il, incapable de tenir sa langue.

Il se leva, poussé par un désir impossible à refouler.

Stacy quitta son fauteuil dans le même élan, telle une gazelle alertée par son mouvement brusque. Leurs regards brûlants s'enchaînèrent par-dessus la table basse.

Elle détourna les yeux la première.

— Je ferais bien d'aller dormir tant que c'est encore possible. Deux semaines de travail intensif nous attendent...

— De mon côté, je vais faire un tour dehors pour m'assurer que tout va bien, annonça Harlan alors qu'il rêvait de la suivre dans la chambre pour obéir aux objurgations de son corps.

Ils contournèrent en même temps la table basse et faillirent se rentrer dedans. Harlan leva la main pour stabiliser Stacy, frôlant sa poitrine au passage.

Elle étouffa un gémissement qui le fit trembler de désir.

— Harlan..., murmura-t-elle d'une voix enrouée.

L'embrasser serait la pire chose à faire. Il le savait...

Mais il s'en moquait éperdument.

Il baissa la tête, effleura ses lèvres. Très délicatement. C'était une question, pas une affirmation.

Un son vibra dans la gorge de Stacy. Elle se hissa sur la pointe des pieds pour presser sa bouche contre la sienne pendant un long, très long moment chargé d'électricité, la main plaquée sur son torse, les doigts crispés sur sa chemise.

Et soudain elle détala prestement vers la porte et disparut avant même que Harlan ait repris son souffle, avec une agilité de biche tentant désespérément d'échapper à un prédateur en chasse…

Ce qu'elle était peut-être, très précisément.

Frustré par cette dérobade et à cran, Harlan sortit prendre l'air.

Il fit deux fois le tour de la maison à pas lents, l'œil et l'oreille aux aguets, le froid de la nuit d'octobre apaisant peu à peu la brûlure qui le consumait de l'intérieur.

Côté nord, seules quelques lumières brillaient dans la villa, mais la façade blanche luisait au clair de lune tel un spectre blafard.

Il rebroussa chemin jusqu'à la dépendance, se sentant davantage maître de lui, en dépit d'une rage tenace contre l'ex-mari de Stacy. Quel genre de pervers narcissique fallait-il être pour lui dire une chose pareille ? Pour lui laisser croire que le seul bienfait qu'elle puisse apporter à un homme était l'inexpérience et une dévotion absolue à ses besoins ?

Le fumier !

Il grimpa les quelques marches du perron et pila net sur la dernière, son regard tombant sur un objet gisant à côté du paillasson.

Une fleur jaune d'or, à quatre longs pétales. Elle semblait fraîchement cueillie. Il n'avait sûrement pas baissé les yeux en quittant la maison quelques minutes plus tôt, trop occupé à tenter de calmer sa libido…

Était-il possible de déceler des empreintes sur une fleur ? Sans doute pas. Et celle-ci avait très bien pu être emportée jusque-là par le vent d'ouest qui parfois balayait les plaines à la vitesse d'un train hors de contrôle. Sinon…

Il ouvrit la porte et appela Stacy, qui surgit sur le seuil, l'air un peu inquiet.

Il lui montra la fleur.

— Savez-vous ce que c'est ?

La curiosité se peignit sur son visage.

— Un canna, je crois, répondit-elle en se penchant pour la ramasser.

Il se baissa en même temps pour lui saisir la main et l'arrêter. Elle releva la tête, le regard sombre, intense.

Il oublia la fleur. La menace. Il oublia tout, sauf la façon dont le clair de lune texan la rendait plus belle que tout ce qu'il avait pu voir dans sa vie jusque-là.

L'envie éperdue le reprit de l'embrasser. À en juger par ses yeux brillants, cette envie était partagée…

Pourtant elle détourna la tête, rassemblant visiblement son sang-froid, et dégagea sa main.

— Ils poussent dans le jardin de la gouverneure, précisa-t-elle d'une voix tendue. Le vent a pu la porter jusqu'ici…

— J'y ai songé. Pourriez-vous allumer la lampe du porche, s'il vous plaît ?

Une seconde plus tard, un halo doré enveloppa le perron. Harlan sortit son portable pour prendre quelques photos, puis un stylo dont il se servit pour retourner la fleur. Il s'accroupit et l'examina de près.

Une découpe irrégulière… La tige vert pâle avait été pincée.

— Zachary aurait-il pu aller cueillir cette fleur dans le jardin de la gouverneure et la déposer ici ? demanda-t-il en se relevant.

— Non, répondit Stacy, les yeux rivés au canna. Il s'est fait piquer un jour par une abeille en respirant des fleurs. Depuis, il les fuit.

— Auriez-vous un petit sachet plastique ?

— Bien sûr.

Elle disparut dans la maison et revint munie d'un sac

congélation à fermeture hermétique, dans lequel Harlan fit glisser la fleur à l'aide du stylo. Puis il suivit Stacy à l'intérieur, veillant à ce qu'elle verrouille la porte derrière eux.

— Je donnerai ceci à l'agence demain matin. Quelqu'un là-bas saura s'il y a moyen de prélever des empreintes.

Stacy se frotta frileusement les bras.

— Je ne sais pas pourquoi une simple fleur me donne la chair de poule…

— Ce n'est pas seulement la fleur, dit-il, se retenant de justesse de poser les mains sur elle pour la réchauffer.

Il devait rester là toute la nuit pour monter la garde. Serait-il efficace, vraiment, s'il passait tout ce temps à regretter de n'être pas avec elle dans son lit ?

Trop tard, McClain. Tu le regrettes déjà.

Quel dommage qu'il n'ait pas les coordonnées de l'hôtel d'Amarillo où séjournaient Alexis et son fiancé. Une brève conversation avec son ex suffirait à le guérir de sa fascination toute neuve pour Stacy Giordano.

La seule pensée de son fiasco conjugal lui remit les idées en place.

Le temps de s'installer sur le sofa en face de Stacy, il se sentait déjà capable de survivre à cette nuit sans devenir fou.

— Une fleur, c'est un étrange moyen pour faire passer un avertissement, n'est-ce pas ? demanda Stacy après quelques instants de silence tendu.

— Sans aucun mot d'accompagnement, oui, c'est étonnant.

— Cela n'a peut-être aucun rapport avec ce qui arrive à la gouverneure.

— Avez-vous reçu d'autres objets du même ordre ?

Des cadeaux anonymes ? Des appels étranges comme tout à l'heure ?

Elle secoua la tête.

— Je ne suis pas du genre à attirer des admirateurs secrets. Je sors peu. L'essentiel de mon travail se passe en coulisses.

— Un membre de l'équipe rapprochée de la gouverneure, alors ?

— Peu probable. Personne ne fait spécialement attention à moi.

— Vous êtes peut-être trop occupée pour remarquer un éventuel pervers.

— Vous recommencez à me faire peur !

— Pardon. Ce pourrait être une simple coïncidence, dit Harlan sans toutefois parvenir à adopter un ton convaincant.

La fleur à elle seule ne signifiait pas grand-chose. L'appel anonyme non plus. Mais les deux événements se suivant d'aussi près et survenant si vite après l'attentat contre la gouverneure… Il ne pouvait s'empêcher de suspecter un lien.

Restait à comprendre comment ces pièces du puzzle s'articulaient.

Il était presque 22 heures, et Stacy se leva pour aller se coucher.

Elle l'aida à déplier le sofa, puis gagna sa chambre.

Une fois qu'elle eut refermé la porte derrière elle, Harlan sortit son portable et appela le CSI dans l'idée de laisser un message à ses collaborateurs.

Mais contre toute attente, quelqu'un décrocha le téléphone. C'était Nolan Law.

— Tu travailles tard, commenta Harlan sans s'en étonner plus que cela.

Le premier des désaxés de Bart, comme Harlan aimait

surnommer le groupe qu'il formait avec les autres agents du CSI, était aussi le bras droit du patron. Un homme très introverti. D'après le peu d'informations que Harlan avait pu recueillir, Nolan avait été gravement blessé au combat — des brûlures ayant nécessité plusieurs opérations de chirurgie plastique. Il prétendait par ailleurs avoir peu de souvenirs de sa vie d'avant la blessure. Harlan en doutait un peu.

— Des paperasses en retard, répondit Nolan, laconique. Qu'est-ce qui se passe ?

Harlan évoqua les menaces potentielles pesant sur Stacy Giordano et son fils.

— Je sais que ça peut sembler dérisoire, mais l'aide de camp constitue un point faible dans les défenses de la gouverneure.

— À cause de son fils ?

— C'est la vie, murmura Harlan. Elle ferait n'importe quoi pour le protéger. Quiconque cherche à nuire à la gouverneure sait forcément cela.

— Tu montes la garde chez elle cette nuit ?

— Oui, mais je ne pourrai pas rester ici en permanence puisque je supervise toute l'opération sécurité. Je pense qu'il faut mettre en place un poste de contrôle devant la dépendance aussi. Est-ce qu'il nous reste du monde parmi les agents les plus sûrs ?

— Je m'y mets tout de suite et je te trouve trois gars pour des gardes de huit heures chacun. D'ici demain matin, si tout va bien.

— Merci, Nolan.

Harlan raccrocha, les yeux fixés sur la trace pâle laissée par un faible rayon de lune au plafond.

Si son corps semblait enfin sous contrôle, momentanément tout au moins, son esprit s'emballait allègrement dès qu'il envisageait les multiples façons dont un assassin un tant soit peu futé, acharné à détruire la gouverneure, pourrait viser Stacy Giordano.

Deux angles d'attaque au moins s'offraient à lui — Stacy était la personne la plus proche de Lila Lockhart et elle était la mère d'un enfant handicapé, donc vulnérable. Un type assez impitoyable pour faire exploser une bombe parmi une foule de civils innocents n'hésiterait pas à utiliser Zachary pour obliger Stacy à trahir. Elle ferait tout pour sauver son fils, coûte que coûte, Harlan n'en doutait pas une seconde.

Mais aurait-elle la force d'assumer les conséquences ?

Le ventre noué d'angoisse, Harlan se fit le serment de trouver qui s'en prenait à la gouverneure, et ce par tous les moyens. Il ferait aussi en sorte que personne n'approche Stacy pour l'utiliser comme un pion.

Simplement, il préférait ne pas analyser de trop près les motivations réelles de sa détermination.

Car la seule chose plus dangereuse que cette tâche qu'il venait de s'assigner était le trouble croissant que suscitait en lui la compagnie de Stacy Giordano.

10

En pénétrant dans son salon le lendemain matin vers 6 heures, Stacy ne put retenir un mouvement de surprise. La pièce était dans un état impeccable, plus propre qu'elle ne l'avait laissée la veille. Les oreillers et la couverture qu'elle avait prêtés à Harlan avaient disparu. Lui-même s'était évaporé. Et, dans la cuisine adjacente, la vaisselle restée dans l'égouttoir avait été rangée, le comptoir nettoyé — plus une trace des doigts de Zachary. C'était comme si son visiteur n'avait jamais été là.

Pourtant le souvenir très précis d'un baiser doux, brûlant et trop bref lui assurait le contraire, un souvenir dont elle ne savait que faire.

— Harlan ? appela-t-elle à voix basse, de peur de réveiller Zachary.

L'heure de réveil favorite de son fils était 6 h 30. Quelques minutes de plus ou de moins, et il deviendrait impossible à gérer. Un Zachary en pleine crise, c'était bien la dernière chose dont elle avait besoin en ce début de journée.

Un bruit de voix lui parvint de l'extérieur de la maison. Elle sortit sur le seuil et tomba presque sur Harlan. Il était tout habillé, en grande discussion avec un inconnu de type hispanique à la coupe militaire, en jean et blouson de cuir. Tous deux se retournèrent vers elle.

L'expression de Harlan était indéchiffrable. De l'indifférence ? Pas tout à fait… Mais une dureté dans le regard qui la prit de court.

— Stacy, je vous présente Rob Sanchez. Il prendra le créneau 7 heures - 15 heures.

Distance, songea Stacy. Voilà ce qui se lisait dans les yeux de Harlan. Il dressait un mur entre eux après le moment d'intimité fugace de la veille.

Elle aurait dû s'en féliciter, non ? N'était-ce pas ce qu'elle souhaitait aussi, après tout ?

— Enchantée, monsieur Sanchez.

Il lui tendit la main.

— Rob, ça suffira.

— Appelez-moi Stacy alors.

Harlan s'éclaircit la voix.

— Je dois partir. Une longue matinée de travail m'attend au CSI. Je serai de retour plus tard dans la journée.

Là-dessus, il tourna les talons et s'éloigna.

Bon sang ! Il savait pertinemment qu'elle ne pouvait pas laisser Zachary seul dans la maison pour courir après lui. Il s'en allait sans même lui dire au revoir après avoir passé la nuit sur son sofa, à monter la garde pour les protéger son fils et elle.

Après ce baiser si aguicheur…

Et c'était censé lui convenir ?

Oui, Stacy. C'est censé te convenir, tu as oublié ? Tu es contente de constater que tout est redevenu normal et que tu n'auras pas à passer une autre nuit à rêver de Harlan débarquant dans ta chambre pour te rappeler ce que c'est que d'avoir un homme dans ton lit.

Ravalant un soupir, elle sourit à Rob Sanchez.

— Comment a-t-il fait pour vous recruter si vite ?

— Le CSI m'a contacté vers 22 h 30 hier soir. Dans ces cas-là, je ne pose pas de questions, j'accours.

Il inclina la tête, la couvant d'un regard qui n'était plus tout à fait professionnel, mais pas inconvenant non plus.

— Souhaitez-vous connaître mes références ou quoi que ce soit d'autre ?

Elle secoua la tête.

— Le CSI vous a engagé, je suis certaine que vous êtes parfaitement qualifié pour ce travail.

Elle rebroussa chemin dans le couloir et referma la porte derrière elle.

— Enfin seule, dit-elle tout haut dans le silence du salon désert.

Très seule, même, en cet instant.

— Sanchez a dû arriver là-bas aux aurores, commenta Nolan Law lorsque Harlan poussa la porte du CSI peu après 7 h 30.

— Effectivement.

D'une secousse des épaules, Harlan se débarrassa de sa veste et l'accrocha sur le dossier d'une chaise autour de la table de conférence où était installé Nolan.

— Il a l'air d'un bon gars. Tu l'as trouvé où ?

— C'est un vieux copain de régiment de Matt, répondit Nolan. Décoré au combat, très respecté par ses camarades comme par ses officiers supérieurs.

— Je me demande pourquoi il n'a pas rempilé…

Lui-même serait encore chez les marines s'il n'avait été poussé dehors par son propre commandant. Peut-être pas comme tireur d'élite, mais dans un autre corps. Il avait une main en vrac, il n'était pas infirme.

— Sanchez est le plus jeune de sa fratrie et le seul garçon. Sa mère est veuve, assez âgée…

— Et elle apprécie d'avoir un homme auprès d'elle pour les tâches, disons, masculines…, enchaîna Harlan, son esprit perfide filant droit vers le Twin Harts et la petite dépendance toute propre de Stacy Giordano.

Stacy Giordano, qui ne voulait pas d'un homme auprès d'elle. Ce point du moins avait été très clair au cours de leur conversation sur son ex-mari.

Mais son baiser… Son baiser avait suggéré tout autre chose, n'est-ce pas ?

Pour changer de sujet, Harlan déposa sur la table le petit sac en plastique avec le canna jaune.

— La fleur en question ? s'enquit Law.

Harlan acquiesça. Après une nuit passée enfermée, elle était un peu défraîchie.

— Une chance d'obtenir une empreinte à partir de là ?

— Si on l'avait trouvée sur une scène de crime, peut-être, mais le dépôt d'une fleur sur le paillasson n'a rien d'illégal, et personne ne déboursera un sou pour la technique sophistiquée que cela suppose, pas même Bart. À moins bien sûr que tu ne lui trouves un lien direct avec l'attentat.

Harlan s'assit en face de Law, gratifiant le petit sac d'une pichenette par pure frustration.

— Je n'arrive pas à me sortir ça de la tête. Stacy Giordano est comme une pêche mûre prête à être cueillie. On ne peut être plus proche qu'elle de la gouverneure. Elle vit seule, au ranch, avec un fils dont l'éducation est très compliquée…

— Elle pourrait être soudoyée, à ton avis ?

L'instinct de Harlan s'opposait fermement à cette hypothèse.

— Je ne la crois pas corruptible pour de l'argent. Mais,

si on menace son enfant, elle ne se laissera pas arrêter par des principes de morale. Elle ferait n'importe quoi pour lui.

— Eh bien, la voilà désormais sous protection vingt-quatre heures sur vingt-quatre…

— Oui, mais Zachary ? répliqua Harlan. Il pourrait être enlevé à l'école, ou pendant ses leçons d'équitation, ou que sais-je… Il peut disparaître quelques secondes au sein même du ranch et s'attirer des ennuis…

Harlan se frotta le crâne, regrettant de ne pas avoir davantage d'éléments pour approfondir son enquête et identifier précisément la menace. Alors peut-être qu'il serait prêt à faire face, le moment venu.

— J'ai bien peur d'avoir une mauvaise nouvelle de plus pour toi, annonça Law. Un groupe d'Austin, baptisé Planet Justice, a déposé une demande d'autorisation officielle pour manifester pendant le gala.

— Sur la propriété privée de la gouverneure ?

— Cela n'a pas arrêté les manifestants de Crawford il y a quelques années, n'est-ce pas ? Lila Lockhart est une personnalité publique. Cette manifestation aura lieu. Et, d'après le peu que je sais de la gouverneure, elle tiendra sûrement à les accueillir. La liberté de parole n'est pas un vain mot pour elle.

Law n'avait pas tort. Lila prônait le respect absolu des droits constitutionnels, quoi qu'il lui en coûte.

Harlan aborderait le sujet avec elle dès que possible. S'il fallait compter avec une foule de manifestants en plus de toutes les autres menaces à anticiper, mieux valait s'y préparer sans tarder.

Quelle folie de s'être laissé convaincre par Bart et la gouverneure d'assumer cette mission ! D'autant que sa décision avait été motivée en bonne partie par sa curiosité envers Stacy Giordano… qui était devenue le plus compliqué des problèmes à gérer.

Le vendredi, Zachary restait une heure de plus à l'école garderie pour travailler ses compétences sociales en tête à tête avec Charlotte, si bien que Stacy ne prit sa pause déjeuner que peu avant 13 heures. Avant de partir en ville, elle passa par les écuries du Twin Harts, sans oublier de signer le registre à chaque poste de garde.

Le responsable d'écurie était déjà parti déjeuner, mais Trevor Lewis pansait un superbe hongre bai dans l'une des stalles.

— Bonjour, Stacy. Vous avez envie d'une promenade ?

Elle lui rendit son sourire.

— Non, j'avais juste un moment de libre et je voulais vous remercier d'avoir laissé Zachary monter alors que vous aviez été prévenu à la dernière minute. Je vous en suis très reconnaissante.

Trevor tapota la croupe du hongre et sortit de la stalle en s'essuyant les mains sur son jean.

— C'est un gamin agréable, une fois qu'on s'habitue à ses manières. Il a un très bon contact avec les chevaux. Ils l'aiment tous.

Ces compliments sur Zachary réchauffèrent le cœur de Stacy. Les personnes qui prenaient la peine de regarder au-delà de ses bizarreries pour distinguer l'enfant merveilleux au-dessous étaient si rares !

Bien sûr, Trevor ne resterait sans doute pas des années au ranch. Les palefreniers repartaient dès qu'ils trouvaient un poste plus rémunérateur. Mais qui sait, la conjoncture économique défavorable rendait peut-être le travail plus attractif.

— Tout de même, je devrais vous dédommager pour le temps que vous consacrez à Zachary, dit-elle à voix haute.

Trevor secoua la tête.

— La gouverneure nous verse un salaire déjà très correct. Et puis, sortir Zachary, c'est l'équivalent d'une pause dans mon travail.

Il lui décocha un sourire lumineux, d'un charme inattendu. Sous les cheveux bruns trop longs et la couche de crasse liée à son travail dans l'écurie, Trevor Lewis n'était pas mal du tout, réalisa Stacy pour la première fois. À peine plus grand qu'elle, certes, mais son corps mince était musclé et plutôt viril.

En un sens, il lui rappelait beaucoup Anthony. Son ex-mari avait les yeux bleus et non noisette, et la peau plus mate, mais l'un et l'autre dégageaient un charme vibrant qui surprenait par son intensité.

— Vous avez déjà déjeuné ? demanda Trevor. Je pars en ville manger un morceau. Voudriez-vous m'accompagner ?

Si elle avait été une autre femme, dans une situation différente, peut-être aurait-elle accepté sa proposition. Il devait avoir à peine cinq ans de moins qu'elle, et sa capacité à assumer un travail aussi dur et ingrat plaidait en sa faveur.

Mais, puisqu'elle venait de le relier dans sa tête à son ex-mari, cette hypothèse était exclue. Au fond, elle s'était doutée bien avant la défection d'Anthony que son mariage ne durerait pas. Elle n'avait pas voulu admettre qu'elle avait été assez idiote pour épouser un homme sur la seule base de son charme éblouissant et de sa propre angoisse devant la course inexorable du temps, voilà tout.

Elle recula d'un pas sans le vouloir, comme si son inconscient lui dictait de se tenir à distance de Trevor.

— J'ai déjà d'autres projets, répondit-elle.

Après tout, déjeuner avec son fils était bel et bien un projet, non ?

— Bon appétit, conclut-elle.

— Vous aussi, murmura Trevor d'une voix exhalant le même charme doucereux que son sourire quelques instants plus tôt.

S'il était déçu, il n'en montra rien.

Stacy le salua d'un sourire et s'éloigna plus vite qu'elle ne l'avait prévu.

À mi-chemin de la dépendance, une question la saisit : les similitudes entre Trevor et Anthony n'étaient-elles pas le fruit de son imagination ? Ils n'avaient pas tant que cela en commun, à dire vrai. Jamais Anthony n'aurait porté un jean sale ou les cheveux aux épaules, encore moins nettoyé un box d'écurie…

Peut-être était-elle seulement timorée avec les hommes. Son expérience avec Anthony avait agi comme un révélateur à plus d'un titre, elle avait prouvé en particulier son jugement déplorable en matière de psychologie masculine.

Elle l'avait cru parfait, alors qu'il était tout sauf cela. Elle avait imaginé que la paternité adoucirait sa nature de compétiteur effréné mais, au contraire, son obsession d'être le meilleur en tout l'avait incité à rejeter son fils défectueux, ainsi que l'épouse défectueuse qui l'avait porté, pour se trouver un meilleur modèle.

En approchant de la maison, elle croisa Greg Merritt, le directeur de campagne de Lila, qui bavardait avec Rob Sanchez. Greg portait une attelle au poignet gauche.

— Que vous est-il arrivé ? s'enquit-elle en désignant l'attelle.

— Votre patronne m'a emmené faire du cheval hier. La jument noire était d'humeur fougueuse.

Il avait le sourire, mais son regard laissait penser qu'il

n'était pas tout à fait à son aise avec une femme de la trempe de Lila Lockhart.

— Rien de cassé, j'espère ? lança Stacy en lui emboîtant le pas vers la dépendance.

— Une simple foulure.

Il lui jeta un regard de biais.

— Je suppose que vous vous demandez ce que je fais là ?

Elle ne prit pas la peine de le nier.

— En quoi puis-je vous aider ?

— En fait, j'ai besoin de votre voiture.

Stacy haussa les sourcils.

— Ma voiture ?

— La gouverneure et Bart Bellows rencontrent un groupe d'importants donateurs ce soir à Amarillo. Nous essayons de rester très discrets sur cette réunion — certains de ces donateurs ne sont pas encore prêts à révéler leur soutien pour tel ou tel candidat du parti.

— Et, en prenant mon véhicule, vous éviterez d'attirer l'attention de la presse, devina Stacy. Pas de problème…

— À quand remonte la dernière révision ?

— J'ai fait une vidange le mois dernier, mais les roues ont sans doute besoin d'un équilibrage. Il faudrait aussi vérifier les pneus et les freins.

— Pouvez-vous faire un saut chez le garagiste aujourd'hui pour ces contrôles ? Sachant que la gouverneure souhaite partir vers 16 heures.

— Bien sûr.

Elle comptait passer une soirée tranquille avec Zachary devant son DVD de *Black Beauty*, de toute façon…

— Parfait, conclut Greg. Pensez à demander un reçu pour le remboursement des frais.

Il s'éloigna sans même la saluer, en sortant son BlackBerry pour composer un numéro.

Mais Rob Sanchez l'obligea à s'arrêter au poste de garde, remarqua Stacy, amusée. Harlan McClain avait décidément un jugement sûr pour le personnel.

13 heures à sa montre. En partant sans attendre, elle aurait le temps de laisser sa voiture chez Hal pour la révision, d'aller chercher Zachary à pied à l'école, puis de l'emmener déjeuner au snack. Elle saisit son propre téléphone pour annoncer son arrivée au garagiste.

En s'enfermant dans les locaux du CSI, Harlan pensait oublier plus facilement son inclination croissante envers Stacy Giordano et son fils pour se concentrer sur le travail en cours. Peine perdue — il ne cessa de se demander ce qu'ils faisaient.

Il savait que Zachary irait à l'école pour mieux maîtriser ses propos, mais aussi les subtilités des relations avec ses semblables, de manière à ne pas les rebuter par son intensité et son manque total de respect pour l'espace vital d'autrui. Les enfants pouvaient se montrer cruels. Ce serait un crève-cœur que ce petit bonhomme brillant, intéressant, qui avait tant à donner, soit traité en paria par ses camarades..., soupira Harlan.

S'il éprouvait, lui, cette vague angoisse à son sujet, quelle épreuve ce devait être chaque jour pour sa mère de l'envoyer à l'école !

Pas étonnant qu'elle dresse des murs entre elle-même et les autres. Être la mère de Zachary représentait en soi un travail à plein temps, à partager avec celui qu'elle assumait pour la gouverneure.

Stop ! Ça suffit. Elle n'est qu'une employée que tu supervises. Pas une fille à mettre dans ton lit.

Mais, lorsqu'il pénétra dans le Talk of the Town pour

le déjeuner, tout son corps frémit : Stacy était assise dans un box près du comptoir !

Elle n'était pas seule, constata-t-il en s'approchant. Ce fut d'ailleurs Zachary qui l'aperçut le premier, et pour cause, il se dévissait le cou pour observer les autres clients du snack. En posant son regard sur lui, il écarquilla les yeux, avant de reprendre le balayage systématique de la salle.

Connaissant Zachary, Harlan prit cet instant de reconnaissance comme un accueil des plus chaleureux.

Stacy, elle, fut moins démonstrative. Elle hocha la tête à son approche, sans qu'il se sente le bienvenu pour autant. C'était mérité sans doute, après son départ précipité le matin même, à la limite de l'impolitesse. S'il avait deux sous de jugeote, il la saluerait et passerait son chemin.

— Tout va bien au ranch ? lança-t-il en s'arrêtant à leur table.

— Très bien, répondit-elle, laconique.

Zachary ne lui dit pas bonjour, mais se déplaça vers le fond de la banquette et se mit à jouer avec le sucrier.

— Un déjeuner en tête à tête ? dit Harlan.

Elle pinça les lèvres, mais proposa tout de même :

— Vous voulez vous joindre à nous ?

Il se sentit un peu coupable d'avoir forcé l'invitation, mais pas assez pour la refuser. Il s'assit près de Zachary.

— Vous avez déjà commandé ?

— Seulement les boissons. Molly devrait revenir d'un instant à l'autre pour la suite.

La froideur de Stacy vrilla l'estomac de Harlan.

Évidemment ! Il s'intéressait enfin à une femme pour autre chose que le sexe, et voilà que cette femme s'acharnait à le renvoyer dans les cordes.

Il se racla la gorge.

— Je suis désolé d'être parti si vite ce matin. C'était grossier de ma part.

— Vous étiez là pour veiller à notre sécurité, et nous vous en sommes reconnaissants. Vous n'aviez aucune autre obligation envers nous.

— Il y avait autre chose, et vous le savez. N'est-ce pas ?

La lueur de souffrance dans le regard de Stacy témoignait de sa répugnance à aborder le sujet. Mais ignorer leur attirance mutuelle n'avait pas semblé très efficace jusque-là. La seule solution était d'en parler franchement pour se libérer l'esprit.

— Qu'attendez-vous de moi ? demanda-t-elle avec un soupir.

Il coula un regard vers Zachary.

— Je préférerais discuter de cela en privé mais, puisque c'est impossible, je serai simplement honnête avec vous sur un point. Je ne suis pas un bon plan pour un avenir à deux. J'ai déjà donné, je me suis brûlé les ailes.

Les lèvres de Stacy s'incurvèrent.

— Pareil pour moi.

— Pour autant, comment dire, je suis un adulte…

— Avec des besoins d'adulte ?

Il acquiesça en silence.

— Est-ce une sorte de proposition ?

— Non, dit-il très vite. Pas du tout.

Bon sang, il était en train de saboter cet échange dans les grandes largeurs !

— Je pense simplement que nous gagnerions à clarifier les choses. En fait, je vous demande ce qui vous plairait dans un futur proche.

— Rien. Absolument rien.

Ce rejet direct le doucha. N'aurait-elle pu prendre

au moins le temps de réfléchir avant de refuser en bloc toute relation ?

— Bien, marmonna-t-il.

Contre toute attente, le regard de Stacy s'adoucit.

— Ce n'est pas que je ne vous trouve pas séduisant. Au contraire. Mais je suis assez grande et sage pour voir la différence entre désirer une chose et en avoir besoin. Tout ce que je pourrais désirer vous concernant, je sais que je n'en ai pas besoin. Les complications, les interrogations sans fin… Ce n'est pas nécessaire. Comprenez-vous cela ?

— Je comprends, répondit Harlan à contrecœur. Et, maintenant que les malentendus sont dissipés entre nous, peut-être pourrons-nous travailler dans la même pièce en toute sérénité.

— Tout à fait.

— Un câlin doit durer jusqu'à trois, pas plus, commenta Zachary depuis son bout de table.

Il referma les bras autour de la taille de Harlan et se mit à compter tout haut :

— Un… Deux… Trois !

Il sourit à Harlan et le lâcha.

Stacy pouffa.

— Charlotte lui a enseigné quelques éléments de socialisation. Pour ne pas effrayer les autres enfants.

— Une formation accélérée dans ce domaine pourrait m'être utile à moi aussi, mon vieux, confia Harlan à son petit voisin. Qu'as-tu appris d'autre aujourd'hui ?

Au même moment, un hululement strident s'éleva à l'extérieur du restaurant. Des sirènes de police. Alors que les clients se levaient çà et là pour s'approcher des fenêtres et voir ce qui se passait, le portable de Stacy se mit à sonner. La jeune femme décrocha, écouta quelques secondes son interlocuteur et blêmit.

— Quoi ? fit Harlan, passablement inquiet.

Les portes du snack s'ouvrirent à la volée. Deux policiers s'engouffrèrent dans la salle et l'un d'eux, grand, dégingandé, la trentaine, aboya un ordre général :

— Tout le monde dehors ! Nous avons ordre d'évacuer la zone. Si vous êtes à pied, deux véhicules sont stationnés devant le restaurant. Sinon, prenez la route de l'est. Rassemblement général dans l'église baptiste de Mesquite. Nous vous expliquerons tout dès que la place sera évacuée.

Harlan reporta son attention sur Stacy. Elle avait des yeux hagards dans son visage exsangue.

— Qu'est-ce qui se passe, bon sang ?

— C'était Hal, le garagiste, au téléphone, répondit-elle d'une petite voix étranglée. Ils ont trouvé une bombe sous le châssis de ma voiture.

11

Même après deux heures de discussion avec les adjoints du shérif, Stacy tremblait encore de tous ses membres.

— Mon fils était dans cette voiture. Il aurait pu se passer n'importe quoi… Une bosse sur la route, et…

Harlan lui enveloppa les épaules avec sa veste, mais elle le savait bien : ce n'était pas le froid qui la faisait frissonner.

Il était à ses côtés dans les bureaux du shérif depuis que Jeff Appleton, l'adjoint qui avait fait évacuer le snack, l'avait prise à part pour l'interroger. Harlan avait insisté pour l'accompagner en qualité de témoin de fait.

En cet instant, Jeff Appleton s'était absenté pour aller chercher du café.

Et Charlotte, Dieu soit loué, s'était proposée pour garder Zachary dans une autre pièce pendant que les enquêteurs bombardaient Stacy de questions sur les dernières vingt-quatre heures de sa vie.

— Je devrais demander qu'on vous appelle un médecin, dit Harlan. Vous êtes sous le choc.

Elle frissonna de plus belle, mais serra les dents dans un effort surhumain pour recouvrer son sang-froid.

— Non, tout va bien. Je vais me calmer. C'est juste que… Je n'arrive pas à croire que je promenais une b… une bombe sous ma v… voiture.

Les mains chaudes de Harlan se posèrent sur ses joues, l'obligeant à lever les yeux.

— Vous n'étiez pas en danger. Pas sur le moment, en tout cas. Il y avait un minuteur. Aucun risque que cela explose sur un impact.

— Un minuteur ?

Elle se retint de blottir le visage entre ses paumes, alors que la tentation frisait l'insupportable.

— Comment le savez-vous ?

— J'ai parlé avec Parker pendant que vous étiez avec les adjoints, expliqua-t-il d'une voix sourde en jetant un bref regard aux deux agents assis à l'entrée de la salle. Il a des contacts ici, il s'est renseigné. Cette bombe ressemble beaucoup à celle que vous avez aidé à désamorcer à Austin. La différence, c'est que celle-ci n'était pas configurée pour exploser via un téléphone portable.

— À quelle heure était programmée l'explosion, alors ?

— À 17 heures.

Elle fronça les sourcils.

— Les autres jours, à cette heure-là, la voiture est dans le garage de la dépendance. Est-ce que l'explosion aurait pu souffler la maison aussi ?

— Je ne sais pas. Elle aurait détruit la voiture, le garage aussi, mais les murs du garage sont en brique, non ?

— Sauf que ma voiture n'aurait pas été garée chez moi aujourd'hui ! réalisa Stacy.

Elle n'avait même pas expliqué à Harlan pourquoi elle l'avait déposée chez le garagiste.

— Lila devait l'emprunter avec Bart pour se rendre à une réunion avec des donateurs potentiels à Amarillo.

Elle lui raconta la requête de Greg Merritt.

— Ils étaient censés se trouver sur la route avec ma voiture à 17 heures. Et si la bombe avait visé Lila ?

Harlan marmonna un juron salé.

— Combien de personnes étaient informées de ce voyage ?

— Je ne sais pas. Très peu. S'ils prenaient ma voiture, c'était justement pour rester discrets et ne pas alerter la presse. Moi-même, je ne l'ai appris que ce midi.

— Vous en avez parlé à la police ?

— Oui. J'ai pensé que l'information pouvait être importante.

Il hocha la tête.

— Je dois passer quelques appels. Vous tiendrez le coup seule ici une minute ou deux ?

— Oui, assura-t-elle en essayant de retenir les frissons qui lui secouaient l'échine.

Elle parvint même à esquisser un faible sourire. Harlan eut la grâce de ne pas insister et s'éloigna pour téléphoner.

Un moment plus tard, Jeff Appleton réapparut, une tasse de café fumant à la main.

— Comment ça va ?

— Bien, répondit-elle simplement.

La paranoïa la gagnait. Elle ne savait plus à qui elle pouvait se fier, après tout ce qu'elle venait de vivre ces derniers jours.

Jeff, elle le connaissait depuis son installation à Freedom lorsqu'elle était entrée au service de la gouverneure, mais que savait-elle réellement à son sujet ? Il avait fallu Charlotte pour qu'elle apprenne l'origine des problèmes comportementaux de sa fille. Sans cela, elle n'aurait jamais songé à se renseigner elle-même sur la vie privée de Jeff alors qu'elle le croisait souvent au restaurant ou dans la rue.

Tout bien réfléchi, elle ne s'était intéressée de près à personne en ville. Sa vie entière tournait autour de

Zachary, et la seule pensée de mener une vie sociale à peu près normale l'épuisait par avance.

Depuis son divorce, elle n'avait même jamais regardé un autre homme comme un amant potentiel… Jusqu'à la bourrasque Harlan McClain, venue dépoussiérer sa vie dans le sillage d'une explosion mortelle.

Elle accepta la tasse que lui tendait Jeff et goûta le café. Le liquide amer lui brûla la gorge, lui arrachant une grimace, mais les frissons s'apaisèrent presque aussitôt.

— J'ai demandé à la baby-sitter d'amener Abby ici. J'avais juste besoin de la voir, vous savez ? dit-il avec un sourire compréhensif. Elle joue avec Charlotte et Zachary dans une des salles d'interrogatoire. Votre fils est en train de travailler ses compétences sociales.

Stacy eut un petit rire nerveux.

— Comment Abby réagit-elle ?

— Elle le trouve drôle. Je ne pense pas que ses excentricités la dérangent beaucoup. Les yeux bleus la feront craquer, plus tard, ajouta-t-il avec un soupir. À l'heure où je vous parle, je cherche un marchand de ceintures de chasteté.

— J'ai moi-même un fils qui n'a aucun sens de l'espace vital, confia Stacy avec un sourire en coin. Je compatis !

— Stacy ?

Le shérif Bernard Hale en personne pénétra dans la pièce, ses yeux noirs affûtés mais bienveillants. D'un signe de tête, il lui fit signe de le suivre.

Jeff leur emboîta le pas dans le couloir jusqu'à la salle d'interrogatoire où les agents l'avaient déjà questionnée un peu plus tôt. Cette fois, la pièce était pleine. Lila Lockhart était assise à la table, flanquée de Greg Merritt et de Bart Bellows. Harlan et Parker McKenna se tenaient derrière eux, adossés au mur.

Le shérif Hale tira une chaise à son intention et s'appropria l'autre pour s'installer à côté d'elle.

— Je vous ai tous interrogés sur les événements d'aujourd'hui. À présent, qui va me dire quelles mesures vous comptez prendre ?

— *Quelles mesures ?* répéta Bart Bellows en fronçant les sourcils. Bon sang, Bernard, j'ai mis à la disposition de la gouverneure la quasi-totalité de mes agents pour veiller à sa sécurité !

Lila se tourna vers le shérif.

— Bernard, je sais que le fait d'héberger la gouverneure dans ta ville vous cause du souci, et je peux difficilement vous en vouloir. Ma présence vous complique la tâche, et cela ne risque pas de s'arranger maintenant que je suis candidate à la présidentielle. Mais que voudriez-vous que je fasse ? Que je parte ? J'ai grandi à Freedom ! Bien avant moi, le grand-père de mon grand-père a contribué à établir la première colonie près d'Abernathy Ridge. Freedom est ma moelle épinière…

— Allons, je ne vous demande pas de quitter la ville, gouverneure ! protesta Bernard en posant sur Lila un regard affectueux et frustré à la fois. Et je suis plus que ravi de vous avoir vous aussi à mes côtés, ajouta-t-il en s'adressant à Harlan et Parker. Tout ce que je vous demande, c'est de me tenir informé. Quand je vous ai interrogés sur l'attentat d'Austin, vous avez laissé entendre que nous n'avions aucun souci à nous faire ici. Mais je commence à douter de votre sincérité.

— Shérif Hale, nous ne sommes même pas certains que cela ait un rapport avec la gouverneure, déclara Greg Merritt d'un ton lénifiant. La bombe était fixée sous la voiture de Mme Giordano, pas sous celle de la gouverneure…

Stacy le fusilla du regard. Il savait pertinemment que la bombe, si elle n'avait pas été détectée, aurait tué la gouverneure et Bart Bellows, pas elle. Il la livrait en pâture, ni plus ni moins, afin de couvrir la réunion secrète de Lila. En effet, s'ils se dépêchaient, ils pouvaient encore prendre la route pour Amarillo. Son seul souci, manifestement, était de caresser les donateurs dans le sens du poil.

— Nous sommes au courant du petit aller-retour prévu à Amarillo, répliqua Bernard d'un ton uni. Mme Giordano a compris que nous ne pouvions assurer la sécurité de la gouverneure si des informations capitales nous étaient cachées. Je suis un peu surpris que vous ne compreniez pas cela vous aussi, Greg.

Devant le ton réprobateur du shérif, Harlan esquissa un léger sourire, remarqua Stacy. Elle avait senti depuis le début l'animosité que lui inspirait Greg Merritt. Elle non plus n'était pas la plus grande fan de cet homme trop féroce et arrogant à son goût, mais c'était un stratège politique de premier ordre, exactement le directeur de campagne qu'il fallait à Lila pour gagner. Aussi était-elle passée outre à ses défauts.

Avait-elle eu tort ? Lila l'avait pratiquement volé à Lloyd Albertson, son adversaire le plus dangereux pour l'investiture du parti. Pouvait-on affirmer qu'il n'était pas un agent double, minant la route de Lila pour le compte d'Albertson ?

Croisant un regard interrogateur de Harlan, elle se ressaisit : son raisonnement pouvait-il à ce point se lire sur sa figure ? Elle se composa promptement une expression neutre avant que Lila et Greg lisent eux aussi dans ses pensées.

Une demi-heure plus tard, le shérif Hale ayant visiblement épuisé son stock de questions, il congédia tout le monde.

— Nous allons devoir confisquer votre voiture quelques jours encore comme preuve, annonça-t-il à Stacy d'un ton d'excuse.

— Je la raccompagne, dit très vite Harlan en lançant un regard à Stacy.

Quelque chose dans son expression la dissuada de protester.

— Pourrions-nous au moins récupérer le siège enfant dans ma voiture ?

— Je vais demander à un agent d'aller vous le chercher. Votre voiture, c'est bien la Ford F-10, McClain ?

Harlan ayant acquiescé, le shérif s'éloigna dans le couloir, Lila et Greg Merritt sur les talons.

— J'ai prêté ma voiture à la gouverneure, annonça Parker à Stacy et Harlan. Charlotte Manning va me raccompagner, et je rentrerai avec Bailey.

Devant son impatience manifeste à la perspective de retrouver sa fiancée, Stacy refoula un sourire.

Ils se dirigèrent tous trois vers la salle où Charlotte et Jeff Appleton s'occupaient des deux enfants. Abby, la jolie petite fille de six ans aux yeux verts de Jeff, leur sourit en les voyant entrer. Zachary, comme à son habitude, continua de travailler sur son dessin avec une détermination inflexible.

Stacy soupira. Tenter d'arracher Zachary à un projet en cours constituait toujours une épreuve. Cette fois pourtant, à sa vive surprise, il lâcha feuille et crayons sans faire d'histoires pour glisser sa main dans celle que lui tendait Harlan.

Les problèmes commencèrent lorsque Harlan essaya de l'attacher dans le siège enfant installé sur l'étroite banquette arrière du pick-up.

— Où est ta voiture ? demanda-t-il d'une voix plaintive qui rappela à Stacy qu'il n'avait pas fait sa sieste.

— Ma voiture est au garage, répondit-elle. Tu te souviens ?

Il n'avait pas besoin de savoir, pour la bombe ou la saisie.

— M. McClain a la gentillesse de nous raccompagner à la maison.

— Je n'aime pas ce pick-up, dit Zachary, nullement impressionné.

— Eh bien, il faudra t'habituer aux pick-up si tu comptes avoir un jour un cheval, répliqua Harlan.

Zachary se calma dès la mention du *cheval*.

— Pourquoi ?

— Parce qu'un van, c'est gros et lourd, et qu'il ne peut pas être remorqué par n'importe quelle voiture, répondit Harlan.

Le front de Zachary se plissa sous l'effort de concentration. Pour finir, son visage s'éclaira, et il grimpa sur le siège enfant sans plus protester.

Stacy lança un regard reconnaissant à Harlan, étonnée de l'habileté avec laquelle il avait désamorcé le conflit. Ce n'était pas grand-chose, bien sûr, en comparaison de ce qu'elle avait parfois vécu ces deux dernières années. Harlan n'aurait peut-être pas géré aussi facilement une vraie crise de nerfs de Zachary.

Le petit s'endormit avant leur arrivée au ranch. Harlan patienta dans le salon le temps qu'elle aille le coucher et l'apaiser jusqu'à ce qu'il replonge dans le sommeil.

Lorsqu'elle revint, Harlan l'accueillit avec le sourire.

— Comment vous sentez-vous, après ces péripéties ?

— J'ai connu des jours meilleurs, reconnut-elle.

Il tendit la main pour redresser son col — elle avait complètement oublié qu'elle portait encore sa veste. Elle esquissa un geste pour la retirer et la lui rendre, mais il s'approcha et lui prit les mains. Leurs doigts s'entrelacèrent, et ce contact la réchauffa dangereusement.

— Vous ne pouvez pas rester ici toute seule.

C'était un avertissement, mais ces mots chuchotés possédaient un incroyable pouvoir de séduction.

— Je ne suis pas vraiment seule, répondit-elle d'une voix grave, caressante, qu'elle reconnut à peine. Il y a des vigiles partout sur ce ranch.

Elle se racla la gorge, en pure perte. Son timbre de voix resta inchangé.

— Je ne risque rien.

— La bombe était sans doute destinée à la gouverneure, mais nous ne pouvons pas en être certains, nuança Harlan.

Lâchant une de ses mains, il posa les doigts sur son visage, dégagea une mèche de ses yeux.

— Vous étiez aussi présente à Austin pendant le discours. Et c'est votre voiture qui devait exploser…

— Avec Lila à l'intérieur. Pas moi.

Se concentrer sur ce qu'elle disait exigeait un effort surhumain, tant son attention était distraite par les doigts de Harlan occupés à vagabonder sur son cou. Les frissons qu'elle avait cru disparus revinrent en force, des frissons de fièvre, cette fois.

— Vous l'avez dit vous-même, vous n'avez été informée de ce voyage à Amarillo qu'à midi.

La pulpe des doigts suivit la courbe de l'épaule, creusant un sillon de feu si profond qu'elle dut lutter pour garder les yeux ouverts et ne pas défaillir dans ses bras.

Il fallait se reprendre, et vite. De quoi parlaient-ils, déjà ? Elle voulut s'écarter de lui, mais ses jambes en coton se dérobèrent, elle bascula en arrière…

Harlan la rattrapa dans ses bras et la plaqua contre

son corps dur et chaud. Un muscle tressauta dans sa joue tandis que son regard brûlant l'écorchait vive.

— Ce n'est sûrement pas le meilleur moment pour vous proposer cela, chuchota-t-il de sa voix toujours aussi ensorceleuse, mais je crois que je devrais m'installer ici pour vous protéger, Zachary et vous.

C'était d'une logique imparable, songea Stacy durant un instant. Évidemment que Harlan devait s'installer chez elle ! Sa place était là !

Mais cet instant passa, et le suivant apporta son lot de doutes, de peurs, qui dévasta tout.

Elle s'arracha à l'étreinte de Harlan.

— Non. C'est une très mauvaise idée. Vous le savez bien. Et vous savez pourquoi !

— Je suis le plus qualifié pour cette tâche. Zachary m'aime bien. Je l'aime bien. Je travaille ici de toute façon...

— Vous avez déjà établi un poste de garde devant la maison. Vingt-quatre heures sur vingt-quatre.

Stacy se sentait soudain oppressée. L'air commençait à lui manquer...

— Et pourtant quelqu'un a fixé une bombe sous votre voiture, fit remarquer Harlan à juste titre.

Elle tituba en arrière, la main sur la gorge. C'était impossible. Ingérable. S'il emménageait chez elle, elle perdrait le contrôle et ferait des bêtises, exactement comme lorsqu'elle avait laissé Anthony chambouler sa vie contre toute raison.

Si elle était la seule personne impliquée dans l'histoire, elle s'en accommoderait peut-être. Certaines erreurs valaient le coup d'être commises... Mais elle devait d'abord penser à Zachary. Zachary, qui aimait déjà Harlan plus que tout son entourage, elle comprise.

Pas question de le laisser payer encore une fois ses fautes à *elle*.

— Il doit y avoir une autre solution…

— Zachary acceptera-t-il quelqu'un d'autre ici à temps plein ? souligna Harlan.

— Vous ne savez même pas s'il vous accepterait.

— Il m'a déjà demandé d'emménager ici.

— Quoi ?

— Pendant que vous discutiez tout à l'heure avec les policiers, il m'a demandé si je voulais m'installer avec vous. Il espère peut-être aller aux écuries plus souvent, de cette façon ? Je pourrais l'emmener lorsque vous êtes occupée.

Le sourire de Harlan semblait sincère.

— Un vrai petit conspirateur, votre Zachary.

Stacy cala les coudes sur le comptoir de la cuisine et se prit la tête à deux mains.

— Vous vous servez de mon fils contre moi !

— Jamais je ne ferais une chose pareille.

Elle se redressa. Le regard ardent de Harlan la cloua sur place.

— Jamais, répéta-t-il d'un ton ferme. Ni à Zachary ni à vous.

— Mais vous me dites ça pour que je vous autorise à rester ici…

— Je vous dis ça pour que vous compreniez pourquoi, selon moi, un autre garde du corps ne conviendra pas, rectifia-t-il.

— La différence ne saute pas aux yeux, marmonna-t-elle avec la plus parfaite mauvaise foi.

— C'est juste pour un petit moment.

Elle secoua la tête.

— Rien n'est moins sûr. On ne connaît pas le poseur

de bombes, encore moins son mobile. Même sa cible aujourd'hui reste incertaine, vous l'avez dit tout à l'heure : Lila ou moi ? Il n'y a aucun moyen de savoir ce qu'il mijote encore. Qu'allez-vous faire, démissionner pour devenir mon garde du corps à temps plein ? Combien comptez-vous me facturer tout ça ?

Il ne répondit pas. Quelque part, ce silence gêné la frustra davantage que la confiance qu'il affichait un instant plus tôt. Elle massa du bout des doigts un point douloureux au-dessus de son œil droit.

— Jusqu'à quel point êtes-vous sûr que j'ai besoin d'un vigile à domicile ?

— J'en suis absolument convaincu.

Accepter cette offre, c'était une *très* mauvaise idée. La situation risquait de dégénérer pour de multiples raisons. Avec, à la clé, du sexe enivrant et de profonds regrets. D'un autre côté…

Si son fils se faisait tuer parce qu'elle craignait de ne pouvoir résister quelques jours à Harlan ? Quel genre de mère était-elle pour faire passer la peur de ses propres désirs, de ses propres faiblesses, avant la vie de son fils ?

— D'accord, dit-elle en s'obligeant à croiser le regard de Harlan. Vous pouvez vous installer ici. Mais il faudra établir quelques règles de base.

Il plissa les yeux.

— L'une d'elles me semble assez claire.

Elle ne fit pas semblant de ne pas comprendre.

— Oui, nous sommes déjà tombés d'accord. Nous deux, ça ne marcherait jamais. Je pense qu'il n'est pas nécessaire de tester cette théorie.

Il acquiesça d'un air sombre.

— Relation strictement professionnelle.

— Par ailleurs, vous ne prendrez aucune initiative

concernant ma sécurité ou celle de mon fils sans me consulter. Dans le cadre professionnel, vous êtes le responsable, mais dans cette maison c'est moi qui décide. Compris ?

— Et si je ne peux pas vous joindre, pour une raison ou une autre ?

Elle se détacha du comptoir et s'avança vers lui.

— Dans ce cas, je compte sur vous pour faire au mieux pour mon fils et moi. Mais, si je suis disponible, vous me demanderez mon avis. N'essayez pas de me cacher quoi que ce soit, encore moins de passer outre à mon opinion.

Il serra les mâchoires, comme si cette concession lui coûtait, mais il hocha de nouveau la tête tout en se portant à sa rencontre.

— Entendu. Je ferai tout ce que vous voudrez. Il y a cependant une chose que j'attends de vous.

— Laquelle ? demanda Stacy tout en essayant de ne pas écouter son corps qui lui criait de se rapprocher encore de lui, encore…

— Juste un léger stress à évacuer, dit-il, l'enlaçant d'un geste plein d'autorité avant de capturer ses lèvres.

12

Une erreur.

Le mot flottait dans l'esprit de Harlan tandis que, cédant enfin aux flammes qui lui léchaient le ventre, il pressait Stacy contre lui, moulant ses courbes douces sur son corps tendu.

Bon sang ! Cela semblait si naturel. Comme si cette femme était faite pour lui, parfaitement ajustée à ses formes. Tendre où il était dur, propre à combler tous ses creux…

Fermement agrippée à ses épaules, elle dévora sa bouche avec un appétit qui le déstabilisa. Il perdit prise et bascula dans un vide étrange où le sol se dérobait sous ses pieds, ne lui laissant d'autre choix que de s'accrocher à Stacy.

Non, non, non ! songea-t-il, saisi de panique. Hors de question de tomber dans ce travers encore une fois.

Au prix d'un effort désespéré, il recouvra un soupçon de sang-froid, juste ce qu'il fallait pour reprendre pied sur la terre ferme. Il se déprit de Stacy et aspira de longues bouffées d'air jusqu'à ce que l'incendie dans ses veines s'apaise enfin.

Elle le contemplait, figée à un mètre de lui, les yeux écarquillés, noirs comme deux fours, les lèvres roses et gonflées par son baiser. Il dut rassembler toute la force qu'il lui restait pour s'empêcher de faire deux pas vers elle et de la reprendre dans ses bras.

Elle s'éclaircit la voix.

— Bien. Voilà une bonne chose de faite.

Une envie de rire le prit, il se retint mais elle sourit en réponse et, quelques secondes plus tard, ils riaient ensemble.

— Cela ne doit pas se reproduire, énonça-t-elle en recouvrant son sérieux. À aucun prix !

— Je sais.

Il était sincère en disant cela. Mais comment savoir s'ils auraient les moyens de maîtriser ce feu qui les prenait dès qu'ils se trouvaient ensemble dans la même pièce ? Et de garder leurs distances, alors qu'il s'apprêtait à emménager là, jusqu'au gala tout au moins ?

— Carrie Rivers tient à ce que Vince Russo s'entende avec sa propre équipe sécurité, annonça Stacy à Harlan le mardi matin lorsqu'elle alla le trouver dans son bureau pour faire le point.

Miracle, sa voix n'avait pas tremblé alors qu'il sentait terriblement bon et qu'elle avait toutes les peines du monde à penser à autre chose.

Le matin même, elle avait jeté un discret coup d'œil à ses affaires de toilette. Il n'utilisait que du savon pour se laver et se raser. Elle songea à son père — pas de chichis, du basique, la simplicité et la franchise incarnées, tant et si bien que le jour où une crise cardiaque l'avait emporté pendant une opération de sauvetage à haut risque, elle avait eu la sensation de perdre un morceau d'elle-même.

Quelquefois, elle se l'était dit : si elle avait si vite cédé au charme d'Anthony, c'était parce qu'il était entré dans sa vie quelques mois à peine après le décès de son père.

Était-elle en train de tomber dans le même piège avec Harlan ?

Aucun rapport entre les deux hommes, toutefois. Anthony était en chasse lorsqu'il l'avait repérée au cours d'une soirée de levée de fonds. Rétrospectivement, Stacy le soupçonnait d'avoir eu en tête une liste de critères qu'elle remplissait tous. Etudes brillantes, éducation correcte, tempérament paisible, jolie mais pas trop… Un profil original propre à être exploité dans la presse — fille d'une professeure de faculté et d'un casse-cou amateur de plongée souterraine, aussi à l'aise dans le monde universitaire qu'au fond d'une grotte des monts Ozark.

Pauvre Anthony, songea Stacy avec un brin d'amertume. Il n'avait pas mesuré à quel point elle ressemblait justement aux monts Ozark chers à son père — riche de plus d'un gouffre secret plein de surprises.

— Je suis sûr que Vince se fera un plaisir de satisfaire à la demande de Carrie Rivers, commenta Harlan avec un sourire en coin. Quand arrive-t-elle ?

— Cet après-midi, en fait. Carrie donne un concert à Lubbock demain soir. Vince peut-il la rencontrer ainsi que son équipe vers 15 heures ?

— Sans doute. Je vais l'appeler tout de suite pour le prévenir.

— J'ai ici quelques noms à ajouter à la liste des invités, indiqua Stacy en lui tendant celle dressée le matin pendant une réunion avec la gouverneure et Greg Merritt.

— L'aller-retour à Amarillo a donc été productif, en dépit des péripéties qui l'ont précédé ?

Les doigts de Harlan effleurèrent les siens au moment où il attrapait le papier. Des étincelles lui picotèrent aussitôt le bras…

La cohabitation avec Harlan se révélait encore plus frustrante que prévu. Le simple fait de se trouver dans la même pièce que cet homme lui échauffait le corps et détournait ses pensées vers un terrain dangereux. Et, lorsque leurs bras se touchaient dans la cuisine pendant les repas, ou simplement leurs doigts lorsqu'il lui rendait une cuiller ou un magazine, elle éprouvait des difficultés croissantes à résister à l'envie d'un autre dernier baiser…

Elle laissa retomber ses mains sur ses genoux, gardant les doigts bien serrés pour les empêcher de trembler.

— Lila se dit très satisfaite du résultat.

— C'est plutôt prometteur…, commenta Harlan d'un drôle de ton.

À tel point que Stacy s'interrogea : parlait-il vraiment du voyage de Lila ?

— Quel est votre programme pour cet après-midi ? reprit-il. Une séance de travail à la dépendance ?

— Zachary va faire une balade avec Trevor Lewis, un des palefreniers du ranch. C'est son après-midi de congé, mais il s'est porté volontaire pour veiller sur Zachary pendant que je finis de m'occuper des hébergements pour Carrie et son équipe.

Elle avait hésité à accepter l'offre de Trevor, craignant qu'il n'attende ensuite une faveur de sa part en retour. Heureusement, il n'avait donné aucun signe en ce sens.

« Mon patron apprécie de me voir travailler pendant mon jour de congé, lui avait-il expliqué avec un sourire engageant. Vous et le petit bonhomme, vous me rendez service. »

Elle ne l'avait cru qu'à moitié, mais n'avait pas les moyens de dédaigner une leçon d'équitation gratuite qui enchanterait Zachary et le tiendrait occupé pendant qu'elle s'attellerait au travail qui s'amoncelait sur son bureau.

— Vous êtes sûre que Zachary s'entend bien avec ce Trevor ?

Le ton suspicieux de Harlan lui fit lever les yeux.

— Oui, oui. Trevor l'a déjà emmené plusieurs fois en promenade. Il est gentil avec lui, et Zachary est toujours content de monter à cheval.

— Vous savez que vous pouvez toujours l'amener ici avec vous. J'ai acheté des manuels sur les chevaux pour les laisser ici.

D'un geste, il désigna l'étagère derrière lui, où trônaient en effet deux grands livres illustrés avec des chevaux en couverture.

— J'ai essayé de trouver quelque chose qu'il n'avait pas chez lui.

Stacy fut si touchée de cette prévenance que les larmes lui montèrent aux yeux. Elle battit des cils.

— C'est vraiment adorable de votre part, Harlan. J'apprécie que vous ayez pensé à Zachary…

— Mais ? enchaîna Harlan, les sourcils froncés.

— Mais ce ne serait pas raisonnable que Zachary se… s'attache trop à vous.

— À cause de son syndrome ?

— Eh bien, oui, en partie. Il s'entiche de certaines personnes avec une passion excessive.

— Je pense être de taille à gérer le coup de cœur d'un enfant de cinq ans.

— Ce n'est pas pour vous que je m'inquiète. C'est pour lui.

Harlan parut prendre cela comme une insulte.

— Jamais je ne ferais de mal à votre fils, Stacy !

— Vous ne le feriez pas exprès. Mais, s'il s'accroche à vous, s'il s'habitue à votre présence, il aura les pires difficultés à se remettre de votre départ, le moment venu.

— Je vois…

Le front resta plissé, mais le regard s'adoucit.

— Comment a-t-il pris la défection de votre mari ?

— Pas bien. Tout s'est passé très vite. Nous n'avons pas eu le temps de nous adapter.

Elle avait dit *nous* au lieu de *il*, réalisa-t-elle une seconde trop tard.

Si Harlan releva le lapsus, il eut la délicatesse de ne pas le commenter.

— Un enfant a besoin de son père. Votre ex ne veut pas voir plus souvent Zachary, vous êtes sûre ? Il se reproche peut-être sa conduite…

— Il a un fils tout neuf, rétorqua Stacy. Un petit garçon parfait, mis au monde par sa toute nouvelle épouse parfaite. Une relecture du passé n'est pas à l'ordre du jour.

Harlan serra les dents.

— Et il fait de la politique ? Est-ce qu'il s'imagine sérieusement qu'une chose pareille ne lui reviendra pas un jour en pleine figure ?

— Oh ! Il verse sa pension alimentaire le jour dit, chaque mois. Il envoie aussi à Zachary des cadeaux pour son anniversaire et pour Noël.

L'amertume qui lui remonta dans la gorge avait un goût de bile.

— Sincèrement, je n'ai aucune envie de m'attarder sur ce sujet.

— Ma femme m'a trompé, déclara Harlan.

Elle crut d'abord avoir mal entendu, mais l'humiliation dans son regard disait le contraire.

— Je ne sais pas quoi vous dire, bafouilla-t-elle.

— Il n'y a pas grand-chose à dire, de toute façon. Je n'ai jamais roulé sur l'or, petit, soupira-t-il. Mes parents ont fait de leur mieux, ils ont travaillé dur. Mais sans diplôme, ni l'un ni l'autre n'arrivaient à rapporter beaucoup d'argent. Je n'ai jamais manqué de rien, j'ai seulement dû me contenter de peu.

Stacy hocha la tête. Certaines années avaient ressemblé à cela aussi pour elle, jusqu'à ce que sa mère soit titularisée par l'université dans laquelle elle enseignait.

La voix de Harlan la sortit de ses souvenirs.

— J'ai rencontré Alexis en cinquième, après notre déménagement à Snellville, Géorgie, où mon père avait trouvé du travail dans une entreprise de transports. C'était la plus jolie fille de l'école. Et aussi une des plus riches. J'étais fou d'elle. Quand elle a accepté de venir chez moi, j'ai eu l'impression d'avoir gagné à la loterie.

Sa première soirée romantique avec Anthony avait eu la même saveur, se remémora Stacy. Magique mais un peu irréelle, comme si elle avait su, au fond d'elle-même, que c'était en grande partie une illusion.

— Avec le recul, je pense que notre relation a été un symptôme de sa rébellion adolescente plutôt qu'un projet sérieux, murmura Harlan en se renversant contre son dossier, les mains sur son ventre plat.

— Combien de temps a duré votre mariage ? demanda Stacy.

— Sept ans. Nous sommes sortis ensemble pendant tout le lycée. Elle m'a quitté pendant sa deuxième année d'université, elle a fréquenté d'autres garçons, mais l'été après le diplôme, lorsque je suis rentré chez moi avant de partir au camp d'entraînement remplir mes obligations militaires, elle venait de rompre avec son dernier petit ami, un type que son père voulait à toute force lui faire épouser. Bien entendu, pour montrer à son père qui était le patron, Alexis m'a invité à une fête au country club.

— Ah…, fit Stacy. Et vous n'avez rien vu venir ?

— Oh… non ! Elle était plus mignonne que jamais, moi j'étais sur le point de m'embarquer pour l'Irak et je savais que je monterais au front tôt ou tard. Alors bien sûr, j'ai dit oui. C'était peut-être la dernière fois que je la voyais… J'avais une vision très romanesque des choses.

Il esquissa un sourire teinté d'ironie.

— J'ignorais que cela déboucherait sur sept ans de mariage.

— Anthony aussi m'a fait perdre la tête. Nous nous sommes mariés trois mois après notre rencontre, puis nous avons organisé quelques mois plus tard une grande cérémonie à l'église parce qu'il jugeait important d'avoir un compte rendu complet dans le journal et des photos sur son bureau. Il a toujours été très soucieux des apparences.

— Alexis aussi. Venant d'une famille riche, elle comptait bien le rester.

Stacy acquiesça.

— Il est difficile de répondre aux attentes des autres, surtout si elles sont gravées dans le marbre.

— Elle voulait que je quitte les marines le plus tôt possible. Mais j'ai commencé à monter en grade. J'étais simple soldat au départ et je me suis pris au jeu. J'avais appris à tirer avec un fusil quand j'étais petit dans les bois de Géorgie, et les marines avaient besoin de tireurs d'élite…

Il plia et déplia sa main droite, les yeux baissés sur les balafres rayonnant depuis une cicatrice plus importante au centre de la paume.

— Vous n'aviez pas envie d'arrêter.

— J'avais trouvé un travail dans lequel j'excellais.

— Votre couple a dû en souffrir.

— J'aurais dû rentrer, selon vous ?

Stacy secoua la tête.

— L'idéal aurait été de trouver un compromis, ensemble. Peut-être auriez-vous pu chercher un poste chez les marines qui ne vous aurait pas envoyé à l'autre bout du monde pendant des mois. Et elle, de son côté, aurait pu accepter que vous soyez un marine pour la vie.

— Mais je ne l'étais pas, hein ?

Il replia sa main.

— Moins d'un an après notre rupture, j'étais renvoyé dans mes foyers.

Un rire amer lui échappa.

— Elle aurait dû s'accrocher un peu plus longtemps…

Comment leur mariage aurait-il pu être sauvé, puisque sa femme ne s'embarrassait pas de scrupules pour coucher ailleurs dès qu'elle n'obtenait pas satisfaction ? Stacy garda néanmoins le silence. Elle était mal placée pour porter un jugement sur le mariage des autres.

— J'avais signé un contrat avec un entrepreneur pour construire une ferme à Walnut Grove, au sud d'Atlanta. Je voulais une grande maison entourée de plusieurs hectares de terrain où nous aurions élevé nos enfants ensemble…

Devant son sourire triste, le cœur de Stacy se contracta.

— J'étais en mission à Hawaï où j'assurais une formation de tireurs d'élite et, au dernier moment, je me suis vu offrir deux jours de permission. Je n'avais qu'une envie, rentrer chez moi voir les progrès du chantier. La maison était presque finie, Alexis s'était déjà installée dans les murs…

— Vous avez voulu lui faire la surprise ?

Il hocha la tête.

— Pour mémoire, ce n'est jamais une bonne idée.

— Elle n'était pas seule, n'est-ce pas ?

— Elle n'était pas seule. Et elle était nue.

Stacy flancha.

— Toute cette histoire triste et sordide pour dire que votre mariage aurait pu être pire, soupira Harlan. Si mauvais que soient les souvenirs qu'il vous a laissés.

Elle parvint à sourire, alors que les yeux sombres de Harlan, luisant d'humiliation, lui donnaient envie d'aller débusquer son ex-femme pour lui montrer comment une fille de l'Arkansas traitait les garces traîtresses.

— C'est noté, murmura-t-elle.

— Maintenant, j'ai besoin de prendre l'air. À quelle heure Vince et moi devons-nous retrouver l'équipe de Carrie Rivers, déjà ?

— 15 heures, répondit-elle en se levant en même temps que lui. Voulez-vous que j'appelle Vince Russo de votre part ?

— Non, je m'en charge. Écoutez… Faites attention cet après-midi en mon absence. Je peux demander à un autre agent du CSI de rester avec vous jusqu'à mon retour.

— Je vais chercher Zachary aux écuries à 15 heures, ensuite je travaille chez moi. Il y aura toujours un de vos collègues à portée de voix. Et je promets de ne pas filer en douce !

Il ne lui rendit pas son sourire.

— Ne prenez pas ces menaces à la légère, Stacy.

— Je sais, assura-t-elle en recouvrant son sérieux. Je continue à penser que c'est Lila qui est visée, mais j'ai bien compris qu'on pouvait tenter de l'atteindre à travers mon fils et moi.

— Bien. Je n'aimerais pas qu'il vous arrive quoi que ce soit, à Zachary ou à vous, confia Harlan en l'accompagnant jusqu'à son bureau. Et dites-moi si vous avez des problèmes pour les réservations d'hôtel.

— Que comptez-vous faire, hausser le ton jusqu'à obtenir satisfaction ? le taquina-t-elle.

— Possible, répondit-il en souriant.

— Mmm… Je pense pouvoir gérer l'affaire sans cris.

Harlan tendit sa grande main et la posa en coupe sur sa joue, délicatement, presque avec hésitation.

— Soyez vigilante, répéta-t-il d'une voix un peu altérée.

— Sans faute, promit-elle.

Tout son sang-froid ne fut pas de trop pour l'empêcher de tourner le visage et de l'enfouir dans sa main.

Un bruit de pas au fond du couloir les fit tressaillir. Harlan laissa retomber sa main et tourna les talons. Elle pénétra seule dans son bureau et referma soigneusement la porte derrière elle, tant elle craignait de céder à la tentation de ressortir pour lui proposer d'aller prendre l'air avec lui.

Elle pensait encore à Harlan en s'acheminant vers les écuries pour récupérer Zachary après sa leçon d'équitation. Serait-ce si terrible, vraiment, de donner libre cours aux sentiments contre lesquels elle bataillait ? Quel mal y aurait-il à découvrir où pouvait les mener cette attirance entre eux ?

Anthony lui avait broyé le cœur, mais Harlan n'était pas Anthony. Plus elle apprenait à le connaître, plus l'écart devenait flagrant. Harlan semblait fou de Zachary — il lui avait acheté deux livres sur les chevaux, bon sang ! Il demandait tout le temps de ses nouvelles et prenait visiblement un plaisir sincère à le côtoyer.

Mais cette base était-elle suffisamment solide pour construire une relation ? Cette gentillesse envers son fils ?

Tant d'autres défis attendaient Zachary dans la vie... Lui couper l'herbe sous le pied sous prétexte qu'elle se sentait seule et privée d'affection lui vaudrait le prix de la Pire Mère de l'Année.

Elle ferait n'importe quoi pour Zachary, sacrifierait tout pour lui. C'était son devoir, point final.

À son entrée dans les écuries, Trevor n'était pas là,

mais Cory préparait la nourriture pour les chevaux avec Zachary. Elle dut attendre que celui-ci ait terminé la tâche qui lui avait été assignée pour qu'il remarque enfin sa présence.

— Tu t'es bien amusé ? demanda-t-elle, alors qu'ils revenaient vers le ranch.

— Maman, qu'est-ce que c'est, une salope ?

Stacy manqua trébucher.

— Pardon ?

— *Débarrasse-moi de cette salope !* dit Zachary, adoptant une grosse voix bourrue.

Puis, de sa voix normale, il répéta :

— Qu'est-ce que c'est, une salope ?

Le cœur battant, Stacy s'accroupit à côté de son fils.

— Qui a dit ça ?

— Le grand monsieur.

— Cory ?

— Non. Le grand monsieur, insista Zachary en levant la main très haut au-dessus de sa tête. Qu'est-ce que c'est, une salope ?

— Zachary, ce n'est pas un joli mot. C'est une insulte pour les femmes, et c'est une chose très méchante à dire.

— Pourquoi ?

Elle se releva et lui prit la main pour se remettre en route.

— Ce n'est pas joli, c'est tout.

Difficile de garder un ton léger alors que des dizaines de questions lui traversaient l'esprit, plus effrayantes les unes que les autres. D'abord, comment Zachary s'était-il trouvé à proximité d'un inconnu qui voulait qu'on le débarrasse de quelqu'un ?

— Où as-tu rencontré le grand monsieur ? demanda-t-elle, alors qu'ils arrivaient devant chez eux.

Fort heureusement, Rob Sanchez était là, montant la garde.

Il lui sourit et serra virilement la main de Zachary.

— Tout va bien, Stacy ?

Son trouble se lisait-il à ce point sur son visage ?

— Oui. Merci, Rob.

Zachary fit mine de s'attarder auprès de celui-ci, certainement pour poser les mêmes questions dérangeantes. Aussi, elle le tira par la main à l'intérieur.

Une fois en sécurité entre ses quatre murs, elle l'envoya se laver les mains dans la salle de bains et composa le numéro de Harlan.

Il décrocha à la deuxième sonnerie.

— Puis-je vous rappeler ? dit-il à voix basse. Nous avons bientôt terminé l'entretien avec l'équipe de Carrie Rivers…

— Non, c'est urgent.

Elle lui rapporta brièvement les paroles de Zachary.

— Est-ce que j'ai raison ou tort de m'affoler ? Quelqu'un qu'il ne connaît pas — et que nous ne connaissons même pas, peut-être — parlant d'une personne dont il faut le débarrasser…

— Vous avez tout à fait raison, conclut Harlan. Ne bougez pas, j'arrive tout de suite.

Harlan déverrouilla la porte de la dépendance, heureux que Stacy ait pris ses précautions. Elle était dans le salon, en train de marcher de long en large devant le sofa, l'air anxieux.

— Où est Zachary ? s'enquit-il.

— Il joue dans sa chambre, répondit-elle en s'avançant vers lui.

Il lui ouvrit les bras, elle s'y engouffra et pressa la joue sur sa poitrine. Harlan l'étreignit avec force, savourant le contact de ce corps scellé au sien avec un élan qui n'avait rien de charnel et qui lui procura une incroyable sensation d'aboutissement.

Elle était parfaite, là, dans ses bras. Exactement taillée pour.

— Tout ira bien, susurra-t-il, adressant une brève prière au ciel pour que ce soit vrai.

Elle leva les yeux, clairement prête à le croire sur parole.

— J'aurais dû rester aux écuries pour poser quelques questions, mais je n'ai pensé qu'à ramener Zachary à la maison…

— C'était exactement ce qu'il fallait faire.

Il se détacha d'elle en douceur et posa les mains en coupe sur ses joues.

— Il faut que j'aille m'entretenir avec Cory. Vous m'avez bien dit que Zachary était parti en promenade avec Trevor Lewis ?

Stacy hocha la tête sans mot dire.

Repartir aussi rapidement n'enchantait guère Harlan, mais avec Rob Sanchez à l'extérieur et une maman aussi attentive à l'intérieur, Zachary ne risquait pas grand-chose jusqu'à son retour.

— Fermez la porte à clé derrière moi. Je reviens très vite.

— Soyez prudent ! lui intima Stacy.

Il lui effleura la joue, puis sortit.

Dehors, Sanchez lui lança :

— Un problème, McClain ?

— J'espère que non.

Mais manifestement, un vent mauvais s'était levé, et la tempête menaçait.

13

— Cory Miller a déclaré qu'il n'avait vu personne avec Zachary et Trevor, mais qu'ils étaient partis vers l'ouest et que, par conséquent, il ne les avait pas gardés en permanence dans son champ de vision.

Harlan coupa le moteur du pick-up et releva les yeux. Ce petit immeuble de la banlieue est de la ville semblait nettement plus avenant que celui où ils logeaient, Matt et lui. De deux choses l'une, ou bien le travail de palefrenier rapportait plus qu'on ne l'imaginait ou bien Trevor Lewis disposait d'une autre source de revenus.

— Il pouvait s'agir d'un autre ouvrier du ranch, avança Parker McKenna au téléphone. Zachary ne les connaît sûrement pas tous de vue.

— Mais pourquoi voulait-il être *débarrassé d'une salope* ?

La tonalité brutale, venimeuse de cette phrase glaçait Harlan dans le contexte des menaces pesant sur Lila Lockhart ces derniers jours.

— Je n'ai pas dit que ce n'était pas troublant…

— Personne ne répond chez Lewis, et je ne vois pas sa Honda sur le parking, marmonna Harlan en redémarrant. J'ai passé l'après-midi à essayer de localiser ce type et, pendant ce temps, Stacy et Zachary sont seuls !

— Tu ne penses pas qu'on nous aurait délibérément aiguillés sur une fausse piste, quand même ?

— Non. Si Zachary n'avait pas questionné sa mère sur les paroles qu'il a entendues, nous ne serions même pas au courant.

Tout de même, il n'aimait pas rester aussi longtemps loin de Stacy et Zachary. À supposer que Lewis soit hors de cause, ils restaient des cibles de choix pour l'ennemi de la gouverneure.

— On enquête sur Lewis avant tous les autres, déclara-t-il. Priorité absolue.

— Entendu, fit Parker avant de raccrocher.

Harlan appela ensuite Stacy, qui décrocha presque instantanément.

— Je n'ai pas réussi à retrouver Trevor Lewis…

— C'est inutile, répondit-elle.

— Pourquoi ?

— Parce qu'il est ici, en face de moi.

Dès l'arrivée de Harlan, Stacy comprit : le quiproquo l'amuserait moins qu'elle, et elle allait devoir le convaincre de l'inoffensivité de Trevor pour éviter au palefrenier un interrogatoire musclé.

— Zachary a mal entendu. C'est assez drôle finalement…

— Qu'est-ce qu'il fiche ici ? demanda Harlan à voix basse, les yeux rivés sur Trevor qui, tranquillement assis sur le sofa, feuilletait avec Zachary son livre préféré sur les chevaux.

— Il avait oublié quelque chose aux écuries, et Cory l'a prévenu que vous le cherchiez. Il pensait vous trouver ici.

— Et vous l'avez laissé entrer ?

— Il était horrifié que Zachary se soit mépris sur ce qu'il avait dit…

— Qui était « le grand monsieur » ?

— Une des dernières recrues de Cory. Trevor et Zachary l'ont croisé pendant leur balade. Le cow-boy réparait une clôture au fond du pâturage et se plaignait d'être traité comme un esclave. Il a dit en imitant le contremaître : *Débarrasse-moi de ça, allez hop !*

Harlan jeta un regard à Trevor.

— Ben voyons…

— Je sais que cette vieille clôture tombait en ruine, précisa Stacy. Vous pourriez peut-être vérifier ça demain ?

— On est en train d'éplucher le passé de Trevor, murmura Harlan.

— Vous me cherchiez, je crois ?

Stacy se retourna. Trevor s'avançait, la main tendue.

Après une brève hésitation, Harlan lui serra la main.

— Stacy m'a expliqué ce qui s'était passé. Sortons un moment, s'il vous plaît, dit-il en désignant la porte d'un mouvement du menton. J'ai encore une question ou deux à vous poser.

Stacy adressa un signe discret à Harlan avant qu'il s'éclipse. Surtout, qu'il n'aille pas malmener un employé de la gouverneure pour un motif aussi dérisoire qu'un petit garçon qui s'était mépris sur une phrase innocente…

— Trevor m'a dit que je pourrais monter demain.

Stacy fit volte-face vers son fils, qui n'avait pas bougé du sofa.

— Zachary, une leçon est déjà prévue ce vendredi, tu te rappelles ?

— Mais il a dit que je pouvais monter. Ça ne le dérange pas.

Un peu à cran en dépit de la mise au point rassurante de Trevor, Stacy perdit patience.

— Zachary, moi, ça me dérange. Tu ne peux pas faire

tout ce qui te plaît simplement parce que tu en as envie. Parfois, il faut faire des concessions.

Zachary se roula en boule sur le sofa pour martyriser les coussins à coups de pied.

— Je dois monter demain. Les chevaux comptent sur moi !

— À mon avis, les chevaux peuvent se passer de toi une journée.

— Non, j'ai promis d'y aller. J'ai promis ! répéta-t-il en gesticulant de plus belle.

Stacy ferma les yeux et compta jusqu'à dix.

— Zachary, nous pouvons en reparler plus tard.

— J'ai promis ! J'ai promis aux chevaux, maman. J'ai promis aux chevaux. J'ai promis aux chevaux…

— D'accord, Zachary, nous en reparlerons demain.

— Chose promise, chose due, maman. Tu sais bien ! Chose promise, chose due. J'ai promis aux chevaux. Je leur ai promis, maman !

Il pleurait. Les mots sortaient sur un hoquet entre deux sanglots. Il était à deux doigts de la crise de nerfs, la vraie.

Stacy alla chercher un classeur sur le bureau près de la fenêtre et s'assit à côté de Zachary en larmes.

— Tu te souviens de notre programme ?

— J'ai promis !

— Demain, il est prévu que nous passions la journée à la maison, regarde.

Il renifla mais se pencha sur le calendrier de la semaine, qu'ils avaient préparé ensemble. Mercredi, c'était leur jour à la dépendance, symbolisé par la photo d'une maison.

— Tu sais que tu n'aimes pas les changements de programme.

— Mais les chevaux ont besoin de moi ! J'ai promis.

La porte d'entrée s'ouvrit alors, et Harlan se figea

au milieu du salon, les yeux fixés sur Zachary en plein caprice, avec un air d'inquiétude croissante.

Bienvenue dans le monde des aspies, songea Stacy en concentrant de nouveau son attention sur son fils.

— Nous irons aux écuries vendredi. Je prendrai même mon après-midi pour rester là-bas et te regarder pendant toute la leçon. Mais demain, je ne peux pas.

— Pourquoi ? J'ai promis aux chevaux !

— Je dois travailler.

— Tu ne peux pas travailler une autre fois ? Les chevaux m'attendent.

Zachary ne criait plus, mais il donnait tous les signes d'une nouvelle éruption imminente.

— Zachary, si tu allais dans ta chambre regarder le DVD du spectacle équestre ? Tu n'es pas obligé de faire la sieste cet après-midi si tu regardes le film. Qu'en dis-tu ?

Zachary hocha la tête en s'essuyant le nez avec le dos de la main.

— J'ai promis aux chevaux, lui rappela-t-il encore une fois tout en la suivant dans le couloir.

Arrivé dans sa chambre, il alla prendre lui-même le DVD sur l'étagère. Il savait se servir du lecteur DVD.

Surtout, ce dont il avait besoin en cet instant, c'était de rester seul et de se plonger dans une de ses activités favorites. Rien de tel pour apaiser sa tension, Stacy le savait.

Tout en se massant les tempes pour déjouer la migraine qui pointait, elle regagna donc le salon.

Elle faillit se heurter à Harlan. Il lui saisit les coudes.

— Zachary va bien ?

Elle acquiesça, laissant retomber ses mains, ce qui obligea Harlan à en faire autant. Elle se surprit à regretter aussitôt le contact.

— Trop de changements dans sa routine ces derniers jours, dit-elle. C'est beaucoup de stress pour un aspie.

— Un *aspie* ?

— C'est le nom que se donnent ceux qui sont atteints par le syndrome d'Asperger. Beaucoup d'aspies adultes pensent que c'est nous autres qui sommes bizarres. Ils nous appellent les neurotypiques.

Harlan sourit.

— J'aime. Qui dit que tout le monde doit se conformer à une pensée unique ?

Il se dirigea vers la cuisine.

Stacy haussa les sourcils.

— Je suis étonnée d'entendre ça de la bouche d'un soldat habitué à marcher au pas et à scander des mots d'ordre avec le reste de son unité…

Elle s'accouda au comptoir.

— Travailler à l'unisson présente quelques avantages, concéda-t-il en sortant un verre du placard. Voulez-vous du thé ?

Elle refusa d'un geste.

— Zachary ne risque pas de servir dans l'armée un jour. Il aime les cadres clairs mais, au premier ordre imprévu lancé par l'instructeur, il perdrait tout contrôle.

— C'est pour ça qu'il était bouleversé ? Vous avez changé quelque chose ?

— Il s'est organisé pour prendre une leçon aux écuries du Twin Harts sans me demander mon avis. Il a promis aux chevaux, voyez-vous, et une promesse est une promesse.

Elle s'installa sur un tabouret de bar, tandis que Harlan se servait un verre de thé.

— Comment s'est passé l'échange avec Trevor ? Sa version des faits vous paraît crédible ?

— Je ne sais pas.

Harlan s'assit en face d'elle. Seul le comptoir en bois les séparait.

Aussitôt, une sensation d'intimité comme elle n'en avait plus ressenti depuis longtemps la gagna. Sur la fin de leur mariage, Anthony et elle n'étaient plus que de simples connaissances plutôt que deux amis, encore moins deux amants. Avec Harlan, en revanche, elle se sentait… connectée. Elle commençait à le voir comme une personne sur laquelle compter en cas de coup dur.

Danger ! songea-t-elle.

Aussi, elle revint à la conversation :

— Vous pensez toujours que Trevor pourrait mijoter quelque chose ?

— Difficile à dire. Son histoire est plausible. Quoi qu'il en soit, je vais fouiller son passé de fond en comble. Et je ne sais pas s'il convient de le laisser accompagner seul Zachary dans ses promenades à cheval, à l'avenir.

— Je n'arriverai jamais à dissuader Zachary de monter demain après-midi.

— Quels sont vos projets pour demain justement ?

Stacy énuméra docilement les tâches qui l'attendaient et conclut :

— C'est une véritable course contre la montre qui s'est engagée, et je ne peux pas demander à tout le monde de mettre les bouchées doubles juste pour sacrifier aux obsessions de Zachary.

— Une partie de votre travail peut être faite ici, après les heures de bureau, n'est-ce pas ?

— Oui, mais cela suppose que quelqu'un d'autre se charge de nourrir Zachary, de lui donner son bain, de le coucher…

— Moi, par exemple.

Elle secoua aussitôt la tête.

— C'est trop demander.

— Vous n'avez rien demandé. Je me suis proposé.

— Mais pourquoi ?

— Parce que ça vous aidera tous les deux.

Les yeux de Harlan s'assombrirent soudain, et l'air se mit à grésiller.

— Laissez-moi vous aider, Stacy.

Les larmes aux yeux, elle acquiesça.

— D'accord. Je ne prendrai sur mon temps de travail que les deux petits quarts d'heure nécessaires pour l'accompagner et aller le chercher.

Harlan secoua la tête.

— Non, allez vous promener avec lui. Vous savez monter, je suppose ?

— Oui, mais…

— Il sera ravi. Et plus en sécurité si vous l'accompagnez.

Harlan tendit la main et laissa glisser les doigts sur la courbe de sa joue, éveillant des frissons sur sa peau.

— Zachary n'est pas la seule personne ici à avoir besoin d'une pause, par ces temps difficiles.

La vue de Stacy se troubla, elle aspira une goulée d'air. Trop tard, une larme dévalait sa joue.

Harlan contourna le comptoir pour venir l'enlacer. Une grande main s'arrondit sur sa nuque dans une caresse maladroite, mais très tendre.

— C'est bon, murmura-t-il.

Il semblait un peu déboussolé, comme effrayé par ce brusque trop-plein d'émotions chez elle. Qu'il fasse l'effort de la réconforter tout de même la toucha plus que de raison.

Cet homme était exceptionnel. Un trésor authentique. Toute autre femme à sa place, dans un autre contexte, fondrait sur lui de peur qu'il ne lui échappe…

Mais elle ne pouvait changer de peau. Et le contexte était ce qu'il était.

Elle se dégagea en s'essuyant furtivement les joues.

— Pardon, dit-elle. Je vais mieux, maintenant.

— Si vous alliez faire un brin de toilette ? Je vais fouiller le réfrigérateur et voir ce que je peux préparer en vitesse pour le dîner.

Stacy esquissa malgré elle un sourire mouillé. S'il voulait jouer les nounous pour Zachary au cours des deux jours à venir, il devait savoir ce que le poste impliquait.

— Le mardi, c'est le soir du hot-dog. Sans moutarde. Et douze chips, pas une de plus ni de moins, pour Zachary, dans la petite assiette verte. Il boit du jus de pomme avec les hot-dogs. Ni thé ni lait, du jus de pomme. J'en ai plusieurs briques au frais.

Une légère panique traversa le regard de Harlan.

— Y a-t-il un pense-bête quelque part ? Pour les moments où je serai seul avec lui…

— Je vous en préparerai un.

Son sourire soulagé fit battre le cœur de Stacy un peu plus vite.

Oui vraiment, un homme exceptionnel.

— On attend des infos de Californie. Trevor Lewis a grandi à San Mateo, mais il a travaillé comme palefrenier dans tout le sud-ouest pendant plusieurs années.

À la seconde où Harlan entra dans les bureaux du CSI, le mercredi, Vince Russo agita une liasse de feuilles dans sa direction.

— Lewis semble avoir de bonnes références dans les écuries qui l'ont employé ici au Texas. On a les premiers retours de plusieurs ranchs d'Arizona et du Nouveau-Mexique. Le reste devrait nous parvenir cet après-midi.

— Et côté Californie ?

— Demain, sans doute. Ou dans la soirée, avec un peu de chance. Nos contacts là-bas ne sont pas très réactifs.

— Il faudra penser à en trouver d'autres, marmonna Harlan. Où est Coltrane ?

Il jouait depuis un moment avec l'idée d'infiltrer un homme dans le premier cercle de la gouverneure et Wade, agent secret expérimenté, semblait parfait pour le rôle.

Vince consulta sa montre.

— Il est en train de dire oui.

— Pardon ?

— Lindsay et lui ont filé se marier en douce. Ils se sont dit qu'un grand mariage prendrait trop de temps, et puis pourquoi attendre quand on a déjà des jumeaux de quatre ans ?

Vince sourit.

— Ils ont déniché une maison d'hôtes à Lubbock avec une petite chapelle tout près. Carrie trouve l'idée follement romantique. J'ai l'impression qu'il va être difficile de la surprendre quand notre heure à nous sera venue.

Vince était tombé éperdument amoureux de la star de country deux mois plus tôt, alors qu'il assurait auprès d'elle une mission de protection…

Un autre agent du CSI mord la poussière, songea Harlan.

— Pourquoi suis-je toujours le dernier informé de ce qui se passe ici ? se récria-t-il.

— Tu es un peu occupé en ce moment.

— Mouais…

Il emporta le dossier sur son bureau et s'installa dans son fauteuil en faisant craquer les ressorts.

Puis il parcourut les notes, essayant de distinguer des lignes de force pour se faire une idée plus précise de la personnalité de Trevor Lewis. Était-ce un type ordinaire employé dans une écurie ou une menace réelle pour Stacy et Zachary ?

Et pour Lila, bien entendu, ajouta-t-il en pensée en se mordant la lèvre. Alors qu'il avait été engagé pour protéger Lila Lockhart, alors que c'était en théorie sa priorité absolue, il ne pouvait se résoudre à placer la sécurité de quiconque avant celle de Stacy et de son fils.

— Il y a un point dans ces notes qui m'a troublé sans que je comprenne bien pourquoi, confia Vince en faisant rouler son fauteuil vers le bureau de Harlan. Alors qu'il travaillait dans un ranch près de Melrose, au Nouveau-Mexique, Lewis a sollicité une semaine de congé en pleine saison du poulinage. Il travaillait là depuis moins de six mois et n'avait pas encore droit à des vacances, si bien qu'il a pris un congé sans solde.

— Il a sûrement une autre source de revenus, avança Harlan. Je suis allé à son domicile. L'immeuble est plus chic que les nôtres, je l'avais estimé du temps où je cherchais un logement à Freedom. Le loyer mensuel doit avoisiner les mille dollars.

— Mais pourquoi partir pendant le poulinage ? Il fallait un motif urgent !

— Aucune idée, avoua Harlan. C'était à quelle date ?

— Le 21 mars.

— Ça ne m'évoque rien. Je poserai la question à Trevor, à l'occasion.

Il avait contacté Stacy juste avant d'arriver au CSI. Elle était en route pour les écuries du Twin Harts. Après enquête, Trevor Lewis finissait à 15 heures le mercredi. Par conséquent, Stacy et Zachary ne risquaient rien. Elle avait prévu de demander à Cory Miller de les emmener en balade.

Tant qu'elle restait à distance de Lewis, tout irait bien.

Stacy comptait sur Cory pour les accompagner, mais le responsable était absent lorsqu'ils arrivèrent aux écuries. Seuls Trevor et deux autres palefreniers s'activaient dans les stalles.

— La gouverneure souhaitait faire un tour dans le pâturage sud avec ses filles, expliqua Trevor. Toutes les trois sont parties il y a une demi-heure avec Cory inspecter les aménagements en cours pour accueillir bientôt des chevaux du refuge de Houston. Elles tenaient à s'assurer qu'ils auraient la place de s'ébattre en liberté sans danger.

— Ce n'est pas grave, assura Stacy. Je peux rester aujourd'hui, j'emmènerai moi-même Zachary en promenade.

— J'ai terminé mon travail, indiqua Trevor en rangeant son outil sur le râtelier accroché au mur. Je vous accompagne.

Un léger frisson d'appréhension secoua Stacy.

— Ce n'est pas la peine… Vous avez sûrement des projets plus intéressants pour cet après-midi !

— Non, aucun. Tu viens m'aider à seller Alamo, bonhomme ? lança Trevor à Zachary avec le sourire.

— Alamo est un Appaloosa, expliqua doctement le petit à sa mère en la traînant vers un box voisin.

Il leva les yeux vers le cheval qui piaffait derrière la porte basse, et son visage s'éclaira.

— Alamo a une robe tachetée, ajouta-t-il en levant les mains pour qu'elle le prenne dans ses bras.

Elle dut le serrer fort pendant qu'il se penchait vers l'animal pour lui tapoter le nez.

— Toi, tu as tout lu sur les Appaloosas ! commenta Trevor en lui ébouriffant les cheveux. Allez, on va le sortir pour le seller.

— Comme il est grand ! s'étonna Stacy. Vous êtes sûr que c'est un cheval pour Zachary ?

Le plus impressionnant n'était pas la hauteur au garrot de l'animal, mais ses épaules, larges, puissantes, et sa croupe surtout, plus vigoureuse encore, avec les hanches épaisses et musculeuses typiques du Quarter horse.

— Oh ! Il est tout à fait capable de maîtriser ce bon vieil Alamo, pas vrai, Zachary ?

— On y va !

Zachary se tortilla pour quitter les bras de Stacy, sauta à terre et courut tapoter l'épaule de l'Appaloosa.

Certes, ce regard un peu sauvage était typique de la race, Stacy le savait. Mais une panique irraisonnée lui serra la gorge.

— Zachary, nous devrions peut-être attendre un autre jour pour monter…

— Maman, j'ai promis !

La voix de Zachary grimpait dangereusement dans les aigus.

— D'accord, d'accord.

Si seulement Harlan était là pour qu'elle puisse lui confier ses doutes…

Elle se sentait oppressée, piégée d'un côté par la menace permanente d'une crise de nerfs de son fils et de l'autre, par la confiance assez désinvolte de Trevor Lewis dans les capacités de Zachary à tenir Alamo.

Le palefrenier lui attribua une placide jument palomino nommée Delta et sella pour lui-même Soldado, un alezan plutôt fougueux.

— Nous irons au pas jusqu'au pâturage est, puis nous les laisserons aller au petit galop un moment, annonça-t-il.

— Au petit galop ? Je ne suis pas sûre que Zachary soit prêt…

Trevor croisa son regard inquiet et sourit.

— Eh bien, la maman poule peut se détendre !

Zachary pratique le petit galop depuis une quinzaine de jours. Alamo est facile à conduire, Zachary se débrouille comme un chef avec lui.

Il fallait le reconnaître, la coordination des mouvements chez son fils dépassait la moyenne des aspies. Charlotte en attribuait le mérite aux séances de kinésithérapie que Stacy avait lancées dès l'annonce du diagnostic.

— Je préférerais quand même qu'il reste au pas.

— Mais les chevaux aiment courir ! décréta Zachary.

Il tirait sur les rênes, guidant Alamo vers la cour d'une main experte.

— Je dois le laisser courir. J'ai promis.

Stacy le suivit à contrecœur. Une conversation sérieuse sur la notion de promesse s'imposait.

C'était aussi un prétexte pour retrouver Stacy, Harlan le savait, mais le souci de sa sécurité et de celle de son fils l'avait incité à reprendre la route du ranch vers 15 heures.

Un accident sur l'autoroute aux abords du Twin Harts le retarda en chemin, si bien qu'il passa devant la villa sans s'arrêter pour gagner directement les écuries.

À l'agent posté devant l'entrée, il demanda des nouvelles de Stacy et Zachary.

— Ils sont partis il y a environ cinq minutes avec un palefrenier.

— Je croyais que Cory devait les accompagner ?

L'agent secoua la tête.

— Miller a emmené la gouverneure et ses filles sur le pâturage qui a été remis à neuf. C'est un des jeunes palefreniers qui l'a remplacé.

Une alarme se déclencha aussitôt dans la tête de Harlan.

— Savez-vous lequel ?

Mais il connaissait déjà la réponse avant même d'avoir terminé sa phrase.

L'agent consulta le registre.

— C'était Lewis. Trevor Lewis.

14

Delta se révéla une monture confortable. Stacy pressentit néanmoins les courbatures à venir. Cela faisait si longtemps qu'elle n'avait pas monté ! La promenade jusqu'au pâturage ressuscita tout un pan de sa vie resté en friche depuis qu'elle s'échinait à concilier ses devoirs de mère et son travail d'aide de camp.

Elle se remémora son enfance dans l'Arkansas et les deux chevaux de bât achetés par son père pour les opérations de secours dans des lieux reculés, inaccessibles aux véhicules à moteur. Des bêtes solides, fiables, qui logeaient dans une grange derrière la maison.

Jupiter et Mars, en dépit d'un tempérament calme, adoraient courir. Et ils aimaient bien Stacy car souvent, après les avoir sellés, elle les laissait filer comme le vent à travers les prés qui bordaient la ferme familiale.

— Vous voyez ? Il a ça dans le sang !

Esquissant un signe de tête vers Zachary, qui maniait sa monture avec une étonnante assurance, Trevor la dépassa pour aller se ranger à côté du petit.

— Prêt à montrer à ta maman de quoi tu es capable, cow-boy ?

Le sourire joyeux de Zachary émut Stacy. Avant qu'elle ait eu le temps de le lui rendre, Trevor frappa la croupe d'Alamo du plat de la main, et le cheval partit au petit galop.

— Trevor ! Vous avez perdu la tête !

D'un coup de botte, elle accéléra l'allure. Si l'Appaloosa décidait tout à coup de passer au grand galop, Zachary risquait de se blesser, ou même pire.

— Laissez ce garçon vivre sa vie, répliqua Trevor en amenant sa propre monture devant elle, obligeant le palomino à ralentir.

— Écartez-vous ! grogna Stacy.

Elle tira son cheval vers la gauche pour le contourner, mais il lui bloqua de nouveau la route en éclatant de rire.

— Arrêtez de jouer les mères poules, Stacy ! Laissez-le s'amuser. Il sait ce qu'il fait…

— Bon sang, Trevor, poussez-vous !

Elle tira les rênes de Delta sur la droite d'un geste vif et lança la jument au galop. Trevor tendit la main vers ses rênes au passage, mais elle l'écarta d'un coup de pied qui l'atteignit à la cuisse.

Zachary était désormais à plus de cinquante mètres devant elle, cramponné au dos de l'Appaloosa tel un bébé singe accroché à sa mère. Impossible de savoir s'il maîtrisait ou non la situation… Et voilà que Trevor l'avait déjà rattrapée. Cette fois, il parvint à saisir ses rênes, stoppant Delta en pleine course.

— Quand cesserez-vous enfin de me résister ? lança-t-il, sourire confiant aux lèvres. Zachary est plus costaud que vous ne le croyez. Rien ne vous oblige à le chouchouter comme un bébé en permanence… Libérez donc la femme belle et vibrante qui est en vous !

Elle le fixa, sidérée par son audace et ulcérée par le compliment.

— Non mais… vous entendez ce que vous dites ?

Le sourire de Trevor s'élargit.

— Vous êtes si sexy quand vous vous mettez en colère. Vous saviez ça ?

Frissonnant de dégoût, Stacy tira d'un coup sec sur les rênes pour tenter de reprendre le contrôle. En pure perte.

— Vous ne me connaissez pas assez bien pour me dire ce genre de choses.

Dans sa vision périphérique, Zachary s'éloignait de seconde en seconde. La rage l'envahit.

— Lâchez ça ou je rapporterai cet acte d'insubordination à la gouverneure !

Il plissa les yeux.

— Un acte d'insubordination ? C'est l'image que vous avez de moi, hein ? Un pauvre minable qui récure les écuries pour survivre ?

Il partit d'un grand rire dénué d'amusement.

— Vous ne savez rien de moi, Stacy ! Si vous voulez cafarder, allez-y… Je n'ai pas besoin de ce travail.

— Lâchez ces rênes !

Loin d'obéir, il tira dessus un peu plus fort, amenant les chevaux flanc à flanc jusqu'à ce que leurs jambes se touchent.

— La gouverneure sait-elle combien de fois vous amenez Zachary dans ses écuries ?

Stacy grinça des dents.

— Poussez-vous !

Elle talonna Delta, espérant que la force de l'animal arracherait les rênes des mains de Trevor avant qu'elle soit obligée de recourir à des moyens plus violents.

La manœuvre fonctionna un temps, et son cheval détala à travers le pré, cap au nord pour intercepter l'Appaloosa qui amorçait un demi-tour à l'approche de la clôture du fond.

Une poignée de secondes plus tard, un martèlement de sabots l'avertit que le palefrenier était sur ses talons.

— Est-ce qu'elle sait, Stacy ? Est-ce qu'elle sait combien ce travail est dur pour vous ?

Trevor lui effleura le coude, puis s'en saisit franchement. Il chercha à la déséquilibrer, mais elle tint bon, les genoux scellés à la jument pour garder son assiette.

Et brusquement il la lâcha. Un bruit de lutte derrière elle. Malgré sa peur pour Zachary, elle ne put s'empêcher de se retourner.

Harlan ! Harlan avait plaqué Trevor au sol, le visage écrasé dans l'herbe, les bras immobilisés dans le dos. Non loin de là, un cheval noir dansait et s'ébrouait, avide d'action.

— Filez ! la pressa Harlan.

Sans plus traîner, elle lança Delta au grand galop.

Alamo décrivait toujours un demi-cercle au fond du pré avec toute la joie et la puissance d'un jeune cheval en pleine santé, libre de ses mouvements.

Lorsque Stacy atteignit enfin l'Appaloosa et l'attrapa par les rênes, Zachary jubilait.

— Tu as vu, maman ? Tu as vu ?

Il se jeta dans ses bras grands ouverts en manquant la faire glisser de sa selle et noua bras et jambes autour d'elle aussi étroitement que s'il les avait enroulés autour du cheval.

— Alamo a couru comme le vent, maman. Comme le vent !

Stacy enfouit le visage dans le cou de son fils, refoulant des larmes de soulagement. Dieu qu'elle avait eu peur !

— Comment ça, il n'y a aucune raison de le garder ?

Harlan dévisagea Jeff Appleton avec stupéfaction.

— Mise en danger d'un enfant, ça ne vous suffit pas ?

— Zachary se porte comme un charme, souligna Appleton d'un ton résigné. Et puisque Stacy ne veut pas porter plainte…

— Quoi ? Vous plaisantez !

— C'est ma parole contre celle de Trevor Lewis, dit Stacy.

Cette voix le fit frissonner, comme si son corps tout entier était désormais accordé au sien — à sa voix, son expression, son odeur toujours fraîche et légère comme la brise de printemps. En cet instant, elle était l'image même de la détermination inflexible, mâchoires crispées, le menton droit.

— Et la gouverneure n'a vraiment pas besoin de ce genre de complication en ce moment, ajouta-t-elle.

— Je dois aller signifier sa libération à Lewis, indiqua Jeff avec un regard d'excuse vers Harlan.

Il disparut dans le couloir, les laissant en tête à tête.

— Stacy, ce type aurait pu tuer Zachary !

— Vous croyez que je ne le sais pas ? rétorqua-t-elle vivement, les yeux lançant des éclairs. Je ne suis pas près de laisser Zachary s'approcher de Trevor Lewis à l'avenir ! Mais Jeff m'a dit que Trevor songeait à porter plainte contre vous pour voies de fait…

— Foutaises ! Cette ordure cherche à vous manipuler.

— La gouverneure et Greg pensent que…

— Greg ! répéta Harlan avec mépris. Le petit génie de la politique se permet de faciliter la tentative de chantage de ce… ce…

Stacy posa une main sur son bras. Même au plus fort de sa colère, il ne fut pas insensible à ce contact sur sa peau.

— Demain soir a lieu le gala. C'est notre priorité. Je verrai ensuite avec la gouverneure quels autres motifs de renvoi nous pouvons trouver contre Trevor Lewis, assez solides pour qu'il n'aille pas en profiter pour la salir dans la presse.

— Il menace de faire ça aussi ?

Stacy pinça les lèvres.

— Rentrons à la maison, maintenant. Une montagne de travail m'attend.

Ses lèvres s'incurvèrent.

— Vous avez promis de vous occuper de Zachary à ma place, il me semble ?

Laissant sa rage s'épuiser d'elle-même, Harlan fit l'effort de se plier à la volonté de Stacy en remettant à plus tard le problème Trevor Lewis. Le palefrenier était en tête de sa liste de suspects — si l'équipe du CSI découvrait la preuve d'une menace réelle contre la gouverneure ou contre Stacy et Zachary, il serait aussitôt prévenu.

Rentrons à la maison. Il aimait bien la sensation de chaleur grésillante que suscitaient en lui ces simples mots prononcés par Stacy.

— D'accord, dit-il. Où est notre jeune cow-boy ?

Stacy sourit.

— Assis sur le bureau du shérif, en train de lui expliquer la différence entre un Appaloosa et un cheval gris pommelé.

Brave petit, songea Harlan.

— Zachary, il faut faire le moins de bruit possible. Ta maman travaille.

La voix de Harlan dériva dans le couloir jusqu'à Stacy, qui leva les yeux de ses dossiers et sourit. Ils avaient dîné tôt et Harlan, fidèle à sa parole, avait entraîné le petit dans sa chambre pour jouer avec lui, la laissant libre de passer les appels de dernière minute pour boucler l'organisation du gala.

— Elle travaille tout le temps.

La voix plaintive de Zachary, qui portait encore plus loin que celle de Harlan, vint se planter droit dans le cœur de Stacy telle la flèche du remords.

— C'est vrai, elle travaille dur, convint Harlan. Et tu sais pourquoi ?

— Non.

— Pour te permettre de monter à cheval, d'aller à l'école, d'apprendre tout ce que t'enseigne Mlle Charlotte. Et aussi de manger des hot-dogs le soir…

— Ce soir, c'était le soir du sandwich au beurre de cacahuètes et à la confiture.

— Je sais. Et ta mère travaille dur pour acheter ton beurre de cacahuètes.

— Je n'aime pas le beurre de cacahuètes croquant.

— Eh bien, tant mieux ! Il y en aura plus pour moi.

Zachary éclata de rire.

Stacy en resta saisie. Il ne savait jamais quand il fallait rire des plaisanteries des autres. Harlan avait su malgré tout établir le contact un instant…

Sa vision se troubla.

— Vois-tu, reprit Harlan, certaines personnes doivent faire des choses qui ne leur plaisent *pas* pour pouvoir en faire d'autres qui leur plaisent.

— Pourquoi ?

Harlan se remit à rire.

— Je me posais déjà cette question à ton âge…

— Waouh ! s'écria Zachary d'un ton incrédule. Ça fait longtemps alors !

— Tu as raison, concéda Harlan. Et voici la meilleure

réponse que j'aie trouvée : c'est comme ça que fonctionnent les choses.

— Je n'aime pas cette réponse.

— Moi non plus. Allez, mon grand, on y retourne. Où avions-nous laissé notre histoire de cheval ?

Quelques minutes plus tard, la lecture en sourdine de Zachary ralentit et finit par s'arrêter. Stacy sourit dans le silence revenu. Son fils s'était endormi au beau milieu d'un chapitre, comme souvent.

Deux minutes encore, et Harlan émergea de la chambre, l'air un peu harassé mais heureux.

— Zachary lit mieux que la moitié des gars de mon unité !

Il fit quelques pas dans le salon avant de s'approcher du coin où elle travaillait. Il s'accroupit près de la table et la fixa en silence d'un air grave.

— Oui ? demanda-t-elle en posant son stylo.

— J'aimerais que vous réfléchissiez encore à ce dépôt de plainte contre Trevor Lewis.

— Il a davantage de motifs de plainte contre vous que je n'en ai contre lui.

Elle déplaça sa chaise de manière à se tourner franchement vers Harlan.

— L'idée qu'il gagne ce round ne me plaît pas plus qu'à vous, mais j'ai appris que dans ce métier il fallait choisir ses combats.

— Je hais la politique, gronda-t-il en se redressant. Les politiciens ont l'art de mettre des bâtons dans les roues…

— Au contraire, ils contribuent à faire avancer les choses par la loi, répliqua machinalement Stacy.

Les mots sonnaient creux à ses propres oreilles tant ses convictions de longue date avaient été malmenées ces dernières années.

— Dans l'idéal, oui. Peut-être.

Il fit quelques pas, puis revint vers elle, l'expression fébrile.

— J'ai servi chez les marines, bon sang ! Je comprends l'utilité des règles. Je comprends aussi qu'on doive s'efforcer de faire au mieux pour la majorité. Sincèrement. Mais quand c'est vous qui passez à la trappe, à ce jeu…

Il se détourna sans achever sa phrase.

— Nous ne sommes plus en train de parler de ce qui s'est passé avec Trevor, n'est-ce pas ?

Elle le rejoignit près de la fenêtre. Dehors, il faisait déjà nuit noire, seule une lune pâle trouait l'obscurité.

Il lui coula un regard en biais.

— Plus seulement, en effet.

— *Vous* êtes passé à la trappe ?

— En quelque sorte, confia-t-il, pliant et dépliant sa main droite.

Elle saisit cette main et la retourna pour examiner le lacis de cicatrices qui zébrait la peau.

— Est-ce que c'est encore douloureux ?

— Par moments. Des tiraillements au niveau des tissus. Les nerfs ont été touchés, je n'ai plus toutes mes sensations dans cette main.

La tentation d'embrasser le cœur de sa paume endommagée faillit la submerger.

— Que faisiez-vous chez les marines ?

— Je travaillais dur, tout en essayant de ne pas y laisser ma peau. Comme tous les autres gars en Irak, dit-il en souriant. Ça ressemble un peu à la maternité, non ?

Elle lui rendit son sourire.

— Mais ça vaut le coup !

— Zachary est un enfant si extraordinaire, fit remarquer Harlan. Je commence à comprendre pourquoi c'est le reste du monde qui a des problèmes aux yeux des aspies. Quand nous mentons sur nos sentiments pour ne pas faire de vagues, Zachary, lui, livre tel quel ce qu'il pense, et au diable les conséquences ! Le monde serait plus vivable si la spontanéité était plus répandue !

Harlan ne disait pas cela pour lui faire plaisir, comprit Stacy. Il n'essayait pas d'actionner tel ou tel levier pour la manipuler comme aurait pu le faire Anthony dans la même situation…

Les larmes qu'elle refoulait depuis sa bagarre avec Trevor lui piquèrent les yeux. Elle battit des paupières, histoire de gagner du temps.

— J'espère qu'il aura toujours dans son entourage des personnes qui porteront ce regard sur lui. Alors tout ira bien.

Harlan leva les mains pour essuyer avec les pouces les gouttes qui perlaient au coin de ses yeux.

— Tant qu'il vous aura, Stacy, tout ira bien.

Incapable de supporter son regard attendri, elle se dégagea.

— Je ferais mieux de me remettre au travail.

— Que reste-t-il à faire ce soir ?

Trois fois rien, en réalité ! Harlan l'avait aidée plus qu'il ne le pensait en s'occupant de Zachary.

— Oh ! Je devrais pouvoir trouver une urgence à…

Il lui saisit la main.

— Tout, plutôt que de rester seule avec moi, c'est ça ?

Un grognement de frustration échappa à Stacy.

— Pourquoi faut-il que vous rendiez les choses encore plus difficiles ? Je vous l'ai dit, nous deux c'est impossible…

— Pourquoi ? répliqua-t-il en lui prenant l'autre main pour l'attirer plus près.

Sa force d'attraction l'entraînait inexorablement vers

le large tel un courant puissant, en dépit de ses efforts désespérés pour lui échapper.

— Je dois penser à Zachary.

— Zachary m'aime bien…

— Il vous aime trop ! rectifia-t-elle avec véhémence. Il s'est attaché à vous, et plus je vous donne du temps avec lui, plus votre départ sera douloureux.

— Et si je ne repartais pas ?

À ces mots, l'espoir jaillit avant qu'elle ait pu l'étouffer.

— Allons… Vous ne serez plus là après le gala, n'est-ce pas ? Vous rentrerez chez vous, et Zachary et moi, nous serons de nouveau seuls !

— Je ne suis pas Anthony, riposta Harlan.

— Je n'ai pas dit ça…

— C'est pourtant comme cela que vous me traitez, lui renvoya-t-il en lâchant ses mains. « Je ne peux pas laisser Zachary s'attacher à vous parce que vous lui ferez du mal. »

Il planta ses yeux dans les siens.

— Exactement comme Anthony, pas vrai ?

Incapable de résister, Stacy fit un pas vers lui.

— Vous n'avez rien en commun avec Anthony.

— Alors prouvez-le.

Elle essaya de se remémorer ce qu'elle avait ressenti en comprenant que son mari la quittait après six ans de vie commune. Le chagrin l'avait terrassée, principalement à cause de l'épreuve infligée à leur fils.

Mais ce qui lui revint surtout à l'esprit, ce fut la voix de Harlan pleine d'affection et d'admiration pour son petit.

Et, en cet instant, il la contemplait comme si elle était la créature la plus désirable du monde.

Elle referma les mains sur ses poignets et laissa glisser

des doigts légers sur les muscles, les tendons tout autour. Il gémit doucement.

Alors, se hissant sur la pointe des pieds, elle effleura ses lèvres avec les siennes, en tremblant un peu.

Il enfouit les doigts dans ses cheveux et approfondit le baiser jusqu'à ce que la fièvre la gagne. Son dos heurta une surface dure et plate. Le mur, devina-t-elle au jugé, ivre de désir. Il l'avait poussée contre le mur. Et c'était si bon ! La passion sauvage de ce qu'ils étaient en train de faire, l'abandon instinctif, la promesse de plaisir…

Pourquoi avoir autant lutté contre tout cela ?

Alors que les mains fermes de Harlan l'empoignaient aux hanches pour la presser contre son sexe dur, elle comprit : toute résistance serait désormais inutile.

Elle s'arracha à ses baisers le temps de murmurer :

— Il ne faut pas réveiller Zachary.

— Mmm…, chuchota Harlan à son oreille. Il a le sommeil si léger ?

La tête renversée pour lui offrir sa gorge, elle glissa la main entre leurs corps. Il vibra nettement sous la caresse.

— Un marine maîtrise le mode furtif, n'est-ce pas ?

— Nous sommes donc en guerre ?

Leurs regards enflammés se croisèrent. Il lui saisit le poignet et l'entraîna vers le couloir.

Elle referma la porte de la chambre et s'adossa au battant, incapable de retenir un sourire euphorique.

— Plus maintenant, dit-elle. Nous en sommes à négocier les termes de la capitulation.

Harlan posa les doigts sur le premier bouton du chemisier.

— Qui a gagné ?

— Quelle importance ? répliqua-t-elle en lui baisant la main.

Il la souleva dans ses bras, riant aux éclats, et la déposa sur le lit.

15

Un son strident réveilla Harlan en sursaut. Instantanément sur le qui-vive, il s'orienta avec l'aisance d'un marine surentraîné. Nuit. Intérieur. Belle femme dormant nue près de lui. La sonnerie continuait, le volume augmentant de seconde en seconde.

Se glissant au bas du lit, il dénicha son portable dans la poche de son jean abandonné sur le sol.

— Oui ?

— Pourquoi tu chuchotes ? demanda Vince Russo à l'autre bout de la ligne.

L'appareil calé sous le menton, Harlan enfila son jean et attendit d'être sorti de la chambre pour reprendre sa voix normale.

— Désolé. Je ne pouvais pas parler.

Russo garda le silence. Harlan imagina sans peine à quoi il pensait.

— Il se passe quelque chose ? soupira-t-il.

— Ouaip. Et du lourd ! Je peux être au ranch dans dix minutes.

Un regard vers le couloir, et un flot de souvenirs électrisants submergea Harlan. Stacy était si heureuse au moment de s'assoupir enfin dans ses bras, épuisée, toute tremblante… Détendue, en somme, pour la première fois depuis qu'il l'avait rencontrée. Il fallait à tout prix que cette sensation se prolonge.

Or, quoi de plus réfrigérant qu'une réunion stratégique du CSI dans son salon ?

— Non, trancha-t-il. Rendez-vous au bureau, d'ici trente minutes.

Il s'empara d'une tenue propre dans l'armoire de l'entrée où il avait rangé ses affaires, puis fila sous la douche.

Une demi-heure plus tard, il rejoignait Vince dans la salle de conférences du CSI.

Parker McKenna était également présent, ainsi que Nolan Law et Nick Cavanaugh, trentenaire silencieux et contemplatif à première vue, mais dont les compétences en mission de reconnaissance avaient fait merveille en Irak avant l'embuscade mortelle qui avait fait capoter son ultime expédition.

Vince prit la parole en premier :

— Le gars s'est fait discret ces dix dernières années…

— Mais ? fit Harlan.

— Mais nous avons finalement réussi à joindre un membre de sa famille qui s'est mis à table, dit Nolan Law en lui tendant un agrandissement photo. Ce cliché a été pris au sommet du Transworld Trade Partnership il y a deux ans.

La photo montrait un groupe de jeunes gens, hommes et femmes, vêtus de noir, au visage recouvert pour la plupart d'une cagoule ou d'une écharpe. Mais un individu avait été surpris par l'objectif au moment où il enfilait son masque de ski. Harlan identifia immédiatement le palefrenier.

— Lewis !

— Il a participé à une action du Black Bloc pendant

le sommet, et tu sais les problèmes que peuvent poser ces gens-là, grommela McKenna.

Harlan acquiesça. La tactique du Black Bloc consistait souvent à se mêler aux manifestations antimondialistes pour créer le chaos et saper les efforts des forces de l'ordre pour contrôler les foules de manifestants.

— Selon son cousin, il est très impliqué dans les groupes protestataires anarchistes et antimondialistes, dont Planet Justice, précisa Nick Cavanaugh.

Harlan haussa un sourcil.

— Le groupe qui manifeste demain pendant le gala ?

McKenna consulta sa montre.

— Ce soir, tu veux dire.

Harlan leva les yeux vers l'horloge murale. Bientôt 2 heures. Seigneur ! Il aurait donné n'importe quoi pour retourner au lit et se couler contre le corps nu de Stacy.

Il repoussa tant bien que mal cette tentation pour se concentrer sur la tâche en cours. Protéger Lila, c'était également la protéger, elle, et Zachary aussi.

— J'ai essayé de convaincre la gouverneure d'élargir la zone tampon entre les protestataires et le ranch, mais…

— On ne plaisante pas avec la liberté de parole, murmura McKenna.

Du Lila Lockhart dans le texte. Harlan l'avait entendue prononcer ces mots plus d'une fois.

— *Sinon, pourquoi se prétendre Américains ?* acheva-t-il de mémoire.

— Je n'ai rien contre ce principe, intervint Law. Mais nous ne pouvons pas nous permettre de le pousser jusqu'à l'inconscience. Je n'aime pas l'idée d'un activiste de Planet Justice infiltré parmi les employés de la gouverneure.

— On ne sait pas s'il est encore actif au sein du groupe, nuança Russo.

— Mais nous n'avons aucune preuve qu'il ne l'est plus, répliqua Harlan.

— En effet, concéda Russo. Le problème, c'est comment nous en débarrasser après l'incident d'hier. Si la gouverneure le renvoie, il clamera partout que c'est pour qu'il garde le silence sur ton agression.

— Je l'ai à peine touché, marmonna Harlan. Je suis d'avis de foncer. Le seul fait qu'il ait été dans un passé récent membre d'un groupe qui manifestera pendant le gala justifie une enquête approfondie.

— Planet Justice est connu pour placer des engins explosifs, renchérit Russo. Au cours d'une manifestation à Chicago, pendant une conférence sur un accord de libre-échange, les flics ont découvert deux bombes artisanales près de l'entrée de la salle principale, qu'ils ont reliées à deux activistes de Planet Justice même si le reste du groupe a dénoncé publiquement cette initiative.

— C'est suffisant pour obtenir un mandat et perquisitionner chez Lewis ? demanda Harlan à Law.

— Ça se tente.

Jeff Appleton avait donné à Harlan son numéro de portable. Sa fille dormait sûrement à cette heure, mais l'appel ne pouvait attendre. Moins de vingt-quatre heures les séparaient du gala…

Il composa le numéro, avec une question en tête : où pourraient-ils bien trouver un juge prêt à délivrer un mandat de perquisition au milieu de la nuit ?

— Maman ?

Stacy ouvrit tout grands les yeux au son de la voix de son fils.

Mais elle mit une seconde à recouvrer ses esprits. Elle se trouvait bien dans son lit, toutefois rien ne semblait normal. Ses bras, ses jambes étaient fourbus comme si elle avait fait plusieurs heures de sport. Elle était aussi complètement nue sous les draps froissés.

Elle lança un regard paniqué sur sa gauche. Harlan n'était plus là.

Contre toute attente, après la nuit d'amour la plus intense depuis… De toute sa vie, en fait, le soulagement l'emporta sur le dépit de se retrouver seule, puisque Zachary était planté au pied du lit et la regardait fixement.

Restait à espérer que Harlan ne reviendrait pas de la salle de bains, de la cuisine ou autre avant qu'elle ait réussi à convaincre son fils de retourner se coucher.

— J'ai faim, maman.

— Zachary, tu as mangé un énorme sandwich au dîner…

— Mais c'était il y a longtemps. Je suis un garçon en pleine croissance et j'ai besoin de nourriture.

Stacy ne put réprimer un sourire.

— Qu'est-ce qui te ferait plaisir ?

— Pourquoi y a-t-il des vêtements par terre ?

— J'étais fatiguée, répondit-elle très vite en balayant le sol d'un regard furtif.

Le jean de Harlan n'était pas là, mais sa chemise et son boxer étaient de son côté du lit, hors de vue de Zachary, Dieu merci.

— Voilà ce que je te propose, reprit-elle. Va enfiler ton peignoir, il fait froid ici. Je vais mettre le mien, et nous irons voir ensemble ce que nous pouvons trouver dans le réfrigérateur, d'accord ?

Zachary acquiesça en grognant, mais fila dans sa chambre.

Aussitôt, Stacy enfila un T-shirt, un pantalon de yoga et son peignoir en éponge par-dessus. Pas exactement la tenue la plus sexy qui soit mais, si Harlan devait entrer dans sa vie, autant qu'il s'habitue à la voir telle qu'elle était réellement, non ?

Entrer dans ma vie, répéta-t-elle en son for intérieur. Harlan allait entrer dans sa vie pour de bon ! Pourquoi avait-elle eu si peur de lui ouvrir la porte ? Il ne ressemblait pas du tout à Anthony ni aux autres hommes qu'elle avait pu croiser jusque-là, hormis peut-être à son père. Et son père avait été solide, fiable.

Une sensation d'exultation la grisa tandis qu'elle attendait le retour de Zachary — qui prendrait un bon moment, elle le savait, le petit hésitant souvent sur le choix de sa tenue, plus longuement qu'une adolescente. Encore une chose à laquelle Harlan devrait s'habituer, même s'il semblait déjà accepter et même apprécier avec une aisance déconcertante les manies de Zachary.

Celui-ci s'encadra enfin sur le seuil de la chambre.

— Je crois que je veux un croque-monsieur, annonça-t-il d'un ton solennel, comme s'il avait médité un bon moment sur le choix parfait — ce qu'il avait sûrement fait, du reste.

Stacy sortit dans le couloir avec lui, sûre désormais que Harlan était parti dormir sur le sofa. Après l'amour, avant qu'elle s'assoupisse, il lui avait demandé si elle jugeait plus sage qu'il aille se coucher au salon pour ne pas bouleverser la routine de Zachary. Impossible de se souvenir de sa propre réponse, mais quelle délicate prévenance, typique de Harlan…

Toutefois, il ne se trouvait pas sur le sofa. Ni dans la cuisine. Et la salle de bains était éteinte.

Sa joie se mua en vague sensation de malaise.

Elle alla jeter un coup d'œil par la fenêtre : le pick-up n'était plus garé devant la dépendance.

Où était-il donc allé ?

Les premières lueurs de l'aube pointaient sur les plaines de l'est lorsque le portable de Harlan sonna enfin.

Il était assis dans le salon de Jeff Appleton, rongé du regret de ne pas être plutôt de retour dans la dépendance du Twin Harts, peau à peau avec Stacy. Seulement il s'était engagé à rester garder la fille de Jeff pendant que celui-ci partait en quête du shérif et d'un juge local pour les informer de la dernière avancée dans l'enquête sur l'attentat d'Austin.

C'était Appleton qui appelait.

— On a le mandat. On fonce !

D'abord soulagé par cette nouvelle, Harlan se mit ensuite à angoisser. Et s'ils ne trouvaient rien de probant chez Trevor Lewis ? Si le palefrenier accusait la gouverneure d'atteinte à sa vie privée, s'il criait au règlement de comptes ?

Harlan tenta de repousser ces sombres questions et s'installa pour attendre patiemment d'autres nouvelles de Jeff Appleton. Mais une idée encore plus inquiétante le traversa : il était peut-être en train de compliquer singulièrement la situation de Stacy. Elle lui en voudrait terriblement.

Cette perspective le mit au supplice.

Si seulement il pouvait l'appeler pour la mettre au courant de ce qui se passait. Qu'elle soit au moins prévenue... Mais il était 5 heures du matin. Difficile de l'imaginer debout à cette heure. Sans compter que la sonnerie risquait de réveiller Zachary. Stacy n'avait vraiment pas besoin de se retrouver avec un petit garçon ensommeillé et de mauvaise humeur en plus de tous ses autres soucis.

Avec un peu de chance, la perquisition serait bouclée dans l'heure, et il pourrait alors l'éveiller d'un baiser, avec la bonne nouvelle que Trevor Lewis n'était plus un danger pour personne…

Et ensuite ? Le gala signerait la fin de sa mission auprès de la gouverneure, qui n'avait fait aucune allusion à une embauche éventuelle dans son équipe de permanents. De toute façon, la tension générée par le travail auprès de politiciens de cette envergure ne lui plaisait guère.

Ce qui l'attirait bien plus, c'était Stacy. Zachary aussi. Et, puisqu'il n'avait aucune intention de quitter Freedom tant qu'ils y resteraient tous les deux, il pourrait toujours les voir chaque fois qu'elle l'y autoriserait, non ?

Après avoir tourné la page du désastre conjugal avec Alexis, il s'était juré de ne plus commettre l'erreur idiote de se marier. Aucune femme ne lui avait donné l'envie de briser ce serment…

Jusqu'à sa rencontre avec Stacy.

Stacy était différente. Solide, loyale. Digne de confiance entre toutes. S'il pouvait la convaincre qu'il ne la laisserait jamais tomber comme l'avait fait son crétin de mari, peut-être avaient-ils une vraie chance de trouver le bonheur tous les deux.

Encore fallait-il découvrir qui cherchait des crosses à la gouverneure. Car, tant que cette menace planerait, Stacy et Zachary ne seraient jamais pleinement en sécurité.

Règle numéro un, songea Stacy, *rester calme. Ni pleurs ni récriminations, rien de nature à te donner l'allure d'une perdante.*

Même si tu as perdu pour de bon.

Depuis que Zachary l'avait réveillée, les heures avaient passé lentement, sans un soupçon de sommeil pour les accélérer. Elle avait tenté de se rendormir après avoir nourri et recouché son fils. Ne dramatisait-elle pas la situation ? Était-ce vraiment si grave que Harlan soit parti pendant la nuit ? Mais l'insomnie aidant, à mesure que défilaient les minutes, la vérité s'infiltra dans la digue de mensonges qu'elle s'était construite pour se protéger.

Ce n'était qu'un plan d'une nuit. Une nuit agréable — non, éblouissante — mais une nuit de sexe, rien d'autre. Pas le début d'une nouvelle relation merveilleuse. Ni la première d'une longue série de nuits à se lover dans les bras puissants de Harlan McClain.

Et plus vite elle affronterait cette réalité, plus vite elle surmonterait la souffrance et l'humiliation pour reprendre le cours normal de sa vie.

Renonçant à trouver le sommeil, elle se leva pour de bon et employa toute son énergie à gommer fébrilement les vestiges douloureux de leur bref moment d'intimité, changeant draps et taies d'oreillers de manière à en chasser l'odeur de Harlan. Elle ramassa les habits qu'il avait abandonnés en vrac et les fourra avec le reste de ses affaires dans les deux grands sacs qu'il avait apportés en s'installant chez elle.

Rien ne l'obligerait à rester après le gala. Il serait libre de reprendre sa vie d'avant — et de la laisser en faire autant avec son fils. Zachary ne serait pas content, bien sûr, mais elle trouverait bien un moyen de le distraire jusqu'à ce qu'il s'habitue à l'absence de Harlan.

À 6 heures, elle appela Charlotte Manning afin de s'assurer que celle-ci était toujours d'accord pour garder Zachary pendant le gala.

Mais, dès que lui parvint la voix douce de son amie, elle laissa échapper malgré elle le récit de l'erreur commise durant la nuit, donnant libre cours à son chagrin.

Elle n'entra pas dans les détails, Charlotte était assez intelligente pour lire entre les lignes.

Toutefois, lorsqu'elle eut terminé, son amie lui demanda d'un ton sceptique :

— Tu es certaine d'avoir bien compris ?

Stacy tiqua.

— Qu'y a-t-il d'autre à comprendre ?

D'un geste vif, elle essuya ses joues humides.

— Pas un mot, pas un au revoir, juste un coup à la va-vite, je te dis !

— Voyons, Stacy… Il est engagé dans une mission de protection ultrasensible. Et s'il avait été appelé ailleurs pour une raison liée au gala ?

La bouffée d'espoir suscitée par les paroles de Charlotte l'étourdit une fraction de seconde. Pas plus.

— J'y ai pensé… Mais ça n'explique pas pourquoi il ne m'a pas au moins laissé un mot !

— Tu devrais quand même en discuter avec lui avant de tirer des conclusions.

— Il n'y a rien à discuter ! répliqua sèchement Stacy. Lui et moi, nous savions, avant de nous fourrer dans ce guêpier, que nous ne voulions rien de sérieux. Anthony m'a guérie à vie de ce genre d'idées romanesques.

— Et c'est pour ça que tu verses toutes les larmes de ton corps sur un plan d'un soir ? Anthony t'a blessée, Stacy, ajouta Charlotte un ton plus bas. Mais ça ne signifie pas que Harlan, ou un autre, fera la même chose !

— Heureuse que tu aies encore la force de croire à l'amour-toujours, soupira Stacy.

Peut-être serait-elle plus disposée à miser elle aussi sur l'impossible si elle était plus forte, plus courageuse, si elle n'avait pas à se soucier du bonheur de Zachary…

— Stacy, parle avec lui, au moins !

— Je dois te laisser. Il faut que tu te prépares pour l'école, et Zachary va se réveiller d'une minute à l'autre.

Elle raccrocha avant que Charlotte mette davantage son bon sens à l'épreuve et fila s'occuper de Zachary.

Elle s'attendait à ce que Harlan franchisse la porte d'un instant à l'autre avec une excuse bancale pour être parti sans prévenir. Elle était prête à le recevoir. Ses sacs de voyage étaient posés près du sofa, et elle était désormais très calme, dégrisée par la froide et cruelle réalité.

Pas de larmes. Pas de récriminations. Pas de supplique pour qu'il change d'avis. Et, si elle se sentait blessée ou humiliée par son erreur de la nuit, du diable si elle le montrerait !

Vint l'heure de partir pour l'école, et toujours aucun signe de vie de Harlan.

Elle griffonna quelques mots et glissa la note sous la poignée d'un sac de voyage, bien en évidence.

Sur un dernier regard aux deux sacs posés sur le sol près du sofa, elle quitta la maison avec son fils.

Jeff fut de retour vers 7 h 30. Son visage fermé fit craindre le pire à Harlan. Avait-il trouvé un élément compromettant chez Trevor Lewis ou, à l'inverse, fait chou blanc ?

Les deux, en un sens, comprit-il très vite.

— D'après le shérif, ce n'est pas exploitable en l'état, expliqua Jeff d'un ton navré en posant une enveloppe kraft sur la table devant Harlan. Mais ce n'est pas *rien*.

Harlan fixa un moment l'enveloppe, partagé entre excitation et appréhension. Puis il souleva le rabat et fit glisser le contenu avec précaution sur la table.

Une petite pile de photographies grand format.

— Le shérif Hale m'a autorisé à vous les montrer, indiqua Jeff. Puisque vous êtes responsable de la sécurité ce soir.

Harlan parcourut les clichés, le ventre noué d'angoisse à mesure que lui apparaissait le sujet.

Le décor était une chambre assez petite mais garnie de meubles coûteux. Un grand lit en fer forgé, des draps et rideaux haut de gamme, une commode basse et large surmontée d'un miroir occupant presque tout un mur et littéralement couverte de portraits encadrés…

Des portraits de Stacy Giordano.

— Cette espèce de fils de…

— Tout à fait, approuva Jeff Appleton en hochant la tête. Je ne sais pas quelle loi au juste il enfreint en faisant ça, mais nous ne pouvons pas l'ignorer non plus, surtout après ce qui s'est passé au ranch hier.

Harlan se pencha de nouveau sur les agrandissements, concentrant son attention sur les gros plans des photos encadrées. Toutes prises sur le vif à l'insu de leur sujet, à l'exception de celle posée tout au bord de la commode, de très mauvais augure — l'image avait été clairement découpée dans la gazette d'Austin quelques jours plus tôt.

Sur cette image figurait Stacy en tailleur froissé, maculé de terre, le visage hagard et ensanglanté. La gouverneure venait d'être extraite des décombres de l'estrade grâce à son intervention, la photo avait été prise juste après. Harlan se souvint de l'avoir vue dans le journal le jour où elle avait été publiée. Stacy fixait un point derrière l'objectif, elle semblait sous le choc et elle était belle… Tragiquement belle. Néanmoins, ce n'était sûrement pas l'intérêt esthétique du cliché qui avait poussé Trevor Lewis à le conserver.

Harlan crispa les mâchoires jusqu'à la douleur.

— Pas suffisant pour le coffrer, marmonna-t-il. Mais un motif de renvoi en or massif pour la gouverneure.

Appleton acquiesça d'un air grave.

— Vous avez l'autorisation du shérif de lui transmettre ces copies, en tant que preuves. J'ignore si ce type est dangereux ou non pour Stacy, mais personne n'a envie de prendre ce risque, je pense.

— Et ses liens avec Planet Justice ? demanda Harlan. Vous n'avez trouvé aucun élément à charge ?

— Quelques livres sur le sujet, des tenues du style Black Bloc dans son armoire… Mais ces choses ne sont pas illégales, et aucun explosif n'a été trouvé dans l'appartement. Ce qui ne le disculpe pas non plus, soupira Jeff. Il peut très bien entreposer du matériel ailleurs. Entre nous, c'est un appartement de grand standing pour un employé d'écurie…

— Ses parents sont riches, souligna Harlan.

En attendant le retour d'Appleton, il s'était renseigné auprès de Vince Russo. Trevor Lewis venait d'une famille fortunée de la région de San Mateo, assez fortunée pour encourager sa passion pour les chevaux sans qu'il ait à se priver.

— S'il a de l'argent, peut-être qu'il loue ou possède un local en ville, suggéra Appleton.

— Le CSI est déjà en train d'éplucher ses comptes.

Harlan leva les yeux vers l'adjoint, qui semblait épuisé.

— Vous avez terminé pour aujourd'hui ou vous devez retourner au bureau ?

— J'ai quelques heures de repos devant moi, je fais partie des adjoints recrutés comme extra pour vous prêter main-forte ce soir au gala.

Appleton étouffa un bâillement.

— Charlotte Manning s'est proposée pour garder Abby en même temps que Zachary. Je ferais bien d'aller m'occuper de ma fille, d'ailleurs, ajouta-t-il en lançant un regard vers le couloir. L'heure de l'école approche. Est-ce qu'elle s'est réveillée ?

— Pas une seule fois. Elle ne se sera même pas rendu compte de votre absence.

En prononçant ces mots, Harlan ne put s'empêcher de penser à Zachary. Il consulta sa montre.

Bon sang, 8 heures passées ! Une demi-heure déjà que Stacy était partie pour l'école ! Elle l'attendait sans doute dans son bureau, en se demandant bien pourquoi il l'avait abandonnée.

L'idée de lui révéler ce qui s'était produit pendant son sommeil le révulsait. Si la seule vue de ces photos le faisait trembler, comment allait-elle réagir, *elle* ?

16

Harlan fit étape à la dépendance dans l'idée de prendre une douche et de se changer. Son vague espoir que Stacy soit rentrée chez elle avant de se rendre au bureau vola en éclats lorsque le vigile de service vint vers lui : Stacy n'avait pas reparu après avoir emmené Zachary à l'école.

Il ouvrit l'armoire du couloir pour en sortir une tenue propre, mais il n'y avait plus que des cintres vides.

Il referma lentement la porte, perplexe.

Aurait-elle déménagé ses affaires dans sa propre armoire ? Manière de lui dire qu'il était le bienvenu dans son lit pour plus d'une nuit ?

Mais l'armoire de Stacy ne contenait que des vêtements féminins. Où étaient passés les siens, retirés à la va-vite durant la nuit ?

Il trouva la réponse à cette énigme en revenant dans le salon. Sur le sol, près du sofa, gisaient ses bagages, refaits en son absence, à en juger par leur forme rebondie. Une feuille pliée en quatre dépassait d'une poignée…

Il déplia le papier, la peur au ventre. L'écriture était bien celle de Stacy, des cursives nettes, sans fioritures.

« Harlan, merci de votre aide. Zachary et moi apprécions tout ce que vous avez fait pour nous protéger. Le gala ayant lieu ce soir, vous retournerez nécessairement chez vous. J'ai donc pris les devants et rassemblé vos affaires à votre place pour preuve de ma reconnaissance. »

Elle avait signé de son prénom au bas de la page. Pas de post-scriptum, ni la moindre allusion à ce qui s'était passé entre eux.

Comme si elle avait décidé de l'effacer de sa vie.

Elle avait dit qu'elle ne cherchait pas une relation. Lui non plus n'en cherchait pas, jusqu'au jour où il l'avait rencontrée. Depuis, il ne pouvait plus se la sortir de la tête.

Ces dernières heures, il aurait juré qu'elle commençait à partager ce sentiment. Elle s'était donnée à lui sans retenue, prenant tout ce qu'il lui offrait et le lui rendant avec une égale intensité. Avait-il pu se méprendre à ce point sur ses sensations ?

Le fiasco avec son ex-mari l'avait peut-être traumatisée plus qu'il ne l'avait cru.

Tout en fourrant la feuille dans sa poche, il se promit de passer un savon à Anthony Giordano s'il le croisait un de ces jours.

Il récupéra son enveloppe kraft posée sur la console du couloir et quitta la dépendance.

Laissant son pick-up garé devant, il préféra faire à pied la centaine de mètres le séparant de la villa.

Il se trouvait à mi-chemin lorsque l'explication lui apparut enfin, lumineuse, évidente.

Il avait quitté le lit de Stacy sans un mot.

Ni note ni coup de fil, rien. Une fuite précipitée après avoir pris du bon temps, voilà comment elle avait interprété sa disparition, à tous les coups ! Pas étonnant qu'elle ait ensuite bouclé ses bagages en griffonnant un simple message d'adieu à son intention.

Quelque peu rassuré, il entra dans la villa et gagna le bureau de la gouverneure. Stacy y discutait avec Lila.

Dès qu'elle le vit, elle afficha une expression distante et froide qui lui tordit le cœur. Toutefois, quelque chose flottait dans ses yeux, comme un soupçon de souffrance, qui laissait penser que cette indifférence n'était qu'une façade. Elle s'imaginait donc bel et bien que leur histoire n'était pour lui qu'un plan d'un soir.

Il la détromperait dès que possible, mais d'abord il devait lui montrer, ainsi qu'à la gouverneure, ce qu'avait découvert l'équipe du shérif chez Trevor Lewis.

Il tira à lui la chaise que lui désignait Lila. Stacy lança un regard curieux à l'enveloppe kraft qu'il posait sur le bureau. La gouverneure l'ignora.

— Je crois comprendre que l'appartement de Trevor Lewis a été perquisitionné au milieu de la nuit ? Un rapport avec vous, McClain ?

— Un rapport indirect, répondit-il.

Stacy ne semblait pas surprise de cet échange. Elle était donc au courant, conclut Harlan. Dès lors, pourquoi lui en voulait-elle ?

— A-t-on établi un lien avec l'attentat d'Austin ? demanda-t-elle, le visage obstinément baissé.

— Non. Mais Lewis est lié à Planet Justice, le groupe qui manifestera ce soir en marge du gala.

Elle se redressa enfin pour croiser son regard.

— Vous plaisantez ?

Il secoua la tête.

— Ce n'est pas le pire…

Il ouvrit alors l'enveloppe et en sortit les photos.

— Les agents ont trouvé ceci dans la chambre de Lewis.

L'épouvante déforma les traits de Stacy.

Aussitôt, Harlan se reprocha sa rudesse. Quelle idée de lui fourrer ces photos sous le nez sans précautions !

Fallait-il qu'il ait désespérément besoin d'attirer de nouveau son regard…

— Mon Dieu ! souffla-t-elle.

Lila Lockhart tendit la main vers les photos, chaussa ses lunettes et parcourut la collection, son visage s'assombrissant à mesure.

— Ce n'est pas une preuve exploitable pour la justice, sans doute, mais moi elle me suffit. Je vais me faire un plaisir d'expulser ce petit pervers de mes écuries. S'il menace de créer un scandale, je ferai circuler dans la presse cet autel improvisé dans sa chambre. S'il s'imagine que je n'en aurai pas le courage, il se trompe lourdement !

La hargne de la gouverneure fit sourire Harlan.

— Bien. C'est ce que j'espérais vous entendre dire.

— Il risque tout de même de participer à la manifestation ce soir, fit observer Stacy d'une voix blanche.

Harlan retint une envie de la prendre dans ses bras pour la réconforter. Pas là, pas devant la gouverneure.

— Stacy, je n'ai plus besoin de vous pour le moment. Allez donc régler ces derniers détails dont vous me parliez à l'instant. Et n'oubliez pas que ma coiffeuse arrive de Dallas cet après-midi pour nous chouchouter avant le grand soir.

Lila décocha un sourire éblouissant à son aide de camp avant de recouvrer son sérieux.

— Ne vous laissez pas impressionner par ces photos. Si Trevor Lewis pose ne serait-ce qu'un pied dans ce ranch, il s'en verra expulsé dans la seconde !

— Merci, murmura Stacy en quittant le bureau.

Lila se tourna vers Harlan.

— Quant à vous, vous avez du pain sur la planche, on dirait…

Il hocha la tête et se leva. Le maintien de l'ordre pendant le gala n'était qu'une moitié de la bataille à remporter.

— Me rendrez-vous un service, monsieur McClain ?

— Naturellement, gouverneure.

— Demandez à l'agent Cavanaugh de m'appeler, voulez-vous ? J'ai un projet pour lui.

— Entendu.

Il sortit en se promettant de contacter Nick dès qu'il retournerait dans son bureau.

Mais avant cela, il avait une petite visite à faire.

Elle avait revu Harlan et s'en était plutôt bien sortie, non ?

Son miroir de poche renvoya à Stacy le reflet d'un visage pâle et de deux yeux hantés qui l'accusaient de lâcheté. Elle aurait dû aller attendre Harlan dans son bureau pour exiger des explications, au lieu de se cacher dans le sien comme une enfant apeurée.

Des explications ? Allons, il n'avait fait que son travail !

— Il aurait pu au moins laisser un mot, murmura-t-elle.

Le grief semblait insignifiant face aux preuves mises au jour par la perquisition.

Alertée par un bruit de pas dans le couloir, elle rangea en hâte son miroir et se pencha sur sa table de travail… Pour relever la tête un instant plus tard et paraître surprise de l'arrivée de Harlan.

Depuis le seuil, il planta ses yeux dans les siens. Puis il ferma la porte derrière lui et approcha.

— Merci d'avoir bouclé mes bagages.

— J'ai pensé que vous seriez très occupé avec le gala et que vous n'auriez pas le temps de vous en occuper, répliqua Stacy.

— Vraiment ? dit-il en se rapprochant un peu plus. Mais le danger ne disparaîtra pas ce soir. Celui qui a posé la bombe à Austin ne va pas tout arrêter sous prétexte que la fête est terminée.

— Mais la menace la plus directe envers moi, c'était cet appel anonyme et… La fleur sur mon paillasson… Clairement, c'était l'œuvre de Trevor, non ?

Elle déglutit avec peine, désarçonnée non pas tant par la proximité de Harlan que par sa propre réaction incontrôlable. Le désir lui creusait le ventre, un désir furieux, si vif que sous peu elle ne le maîtriserait plus.

Avec elle, la nuit précédente, Harlan s'était montré tendre et exigeant à la fois. Il l'avait poussée dans des retranchements physiques et émotionnels jusque-là inexplorés, et son corps semblait peu disposé à oublier ce type d'expérience sans se rebiffer. Tant pis si sa cervelle bataillait dur pour imposer le scénario de deux corps s'unissant pour obéir à des injonctions naturelles, rien de plus.

— Ce ne sont que des prétextes pour m'éloigner, lâcha-t-il d'une voix grave et sexy qui la fit fondre de l'intérieur. Je croyais ce stade dépassé dans notre relation.

Stacy se tourna vers la fenêtre pour ne plus être contrainte de le regarder. Dehors, la longue véranda bourdonnait d'activité, on s'affairait pour peaufiner les décorations extérieures.

— Quelle relation ? répliqua-t-elle. Nous n'avons pas de relation. Nous avons travaillé ensemble jusqu'ici, mais votre mission prend fin ce soir.

— Et donc la nuit dernière, c'était… Quoi donc ? Une démangeaison à gratter ?

Ces mots crus la firent grimacer.

— Si on veut.

— J'ai fait l'amour avec vous, Stacy.

— Pas longtemps.

— Ah. Tout le problème est là, n'est-ce pas ? J'ai quitté votre lit sans vous prévenir ?

Elle s'obligea alors à lui faire face.

— C'est toujours un problème pour une femme, voyez-vous, de découvrir à son réveil que l'homme avec qui elle vient de coucher n'a pu s'attarder pour le câlin d'après l'amour.

Il haussa les sourcils.

— Des câlins, il y en a eu cette nuit. Très tendres, même, si mes souvenirs sont exacts.

Il cherchait à l'amadouer apparemment, il s'essayait aux cajoleries pour la convaincre… Anthony avait cette habitude, et elle se laissait faire…

— Arrêtez. S'il vous plaît.

Il poussa un soupir de frustration.

— Dites-moi ce que vous attendez de moi ! Des excuses ? Je suis désolé. Je n'aurais pas dû tenter de vous épargner les événements de la nuit. J'aurais dû vous réveiller ou du moins vous laisser un mot disant où j'allais.

Elle avait envie de les accepter, ces excuses, une envie si forte qu'elle lui brûlait les entrailles… Mais à quoi lui servirait de pardonner ? À glisser dans une autre relation vouée à l'échec sous prétexte que Harlan était un homme charmant, solide, et un amant délicieux ? C'était précisément ce qui s'était passé avec Anthony !

— Je crois que nous devrions tirer un trait sur cette nuit, lança-t-elle. Après le gala, nous n'aurons plus guère de raisons de nous revoir.

À mesure qu'elle prononçait ces paroles, une douleur aiguë s'installa au creux de sa poitrine, lui soulevant le cœur.

— Alors, c'est fini ?

Elle hocha la tête.

— C'est fini.

Une lente et longue expiration, puis Harlan lâcha :

— D'accord.

Il s'éloigna vers la porte et se retourna juste avant de sortir.

— Est-ce que je pourrai dire au revoir à Zachary ?

Impossible de résister à ce regard-là.

— Bien sûr. Ce soir, avant le gala, passez lui dire au revoir, si vous voulez.

— Merci, Stacy.

Puis il disparut.

Elle porta des mains tremblantes à son visage pour dégager des cheveux de son front. Les larmes lui piquaient les yeux, mais pas question de s'effondrer. Jamais de la vie. Sa décision était prise, elle avait la force nécessaire pour l'assumer.

Encore quelques heures à tenir, une soirée de levée de fonds pendant laquelle faire bonne figure. Ensuite, tout serait terminé.

Lorsqu'il se rendit à la dépendance de Stacy en fin d'après-midi, vêtu d'un smoking enfilé à la faveur d'un aller-retour éclair à l'appartement, Harlan le savait déjà : il ne la croiserait pas. Il l'avait aperçue une demi-heure plus tôt dans les couloirs de la villa, une housse pour robe en vinyle dans les bras. Sans doute se préparerait-elle sur place pour la soirée.

Depuis le sofa, Zachary fit la grimace en le voyant entrer. Il était sous la garde de Charlotte Manning. Celle-ci s'affairait en cuisine et salua Harlan d'un hochement de tête.

— Vous allez à un enterrement ? lui lança Zachary.

Un enterrement ? Il s'y amuserait tout autant, pas de doute. Il s'assit sur la table basse en face du petit.

— Non, répondit-il, juste une petite fête.

— Maman aussi. Est-ce que vous allez à la fête avec elle ?

— Nous serons tous les deux présents à cette fête, indiqua Harlan, choisissant ses mots avec soin.

— Est-ce que vous me rapporterez un gâteau, maman et vous ?

— Je transmettrai le message à ta maman.

— Vous pourriez me le rapporter vous-même.

Harlan coula un regard vers Charlotte Manning. Elle les observait depuis la cuisine. À la lueur de tristesse complice qu'il décela dans ses yeux, il comprit que Stacy lui avait certainement confié la raison de cette visite.

— Je ne reviendrai pas ici, Zachary. Mon travail se termine ce soir. Ta maman et toi, vous aurez de nouveau toute la maison pour vous.

Zachary parut perplexe.

— Mais vous avez emménagé ici !

— Juste pour un petit moment. Je dois retourner chez moi. Mes meubles m'attendent avec impatience. Comme les chevaux t'attendent quand tu n'es pas là.

— Vous viendrez me voir monter, hein ? Vos meubles vous laisseront sûrement venir me voir monter.

Chacun de ces mots lacéra le cœur de Harlan.

— J'en parlerai avec ta maman.

Il tendit la main et lissa un épi rebelle sur la tête de Zachary qui ne flancha pas, preuve qu'il lui faisait confiance.

— Maintenant écoute bien, Zachary. Je vais te demander un service, d'accord ? C'est très important.

— D'accord, fit Zachary en hochant la tête.

— Je veux que tu prennes grand soin de ta maman. Veille sur elle à ma place et sois très gentil avec elle.

— D'accord, répéta le petit d'un air grave.

— Et, si l’un de vous a besoin de quoi que ce soit, viens me trouver, d’accord ? J’arriverai en courant si vous avez besoin de moi.

Zachary acquiesça.

— Vous arriverez en courant.

N’y tenant plus, Harlan tendit les bras et serra le petit garçon contre lui. Zachary se mit soudain à gigoter.

— Un, deux, trois, fini ! s’écria-t-il d’un ton indigné.

Harlan le lâcha aussitôt.

— Désolé. La prochaine fois, je penserai à compter.

Il s’éloigna vite vers la sortie avant de fondre en larmes comme un bébé.

Mais, la main sur la poignée de la porte, il se retourna une dernière fois vers Zachary. Il avait déjà perdu tout son intérêt aux yeux de l’enfant qui avait pris ses adieux au pied de la lettre et jouait avec ses figurines de chevaux sur la table basse.

Charlotte Manning, elle, le regardait les larmes aux yeux. Il hocha la tête à son intention et quitta la dépendance au pas de course, de peur de changer d’avis et de rebrousser chemin.

Ne venait-il pas de dire adieu à la seule vie susceptible de le rendre heureux ?

À chaque foulée vers la villa, cette idée le transperça un peu plus.

Stacy lissa sa robe et inspira profondément avant de quitter la bibliothèque privée de la gouverneure à l’étage pour gagner la galerie ouverte donnant sur la salle de bal du rez-de-chaussée. Les premiers invités étaient arrivés depuis quelques minutes, mais en se dépêchant elle avait encore le temps d’aller voir Charlotte et Zachary avant le vrai début des festivités.

Malheureusement, les règles instituées par Harlan stipulaient que chaque membre du personnel quittant la villa devait passer par lui d'abord, afin qu'il prévienne ensuite les gardes en faction tout autour.

Il se tenait accoudé au balcon de la galerie, observant au-dessous la vaste salle de bal du Twin Harts, qui était l'unique pièce en parfaite harmonie avec le style villa italienne de l'extérieur du bâtiment. De forme ovale, flanquée de huit longues colonnes blanches supportant la galerie de l'étage et décorée dans des tons clairs, blanc, crème, or et pêche, cette salle semblait tout droit sortie d'un film d'époque. Pour l'heure, une vingtaine de personnes l'occupaient, bavardant et savourant champagne et mises en bouche présentés sur des plateaux d'argent par une escouade de serveurs en veste blanche.

Comme les autres agents de sécurité, Harlan portait un smoking noir avec une simple cravate en lieu et place d'un nœud papillon plus formel. Il s'était rasé depuis qu'elle l'avait aperçu dans l'après-midi et offrait une vision particulièrement appétissante. Comment tiendrait-elle jusqu'à la fin de la soirée sans se ridiculiser ?

En l'entendant approcher, il se retourna. Ses yeux s'assombrirent, luisant d'un désir brut, presque une fringale, qui reflétait sûrement le sien.

— Stacy…

Elle déglutit.

— Je vous cherchais.

Captant une lueur d'espoir dans son regard, elle se hâta de préciser :

— J'ai besoin de votre autorisation pour quitter la villa. J'aimerais faire un saut à la dépendance avant la fête.

— Si je vous trouvais un agent pour vous accompagner ? proposa-t-il d'un ton hésitant.

— Ce ne sera pas nécessaire.

Il baissa la voix.

— Stacy, le danger n'est pas encore écarté. Ne l'oubliez pas, quoi qu'il se passe entre nous.

— Je ne l'oublie pas, dit-elle d'une voix radoucie. J'apprécie votre sollicitude envers moi. Et envers Zachary.

Il se pencha vers elle.

— Je souhaite vous parler après le gala. Pourrai-je passer, tard ?

La tentation lui enflamma le corps. Elle secoua mécaniquement la tête.

— Ce n'est pas une bonne idée.

— Demain, alors. Laissez-moi venir vous voir demain.

Elle était sur le point de mollir, elle le sentait et prit peur.

— Harlan…

— D'accord, soupira-t-il. Je vais prévenir que vous sortez.

Elle fit quelques pas, puis se retourna, incapable de se détacher tout à fait de lui.

— Nous pourrions prendre un café au Talk of the Town d'ici un jour ou deux ?

L'offre n'avait rien de très compromettant, non ? Cela lui laissait même le loisir de changer d'avis, le cas échéant.

Harlan sourit.

— Bien. Vous avez mon numéro.

Elle lui rendit timidement son sourire et s'échappa vers le rez-de-chaussée, les joues en feu.

Saluant au passage quelques invités parmi les premiers arrivés, elle se fraya un chemin jusqu'à une porte latérale et s'arrêta le temps de lever les yeux vers l'étage.

Harlan était toujours accoudé au balcon, les yeux fixés sur elle.

La nuit froide apaisa momentanément sa fièvre.

Mais, arrivée à la hauteur du poste de garde devant la dépendance, elle se figea : l'endroit était désert. Jeff Appleton aurait pourtant dû être là, en faction. Elle le savait puisqu'il avait demandé à Charlotte de garder Abby avec Zachary. Peut-être était-il entré dans la maison prendre des nouvelles de sa fille ? Une telle entorse au protocole ne lui ressemblait guère, mais il était fou de la petite…

Ses clés étant restées à la villa, bien à l'abri dans le bureau de Lila, Stacy frappa simplement à la porte pour signaler sa présence.

Mais ce ne fut pas Charlotte qui lui ouvrit.

Ce fut Trevor Lewis.

— Unité 7 à unité 1. Besoin de renforts !

La voix de Vince Russo aboya dans l'oreille de Harlan. Il suivait du regard la gouverneure qui se préparait à monter les marches du petit podium depuis lequel elle allait délivrer son discours.

— Unité 7, quelle est la situation ?

Harlan recula sous une alcôve, de manière à ne pas alarmer les invités rassemblés dans la salle de bal.

— Mouvement de type Black Bloc dans la manifestation. Cordon de sécurité débordé. Il nous faut au moins trois ou quatre hommes supplémentaires pour les tenir !

Harlan contacta par radio les postes tenus par plusieurs gardes et détacha trois agents vers le portail sud, où une zone avait été sécurisée pour les manifestants à la demande de la gouverneure.

Tout en parlant dans son micro, il ne quittait pas des yeux la salle de bal. Le moment choisi par les manifestants pour franchir le périmètre de sécurité ne lui plaisait guère. Pas question de concentrer ses ressources exclusivement sur la manifestation — ce pouvait être une diversion destinée à détourner son attention de la gouverneure.

Il s'avança vers Lila Lockhart.

— Madame, nous avons un problème.

Il lui expliqua ce qui se passait, puis conclut :

— Je pense qu'il faut envisager l'évacuation de la salle de bal.

— Vous exagérez, ce n'est sûrement pas si grave…

— Harlan !

Une voix suraiguë, reconnaissable entre mille, venait de s'élever au-dessus du brouhaha de la foule. Harlan scruta son environnement immédiat, à la recherche d'un visage qui ne *pouvait pas* se trouver dans cette salle…

Pourtant il était bien là, à quelques mètres de lui, minuscule et frêle silhouette dans son pyjama froissé imprimé de poneys jaunes galopant dans un champ tout bleu. Zachary le repéra au même moment et s'avança vers lui aussi vite que le lui permettaient ses pantoufles.

— Unité 2, unité 6, couvrez Cowgirl ! ordonna Harlan dans l'oreillette, faisant référence à la gouverneure, tout en se précipitant vers Zachary.

La peur dans le regard du petit le cisailla.

— Vous avez dit de venir si maman avait besoin de vous !

Zachary était tout essoufflé.

— J'ai couru…

— Où est ta maman ?

— À la maison. Vous devez venir. Vite !

Trois claquements brefs fendirent l'air. Autour d'eux, les gens se mirent à crier et à courir.

Des coups de feu.

17

Tout en s'enroulant autour de Zachary pour le protéger des balles et de la foule en panique, Harlan localisa la gouverneure. Parker McKenna faisait bouclier avec son corps auprès d'elle, Nolan Law couvrait Bart Bellows dans son fauteuil roulant et les deux agents pressaient leurs protégés respectifs vers la sortie latérale devant laquelle était garé le SUV blindé, prévu précisément pour ce type d'urgence.

Soulagé sur ce point, Harlan scruta la galerie de l'étage, d'où étaient venus les tirs.

Là ! Un mouvement derrière une colonne. Un homme tout en noir, le visage recouvert d'un masque de ski.

— À toutes les unités, tireur dans la galerie de l'étage, section ouest !

Harlan prit Zachary dans ses bras et le porta jusque sous l'avancée de la galerie, au-dessous du tireur. De là, un couloir menait au bureau de la gouverneure.

Il sortit la clé de ce bureau de sa poche et se glissa à l'intérieur avec le petit.

— Zachary, écoute bien… Tu sais combien les promesses sont importantes, n'est-ce pas ?

En larmes, Zachary hocha tout de même la tête.

— Promets-moi de rester ici jusqu'à mon retour. D'accord, c'est promis ?

L'enfant acquiesça une nouvelle fois. Harlan l'embrassa sur le front.

— Je t'aime, petit bonhomme. Ne bouge pas d'ici, et je reviendrai te chercher. Je te le promets.

— Les promesses sont importantes, bafouilla Zachary dans un sanglot.

— C'est juste.

Harlan sortit et verrouilla la porte derrière lui.

Tout en suivant les échanges dans sa radio pour prendre ses repères, il s'efforça d'anticiper le prochain mouvement du tireur après sa tentative d'assassinat avortée. Mais tout ce qu'il avait en tête, c'était ce que lui avait dit Zachary juste avant les coups de feu.

« Vous avez dit de venir si maman avait besoin de vous. »

Quand avait-il vu Stacy pour la dernière fois ? Elle partait faire un saut chez elle…

— Unité 10, ici unité 1.

L'unité 10, c'était Jeff Appleton, l'adjoint chargé de surveiller la dépendance. Harlan l'avait prévenu par radio de son arrivée.

— Unité 10, répondez !

Rien.

La peur s'incrusta dans la poitrine de Harlan, lourde, poisseuse.

— Unité 7, l'unité 10 ne répond pas.

— Unité 1, je ne peux pas bouger, c'est la panique ici…, répondit Vince Russo.

— À toutes les unités, unité 1 en route pour contrôle unité 10. Continuez à chercher le tireur.

Harlan se dirigea vers la sortie latérale tout en jetant des regards furtifs autour de lui. La foule des invités affolés était canalisée vers la sortie nord, tandis que d'autres unités de sécurité fouillaient le ranch à la recherche du tireur.

Comment l'homme en noir avait-il bien pu franchir les postes de garde pour pénétrer dans le bâtiment ? Un détecteur de métal avait été installé à chaque entrée. L'arme aurait dû être repérée.

Laissant provisoirement de côté cette question, Harlan se concentra sur son approche furtive du poste devant la dépendance.

Personne ! découvrit-il avec stupeur.

Puis un gémissement assourdi attira son attention sur sa gauche…

En se dirigeant de ce côté, il faillit trébucher sur un obstacle dans l'ombre d'un immense peuplier. Il braqua la lampe de son porte-clés sur le sol : Jeff Appleton était couché sur le côté, la tête en sang. Ses paupières battaient, comme s'il essayait de reprendre conscience.

Son arme de poing n'était plus là.

— Appleton, c'est McClain.

Il s'accroupit près de l'agent tout en restant sur le qui-vive, craignant une embuscade. Aucun bruit suspect, aucun signe de mouvement autour de lui.

— Vous m'entendez ?

Appleton ouvrit les yeux d'un coup.

— McClain…

Il grimaça de douleur et porta la main à son front ensanglanté.

— Qui vous a frappé ?

— Il m'a eu par-derrière, gémit-il en essayant tant bien que mal de se redresser.

— Ne bougez pas. J'appelle une unité médicale.

— Attendez !

Appleton lui saisit le bras.

— Lewis.

Harlan fronça les sourcils.

— Quoi, Lewis ?

— Avant de prendre ce coup, je l'ai vu aller vers la maison. C'était juste après votre appel, quand vous m'avez dit que Stacy arrivait.

Sa prise sur le bras de Harlan s'affaiblit.

— Il avait… une clé…

Il ferma les yeux. Il respirait encore, et son pouls restait fort et stable, constata Harlan avec soulagement. Il l'allongea sur le sol avant de signaler sa position par radio.

— Unité 10 à terre. Besoin d'assistance médicale.

Son regard glissa vers la façade paisible de la maison de Stacy, tandis que son cœur tambourinait dans sa poitrine sous l'effet d'une terreur sans nom.

— Possible prise d'otages en cours à la dépendance !

— Qu'est-ce que vous voulez ?

Stacy bataillait pour conserver une voix calme alors même que chaque cellule de son corps hurlait sa peur. Où était Zachary ? Elle l'avait à peine entraperçu, quelques minutes plus tôt, avant que Trevor l'enferme dans sa chambre avec Abby Appleton.

Abby pleurait depuis une bonne demi-heure. Zachary, lui, n'avait pas émis le moindre son.

Comment un enfant aspie pouvait-il réagir à une situation aussi inattendue et brutale ? En rentrant dans sa coquille pour faire comme si rien de tout cela n'était en train de se passer ? C'était bien possible.

Elle l'espérait en tout cas. Sa coquille le protégerait de la terreur qui semblait posséder la malheureuse Abby, à en juger d'après les sanglots s'échappant par intermittence de la chambre fermée à clé.

Pendant ce temps, Trevor s'était perché sur un tabouret de bar dans une posture presque détendue, un pistolet pointé négligemment sur le corps ligoté et bâillonné de Charlotte.

— J'attends le signal, dit-il.

— Quel signal ?

— Je le saurai quand je l'entendrai. Ensuite, toi et moi, nous pourrons prendre Zachary et filer.

Il lança un regard vers Charlotte qui le fixait, les yeux écarquillés d'épouvante.

— Je ne vous ferai pas de mal si tout le monde coopère. Je suis juste venu chercher Stacy, mais il faut attendre le signal pour partir.

— Et Jeff Appleton ? demanda Stacy. Que lui avez-vous fait pour franchir le poste de garde ?

— Moi ? Rien.

L'accent mis sur le premier mot laissait augurer le pire. Un complice s'était-il chargé de neutraliser Jeff ?

— Où comptez-vous nous emmener, Zachary et moi ?

— Ma famille a de l'argent, tu le savais ?

Trevor sourit.

— *Beaucoup* d'argent. J'ai touché un gros héritage de mon grand-père à vingt-cinq ans. L'année dernière, j'ai acheté un petit ranch dans le Colorado. Vous allez adorer, Zachary et toi. Il aura des chevaux pour monter quand il voudra et, toi, tu pourras oublier tes soucis de fin de mois.

Quittant son tabouret, Trevor s'avança vers le sofa où elle était installée et s'assit sur la table basse pour lui toucher la joue.

— Je veux juste prendre soin de vous deux. Personne n'a fait ça pour toi depuis le départ de ton mari, n'est-ce pas ?

À ces mots, une image de Harlan traversa l'esprit de Stacy. Harlan, solide, fiable, qui aimait son fils et semblait attendre d'elle plus que son courage ne la portait à offrir.

Capable de prendre soin d'eux mais en respectant, lui, sa capacité à se débrouiller seule avec son fils.

La comparaison avec le forcené campé devant elle, pistolet en main, suffit à lui donner envie de pleurer. Elle se retint de toutes ses forces — la peur la rendrait vulnérable.

Harlan s'apercevrait tôt ou tard de son absence. Il savait où elle était allée en quittant la salle de bal. Il partirait à sa recherche.

Il fallait rester vigilante, à l'affût du moindre signe de son arrivée. Si elle parvenait à distraire Trevor au bon moment…

— Zachary est bien calme, je trouve, lâcha justement leur geôlier en se levant.

Il attrapa Stacy par le poignet.

— Allons dans sa chambre.

Elle secoua la tête, horrifiée à l'idée que son fils la voie sous la menace d'une arme.

— Vous connaissez Zachary, il doit être plongé dans un de ses livres sur les chevaux…

— Il a sûrement faim, non ? J'ai interrompu son dîner, j'en ai peur, dit-il avec un regard vers le comptoir sur lequel traînaient des bols de soupe à moitié pleins.

Il entraîna Stacy dans le couloir jusqu'à la porte de la chambre de Zachary et dénoua le lacet avec lequel il avait attaché la poignée à celle de la chambre de Stacy, par sécurité. Au crissement du métal, Abby Appleton se remit à pleurer.

Trevor poussa le battant. À sa vue, Abby éclata en sanglots.

Quant à Zachary, il était invisible.

— Où est-il ? demanda Trevor à la fillette.

Les sanglots redoublèrent.

Trevor serra plus fort le bras de Stacy tout en la poussant au milieu de la chambre.

— Demande-lui, toi !

Elle tituba en avant et manqua tomber sur Abby recroquevillée sur le carrelage. Se reprenant, elle s'accroupit près de la petite et caressa du bout des doigts sa joue froide, baignée de larmes.

— Abby, où est allé Zachary ?

Les yeux verts d'Abby glissèrent sur le côté.

Vers la fenêtre grande ouverte.

— Du mouvement à l'intérieur !

Dissimulé sur le côté de la maison, le shérif Bernard Hale fit signe à Harlan de le rejoindre. Derrière eux, les ambulances venaient d'arriver, sirènes et feux éteints pour passer inaperçues sur le ranch. Appleton avait déjà été pris en charge et emmené un peu plus loin pour recevoir des soins.

La villa avait été fouillée de fond en comble par les agents du CSI, mais l'homme en noir qui avait tiré sur la gouverneure courait toujours. Un revolver encore chaud avait toutefois été trouvé dans un pot de fleurs de la galerie, à l'étage. Et Matt Soarez était allé tenir compagnie à Zachary dans le bureau de la gouverneure jusqu'au retour de Harlan, l'enfant refusant de partir avec quelqu'un d'autre.

Harlan s'avança à pas de loup vers le shérif et leva les yeux sur la façade. Devant eux, la fenêtre ouverte de la chambre de Zachary. Voilà donc par où le petit était sorti…

Il emprunta les jumelles du shérif et les braqua sur la fenêtre. Trevor Lewis, penché au-dehors, balayait des yeux les alentours.

— C'est lui, lâcha-t-il à voix basse, s'aplatissant un

peu plus dans les broussailles qui offraient un camouflage parfait. Si seulement j'avais mon M40 !

— Vous êtes tireur d'élite ? demanda Hale.

— Je l'étais.

Bien sûr, cela faisait un certain temps qu'il n'arrivait plus à tirer sans trembler. Le verdict des médecins avait été formel, le tissu cicatriciel à lui seul excluait l'hypothèse d'un retour à la normale.

— Je peux vous trouver un Remington M24.

— Est-ce qu'il ne vaudrait pas mieux tenter de négocier d'abord ?

— Bien sûr, répondit Hale. J'anticipe, voilà tout. Simple mesure de précaution.

Il pianota sur la radio qu'il portait à l'épaule.

— À toutes les unités, restez en position ! Je vais établir un contact par téléphone.

Il regarda Harlan.

— J'ai besoin du numéro de Stacy.

Harlan le lui donna sans desserrer les dents, l'œil rivé à la fenêtre. Lewis était désormais hors de vue, mais une silhouette pulpeuse se dessinait dans un rectangle de lumière à l'intérieur de la chambre…

— Stacy est là-dedans avec lui, indiqua-t-il à Hale, le cœur dans la gorge.

— Vous êtes sûr ?

Il hocha la tête. Il aurait reconnu ses formes entre toutes.

Hale composa le numéro et brancha le haut-parleur. À la cinquième sonnerie, Stacy décrocha enfin.

— Allô ?

Le ton de sa voix dénotait de la peur. Et assez de courage pour la masquer. Un flot d'émotion submergea Harlan, comme si des vannes s'étaient ouvertes dans son corps pour libérer toute l'énergie retenue jusque-là.

Il l'aimait. Il aimait absolument tout chez elle, jusqu'à sa fichue obstination, son maudit orgueil… Et, quand bien même ce serait le dernier acte de sa vie, il la sortirait de cette maison saine et sauve et lui permettrait de retrouver le petit bonhomme fantasque qui leur était si cher à tous les deux.

— Stacy, ici Bernard Hale.

Elle frissonna. La voix du shérif lui parvenait claire et forte comme s'il était dans la pièce voisine. Il ne devait pas se trouver loin, peut-être même juste devant la maison.

— Est-ce que Trevor Lewis est avec vous ?

Celui-ci surgit alors par-derrière, posant le menton sur son épaule pour caler l'oreille contre l'écouteur.

— Il est ici, oui.

— J'aimerais lui parler.

L'haleine brûlante de Trevor sur sa joue…

— Dis-lui que c'est non.

Là-dessus, il se détacha brusquement d'elle et s'éloigna vers la cuisine.

— Tu vois ce qu'il a fait, ton fils ? Il a filé en douce et nous a créé des problèmes. Si tu ne l'avais pas traité comme un bébé toute sa vie, il n'aurait pas pris peur.

Trevor perdait les pédales, songea Stacy tout en s'efforçant de ne pas céder à la panique.

— Il n'est pas trop tard pour tout arrêter, dit-elle, presque étonnée de la fermeté de sa propre voix.

— C'est lui qui arrêtera tout, déclara Trevor avec une ferveur inattendue. Il a un plan !

— Qui donc ? demanda-t-elle.

Peut-être qu'à l'autre bout de la ligne le shérif prenait des notes…

— Tu le sauras bientôt, souffla Trevor d'un ton presque jubilatoire.

— Stacy, c'est Harlan. Est-ce qu'il m'écoute, là ?

La voix grave et familière dans son oreille lui donna la chair de poule.

— Non, murmura-t-elle.

— Mais si, répliqua Trevor en esquissant un geste large de sa main qui tenait le pistolet. Il a pensé à tout !

— Zachary va bien, reprit Harlan. Il est venu me chercher.

Le cœur de Stacy fit un bond.

— Vraiment ?

Trevor la regarda d'un air bizarre.

— Oui. Es-tu prête à nous accompagner ?

— Jeff Appleton est blessé mais il a été pris en charge. Charlotte et sa fille vont bien ?

— Oui, répondit Stacy.

Le visage de Trevor s'éclaira.

— Sérieux ?

Dans son oreille, Harlan poursuivit son compte rendu.

— Quelqu'un a tiré sur la gouverneure. Elle est indemne. Aucun blessé parmi les invités, juste des bosses et des bleus pendant l'évacuation.

Cette voix ! Un shot de whisky salvateur. Elle ranima ses forces défaillantes.

— Le tireur a disparu, mais il n'est plus sur le ranch, c'est une certitude.

Les rêves de grandeur de Trevor n'étaient donc pas près de se réaliser… Mais était-il bien prudent de partager cette information avec son geôlier instable ? À ce stade, il semblait avoir totalement perdu le sens des réalités. Il n'avait même pas remarqué qu'elle était toujours au téléphone…

— Je suis prête, annonça-t-elle d'une voix forte à Trevor. Mais l'idée de dépendre de quelqu'un me déplaît. Pourquoi ne pas imaginer un autre plan ?

— J'ai besoin de savoir où vous êtes, susurra Harlan. Nous n'avons pas la cible en ligne de mire.

Elle croisa le regard illuminé de Trevor. Comment révéler leur position sans éveiller ses soupçons ? Elle aurait préféré éviter à Trevor de se faire tirer dessus, mais plus il agitait ce pistolet dans tous les sens, plus le risque augmentait pour Charlotte, pour Abby et pour elle-même.

— Trevor, si vous détachiez Charlotte pour la laisser partir ? Elle emmènera Abby avec elle et elle expliquera au shérif Hale que tout va bien… N'est-ce pas, Charlotte ?

L'enseignante acquiesça avec vigueur.

— Vous voyez ?

Trevor secoua la tête et lança à Stacy :

— Tu ne la crois pas, ta copine, hein ?

Il leva son arme et la pointa sur la tête de Charlotte qui tressaillit et ferma les yeux.

— Non ! s'écria Stacy en s'avançant d'un pas, le téléphone pressé contre son oreille pour ne pas perdre le contact avec Harlan. Je la crois ! Vraiment. C'est ma meilleure amie. Elle fera tout pour me protéger et m'éviter des problèmes pour vous avoir aidé.

Trevor abaissa le pistolet.

— Peut-être, mais personne là-bas dehors ne la croira. Harlan McClain va les remonter tous contre moi.

— Dites-lui d'échanger Charlotte et Abby contre moi, souffla Harlan.

— Non, répliqua-t-elle tout net.

Les yeux fous de Trevor ne laissaient planer aucun doute — s'il franchissait le seuil de cette maison, Harlan se prendrait une balle en pleine tête.

— Oh ! Si.

Dans le regard de Trevor, la colère fit place à la désolation.

— Nous ne sortirons pas d'ici vivants, Stacy. Ils nous en empêcheront. Nous sommes cernés, et il ne viendra pas, n'est-ce pas ?

— Votre ami a dû être retardé, dit-elle très vite, inquiète de ce brusque changement d'humeur. Peut-être qu'il cherche une diversion. Si Charlotte et Abby sortaient, par exemple, les gens dehors s'occuperaient d'elles et…

— Et il pourrait agir ! acheva Trevor d'un ton d'espoir presque enfantin.

— Laissez-moi détacher Charlotte pour qu'elle aille chercher Abby.

— Abby est dans la chambre de Zachary ? demanda doucement Harlan à son oreille.

— Il commence sûrement à faire froid dans la chambre de Zachary pour la petite, avec la fenêtre ouverte, fit-elle observer à Trevor.

— Des hommes seront devant la fenêtre pour les évacuer, dit Harlan. Prévenez-moi si Lewis l'accompagne.

Trevor lança un regard hésitant à Stacy.

— Tu crois que ça va marcher ?

Je l'espère, songea-t-elle.

À l'autre bout de la ligne, il y eut un choc sourd puis, quelques secondes plus tard, le bruit d'un adhésif arraché. Charlotte Manning avait sûrement été attachée à une chaise de cuisine, devina Harlan.

— Stacy ? murmura-t-il.

Pas de réponse.

— Elle a dû poser le téléphone pour détacher Charlotte, chuchota le shérif Hale, le regard fixé sur les deux officiers qu'il venait de poster de chaque côté de la fenêtre.

Si Charlotte entrait seule dans la chambre, tout irait bien…

— Là ! Charlotte va récupérer Abby maintenant.

La voix de Stacy venait de résonner de nouveau à son oreille. Il se sentit soudain plus léger.

— Bien, fit-il. Empêchez-le de l'accompagner.

— Non, elle peut y aller toute seule, dit Stacy, s'adressant clairement à Trevor. Si nous parlions de ce que nous ferons dès que votre ami vous aura donné le signal ?

Elle est géniale, se félicita Harlan. Il se promit de la convaincre coûte que coûte qu'ils étaient faits l'un pour l'autre, dès qu'il l'aurait tirée de là.

Un rectangle de lumière apparut dans la chambre de Zachary. La porte s'ouvrit en grand, et la silhouette de Charlotte Manning se dessina.

Les hommes postés à l'extérieur l'appelèrent à voix basse. Suivant leurs consignes, elle confia Abby à l'un des deux puis se fit aider par l'autre pour franchir la fenêtre à son tour. Les policiers les emmenèrent directement jusqu'aux buissons où se cachaient Harlan et le shérif.

— Où sont-ils ? demanda Harlan à Charlotte.

— Dans le salon. Il va venir me chercher si je ne reviens pas.

— Exactement ce que j'espère, indiqua le shérif Hale en adressant un signe de tête à un autre de ses hommes, qui détala sur-le-champ.

Charlotte regarda Harlan.

— Il est totalement déconnecté de la réalité. Stacy a le téléphone collé à l'oreille, et c'est comme s'il ne le voyait pas. Il faut la faire sortir, et vite !

L'adjoint revint, muni d'un fusil de précision de la police, qu'il tendit à Harlan.

Celui-ci fixa le M24, comprenant soudain les intentions de Hale.

— Shérif, non…

Dans son oreillette, Stacy poussa un soupir tremblant.

— Tout va bien, lui assura-t-il via le micro.

— Vous m'avez bien dit que vous étiez tireur d'élite ? dit Hale.

— J'ai été blessé, répliqua Harlan en levant sa main cousue de cicatrices.

— Qu'est-ce qu'elle fabrique ?

La voix agitée de Trevor Lewis lui parvenait claire, forte. Il devait se tenir tout près de Stacy.

Ils n'avaient plus le temps. Lewis semblait plus perdu de seconde en seconde, et Stacy était désormais la seule cible disponible. Il devait régler ce bazar une fois pour toutes. *Maintenant.*

Cela faisait une éternité qu'il n'avait pas tenu un fusil en ayant la sensation de faire corps avec lui. Comme si l'arme était un troisième bras avec lequel rendre justice en quelques coups rapides, bien ciblés et réfléchis. Mais si c'était la seule façon de permettre à Stacy de serrer de nouveau son fils dans ses bras…

Il tendit la main vers le M24 tout en murmurant dans le micro :

— Emmenez-le dans la chambre de Zachary, allumez la lumière et écartez-vous en vitesse !

À l'autre bout de la ligne, Stacy garda le silence un long moment, puis déclara :

— Nous devrions aller voir ce qui se passe.

Harlan se plaça dans la meilleure position de tir possible face à la fenêtre ouverte. Son cœur battait comme une caisse claire à la cadence de la peur, mais il repoussa ses doutes pour se concentrer sur sa tâche. Mettre en joue. Viser le cœur.

Une silhouette s'encadra sur le seuil de la chambre de Zachary, masquant en partie la lumière. Harlan avait sa cible en ligne de mire, mais où était Stacy ? Impossible de tirer.

— Elles ne sont plus là ! s'écria Trevor.

Harlan put l'entendre à la fois dans l'oreillette et plus faiblement, à travers la fenêtre ouverte à vingt mètres de sa position.

— Vous êtes sûr ? dit Stacy d'une voix forte. Laissez-moi allumer une lampe !

Sa silhouette se détachait juste derrière celle de Trevor. Elle bougea un bras, et la lumière inonda la scène.

Trevor Lewis se découpait clairement dans l'encadrement de la fenêtre. Derrière lui, Stacy quitta précipitamment la chambre.

Trevor se retourna et courut jusqu'au seuil, son arme levée, comme pour tirer sur sa captive en fuite. Un coup de feu claqua…

Maintenant. Tire !

Harlan pressa la détente trois fois de suite. Avec de la chance, la courte distance compenserait le fusil qui ne lui était pas familier et son manque d'entraînement. Le corps de Trevor Lewis tressauta à chaque tir.

Puis il s'écroula hors de vue.

Une fraction de seconde, seul l'écho des tirs résonna dans le silence de la nuit.

Puis, d'un seul coup, ce fut le chaos, comme agents et policiers se précipitaient vers la maison.

Harlan rendit le fusil à l'adjoint et se rua vers la porte, terrifié à l'idée que Lewis ait touché sa cible avant que ses propres tirs le neutralisent. Il traversa le salon en appelant Stacy à pleins poumons.

— Harlan !

Son cri le détourna vers la cuisine. Elle était là, debout près de l'évier, en larmes.

Il joua des coudes parmi les agents pour arriver jusqu'à elle et la serra dans ses bras à l'étouffer.

— Je savais que tu viendrais, chuchota-t-elle, son souffle chaud lui caressant la joue.

Il l'embrassa sur la tempe.

— Je viendrai toujours.

Épilogue

Installée sur le canapé de Harlan, Stacy ramena les genoux contre sa poitrine. Le silence de l'appartement la perturbait. Un agent veillait derrière la porte, mais elle ne se sentit en sécurité que lorsque Harlan réapparut enfin.

Il semblait fatigué en franchissant le seuil. Fatigué, et un peu hanté…

Elle connaissait désormais le secret qu'il lui avait soigneusement caché jusque-là. Matt Soarez le lui avait dit, une fois chargé par Harlan de la déposer chez lui avec Zachary, sous bonne garde, pendant qu'il allait faire le point avec ses collègues au CSI. Le tir sur Trevor Lewis avait été le plus difficile de sa vie, à cause de sa main blessée. Les médecins lui avaient assuré qu'il ne serait jamais plus capable de tirer avec précision. La pression avait été énorme sur ses épaules…

Mais pourquoi avait-il gardé le silence ? Pourquoi devait-elle toujours apprendre par les autres les informations essentielles à son sujet ?

— Zachary dort ? demanda-t-il en retirant son pardessus.

Le smoking était tout froissé, la cravate défaite et la chemise blanche pleine de boue.

— Oui.

Elle tenait à rester forte, à ne pas montrer ses sentiments tant qu'elle n'aurait pas la certitude que les mots chuchotés à son oreille lors de leurs retrouvailles dans la confusion générale n'avaient pas été prononcés à la légère.

De son côté, elle l'aimait, c'était indéniable. Mais elle devait être sûre de faire les bons choix pour Zachary et pour elle-même.

Elle avait aimé Anthony. Résultat, une déroute pitoyable…

— Le tireur ? s'enquit-elle.

Harlan secoua la tête.

— Nous pensons qu'il a travaillé avec Lewis pour se ménager un accès au ranch. Lewis avait probablement introduit le pistolet plusieurs jours auparavant, de manière à lui permettre de franchir le détecteur de métaux. Un serveur a pris un congé maladie, le traiteur a dû embaucher quelqu'un en urgence sans avoir le temps de vérifier ses recommandations. Nous avons une description, mais elle reste assez vague. Les recherches se poursuivent.

Il s'avança jusqu'au canapé avant d'ajouter :

— Pardon.

— Pardon pour quoi ? demanda-t-elle avec prudence.

Il n'y avait presque pas de meubles dans la pièce hormis ce canapé, pas même une chaise. Il tira la table basse pour s'asseoir devant elle.

— Pardon d'avoir dû m'occuper de tant de choses avant de pouvoir revenir vers toi.

Il tendit la main pour ramener une mèche égarée derrière son oreille. Ses doigts, légers mais chauds, dérivèrent sur sa joue jusqu'à se poser sur son épaule.

— Pardon d'avoir filé au milieu de la nuit hier et de ne pas avoir été présent à ton réveil.

— Tu aurais pu me laisser un mot.

Elle s'efforçait de juguler son émotion mais, après la journée et la soirée qu'elle venait de vivre, il aurait fallu infiniment plus de cran qu'elle n'en possédait pour empêcher les larmes de monter.

— Je veux dire, c'était la première fois que nous…

Harlan effleura du pouce sa lèvre inférieure qui tremblait.

— Mais pas la dernière, n'est-ce pas ?

— Ce culot !

Il se borna à sourire. Elle soupira doucement. Elle l'aimait, tout de même !

— Je suppose que tu étais un peu occupé.

Abandonnant son siège de fortune, il vint s'asseoir sur le canapé avec elle et étendit le bras sur les coussins du dossier.

— Cet appel au sujet de Lewis était une urgence absolue. Je sais, j'aurais dû t'écrire un mot, mais je ne pensais qu'à neutraliser ce type pour que vous soyez en sécurité, Zachary et toi.

Elle se blottit contre lui.

— C'était un coup monté, hein, ce joli discours d'excuse ? L'appel à mes angoisses maternelles, le câlin pour me réchauffer et me tranquilliser… Vous êtes impitoyable, monsieur McClain.

Le petit rire de Harlan résonna jusque dans son propre corps.

— Je préfère *déterminé.*

— Déterminé à faire quoi donc ? interrogea Stacy en le toisant d'un air de défi.

— Ceci.

Il s'inclina sur sa bouche pour se l'approprier avec une intensité sauvage qui lui tourna les sens en un temps record.

Lorsqu'il la libéra pour qu'elle reprenne son souffle, elle avait oublié ce qui la tracassait quelques instants plus tôt. Un point précis lui revint cependant, alors qu'il lui chatouillait le cou du bout du nez.

— Tu aurais dû me dire que c'était désormais compliqué pour toi de tirer avec un fusil de précision…

Il se détacha d'elle pour mieux la regarder.

— Je n'étais pas certain de réussir. Avant, c'était aussi

facile que de respirer, mais l'enjeu était si important ce soir…

Son regard égaré dissipa les ultimes doutes de Stacy plus sûrement que tous les mots qu'il aurait pu prononcer. Elle se redressa pour l'embrasser, espérant ainsi chasser les démons qui le hantaient.

Il enroula les bras autour d'elle et l'amena sur ses genoux. Puis il cueillit son visage à deux mains avec une infinie délicatesse, comme si elle était un trésor qu'il ne cesserait jamais de chérir.

— Tu sais que je ne peux pas te laisser partir, Stacy. N'est-ce pas ?

Une bulle d'allégresse éclose près du cœur diffusa une vive chaleur en elle.

— Je sais. Moi non plus je ne peux pas te laisser partir. Je croyais que t'aimer me rendrait faible et stupide, mais pas du tout…

Il sourit, et ce sourire effaça plusieurs années de son visage buriné par le temps.

— Je t'aime aussi. Et j'aime cet enfant brillant, fantasque, épatant que tu as mis au monde…

Elle appuya le front contre son menton.

— Tant mieux, parce que nous formons un lot, lui et moi.

— Je n'ai jamais rêvé d'autre chose.

Elle noua les bras autour de son cou et se coula contre lui, en quête d'un autre baiser. Mais, avant que leurs lèvres se touchent, une petite voix plaintive s'éleva dans le couloir.

— Est-ce que les chevaux sauront où me trouver, si je suis ici ?

Stacy se tourna vers son fils, planté sur le seuil du salon en pyjama, tout ensommeillé, des épis noirs dressés sur la tête. Elle lui fit signe de les rejoindre et lui céda même sa place sur les genoux de Harlan.

Zachary ne se fit pas prier pour s'installer là et esquissa un bref sourire avant de recouvrer son air grave.

— Est-ce qu'ils peuvent nous trouver ? Et s'ils pensent que je suis parti pour toujours ?

— Ils savent où tu es, assura Harlan en lui caressant le dos. Ta maman et moi, nous le leur avons expliqué en personne.

— Alors, d'accord, dit le petit en posant la tête sur son épaule.

Cette vision fit fondre le cœur de Stacy.

Harlan la regarda par-dessus la tête du petit, dont les yeux se refermaient déjà.

— Il faudra prévenir les chevaux dès demain, chuchota-t-il.

Attendrie et heureuse comme jamais, Stacy hocha la tête et se pelotonna en souriant contre les deux hommes les plus importants de sa vie.

Et le passé resurgit, de R. Barri Flowers - N°772

ENQUÊTES DANS LE PACIFIQUE – 3/4

Submergé par les souvenirs, Lance réfléchit à l'enquête qu'on vient de lui confier. Une enquête à la fois complexe et douloureuse, car la vague de crimes qui ébranle Honolulu présente de troublantes similitudes avec le meurtre de sa sœur, vingt ans plus tôt. Une enquête qui, décidément, est liée à son passé car il va devoir collaborer avec Caroline Yashima, son ex dont il est encore épris…

Je te protégerai toujours, de Juno Rushdan

Fuir ! Échapper à l'inconnu qui la poursuit… Perdue dans le blizzard, Lynn court pour sauver sa peau. Mais qui est-il, cet homme qui la traque depuis qu'elle a abattu un forcené dans son cabinet de psychothérapeute ? Et soudain, en se retournant, elle aperçoit une ombre derrière le tueur et reprend espoir. Nash l'a retrouvée ! Nash avec qui elle vient de rompre mais qui a juré de ne jamais l'abandonner…

Enquête à Dark River, de Delores Fossen - N°773

Un meurtre a été commis au ranch de Cullen Brodie… Appelée sur les lieux, Leigh Mercer, élue depuis peu shérif de Dark River, refuse de se fier aux apparences. Car elle ne croit pas à la culpabilité de Cullen. Et le fait qu'ils aient vécu autrefois une courte histoire d'amour n'est pour rien dans cette conviction. Une conviction renforcée le jour où Cullen et elle sont tous deux victimes d'une tentative de meurtre…

Au piège des souvenirs, de Cassie Miles

Quelle menace inconnue l'a poussée à se réfugier dans cette cabane perdue au fond des bois ? Pour Caroline, qui ne sait plus qui elle est, le mystère s'épaissit d'heure en heure. D'autant que le corps d'un vieil homme a été découvert dans le chalet où elle se trouvait et que tout l'accuse. Seul espoir dans sa détresse : John, l'adjoint du shérif, qui croit en son innocence et veut l'aider à recouvrer la mémoire…